L'héritier d'Antonio

*

Promise à Stavros

*

Amoureuse d'Alejandro

RACHAEL THOMAS

L'héritier d'Antonio

INTÉGRALE

MILLIARDAIRES INCOGNITO

Traduction française de
ÉLISABETH MARZIN

SAGAS

HARLEQUIN

Collection : SAGAS

Titre original :
DI MARCELLO'S SECRET SON

Ce roman a déjà été publié en 2018

HARPERCOLLINS FRANCE
83-85, boulevard Vincent-Auriol, 75646 PARIS CEDEX 13
Service Lectrices — Tél. : 01 45 82 47 47 - www.harlequin.fr
ISBN 978-2-2804-7686-7 — ISSN 2426-993X

Composé et édité par HarperCollins France.
Imprimé en août 2022 par CPI Black Print (Barcelone)
en utilisant 100% d'électricité renouvelable.
Dépôt légal : septembre 2022.

FSC
www.fsc.org
MIXTE
Papier issu de sources responsables
FSC® C159065

Pour limiter l'empreinte environnementale de ses livres, HarperCollins France s'engage à n'utiliser que du papier fabriqué à partir de bois provenant de forêts gérées durablement et de manière responsable.

Prologue

Saint-Moritz, février 2017

Antonio Di Marcello savourait le Macallan 1946. Un plaisir en parfaite harmonie avec la griserie dont il ressentait encore les effets, après sa sortie en paraski en compagnie de Sebastien Atkinson, Stavros Xenakis et Alejandro Salazar. Ils pouvaient se vanter d'avoir réalisé un véritable exploit, aujourd'hui ! Mais Sebastien, qui avait fondé leur club de sports extrêmes lorsqu'il était étudiant à Oxford, semblait avoir à présent en tête quelque chose d'encore plus éprouvant.

Plus âgé que les autres membres du groupe, Sebastien assumait le rôle de mentor depuis longtemps. Une tragédie évitée de justesse l'avait cependant changé, comme elle avait changé chacun d'entre eux. Arracher à la neige un ami enseveli sous une avalanche était une expérience qui transformerait n'importe qui. Mais bien entendu, le plus marqué par cet accident avait été Sebastien lui-même. Peu de temps après avoir frôlé la mort il s'était marié, à la stupéfaction générale. Il avait fait un mariage d'amour.

Antonio observait ses trois compagnons. La tension était si palpable que le crépitement du feu semblait soudain assourdissant. Que se passait-il donc ? En temps normal, Stavros, Alejandro et lui seraient en train de flirter avec des femmes du genre des trois blondes platine qui n'arrêtaient pas de leur lancer des œillades. Mais ce soir l'atmosphère n'avait rien d'habituel.

— Que devient ta femme ? demanda Stavros, ce qui eut pour effet de faire encore monter la tension d'un cran.

— Elle est de meilleure compagnie que toi, répliqua Sebastien d'un ton provocateur. Pourquoi fais-tu cette tête ?

— Je n'arrête pas de perdre. Et puis mon grand-père me menace de me déshériter si je ne me marie pas bientôt. Je l'enverrais bien au diable, mais…

La mine sombre, Stavros but une grande gorgée de whisky.

Antonio lança un coup d'œil compatissant à son ami. Il était bien placé pour savoir à quel genre de pression le soumettait son grand-père. Il avait subi la même de la part de ses parents, ce qui l'avait conduit à épouser Eloisa. Un mariage d'intérêt destiné à unir deux grandes familles et voué à l'échec dès le départ. Résultat, il était aujourd'hui le seul divorcé du groupe. Cette expérience lui avait laissé un goût amer dont il ne parvenait pas à se débarrasser…

Comme Stavros et Alejandro, Antonio avait hérité d'une fortune qu'il avait accrue, tandis que Sebastien était devenu milliardaire en partant de rien.

— Ta mère, dit Alejandro à l'adresse de Stavros.

Les doigts crispés sur son verre, il observait Sebastien à la dérobée, constata Antonio. Sentait-il lui aussi que quelque chose clochait ?

— Tu as tout compris, répliqua Stavros d'un ton brusque.

— N'avez-vous jamais le sentiment que nous passons beaucoup trop de temps à compter notre argent et à courir après des plaisirs superficiels ? demanda Sebastien.

Se désintéressant visiblement de la partie de poker en cours, il regarda tour à tour les trois autres.

— Je suis, dit Antonio à Alejandro en jetant une poignée de jetons sur la table.

— Allons bon, ce n'est pas encore cette fois que je vais gagner, marmonna Stavros.

— Je suis sérieux, insista Sebastien. À notre niveau, l'argent ça se résume à des colonnes de chiffres sur un listing. À des taux sur un tableau d'affichage. Que nous apporte-t-il réellement ? L'argent n'achète pas le bonheur.

Il prit ses jetons puis les laissa retomber sur la table en plongeant le regard dans celui d'Antonio avant de reporter son attention sur Stavros et Alejandro.

Antonio but une autre gorgée de whisky et se cala dans son siège. Pas de doute, Sebastien avait quelque chose d'important à leur dire. Ce commentaire sur l'argent n'était pas une simple banalité énoncée par hasard…

— L'argent permet d'acheter des tas de choses qui rendent la vie plus agréable, objecta-t-il.

Sebastien eut une moue dédaigneuse.

— Tes voitures ? Ton île privée, Alejandro ? Et toi Stavros, ce bateau dont tu es si fier mais que tu n'utilises jamais ? Nous nous offrons des jouets hors de prix, nous jouons à des jeux dangereux, mais en quoi cela enrichit-il nos vies ? En quoi cela nourrit-il nos âmes ?

— Que suggères-tu ? demanda Alejandro d'une voix traînante. Que nous allions vivre dans la montagne avec les bouddhistes ? Que nous cherchions à découvrir le sens de la vie ? Que nous renoncions aux biens matériels pour trouver la sagesse ?

Le ton de Sebastien se durcit.

— Aucun de vous trois ne tiendrait deux semaines sans sa fortune ni son nom.

— Et toi ? lança Stavros. Tu voudrais nous faire croire que tu es prêt à revenir à l'époque où tu n'avais pas un sou ? La faim n'a jamais rendu personne heureux. C'est pour ça que tu es aussi riche aujourd'hui.

— Il se trouve que je pense justement à faire don de la moitié de ma fortune pour la création d'une organisation caritative de recherche et de sauvetage. Toutes les victimes d'avalanche n'ont pas des amis capables de creuser la neige à mains nues pour les sauver.

— Tu es sérieux ? s'exclama Alejandro. Ça représente combien ? Cinq milliards ?

— Je ne les emporterai pas dans ma tombe. Monika est d'accord, mais je n'ai pas encore pris ma décision. Vous savez quoi ? Si vous vous passez de vos cartes de crédit pendant deux semaines, je le ferai.

Sebastien avait parlé à la cantonade, mais Antonio eut l'impression que c'était avant tout à lui que cette proposition était adressée.

— À partir de quand ? Nous avons tous des responsabilités, objecta Alejandro en regardant Stavros et Antonio, qui acquiescèrent d'un signe de tête.

— D'accord, dit Sebastien. Prenez le temps de préparer le terrain. Mais tenez-vous prêts à recevoir de mes nouvelles… et à passer deux semaines dans le monde réel.

Le silence qui suivit parut à Antonio encore plus épais que la couche de neige sous laquelle Sebastien avait failli périr. Il réprima un soupir. Cette discussion n'annonçait rien de bon. Ils n'avaient jamais hésité à se lancer dans des aventures risquées, et aujourd'hui ils s'étaient même surpassés. Mais ce que suggérait à présent Sebastien était d'une autre nature que leurs exploits sportifs habituels. C'était le défi suprême.

— Tu as vraiment l'intention de jouer la moitié de ta fortune sur un pari de ce genre ? demanda Alejandro, qui comme tout le monde avait oublié la partie de poker.

— Si vous êtes prêts à renoncer à vos jouets favoris, oui, répondit Sebastien d'un ton posé. Je vous préciserai les détails le moment venu.

— Je suis partant, déclara Stavros.

Antonio échangea un regard avec lui, puis avec Alejandro.

De toute évidence, ils se posaient tous les deux la même question que lui. Que diable mijotait Sebastien ? Pourquoi leur demander de se priver pendant deux semaines de leurs cartes de crédit, de leur nom et de leur fortune ?

1

Quatre mois plus tôt Antonio avait relevé le défi lancé par Sebastien, et aujourd'hui c'était le premier jour de cette étrange épreuve. Deux semaines sans sa fortune et tout ce qui allait avec. Son seul lien avec sa vie habituelle serait la possibilité de communiquer avec Stavros et Alejandro, qui attendaient toujours de découvrir ce que Sebastien leur réservait.

Antonio referma la porte derrière lui. Le bruit des rues de Milan résonnait dans le salon peu meublé de l'appartement dont Sebastien lui avait fourni l'adresse.

Il promena le regard autour de lui. Ça ne pouvait être qu'une plaisanterie. À quoi Sebastien jouait-il ? Il vit une enveloppe blanche sur une pile de vêtements posés à côté d'une paire de bottes sur la banquette noire située contre le mur. Pourvu que celle-ci ne fasse pas office de lit en plus de servir de canapé…

Les talons de ses luxueux mocassins claquèrent sur les dalles blanches tandis qu'il traversait la pièce. L'enveloppe lui était adressée. Pas d'erreur, donc. C'était le bon endroit. Il jeta un coup d'œil aux vêtements et aux bottes, puis jura en italien.

Milan était beaucoup trop proche à son goût de chez ses parents, avec qui il était brouillé. Il se trouvait par ailleurs que c'était la ville où il avait vécu avec son ex-femme pendant les quelques mois de leur prétendu mariage. Mais c'était surtout là qu'il avait rencontré la seule femme au monde qui avait failli lui faire perdre la tête. Heureusement, son sens du devoir et de l'honneur avait fini par l'emporter. Il avait réussi à surmonter la passion que Sadie Parker lui inspirait. Malgré tout, cette aventure qui n'avait duré qu'un week-end lui avait laissé des regrets. Il aurait aimé être quelqu'un d'autre. Un homme dont l'avenir n'aurait pas été planifié par une famille pour qui le prestige du nom passait avant tout le reste.

Crispant la mâchoire, il ouvrit l'enveloppe.

Bienvenue chez toi. À partir d'aujourd'hui et pour deux semaines, Antonio Di Marcello n'existe plus. Tu seras connu sous le nom de Toni Adessi, et dès que tu te seras changé tu te présenteras au Centro Auto Barzetti, le garage situé de l'autre côté de la rue, où tu travailleras comme mécanicien pendant quinze jours.

Le téléphone fourni te servira uniquement à nous appeler, Stavros, Alejandro ou moi. Tu n'utiliseras aucun autre moyen de communication et tu ne prendras contact avec personne d'autre. Tu as deux cents euros à ta disposition pour tes frais. Tu ne devras en aucun cas dévoiler ta véritable identité. Si tu respectes toutes ces conditions, je ferai le don prévu de cinq milliards de dollars pour la création d'une organisation caritative de recherche et de sauvetage.

Emploie ton temps à bon escient. Cette expérience n'a rien à voir avec la réparation des voitures, Antonio. L'objectif est de réparer ton passé.

Sebastien

Refusant de s'attarder sur la dernière phrase, Antonio prit le téléphone — un modèle antédiluvien ! — et consulta la liste des contacts. Elle se limitait à trois noms. Stavros, Alejandro et Sebastien.

Il laissa échapper un juron retentissant. Comment était-il censé gérer ses affaires sans un smartphone digne de ce nom et depuis une pièce quasiment vide ? Il n'y avait même pas un ordinateur portable, bon sang ! Juste une télévision. Et encore, il n'en avait jamais vu d'aussi petite… Sebastien était très sérieux. Il devait se couper de tout ce qui constituait sa vie.

Son instinct lui disait de quitter cet appartement et de retourner à la normalité. Mais ce serait bien pire qu'un échec personnel. Ce serait même plus grave que la mise en péril d'un projet qui leur tenait à cœur à tous les quatre après cette avalanche qui avait failli coûter la vie à Sebastien.

Renoncer reviendrait à enfreindre un code d'honneur qu'aucun d'eux n'envisagerait jamais de remettre en cause.

Antonio examina le bleu de travail, le débardeur et le jean. Il n'y manquait même pas les authentiques taches de graisse ! Il serra les dents. Non, il n'était pas question d'échouer. Il allait montrer à Sebastien qu'il était capable de réussir cette épreuve ridicule. Il était peut-être né riche, mais il avait considérablement accru sa fortune depuis qu'il avait repris l'entreprise de bâtiment familiale et lui avait donné un nouvel essor. Il s'était battu avec autant d'acharnement que Sebastien dans son secteur. Contrairement à ce que pensait ce dernier, une fortune familiale et un arbre généalogique prestigieux sur plusieurs générations n'étaient pas toujours d'un grand secours.

Antonio lâcha un nouveau juron. Il fallait avertir Stavros et Alejandro que le défi de Sebastien n'avait rien d'une plaisanterie. Un examen rapide du téléphone lui révéla qu'il était par miracle équipé d'une caméra. Il prit une photo des vêtements et des quelques billets à sa disposition, puis l'envoya à Stavros et à Alejandro.

> Moi pour les quinze prochains jours, Toni Adessi, mécanicien, vêtements tachés de graisse, et devinez où ? À Milan. Soyez prévenus. Sebastien ne plaisante pas.

Réprimant un soupir, il se déshabilla. Malgré les recommandations de Sebastien, il n'avait pas pu se résoudre à renoncer à son costume sur mesure pour le voyage. Il le posa soigneusement sur le dossier d'un fauteuil, puis mit le jean, le débardeur et le bleu avant d'enfiler les bottes. Des lunettes de soleil d'une qualité très inférieure aux siennes et une casquette complétaient la tenue. Lorsqu'il se regarda dans le petit miroir accroché derrière la porte, il eut du mal à se reconnaître.

Il y avait quand même une recommandation de Sebastien dont il avait tenu compte. Il ne s'était pas rasé depuis deux semaines, ce qui avait suscité l'inquiétude de son assistante. La barbe qui recouvrait sa mâchoire était aussi déplaisante à porter qu'à regarder. La casquette qui dissimulait ses épais cheveux noirs et bouclés parachevait sa transformation. Il n'avait plus rien à voir avec Antonio Di Marcello, héritier de la fortune des Di Marcello et homme d'affaires prospère.

Il traversa la pièce en s'efforçant de ne pas penser au fait que les bottes, lourdes et inconfortables, n'étaient même pas neuves. Il regarda par l'étroite fenêtre et vit le garage où il devait travailler. Un petit rire lui échappa. Sebastien n'avait rien laissé au hasard. Non seulement il l'envoyait dans un garage, où il pourrait assouvir sa passion pour la mécanique, mais ce dernier se trouvait à Milan, la ville où résidaient ses parents. Et où il n'avait pas remis les pieds depuis son divorce.

Il y avait presque quatre ans. Était-ce cela le passé qu'il devait réparer ? L'échec de son mariage était irrémédiable. Sebastien était le seul à savoir pourquoi et à être au courant de la promesse qu'il avait faite à son ex-femme. Alors pourquoi Milan ? Sinon pour renouer avec ses parents.

L'image de son ex-femme s'insinua furtivement l'esprit d'Antonio. Mais comme toujours, elle fut aussitôt chassée par celle de Sadie, la seule femme qui avait failli conquérir son cœur. Sadie et lui avaient passé un week-end torride ici, à Milan, quatre ans auparavant. Quelques semaines seulement avant qu'il finisse par céder à la pression de son tyran de père et par épouser Eloisa.

Dès le premier baiser, Sadie était devenue la femme qu'il aurait voulu garder s'il n'avait pas été écrasé par le poids de la tradition et de l'honneur familial. S'il avait su à ce moment-là ce qu'il savait aujourd'hui au sujet de son ex-femme, il n'aurait jamais quitté Sadie. Du moins pas avant d'y être prêt.

Antonio enleva la casquette et résista à grand-peine à l'envie de la lancer contre le mur et de s'en aller. Il était si tentant de fuir cette situation ridicule et tous les souvenirs qu'elle remuait… Mais il n'en était pas question.

Il allait montrer à Sebastien qu'il était capable de vivre pendant deux semaines dans la peau d'un autre et de relever n'importe quel défi. Se dirigeant vers la sortie d'un pas décidé, il laissa Antonio Di Marcello dans l'appartement et devint Toni Adessi. Il traversa la rue, protégée du soleil matinal par la hauteur des immeubles, et se dirigea vers le garage. Au moins, mécanicien était un rôle dans lequel il n'aurait pas de mal à être convaincant. Il aimait les voitures et la mécanique depuis tout petit, en raison de son amitié improbable avec le jardinier de la propriété familiale, qui était passionné de course automobile.

Il n'y avait pas plus de deux heures qu'il travaillait lorsqu'il comprit pourquoi Sebastien l'avait envoyé dans ce garage. Alors qu'il jetait un coup d'œil distrait vers le niveau supérieur et ce qui semblait être la fenêtre du bureau, il crut être victime d'une hallucination. C'était le fait d'être de retour à Milan, se dit-il. L'image de Sadie Parker occupait de nouveau son esprit. Comme un fantôme de ce qui aurait pu être, s'il n'avait pas fait passer l'honneur et le devoir avant ses aspirations.

Sadie Parker était la seule femme qui avait fait naître en lui des rêves irréalisables. La seule femme qu'il avait quittée avant d'être prêt à le faire. Désarçonné par le tour inattendu que prenait la situation, il reporta son attention sur le client avec qui il discutait, sans rien laisser paraître de sa surprise.

Mais il ne put s'empêcher de lancer un autre coup d'œil vers la fenêtre. Sadie avait tourné la tête et parlait à quelqu'un. Il en profita pour l'étudier, se remémorant la douceur de ses cheveux et le goût délicieux de ses lèvres.

Une question du client le ramena au présent. Il était ici incognito, se rappela-t-il. Si Sadie le reconnaissait, il était fichu. Son défi serait terminé avant même d'avoir commencé. Or, il n'en était pas question. Perdre était inconcevable.

Sadie observait le nouveau mécanicien depuis la fenêtre du bureau qui donnait sur l'atelier. Elle n'avait jamais vu cet homme, et pourtant il avait quelque chose de familier. Alors qu'il changeait un pneu, sa façon de bouger éveilla des souvenirs qu'elle aurait préféré garder enfouis au plus profond de sa mémoire.

Pas de doute. Même à cette distance, il ressemblait de manière troublante à Antonio Di Marcello, l'homme qui quatre ans plus tôt avait conquis son cœur en deux jours, l'empêchant par la suite d'aimer un autre homme. Malgré tous ses efforts elle ne l'avait jamais oublié. Comment le pourrait-elle alors que tous les jours elle retrouvait ses yeux dans les yeux noirs de son fils ? L'enfant à qui Antonio avait tourné le dos.

— C'est Toni Adessi, dit sa collègue Daniela en la rejoignant à la fenêtre. Très séduisant… et sexy.

— Peut-être.

Sadie ne parvenait pas à détacher les yeux du mécanicien malgré les souvenirs merveilleux et douloureux qu'il lui évoquait. Inspirant profondément, elle s'efforça de se ressaisir. Elle ne pouvait pas se permettre de se laisser ramener dans le passé par un barbu qui ressemblait vaguement au père de Leo.

— Mais dangereux, ajouta-t-elle.

Daniela pouffa.

— Que veux-tu dire ?

— Regarde-le. C'est un séducteur professionnel. Sûr de son charme. Il pense qu'aucune femme ne peut y résister.

Bien sûr, il était injuste d'attribuer à cet inconnu les défauts d'Antonio Di Marcello. Mais c'était plus fort qu'elle. Certaines attitudes de ce mécanicien lui rappelaient trop Antonio. L'homme qui l'avait abandonnée pour épouser une femme plus digne de son rang. Et qui avait décidé d'ignorer l'enfant né de leur aventure d'un week-end.

Non, ça ne pouvait pas être Antonio, se dit-elle pour se rassurer. Il ne s'abaisserait jamais à prendre un emploi de ce genre. Trop ordinaire pour lui, qui n'aurait jamais pu envisager d'épouser une femme ordinaire. Comme le lui avait fait comprendre sans ménagement sa mère, quand elle avait cherché à le prévenir qu'il allait avoir un enfant.

— Quoi que t'ait fait le père de Leo, il faut que tu l'oublies et que tu tournes la page. Sinon tu ne trouveras jamais l'amour.

Le conseil de Daniela fit écho à celui que Sadie avait reçu de sa propre mère. Elle réprima un soupir. Comment ne pas reconnaître qu'elles avaient raison ? Elle-même avait d'ailleurs presque réussi à se persuader qu'elle était prête à tourner la page, à abandonner l'espoir qu'un jour Antonio Di Marcello finirait par avoir envie de connaître son fils. Jusqu'à ce que ce mécanicien fasse son apparition et ravive ses blessures…

— Leo et moi, nous sommes très heureux comme ça, répliqua-t-elle d'un ton plus vif qu'elle ne l'aurait voulu.

Elle ne supportait pas qu'on lui rappelle le cauchemar qu'elle avait vécu quand Antonio l'avait abandonnée pour épouser une autre femme. Après avoir découvert qu'elle était enceinte elle avait tenté de le prévenir. Elle avait trouvé l'adresse de ses parents et lui avait envoyé des messages chez eux. Elle s'était même rendue dans leur imposante propriété, où sa mère l'avait écrasée de son mépris. Mais elle n'avait jamais reçu la moindre nouvelle d'Antonio.

— Ça ne peut pas faire de mal de s'amuser un peu, insista

Daniela. Offre-toi un petit flirt. À vingt-trois ans tu es beaucoup trop jeune pour renoncer aux hommes.

— Ça ne m'intéresse pas.

— Je suis sûre que si, et c'est une occasion en or. D'ailleurs, il monte.

Au grand dam de Sadie, Daniela s'éloigna en gloussant juste au moment où la porte du bureau s'ouvrait. Clouée sur place, elle fixa le mécanicien en tentant de se rappeler son nom.

Les manches de son bleu de travail étaient nouées autour de sa taille, et son débardeur blanc dévoilait des bras aussi hâlés que musclés. Les joues en feu, elle se maudit. Pourquoi était-elle aussi troublée par ce spectacle ? Parce que cet homme éveillait en elle le souvenir de deux nuits torrides appartenant à un passé révolu ?

— Que puis-je faire pour vous ? demanda-t-elle en anglais, oubliant soudain son italien.

Elle se maudit de nouveau. Depuis quand la simple présence d'un homme lui faisait-elle perdre tous ses moyens ? La réponse s'imposa aussitôt à son esprit. *Ce n'est plus jamais arrivé depuis Antonio Di Marcello.*

— Vous êtes anglaise ?

La voix éraillée au fort accent italien était si différente de celle d'Antonio qu'elle se détendit… un peu. Il y avait peut-être une certaine ressemblance entre cet homme et le père de son fils, mais avec cette voix, cette barbe et ces cheveux trop longs qui s'échappaient de sa casquette, il ne pouvait en aucun cas être Antonio.

Antonio avait toujours été tiré à quatre épingles. Les deux jours qu'avait duré leur week-end lui avaient suffi pour constater qu'il était très attentif aux détails, que ce soit dans son travail ou dans sa vie personnelle. Jamais il n'aurait l'idée de porter la barbe, surtout une barbe aussi hirsute. Elle en était absolument certaine.

— Ça vous pose un problème ? rétorqua-t-elle, irritée par le regard appréciateur que le mécanicien promenait sur elle.

Pas de doute, il n'avait ni le savoir-vivre ni le raffinement d'Antonio. Des qualités qui distinguaient ce dernier de tous les hommes qu'elle avait rencontrés avant et après lui.

Debout derrière son bureau, elle étudia le parfait spécimen de macho qui se tenait devant elle. Cheveux trop longs, barbe hirsute, débardeur et bras crasseux. Il n'avait décidément pas grand-chose à voir avec le père de son fils. Et ce n'était pas du tout le genre d'homme avec qui elle avait envie de s'amuser, quoi qu'en pense Daniela.

— Non, *cara*, répondit-il en faisant négligemment tomber sur son bureau la fiche d'intervention qu'il tenait à la main.

Puis il pivota sur lui-même et s'éloigna. Arrivé à la porte, il se retourna et lui sourit. Du moins ce fut l'impression qu'elle eut, ses lèvres étant en partie masquées par sa barbe.

— J'aime les femmes, quelle que soit leur nationalité, ajouta-t-il avant de disparaître.

Suffoquée, elle resta sans voix. Quelle audace ! S'il s'imaginait qu'elle allait être sa prochaine conquête, il se faisait des illusions ! Elle s'approcha de la fenêtre et le regarda traverser l'atelier. À sa grande horreur, il se retourna pour lui envoyer un baiser.

Furieuse, elle s'en prit à Daniela.

— Si tu crois que je pourrais flirter avec ça, tu es complètement à côté de la plaque !

— Je ne parle pas de l'épouser.

Daniela eut un large sourire.

— Juste de t'amuser un peu.

— C'est hors de question. Il faut que je pense à Leo.

Sadie se rassit à son bureau et s'efforça de se concentrer sur les colonnes de chiffres qui dansaient devant ses yeux. En l'espace d'une matinée, cet homme avait réduit à néant les progrès qu'elle avait accomplis au cours des trois dernières années, depuis la naissance de Leo. Antonio Di Marcello occupait de nouveau tout son esprit. Ne serait-ce que pour cette raison, elle ne voulait rien avoir à faire avec Toni Adessi.

Plus nerveux qu'il ne l'aurait voulu, Antonio se défoula sur la tâche suivante. Il avait bien cru qu'il allait être démasqué ! Lorsqu'il était entré dans le bureau il avait eu la certitude que Sadie l'avait reconnu. Il avait lu la suspicion dans ses beaux yeux verts et avait remercié silencieusement Sebastien de lui avoir recommandé de se déguiser.

D'accord il avait toujours envie d'elle, mais réussir son pari passait avant tout le reste. Il n'était pas question d'échouer à cause d'une femme. Après tout, elle serait toujours là dans deux semaines.

Plusieurs heures plus tard, après avoir aidé à remplacer un moteur en luttant contre l'envie de prendre la direction des opérations et d'expliquer au chef d'atelier comment procéder, il vit Sadie qui se dirigeait vers la sortie du garage, le sac en bandoulière et la veste sur le bras.

Vêtue d'une robe bain de soleil qui épousait les formes de son corps, elle était splendide. Plus belle que l'image gravée dans sa mémoire, qui continuait de le hanter comme un fantôme de ce qui aurait pu être. Elle avait dix-neuf ans lors de leur week-end passionné, et quatre ans plus tard elle était encore plus désirable. C'était une véritable torture de ne pas pouvoir se présenter sous sa véritable identité et reprendre les choses là où ils les avaient laissées. Après tout, il n'était plus ligoté par le devoir ni l'honneur familial. Il ne se soumettrait plus jamais aux exigences de ses parents.

Il avait été le premier amant de Sadie. C'était sans doute la raison pour laquelle le souvenir de ces deux nuits ne l'avait jamais quitté. Dire qu'il devait éviter à tout prix qu'elle le reconnaisse… Quelle frustration ! Mais si elle découvrait la vérité avant la fin des deux semaines, il perdrait son pari. Il donnerait raison à Sebastien en prouvant qu'il était incapable de tenir quinze jours sans sa fortune et tout ce qui allait avec. C'était inconcevable.

Non. Sadie Parker devrait attendre qu'Antonio soit de

retour. Mais d'ici là, rien n'empêchait Toni Adessi de jouer à des petits jeux de séduction.

— Vous avez rendez-vous ? lança-t-il avec un sourire suffisant.

Elle lui jeta un regard noir qui le réjouit. Voilà qu'il se découvrait des talents de comédien… Ces manières frustes complétaient parfaitement son déguisement.

— Oui. Avec mon fils, à la crèche.

Elle avait un enfant ?

Cette information lui fit l'effet d'une douche froide. Sadie avec un autre homme ? Cette idée était extrêmement désagréable… Mais de quel droit serait-il contrarié alors qu'il avait mis fin à leur histoire avant même qu'elle ait commencé ? Il avait su dès le début qu'il n'avait pas d'autre choix que d'accepter le mariage imposé par sa famille. Eloisa et lui se connaissant depuis leur enfance, il n'avait pas prévu que ce mariage serait un fiasco. Il avait toujours considéré Eloisa comme une simple amie, mais elle était très proche de sa mère, et il était prêt à faire le meilleur choix pour l'entreprise comme pour sa famille. Pourquoi ne pas se marier avec une amie, puisqu'il ne cherchait pas l'amour ?

Un mariage de convenance basé sur l'amitié lui avait paru le meilleur moyen d'éviter les conséquences désastreuses des mariages d'amour dont les couples finissaient par se briser.

Ayant accepté de se marier avec Eloisa, il avait été obligé de se séparer de Sadie après un unique week-end de passion. Apparemment elle avait tourné la page et trouvé un autre homme. Ce qui était exactement ce qu'il espérait. Alors pourquoi était-il aussi perturbé ?

Il jeta un coup d'œil à sa main gauche. Pas d'alliance.

— Et comment s'appelle votre fils ?

— Leo, répliqua-t-elle d'un ton neutre.

Pourquoi s'attardait-elle ? L'aurait-elle reconnu ?

— Mais ça ne vous regarde pas.

— Son père doit être très fier, commenta-t-il, poussé par

le besoin d'en savoir davantage sur l'homme qui avait pris sa place dans la vie de Sadie.

L'homme avec qui elle partageait beaucoup plus qu'un week-end de passion.

— Je suis mère célibataire.

Antonio fut électrisé. Elle n'avait pas trouvé le bonheur durable qu'ils avaient entrevu ce week-end-là. Comme lui.

Leurs regards se croisèrent, et l'espace d'un instant il oublia tout. Le pari, la nécessité de jouer un rôle. Une seule pensée occupait son esprit. Comment un homme avait-il pu la laisser dans une telle situation ? Il n'avait jamais eu de relation avec une femme ayant un enfant. Pourtant, il éprouvait soudain un besoin irrésistible de protéger Sadie, de prendre soin d'elle et de son fils. Et une furieuse envie de dire à cet homme ce qu'il pensait de son attitude…

— J'ai fini ma journée, dit-il en essuyant ses mains tachées de graisse avec un chiffon. Je peux vous accompagner quelque part ?

Devant le regard perplexe qu'elle lui lança, il prit conscience qu'il était sorti de la peau de son personnage. Il avait parlé de sa voix normale en oubliant de prendre un accent italien à couper au couteau.

— C'est inutile, répondit-elle.

Mais elle resta immobile. Avait-elle décidé de le torturer ? S'appliquant à reprendre son accent, il déclara avec un sourire enjôleur :

— Je viens d'arriver à Milan et je ne connais pas la ville. Marcher dans la rue en compagnie d'une jolie femme serait une bonne manière de terminer la journée, non ?

— Je ne vais pas loin.

Cette fois elle tourna les talons. *Pas question de la laisser s'esquiver aussi facilement !* Il interrogea son chef du regard pour savoir s'il pouvait partir, tout en se félicitant intérieurement de sa présence d'esprit. Quand il avait décidé de faire quelque chose, il n'avait pas l'habitude d'attendre que quelqu'un lui donne le feu vert ! Antonio Di Marcello était son propre maître. Mais depuis le début de la journée il était Toni Adessi…

— Dans ce cas je vais marcher avec vous jusqu'à votre destination.

Sadie quitta le garage sans le moindre signe d'acquiescement. Il s'empressa de jeter son chiffon et de la suivre. Il la rattrapa dans la rue et accorda son pas au sien en se remémorant le soir où ils s'étaient promenés main dans la main dans le centre-ville avant de regagner son hôtel pour la nuit la plus mémorable de sa vie.

— Vous me rappelez quelqu'un.

Allons bon… Il jouait un jeu dangereux. À tout instant, Sadie risquait de le reconnaître. Et de faire tout échouer. Elle était encore plus désirable que lorsqu'il l'avait rencontrée mais il allait devoir être patient.

Sa relation avec Sadie Parker était restée en suspens, et il avait bien l'intention de la reprendre.

— Quelqu'un de bien, je suppose, plaisanta-t-il avec un petit rire.

Elle continua de marcher d'un pas vif sans répondre. Il était en train de se dire que Toni Adessi n'avait aucune chance avec elle lorsqu'elle s'immobilisa devant un petit bâtiment aux fenêtres protégées par des volets du soleil du début de l'été.

— Je m'arrête ici. Je vous verrai au garage.

Elle ne voulait pas de sa compagnie et ne pouvait pas le lui signifier plus clairement… Il posa les yeux sur sa bouche, et le souvenir de leur premier baiser s'imposa à lui. Un souvenir si vivace qu'il sentait ses lèvres sous les siennes. Il donnerait tout pour pouvoir l'embrasser de nouveau, là, tout de suite. Mais c'était impossible. Il n'était pas Antonio Di Marcello, l'amant passionné qui l'avait fait hurler de plaisir quatre ans plus tôt. Il n'était que Toni Adessi, le mécanicien fruste qu'elle venait de rencontrer.

Mais Sadie pourrait-elle s'intéresser à l'homme qu'il était aujourd'hui ?

Et de son côté, avait-il vraiment envie d'une aventure avec une mère célibataire ? C'était une de ses règles de base. Ne coucher qu'avec des femmes célibataires, certes, mais libres comme l'air et sans responsabilités d'aucune sorte. Avec les femmes, il fuyait les complications.

— J'ai hâte de commencer une nouvelle journée de travail, dit-il en arborant le célèbre sourire ravageur d'Antonio Di Marcello.

Ce qu'il regretta aussitôt en voyant Sadie froncer les sourcils. Encore une imprudence… Heureusement qu'il s'était laissé pousser la barbe et qu'il portait ces lunettes de soleil miteuses ! Mais s'il ne se montrait pas plus prudent, il allait finir par se trahir.

— Je n'ai pas besoin d'un homme dans ma vie, monsieur Adessi, précisa-t-elle avec un franc-parler qui le surprit.

— Je ne vous propose pas le mariage.

C'était une expérience qu'il ne renouvellerait pour rien au monde !

— Juste un peu de bon temps, c'est tout.

— Les mères célibataires ne prennent pas de bon temps. Maintenant si vous voulez bien m'excuser, mon fils m'attend.

Sur ces mots, elle s'éloigna et disparut à l'intérieur du bâtiment. Le laissant au comble de la perplexité. Que s'était-il passé ? Antonio Di Marcello venait d'essuyer un refus ? De la part du genre de femme avec qui il s'était promis de ne jamais avoir d'aventure ? Que lui arrivait-il ? Ce n'était pas parce qu'il s'était engagé à vivre pendant deux semaines dans la peau de Toni Adessi qu'il devait changer complètement de personnalité !

Il fallait garder la tête sur les épaules. Le pari avant tout. Rien d'autre ne comptait. Du moins pendant deux semaines. Ensuite, on verrait.

2

Au grand soulagement de Sadie, le nouveau mécanicien garda ses distances tout le reste de la semaine. Elle avait bien fait de l'informer qu'elle était mère célibataire. Depuis ce premier jour il ne lui avait pas adressé la parole une seule fois. Ils avaient malgré tout échangé quelques regards, et sa façon de froncer les sourcils lui rappelait beaucoup trop le père de Leo à son goût.

Mais aujourd'hui on était dimanche, et le soleil était au rendez-vous en ce début d'été. Elle avait donc décidé de profiter du beau temps avec Leo au terrain de jeu du quartier, et de chasser de son esprit la ressemblance troublante entre le mécanicien et Antonio. Elle n'avait aucune envie de penser à l'homme qui les avait abandonnés sans le moindre scrupule, elle et leur fils.

— *Mamma !*

Leo poussait des cris de joie tandis qu'elle faisait tourner le tourniquet. Mais soudain il regarda derrière elle, visiblement distrait par quelque chose. L'estomac noué, elle se retourna aussitôt.

— *Buongiorno.*

Elle ne put s'empêcher de tressaillir, et le nouveau mécanicien fronça les sourcils derrière ses lunettes de soleil. Était-il surpris de découvrir qu'elle ne lui avait pas menti ? Allait-il renoncer définitivement à flirter avec elle à présent qu'il l'avait vue avec son fils ? Avec un peu de chance, il n'allait pas s'attarder.

— Que faites-vous ici ? demanda-t-elle d'un ton vif en anglais.

Il la déstabilisait tellement qu'elle en perdait son italien quand il était là. Le fait qu'elle s'était inscrite à des cours d'italien quand elle était arrivée en Italie avec ses parents lui avait valu des louanges de la part de l'homme dont elle était stupidement tombée amoureuse. Mais cet homme-ci n'était pas Antonio, et elle ferait bien de ne pas l'oublier.

— Ça m'a manqué de ne pas vous parler au travail, toute cette semaine, répondit-il en s'approchant encore.

Un jean et un T-shirt à manches longues mettaient en valeur ses jambes et ses bras musclés. Elle ne parvenait pas à détacher les yeux de ce corps athlétique, fascinée malgré elle. Et transportée quatre ans en arrière dans les bras puissants d'Antonio, encore frémissante de plaisir après l'amour.

Elle chassa ces souvenirs brûlants de son esprit, furieuse contre elle-même. Que lui prenait-il de dévorer cet homme des yeux ? Elle avait déjà été ensorcelée une fois par un séducteur au charme irrésistible. Résultat ? Une aventure éclair qui resterait toujours gravée dans sa mémoire. Elle n'avait jamais réussi à se libérer d'Antonio et de ses souvenirs.

Il l'avait quittée, prenant soudain conscience qu'il devait épouser une autre femme, une héritière plus en adéquation avec sa position sociale. Un mariage voulu par ses parents, avait-il expliqué. Pour unir deux familles qui cherchaient depuis deux générations à sceller une alliance par un mariage. C'était son devoir, et en tant qu'héritier de la famille Di Marcello il ne manquerait jamais à son devoir. Il avait traité avec dédain l'idée même d'amour, réduisant à néant tous ses rêves de bonheur.

Elle avait été anéantie par son rejet. À tel point qu'au début elle avait été incapable d'admettre ce que son corps essayait de lui dire. Elle avait refusé de reconnaître qu'elle était enceinte de l'homme qui lui avait brisé le cœur.

Exaspérée par ce mécanicien qui éveillait en elle tant de souvenirs douloureux, elle rétorqua sèchement :

— J'avais beaucoup de travail.

— J'espère que vous serez moins occupée la semaine prochaine, dit-il en haussant les sourcils derrière ses lunettes noires.

Des lunettes qu'il n'enlevait jamais… Et avec sa barbe en plus, elle n'avait jamais vraiment vu son visage. *Et alors* ? *À quoi ça t'avancerait* ?

— Je serai toujours occupée, monsieur…

Elle était tellement irritée contre elle-même qu'elle fut incapable de se rappeler le nom de famille du mécanicien.

— M. Adessi.

— Comme je vous le disais, je serai toujours occupée, soit par mon travail soit par Leo.

Horrifiée, elle se tourna vers le tourniquet qui commençait à ralentir. L'espace de quelques secondes, Toni Adessi lui avait fait oublier son fils !

— C'est un beau petit garçon.

— Oui.

Elle n'avait aucune envie de parlér de Leo avec cet homme. Il la déstabilisait beaucoup trop… Et elle ne pouvait même pas lire dans ses yeux à cause de ces fichues lunettes ! Elle resta immobile entre Leo et Toni Adessi, comme une lionne sur la défensive. Son fils et elle n'avaient besoin de personne. Même si Leo commençait à prendre conscience qu'il était différent de ses amis, qu'il n'avait pas de père.

— Il ressemble à son père, non ?

Elle se raidit, prête à sortir les griffes pour défendre Leo. Contre quoi, elle ne savait pas exactement. Mais elle était prête à tout pour le protéger.

Antonio considérait Leo avec effarement. Une fois le premier choc passé, il était peu à peu gagné par la colère. Même s'il n'avait pas l'habitude des enfants, il ne devait pas se tromper de beaucoup en donnant à peu près trois ans à ce petit garçon. Ce qui signifiait qu'il avait dû naître environ neuf mois après le week-end torride qu'il avait passé avec Sadie, une jeune femme arrivée depuis peu en Italie, qui lui était tombée très facilement dans les bras.

Voilà pourquoi Sebastien l'avait envoyé à Milan… Ce n'était pas pour qu'il se réconcilie avec ses parents ou son ex-femme. C'était à cause de cette femme, dont il lui avait parlé après l'avalanche dans un rare moment d'abandon.

L'atmosphère était aux confidences, et il avait dit à Sebastien que Sadie était la femme de sa vie, rencontrée au mauvais moment. Son ami l'avait-il envoyé ici en sachant qu'elle travaillait au garage ? Il y avait peu de chances que ce soit une coïncidence.

Tout s'éclairait. Le pari qu'il devait réussir ce n'était pas de vivre pendant deux semaines dans un appartement exigu avec deux cents euros en poche. C'était de réparer le passé, comme le précisait le mot que Sebastien lui avait laissé.

Sebastien voulait qu'il renoue avec la seule femme qui lui avait donné envie d'autre chose que d'un mariage de convenance accepté par devoir. Mais connaissait-il l'existence de l'enfant ? Le petit garçon de Sadie était-il né de ce week-end de passion qu'ils avaient passé ensemble ? Était-il l'héritier que ses parents espéraient tant voir naître de son mariage ? Il imaginait bien le mépris de sa mère si elle apprenait qu'il avait un enfant illégitime dont la mère — comble de l'horreur — n'était même pas italienne. Il y avait presque de quoi rire…

— Il ne connaît pas son père, répondit Sadie avant de se tourner pour pousser le tourniquet.

Les cris de joie du petit garçon serrèrent le cœur d'Antonio.

— C'est triste, commenta-t-il en renforçant instinctivement son accent pour dissimuler l'émotion étrange qui le submergeait. Un petit garçon a besoin d'un père.

C'était ce qui lui avait manqué pendant son enfance. Il en avait un bien sûr, mais si distant qu'il avait fini par ne plus rien éprouver du tout pour l'homme qu'il était censé aimer et respecter. Enfant, il rêvait d'un père affectueux, qui consacrerait du temps à son fils et susciterait son admiration. Ses vœux n'ayant pas été exaucés, il s'était promis de ne pas avoir d'enfants à moins de se sentir capable d'être le père dont il avait tant rêvé. Un homme attentif et disponible, comme le jardinier de son enfance, le seul homme à avoir fait preuve de bonté envers lui.

Ce manque n'avait jamais cessé de le ronger, si bien que lorsque son ex-femme lui avait annoncé qu'elle n'avait pas l'intention de coucher avec lui il avait été soulagé. Quand on doutait de pouvoir devenir un père digne de ce nom, il fallait éviter d'avoir des enfants.

— Je suis d'accord, acquiesça Sadie d'une voix triste et résignée. Cependant, son père était d'un autre avis.

— Quel âge a Leo ?

Sadie plissa le front. Visiblement, cette question éveillait sa suspicion. Mais comment pourrait-il ne pas la poser ? Il fallait qu'il sache. Si Leo était son enfant, son fils et héritier, il était hors de question qu'il quitte Milan sans lui. Pari ou pas pari.

Antonio reporta son attention sur le petit garçon, qui choisit cet instant précis pour se mettre à crier et demander à sa mère d'arrêter le tourniquet. Instinctivement, Antonio se précipita pour immobiliser l'appareil. Son regard croisa celui de Léo, et il eut l'impression de se voir enfant. Même yeux noirs, même tristesse dans le regard.

Il parla en italien, mais l'enfant tendit les bras vers sa mère d'un air apeuré. Il maudit aussitôt son déguisement. Si seulement il pouvait se débarrasser de la barbe et des manières frustes de Toni Adessi !

— Il n'a pas l'habitude des hommes.

Sadie prit le petit garçon dans ses bras, et ce dernier en profita pour lancer à Antonio un regard accusateur.

Antonio fut étreint par un vif sentiment de culpabilité mêlé de colère. Pas besoin d'un test de paternité pour vérifier si cet enfant était son fils. Son regard ne trompait pas. Leo était bien un Di Marcello.

— Vous avez choisi de l'élever seule ? demanda-t-il en s'exhortant au calme.

Cet enfant était son fils, et c'était seulement aujourd'hui qu'il le voyait pour la première fois. *Dio mio*, jusque-là il n'était même pas au courant de son existence. Pour qui se prenait Sadie ? Comment avait-elle pu lui cacher une information aussi essentielle ? Et pourquoi ?

— Son père m'a abandonnée. Ce qui ne me donne pas une folle envie de faire entrer un autre homme dans notre vie. Vous feriez mieux d'aller faire du charme ailleurs, monsieur Adessi. Avec moi vous perdez votre temps.

Serrant fermement Leo dans ses bras, Sadie dardait un regard noir sur l'homme qui avait ravivé les blessures du passé. Elle ne voyait rien d'autre que son propre reflet dans ses lunettes de soleil, ce qui accroissait son irritation.

Pourquoi Toni Adessi s'intéressait-il tant à elle et à Leo ? Elle sentit un frisson désagréable courir le long de son épine dorsale.

— C'est triste pour lui. Si c'était mon fils, je voudrais tout savoir de lui.

Toni Adessi regarda Leo, qui enfouit aussitôt le visage dans le cou de Sadie. Elle poussa un soupir, exaspérée. Pourquoi discutait-elle avec cet homme ? *Parce que tu éprouves du remords.* Le mot s'insinua dans son esprit comme un serpent venimeux. Oui, à quoi bon le nier ? Le remords la poursuivait. Parce qu'elle n'avait pas fait tout son possible pour prévenir

Antonio Di Marcello qu'il allait être père. Quand sa mère lui avait fermé la porte au nez, elle s'était résignée. Elle aurait dû insister. Se battre davantage. Pas pour elle ni pour Antonio, mais pour Leo.

La souffrance et l'humiliation provoquées par cette fin de non-recevoir se réveillèrent, attisant sa colère.

— On m'a informée qu'un enfant, ou plutôt un enfant illégitime, n'était pas le bienvenu dans la très honorable famille…

Elle s'interrompit juste à temps. Emportée par ses souvenirs elle avait failli révéler le nom du père de Leo… Avec quel mépris ses parents l'avaient traitée ! Ils s'étaient fait un plaisir de l'informer que leur fils était sur le point de se marier et qu'ils n'avaient pas l'intention de mettre en péril une union aussi attendue. Le mariage d'un couple qui s'aimait depuis l'enfance.

Lorsqu'elle avait vu les photos dans le journal, elle avait définitivement renoncé à mettre Antonio au courant. Elle avait compris qu'elle devait tourner la page et se résoudre à élever son enfant seule. Antonio Di Marcello avait épousé son amour d'enfance quelques semaines seulement après leur rencontre. Pour lui leur week-end de passion n'avait jamais rien été d'autre qu'une dernière aventure avant le mariage. Comment aurait-elle trouvé le courage de provoquer un scandale en révélant qu'il allait avoir un enfant illégitime ? Elle avait préféré s'épargner une épreuve qui aurait fini par rejaillir sur son bébé. Surtout après les menaces de la famille Di Marcello.

— Vous en êtes certaine ?

L'irritation qui perçait dans la voix éraillée du mécanicien accrut l'appréhension que cette conversation avait fait naître en elle.

— Pourquoi êtes-vous ici, monsieur Adessi ? Je veux dire au garage.

Cette question la poursuivait depuis l'instant où Toni Adessi avait regardé attentivement Leo pour la première fois.

Elle avait lu la stupeur sur son visage. Ça n'avait duré qu'une fraction de seconde, mais même sa barbe et ses lunettes de soleil n'avaient pas réussi à masquer son effarement.

Antonio Di Marcello aurait-il un frère ou un cousin ? Avait-il envoyé quelqu'un vérifier ce qu'elle avait dit à ses parents ? Mais pourquoi maintenant ? Pourquoi avoir attendu si longtemps ?

Après avoir perdu quatre ans à rêver, à garder espoir en dépit de tout, elle avait fini par se rendre à l'avis de sa mère. Elle avait fini par renoncer à rester dans la ville du père de Leo et s'apprêtait à quitter Milan. Dans quelques semaines elle retournerait en Angleterre avec ses parents. Était-ce cette décision qui avait provoqué l'apparition de Toni Adessi ? Était-elle surveillée ? Mais pourquoi Antonio chercherait-il à avoir des informations sur un enfant dont il ne voulait pas ? Quel intérêt pour lui ?

— J'ai pris cet emploi pour prouver quelque chose.

La voix posée de Toni Adessi avait quelque chose d'étrange, et il semblait soudain très différent. Il avait parlé sur le même ton qu'Antonio lorsqu'il lui avait annoncé que c'était terminé entre eux. Un ton calme et résolu.

« Nous avons passé un week-end très agréable, mais il est terminé, et nous devons reprendre chacun notre vie habituelle. »

Pour sa part, elle n'avait jamais pu. Ce week-end avait bouleversé sa vie à jamais.

— Pour prouver quoi ? demanda-t-elle avec circonspection.

Toni recula d'un pas en fixant sur Leo un regard qui la mit encore plus mal à l'aise.

— Pour prouver ce dont je suis capable.

Il reporta son attention sur elle.

— Et c'est exactement ce que je vais faire.

3

La deuxième semaine parut encore plus longue à Antonio que la première. Mais ça n'avait rien à voir avec le minuscule appartement ni avec le travail. Le problème c'était Sadie.

Ce week-end au parc il avait bien failli jeter le masque. La tentation avait été très forte. Dès qu'il avait compris que le petit garçon de Sadie était selon toute probabilité son fils, il avait dû se retenir pour ne pas exiger qu'ils partent avec lui à Rome sur-le-champ.

C'était uniquement sa loyauté envers Sebastien, Stavros et Alejandro qui l'avait empêché de céder à cette impulsion. Loyauté qui passait bien avant le désir de gagner son pari. À présent il avait la certitude que ce n'était pas leur capacité à survivre sans leur fortune qui était l'objet du jeu. Sebastien l'avait envoyé à Milan avec une tout autre idée en tête. Et nul doute qu'il avait des projets de même nature pour Stavros et Alejandro.

Mais pour lui c'était enfin terminé ! Vendredi en fin de journée, Antonio s'essuya les mains avec un chiffon puis jeta ce dernier dans un coin, impatient de se débarrasser de Toni Adessi et de prendre les mesures exigées par la situation.

Il mit ses lunettes de soleil et n'eut pas besoin de se retourner pour savoir que Sadie descendait les marches reliant le bureau à l'atelier. Chacune de ses cellules nerveuses l'avertissait de sa présence. En revanche, il fut surpris qu'elle vienne vers lui après l'avoir évité toute la semaine.

— J'ai entendu dire que vous partiez aujourd'hui. Ce n'est pas un travail pour vous, finalement ? Avez-vous échoué à prouver ce dont vous étiez capable ?

Antonio se remit dans la peau de Toni Adessi et se retourna. Les beaux yeux verts de Sadie pétillaient de malice. Son départ l'encourageait-il à flirter avec lui ?

— Je n'échoue jamais, Sadie, mais je m'en vais aujourd'hui. J'ai des problèmes beaucoup plus importants à régler.

Il pouvait enfin se permettre de répondre sans mentir…

— Où allez-vous ?

Malgré son air enjoué, il y avait une pointe d'inquiétude dans la voix de Sadie, constata-t-il. Pourquoi s'intéressait-elle tant à lui, tout à coup ? Elle lui avait à peine adressé un regard depuis leur discussion dans le parc. Depuis le jour où il avait failli renoncer à gagner son pari et révéler son identité pour faire valoir ses droits. Sur Leo. Le petit garçon qui avait les yeux de jais de tous les Di Marcello.

— La vie à Rome me convient mieux.

Devant la mine stupéfaite de Sadie il réprima un sourire.

— Vous vivez à Rome ?

— *Sì*.

Il pensa à ses bureaux ultramodernes et à son luxueux appartement avec vue sur la ville où il avait choisi de s'installer. Une ville qu'il quittait régulièrement pour le plaisir de conduire une de ses voitures de collection. Comme il avait hâte de retrouver tout ça, de reprendre une vie normale ! Sauf que la découverte qu'il avait faite le week-end dernier changeait tout.

Sadie plissa les yeux d'un air soupçonneux.

— Alors que faites-vous ici, monsieur Adessi ? Pourquoi être venu travailler juste pour deux semaines dans un petit garage de Milan ?

Il fut assailli par une bouffée de panique. Savait-elle qui il était ? Il n'était pas question d'échouer au dernier moment.

Trop de choses étaient en jeu. Il fallait encore tenir jusqu'à la fin de la semaine.

— J'ai fait ça pour aider un ami, répliqua-t-il en s'efforçant de garder la voix éraillée de Toni Adessi.

— Quand repartez-vous pour Rome ?

Visiblement anxieuse, Sadie jetait des coups d'œil autour d'eux comme si elle cherchait quelque chose ou quelqu'un.

— Pas avant quelques jours. J'ai deux ou trois choses à faire avant.

À commencer par aller voir ses parents pour vérifier s'ils connaissaient l'existence de Leo. Avant de s'occuper de Sadie, il fallait qu'il sache si elle avait pris contact avec ses parents quand elle était enceinte… Et si ces derniers avaient refusé de l'écouter. Une fois qu'il en aurait le cœur net, il reviendrait. Et cette fois ce ne serait pas en tant que Toni Adessi.

Sadie scrutait en vain le visage de Toni Adessi. Pourquoi avait-il choisi une fois de plus de se cacher derrière ses lunettes noires ? Depuis leur discussion au parc elle vivait dans l'anxiété. Et quand elle avait appris qu'il quittait le garage après seulement deux semaines de travail, ses craintes s'étaient renforcées. C'était sûrement Antonio qui l'avait envoyé pour se renseigner sur elle… Ou sur Leo. Sa mère avait dû finir par lui transmettre son message. Pour un homme aussi influent que lui, la retrouver avait sans aucun doute été un jeu d'enfant. Mais pourquoi maintenant ?

Le jour qu'elle redoutait depuis qu'elle avait été chassée de chez ses parents était-il arrivé ? Le jour où Antonio Di Marcello déciderait de se rappeler à elle ? Toni Adessi travaillait pour lui, elle en était certaine. Mais elle avait bien l'intention de faire savoir à Antonio qu'il n'était pas le bienvenu dans sa vie. Dire qu'il n'avait même pas le courage de l'affronter lui-même !

— Vous avez des affaires à régler ici ? demanda-t-elle d'un ton qui se voulait taquin.

Ce n'était pas en restant sur la défensive qu'elle parviendrait à savoir s'il travaillait vraiment pour Antonio. Et de toute façon, elle avait très envie de lui dire ce qu'elle pensait de ses manières de séducteur.

— *Sì, sì.* Mais pour l'instant il est l'heure de dîner. Accepteriez-vous de vous joindre à moi pour mon dernier jour ?

Sous la barbe hirsute elle devina un sourire. Et si elle faisait fausse route ? Et si elle lui plaisait, tout simplement ? Sa rancune contre la famille Di Marcello fausserait-elle son jugement ? Pour le savoir il n'y avait qu'une solution.

— Oui, avec plaisir, répondit-elle en souriant.

— Vous ne devez pas aller chercher votre petit garçon, aujourd'hui ?

Le sourire de Sadie se figea.

— Non, il est avec ma mère aujourd'hui.

— Dans ce cas il y a tout près d'ici un restaurant que j'aimerais essayer.

Les autres mécaniciens suivaient la conversation avec un intérêt non dissimulé, constata-t-elle. Elle jeta un coup d'œil vers la fenêtre du bureau. Le sourire ravi de Daniela et ses signes d'encouragement la poussèrent à oublier sa prudence habituelle.

— Très bien, allons-y.

Ils descendirent la rue jusqu'au restaurant en question. Elle y était déjà allée avec des amis mais jamais avec un homme. En fait, elle n'était plus allée nulle part avec un homme depuis qu'Antonio l'avait laissée tomber.

— Alors vous êtes à Milan avec vos parents ?

La question la prit au dépourvu, tandis qu'ils s'asseyaient en terrasse sous un soleil éclatant. Au moins, elle pouvait elle aussi se cacher derrière des lunettes noires…

— Oui, nous sommes arrivés ici quand j'avais dix-huit

ans à cause du travail de mon père, mais nous allons bientôt retourner en Angleterre.

En avait-elle trop dit ? se demanda-t-elle aussitôt en observant Toni Adessi du coin de l'œil. Aurait-elle dû garder cette information pour elle ? Si par hasard ses soupçons étaient fondés et s'il travaillait pour Antonio Di Marcello, elle ferait mieux de faire attention à ce qu'elle disait.

Il se cala dans son siège en observant les passants, qui ne manquaient pas dans cette rue animée. Sa réponse ne semblait pas l'intéresser le moins du monde, constata-t-elle un peu rassurée. Peut-être se trompait-elle. Peut-être n'avait-il rien à voir avec Antonio.

— Pensez-vous que Milan va vous manquer ? demanda-t-il alors que le serveur apportait leurs boissons.

— Sans doute, mais rien ne me retient ici.

— Et votre petit garçon ? Est-ce que son père est en Angleterre ?

De nouveau sur ses gardes, elle s'appliqua à prendre un ton neutre.

— Non il est ici, en Italie.

— Et ça ne le dérange pas que vous partiez avec son fils ?

Elle déglutit péniblement. Cette question faisait écho aux doutes qui la poursuivaient plusieurs mois. Depuis que ses parents lui avaient annoncé leur départ, en insistant pour qu'elle rentre en Angleterre avec eux.

— Ça ne le regarde pas.

— N'a-t-il pas le droit d'être au courant ?

Derrière les lunettes de soleil, le regard de Toni Adessi était accusateur. Elle en était sûre. Elle le sentait de toutes les fibres de son être… Incapable de masquer sa colère, elle répliqua d'un ton vif :

— Le seul homme qui aurait le droit d'émettre un avis sur les décisions que je prends au sujet de mon fils serait celui qui m'épouserait.

Quand elle avait découvert qu'elle était enceinte, elle avait espéré que cet homme serait Antonio. Quelle naïveté !

Antonio resta impassible malgré la bouffée de panique qui l'assaillit. Le mariage était une expérience qu'il n'avait aucune intention de renouveler. Cependant, il avait le devoir de perpétuer le nom des Di Marcello. Un devoir qu'il avait ignoré depuis que son mariage avait explosé au bout de six mois de la manière la plus inattendue. Aujourd'hui, quelle que soit son opinion sur le mariage, il avait une nouvelle responsabilité à assumer. Son fils passait avant tout le reste. Pas parce qu'il était l'héritier Di Marcello, mais parce qu'il était son fils et qu'Antonio ne voulait pas lui infliger une enfance aussi morne que la sienne. Était-il capable de faire abstraction de ses convictions pour aimer son fils ?

Pour son fils il ferait n'importe quoi.

— Quelle véhémence, plaisanta-t-il avec une désinvolture qu'il était loin de ressentir.

Pour l'instant il était toujours Toni et il ne pouvait pas dévoiler sa véritable identité avant la fin de la journée. Et même à ce moment-là ce serait encore trop tôt.

Non, cette révélation attendrait encore un peu. Il devait d'abord rendre visite à ses parents, même si cette perspective ne le réjouissait pas du tout. Ils allaient être obligés d'accepter Leo. Son tour était venu d'imposer sa volonté en ayant recours au chantage affectif.

Quant à Sadie, elle était sur la défensive, et il ne fallait surtout pas la brusquer. Il devait se montrer prudent et lui laisser le temps de baisser sa garde.

— C'est ce que je ressens, monsieur Adessi.

— Toni, s'il vous plaît.

Sadie se raidit imperceptiblement, puis elle sourit.

— D'accord, Toni. Parlez-moi un peu de vous. Qu'est-ce qui vous pousse à retourner précipitamment à Rome ?

— Qui a dit que je me précipitais ?

Elle remonta ses lunettes sur sa tête, révélant ses yeux verts si expressifs.

— Vous quittez votre emploi au garage après seulement deux semaines.

À en juger par son ton léger, elle se détendait. Se sentirait-elle plus en confiance ? Ou bien jouait-elle avec lui ?

— Ce n'est pas un travail qui m'intéresse particulièrement.

— Qu'est-ce qui vous intéresse ? demanda-t-elle alors que le serveur posait son assiette devant elle.

— Mon domaine c'est davantage le bâtiment que la mécanique.

Ou comment dire la vérité sans rien dévoiler, se félicita-t-il. S'il précisait qu'il était entrepreneur et que sa société construisait des édifices prestigieux dans le monde entier, il y avait un grand risque qu'elle réalise qui il était…

Elle goûta son plat et déclara :

— C'est délicieux. Merci de m'avoir amenée ici.

Il promena le regard autour de lui. Une fois qu'il serait redevenu Antonio Di Marcello, il l'emmènerait dans des restaurants bien plus chics.

— Je vous y aurais amenée plus tôt si vous n'aviez pas été aussi opposée à l'idée que nous devenions amis.

Elle le regarda d'un air perplexe.

— L'amitié est-elle possible entre un homme et une femme ?

Des souvenirs d'un week-end de passion s'imposèrent aussitôt à lui, et son regard fut irrésistiblement attiré par la bouche pulpeuse de Sadie. Se contenter de rester ami avec cette femme semblait impossible, il fallait bien le reconnaître. Quatre ans après il sentait encore la chaleur de son corps contre le sien, la douceur de sa peau, le contact délicieux de ses seins contre son torse… S'efforçant d'ignorer la flèche de désir qui le transperçait, il plongea le regard dans le sien et déclara :

— Tout est possible entre un homme et une femme.

Après s'être brièvement détendue, Sadie sentait ses craintes se réveiller. Quelque chose lui disait qu'elle ne s'était pas trompée. Cet homme cherchait des informations sur elle et sur Leo. Pourquoi lui avait-elle parlé aussi franchement ? S'il travaillait pour Antonio, ne lui avait-elle pas fourni des armes ?

— Ça dépend de l'homme et de la femme, vous ne croyez pas ? répliqua-t-elle sèchement.

Elle but une gorgée d'eau. Dire que quelques minutes plus tôt elle commençait à apprécier le fait de dîner au restaurant en compagnie d'un homme… Tout à coup elle avait perdu l'appétit.

Dans le silence tendu qui s'installait entre eux, elle observa Toni à la dérobée. Pourquoi n'enlevait-il jamais ses lunettes de soleil ? Non seulement elles masquaient son regard mais elles lui donnaient un air menaçant. Non, c'était ridicule. Sa méfiance tournait à la paranoïa. Oui, mais si elle avait raison ? S'il était à Milan pour se renseigner sur elle et Leo ? C'était son pire cauchemar depuis des années. Si Antonio avait décidé de récupérer Leo, peut-être avait-il également chargé Toni de la séduire afin de l'attirer dans un piège. Mais s'il s'imaginait pouvoir tromper sa vigilance, il l'avait sérieusement sous-estimée !

La voix charmeuse de Toni rompit le silence.

— Nous pourrions peut-être passer un peu de temps ensemble.

— Je suis prise tout le week-end, s'empressa-t-elle de répondre.

Pas question de laisser cet homme approcher Leo !

— Vous n'êtes même pas libre une heure pour prendre un café ?

— J'ai un enfant, Toni. Avez-vous la moindre idée des responsabilités que cela suppose ?

À sa grande satisfaction, Toni se raidit visiblement. Cette question semblait le décourager d'insister, ce qui était le but recherché ! Il n'y avait de place dans sa vie pour personne à part Leo.

À la fin du repas Antonio avait regardé Sadie s'éloigner avec frustration. C'était la première fois que son charme se révélait inefficace. Il avait l'habitude d'obtenir ce qu'il voulait. Et ce qu'il voulait c'était Sadie Parker. Mais là où Toni Adessi avait échoué, Antonio Di Marcello réussirait. Dans quelques heures, ses deux semaines de vie « ordinaire » seraient terminées. Il aurait réussi son pari et pourrait enfin redevenir Antonio Di Marcello.

Mais d'ici là, il avait besoin de parler à quelqu'un. Stavros était sur le point de changer à son tour d'identité, et il n'avait aucune intention de se confier à Sebastien. Pas question pour l'instant de lui faire savoir qu'en l'envoyant à Milan il avait atteint son objectif. Il sortit pour la dernière fois son portable antédiluvien de sa poche et composa le numéro d'Alejandro.

— *Ei*, Antonio.

Après deux semaines de dépaysement, la voix familière le rasséréna.

— Tu n'imagines pas à quel point c'est agréable de s'entendre appeler par son vrai nom !

— Alors, comment ça s'est passé ?

— Je m'en suis sorti, et il me reste même dix euros. J'espère que Sebastien les investira judicieusement.

Il plaisantait, mais Sebastien estimait sans nul doute avoir fait un investissement très judicieux en l'envoyant à Milan, dans le garage où travaillait Sadie. Il savait que c'était la seule femme qui pourrait lui donner envie d'une autre vie. Mais était-il au courant de l'existence de Leo ?

— Et ?

— Et quoi ?

— Je perçois une certaine incertitude dans ta voix, *meu amigo*. Qué se passe-t-il ?

— Il y a une femme.

Le rire d'Alejandro résonna à l'autre bout de la ligne.

— Avec toi, Antonio, il y a toujours une femme.

— Cette fois c'est compliqué.

— Dans quel sens ?

— Nous avons un passé commun.

Il y eut un long silence.

— Il y a un enfant, précisa Antonio.

— *Ton* enfant ?

— C'est ce que j'ai l'intention de découvrir. Et si c'est le cas, je réclamerai mon dû. Mon fils et héritier.

4

Un coup de sonnette obligea Sadie à poser son pinceau. Elle soupira. Qui pouvait bien lui rendre visite un dimanche après-midi ? Tous les week-ends elle profitait des quelques heures que Leo passait avec ses parents pour peindre des tableaux qu'elle vendait dans des boutiques du quartier. La peinture était une passion à laquelle elle regrettait de ne pas pouvoir consacrer davantage de temps.

Un nouveau coup de sonnette résonna dans le petit appartement avec une insistance de mauvais augure. Qui cela pouvait-il bien être ? Elle se jeta un coup d'œil dans le miroir et tenta de discipliner les mèches folles qui s'échappaient systématiquement de sa queue-de-cheval.

La sonnette retentit une troisième fois juste au moment où elle appuyait sur le bouton de l'interphone. Avant qu'elle eût le temps de prononcer un mot, une voix masculine la dérouta.

— Il faut que nous parlions, Sadie.

— Toni ?

Elle plissa le front. Pourquoi avait-elle un doute ? C'était bien la voix du mécanicien mais il semblait… différent. Un frisson d'appréhension la parcourut.

— C'est vous ?

— Oui.

— Que voulez-vous ?

— Juste bavarder un peu avant de partir pour Rome.

— Montez.

Elle déclencha à contrecœur l'ouverture de la porte de l'immeuble. Si c'était Daniela qui lui avait donné son adresse, elle allait l'entendre ! Elle n'avait aucune envie de revoir Toni. Avec un soupir résigné elle ouvrit la porte de son appartement. Que pouvait-il bien avoir à lui dire ? Elle croyait pourtant l'avoir découragé en lui rappelant qu'elle avait un enfant.

Ses soupçons seraient-ils fondés ?

L'estomac noué, elle se jeta un nouveau coup d'œil dans le miroir. Au même instant le reflet d'un homme apparut derrière le sien. Le souffle coupé, elle le fixa avec incrédulité. Antonio Di Marcello…

L'homme à qui elle s'était donnée corps et âme et qui l'avait abandonnée. L'homme qui l'avait laissée sans nouvelles pendant quatre ans se tenait sur le seuil de chez elle, l'air plus assuré que jamais. Elle avait donc vu juste. C'était lui qui avait envoyé Toni Adessi au garage pour se renseigner sur elle. Pour une raison évidente. Leo. Le moment qu'elle redoutait, sans pouvoir s'empêcher de l'espérer, était arrivé.

— Il faut qu'on parle, Sadie.

À son grand dam elle fut électrisée par sa voix profonde. Non. Pas question de se laisser troubler. Pas question.

S'efforçant de se ressaisir, elle releva le menton et se retourna.

— Nous n'avions rien à nous dire il y a quatre ans, et ça n'a pas changé.

Il avança vers elle, et elle resta clouée sur place. Incapable de bouger. Le hall semblait soudain sombre et encore plus minuscule qu'à l'accoutumée.

— Je ne me rappelle pas avoir eu la possibilité de dire quoi que ce soit il y a quatre ans. Et encore moins avoir été informé que j'allais devenir père.

La voix d'Antonio était menaçante, mais si le cœur de Sadie battait à grands coups ça n'avait rien à voir avec la peur. Elle éprouvait toujours pour lui une attirance irrésistible. À son grand dépit.

— Si ma mémoire est exacte, tu te préoccupais avant tout

de ton mariage, prévu quelques semaines plus tard. Tu t'es servi de moi de la manière la plus cruelle, Antonio. Tu m'as laissée entrevoir quelque chose que tu n'avais pas l'intention de me donner. Après ça, tu peux t'estimer heureux que j'ai essayé de te joindre.

Submergée par la colère, elle le foudroya du regard. Dire que pendant des années elle avait répété le discours qu'elle tiendrait si elle revoyait un jour le père de son fils ! Où était passée la femme raisonnable et pondérée dont elle s'était juré de donner l'image ?

— Je ne t'ai rien promis, Sadie.

Le sang-froid imperturbable d'Antonio acheva de la déstabiliser. Il fallait absolument qu'elle se ressaisisse. Elle ne pouvait pas se permettre de trahir sa vulnérabilité devant l'homme susceptible de bouleverser la vie de Leo. Un homme capable d'infliger la pire souffrance à son fils en disparaissant de nouveau au bout de quelque temps.

Il n'avait jamais rien fait pour son enfant. Il n'avait même pas cherché à savoir si c'était une fille ou un garçon ! Malgré la lettre qu'elle lui avait écrite après avoir été jetée dehors par sa mère, il n'avait jamais daigné prendre contact avec elle. Comment lui faire confiance ?

— Tu n'as pas non plus assumé tes responsabilités. La seule chose qui comptait pour toi c'était ton devoir envers ta famille et la femme qu'ils avaient choisie pour toi.

— Nous n'avions aucun avenir, Sadie. J'ai été très clair à ce sujet.

Elle s'efforça de surmonter la souffrance qui l'étreignait. Le problème ce n'était pas elle mais Leo. Elle avait besoin de toute son énergie pour se battre pour son fils. Mais avait-elle le droit de priver Leo de son père ? Elle décida d'ignorer cette question.

— Oui, en effet, tu as été très clair. *Après* avoir couché avec moi.

Mais elle ne s'était pas fait prier, reconnut-elle intérieurement.

Si elle n'avait eu le coup de foudre pour lui à cette soirée où des amis l'avaient entraînée, si elle n'était pas tombée aussitôt dans ses bras en caressant des rêves stupides, ils n'auraient pas cette discussion aujourd'hui.

Et elle n'aurait pas Leo non plus. Ce qui était impensable.

Comme s'il sentait que sa résolution vacillait, Antonio s'approcha encore et écarta une mèche de cheveux de sa joue. Elle dut faire appel à toute sa volonté pour masquer son trouble. Pourquoi était-elle toujours aussi sensible au charme de cet homme ? Elle avait tant de griefs contre lui ! Mais c'était plus fort qu'elle, sa colère était déjà en train de faiblir…

— Nous étions deux, Sadie, rappela-t-il d'une voix caressante en plongeant le regard dans le sien.

Aussitôt elle fut transportée quatre ans en arrière, dans la chambre d'hôtel où ils étaient restés enfermés tout un week-end. Ses yeux noirs étincelaient d'un désir qui l'avait enivrée. Dès que ses lèvres s'étaient posées sur les siennes, elle avait été emportée dans un tourbillon de passion. Oui, elle avait voulu ses baisers, ses caresses, sa peau contre la sienne, son corps mêlé au sien. Oui, elle avait eu envie de lui autant qu'il avait eu envie d'elle.

Mais que lui prenait-il ? Elle s'empressa de chasser ces souvenirs de son esprit et inspira profondément. L'image de Leo s'imposa à elle, ranimant sa détermination.

— Il faut que tu partes.

Elle le repoussa fermement, en s'efforçant d'ignorer la chaleur qui l'envahissait. Comment pouvait-elle être encore attirée par cet homme ? Comment pouvait-elle à la fois le haïr et le désirer ?

— Pas avant d'avoir vu Leo. C'est mon fils.

Ce n'était pas une question. De toute évidence, il n'avait aucun doute, et c'était pour Leo qu'il était venu. Toni Adessi. Elle ne s'était pas trompée. Il était venu travailler au garage pour obtenir des informations. Pour quelle autre raison serait-il parti au bout de quinze jours ? Il avait terminé son sale travail. Il n'avait aucune raison de rester.

— Je te méprise ! Tu crois vraiment que je suis prête à t'accueillir les bras ouverts parce que tu éprouves tout à coup l'envie de jouer à être père ? As-tu pensé une seule fois à Leo ?

— Je ne pense qu'à lui, Sadie.

— Alors pourquoi n'es-tu pas venu toi-même au lieu d'envoyer quelqu'un pour m'espionner ? Pourquoi as-tu confié le sale boulot à Toni Adessi ?

Antonio s'esclaffa. Elle croyait vraiment que Toni existait et qu'il travaillait pour lui ? Comment allait-elle réagir quand elle apprendrait que l'homme à qui elle s'était laissée aller à des confidences au restaurant n'était autre que lui ?

La bouche pincée, elle dardait sur lui un regard outré. Ses yeux verts étaient encore plus beaux quand ils étincelaient de colère. Quant à ses lèvres pulpeuses… Comme il était tentant de les écraser sous les siennes ! Il n'avait qu'une envie. La prendre dans ses bras et l'embrasser avec fougue avant d'assouvir le désir qu'elle lui inspirait.

— Tu crois vraiment que j'autoriserais un autre homme à t'inviter à dîner ? Ou à discuter avec toi et mon fils dans le parc ? Si quelqu'un avait le droit d'arrêter le tourniquet parce qu'il avait envie d'en descendre, c'était moi. Son père.

— C'était toi ?

La voix étranglée de Sadie et ses yeux écarquillés décuplèrent le désir d'Antonio. Comment cette femme pouvait-elle mettre son sang-froid en péril aussi facilement ?

— *Sì, mia bella.* C'était moi. Toni a rempli sa mission et à présent il n'existe plus.

Elle fit un pas vers lui en relevant le menton avec un regard de défi qui suscita son admiration. Il fallait reconnaître qu'elle avait du cran. Et un tempérament volcanique… Ce qui avait commencé entre eux quatre ans plus tôt était loin d'être terminé.

— Je veux que tu sortes de chez moi, Antonio.

— Ce n'est pas possible, *mia bella*.

Il la contourna pour entrer dans le salon. Son attention fut aussitôt attirée par les portes ouvertes sur la terrasse et par le chevalet qui se trouvait sur celle-ci. Elle peignait ? Apparemment, il avait encore beaucoup à apprendre au sujet de cette femme.

— Je ne suis pas ta « mia bella », objecta-t-elle d'une voix tremblante de colère alors qu'il sortait sur la terrasse.

La toile représentait le Duomo de Milan, peint d'après une photographie.

Il se tourna vers Sadie en arquant les sourcils.

— Ce terme d'affection ne te posait pas de problèmes.

— C'était avant. Maintenant il m'en pose, et je te demande de partir. Immédiatement.

— Pourquoi ? Tu attends quelqu'un ? Tu espérais que Toni viendrait te dire au revoir avant de partir ?

Quand elle avait répondu à son coup de sonnette, Toni était le premier nom qu'elle avait prononcé, se rappela-t-il soudain. Serait-elle tombée amoureuse de lui ? Cette pensée en entraîna une autre, encore plus perturbante. Combien d'hommes avaient-ils traversé sa vie et celle de Leo ?

— Ne sois pas ridicule. Leo va bientôt rentrer, et je ne veux pas qu'il te trouve ici.

— Il faudra qu'il s'habitue à ma présence quand nous serons à Rome.

— Nous ?

— *Sì, mia bella*. Nous partons pour Rome… Aujourd'hui.

Il rentra dans le salon. Bon sang, il mourait d'envie de la toucher ! Mais s'il voulait parvenir à ses fins il devait être patient.

— Je ne vais pas à Rome avec toi, et Leo non plus. Pour quelle raison suivrais-je un homme qui a ignoré son enfant pendant des années ?

Les yeux verts de Sadie lancèrent des éclairs, et Antonio crispa les poings pour mieux résister à la tentation de lui caresser la joue pour apaiser sa colère.

Après avoir rendu visite à ses parents pour la première fois depuis plus de trois ans, il savait que ce qu'elle avait dit à Toni était vrai. Elle était allée chez ses parents, et sa mère l'avait chassée.

« Je n'allais pas laisser une étrangère doublée d'une aventurière m'empêcher d'avoir enfin la fille que j'ai toujours désirée. »

Voilà par quels mots sa mère lui avait expliqué froidement qu'elle avait choisi de protéger son mariage imminent. S'il avait jamais douté d'avoir été un enfant désiré et aimé, il connaissait à présent la vérité. Sa mère avait toujours voulu une fille et elle avait eu un garçon. Son seul enfant.

— J'ai été privé de mon fils pendant assez longtemps, Sadie. Ce n'est pas négociable. Vous venez tous les deux à Rome avec moi.

— Je ne peux pas tout laisser tomber ici du jour au lendemain. J'ai un enfant. As-tu la moindre idée de tout ce que ça implique ?

— Je suis très sérieux, Sadie. Ce n'est pas négociable. Vous venez à Rome avec moi.

— Je refuse d'arracher Leo à son univers familier. Surtout pour un homme qui l'a abandonné.

Cette pique fit mouche, et Antonio fut assailli de remords. À cause de son absence Leo éprouvait la même souffrance que lui à son âge. Celle qu'inflige le manque d'amour paternel, même si pour sa part il n'avait jamais été séparé de son père.

— Pourtant tu as prévu de rentrer en Angleterre. Cela ne va-t-il pas l'arracher à son univers familier ?

Dès qu'elle lui avait livré cette information lorsqu'il était encore Toni, il avait décidé d'agir sans délai. Il était hors de question que son fils parte à l'étranger. Pas parce que l'héritier Di Marcello devait rester en Italie dans l'intérêt de la famille. Non. Parce qu'il voulait garder *son* fils avec lui, en Italie. Il ne savait peut-être pas comment il fallait s'y prendre, mais il avait l'intention d'assumer son rôle de père. De devenir le genre de père qu'il n'avait pas eu.

— Il aura une meilleure vie là-bas avec moi et mes parents, répliqua Sadie.

Elle estimait que son fils serait mieux loin de lui ? Antonio serra les dents. Voilà qui le renforçait dans sa conviction. Ce qu'il avait prévu de faire était la bonne solution.

— Il sera beaucoup mieux à Rome. Avec moi, son père.

Il y eut un long silence tendu. Puis Sadie finit par dire avec une pointe de regret dans la voix :

— Non. Jamais. Tu as eu ta chance, Antonio.

— Vraiment ? M'as-tu prévenu personnellement ? M'as-tu dit de vive voix que tu étais enceinte de moi ?

Furieux, Antonio croisa les bras et attendit les excuses de Sadie. Une petite voix intérieure lui souffla que la coupable était sa mère, qui ne lui avait jamais transmis aucun message, mais il l'ignora.

Visiblement déstabilisée, Sadie bredouilla.

— Non, mais…

— Mais rien, Sadie. Nous allons partir pour Rome, où nous nous marierons dès que possible.

— Nous marier ? Tu es fou ? s'exclama-t-elle d'un air atterré.

— Suis-je fou de m'encombrer d'un second mariage ? C'est très possible. Tu te souviens de ce que tu m'as dit la semaine dernière ? « Le seul homme qui aurait le droit d'émettre un avis sur les décisions que je prends au sujet de mon fils serait celui qui m'épouserait. »

Les yeux écarquillés, elle resta muette.

— Je serai cet homme, Sadie.

— Je ne veux pas t'épouser !

— L'important ce n'est pas ce que tu veux, ni même ce que je veux. L'important c'est ce qu'il y a de mieux pour Leo.

Au regard noir qu'elle lui lança il comprit qu'il avait gagné.

— Si tu veux retourner en Angleterre, libre à toi. Leo reste ici. Avec moi.

Le monde de Sadie s'écroulait autour d'elle. Comment avait-elle pu être assez aveugle pour se méfier de Toni sans reconnaître Antonio ? Mais peu importait. La question essentielle c'était de savoir comment elle pouvait se battre contre un homme aussi puissant.

Sa menace était-elle sérieuse ? Était-il vraiment prêt à lui prendre Leo ?

— Tu crois que se cacher pendant deux semaines sous un déguisement prédispose à être un bon père ?

À sa grande satisfaction, une lueur d'incertitude s'alluma dans les yeux d'Antonio.

— De mon point de vue ça ne fait pas de toi un homme digne d'être admiré par Leo.

Il décroisa les bras et fit un pas en avant. Elle ne cilla pas. Pas question de se laisser impressionner. C'était peut-être un homme d'affaires très influent, mais elle ne se soumettrait pas à sa volonté.

— Je suis le père de Leo. J'ai des droits moi aussi, Sadie. Des droits dont tu m'as privé depuis sa naissance.

— Je t'ai écrit, Antonio. J'ai tenté par tous les moyens de te prévenir que j'étais enceinte de toi. Alors que de ton côté, tu avais décidé de faire une croix sur notre week-end et de jouer au couple heureux avec ta femme. Mais ça n'a pas duré très longtemps, il me semble. Six mois, c'est ça ?

— *Sì*. Bravo pour le travail de recherche.

À en juger par son ton crispé, le fait d'avoir divorcé si

peu de temps après son mariage lui restait en travers de la gorge… Son amour-propre avait-il été blessé par cet échec ?

Sadie fouilla dans sa mémoire. Elle avait lu beaucoup de choses à son sujet avant de décider qu'un homme qui ne voulait ni d'elle ni de son enfant ne méritait pas un tel intérêt. Au cours des mois qui avaient suivi son mariage, il avait été photographié avec un grand nombre de femmes. À l'évidence, tous les torts étaient de son côté. Elle ne pouvait pas exposer Leo aux déceptions que ne manquerait pas de lui faire subir un père aussi versatile.

— Pourquoi imposerais-je à mon fils un père qui, en plus de m'avoir abandonnée quand j'étais enceinte, est incapable de respecter ses engagements envers son épouse ?

Nul doute que cet argument allait le convaincre d'oublier ce projet insensé de mariage, se félicita-t-elle. Le regard noir d'Antonio la fit déchanter.

— Ce qui s'est passé entre Eloisa et moi n'a rien à voir avec ma capacité à être un bon père pour Leo, déclara-t-il d'une voix vibrante de colère.

Déglutissant péniblement, elle recula d'un pas. L'entendre prononcer le prénom de son ex-épouse faisait naître en elle un sentiment d'infériorité très désagréable. Elle n'était rien d'autre que la femme avec qui il avait eu une aventure avant de se marier…

— Peux-tu offrir à Leo un foyer sécurisant ? Es-tu capable de lui donner toute l'attention et l'affection dont il a besoin ? De te lever au milieu de la nuit s'il fait un cauchemar ? De passer du temps avec lui juste pour le plaisir ?

Il y eut un silence. De toute évidence il n'avait pas réfléchi à ce qu'impliquait le rôle de père. S'il voulait récupérer son fils c'était uniquement parce qu'il considérait qu'il lui appartenait.

— Je veux mon fils, finit-il par répliquer. Et je suis prêt à tout pour le récupérer.

— Ce n'est pas un objet. Un bien à convoiter. C'est un enfant. *Mon* enfant. Et je ne te laisserai jamais me le prendre.

Elle se dirigea vers la fenêtre, tournant le dos à Antonio comme si ça pouvait le faire disparaître. Dire qu'il lui était arrivé de rêver qu'il revenait dans sa vie pour faire la connaissance de son fils et lui déclarer son amour ! Pour lui dire qu'il ne pouvait pas vivre sans elle ! Quelle naïveté… L'homme arrogant qui avait sonné à sa porte avait un cœur de pierre. Il était aussi froid et insensible que ses parents. Avait-elle envie que Leo grandisse avec un père comme celui-ci ?

— C'est mon enfant aussi. Et tu ne me laisses pas le choix.

— Quoi ?

Elle pivota sur elle-même. Qu'avait-il l'intention de faire ?

— Jusque-là je me suis adressé à la mère, mais apparemment ça ne suffit pas. Tes parents… Ils sont sur le point de repartir en Angleterre, n'est-ce pas ?

Elle le considéra avec perplexité. Où voulait-il en venir ?

— Oui. C'est pour ça que je ne peux pas envisager de déménager à Rome, et encore moins de t'épouser. Je rentre en Angleterre avec eux.

— Si tu me suivais à Rome et si tu devenais ma femme, tes parents auraient une retraite beaucoup plus confortable. Et tu resterais avec Leo.

Elle vit rouge.

— Tu me menaces ? En te servant de mes parents et de mon fils ?

Comment osait-il ? Avait-il fouillé dans sa vie au point de découvrir que ses parents avaient des problèmes financiers ?

— À toi de choisir, Sadie. Épouse-moi et formons une famille, ou bien retourne en Angleterre. Seule.

— Je ne peux pas faire ça.

— Alors épouse-moi.

— Je ne veux pas t'épouser, Antonio. Pourquoi accepterais-je d'épouser un homme capable d'user de telles menaces ?

Il s'approcha d'elle. Son expression avait changé. Son regard froid s'était adouci. Il était redevenu tel qu'il était ce week-end où elle était tombée amoureuse de lui. Irrésistiblement attirant. Serait-elle en train de perdre la tête ?

— Parce que nous nous entendions bien et que de notre entente est né Leo.

Il effleura sa joue du dos de la main.

— Et nous pouvons de nouveau bien nous entendre, Sadie.

— Non.

Elle s'écarta de lui.

— Jamais. Si j'accepte ce sera pour Leo. Et pour mes parents, puisque tu les as mêlés à ça. Mais pas parce que j'ai envie de flatter ton ego démesuré.

— Ce sont des mots durs, commenta-t-il d'une voix caressante. Mais très peu crédibles. Tu me désires toujours autant que je te désire.

— Pas du tout. Je te hais.

Allons bon ! Au lieu de crier, comme elle en avait eu l'intention, elle avait parlé d'une voix rauque qui trahissait son trouble, constata-t-elle avec dépit.

— Tu me hais parce que tu as envie de moi. Accepte-le, *mia bella*. Le désir est toujours là entre nous.

— Absolument pas !

Cette fois elle avait protesté avec véhémence. Elle le contourna et regagna le centre du salon. Sa mère allait ramener Leo d'une minute à l'autre, et elle n'avait aucune envie d'être obligée d'expliquer la situation. Tout ce qu'elle voulait c'était se débarrasser d'Antonio. Et vite.

— Vis dangereusement, *mia bella*. Épouse-moi. Pour Leo, si ce n'est pas pour notre désir mutuel.

— Tu sais de quoi ta mère m'a accusée ?

— Pour ça je te présente mes excuses. Mais Leo est l'héritier Di Marcello. N'as-tu pas envie de lui prouver qu'elle a eu tort ?

À son grand dam, Sadie entendit la voix de Leo qui parlait à sa grand-mère avec animation. Trop tard. Son destin était scellé. Antonio ne lui avait pas laissé le choix. Elle ne pouvait pas imaginer la vie sans Leo, qui allait faire irruption dans l'appartement d'un instant à l'autre, suivi de sa mère. Comment allait-elle expliquer à cette dernière la présence d'Antonio ? Et son mariage soudain ? Impossible de lui avouer que la demande en mariage d'Antonio s'apparentait à du chantage. Il y avait trop longtemps que ses parents s'inquiétaient pour elle. Il fallait leur faire croire qu'elle épousait Antonio par amour. Ils seraient enfin rassurés.

Antonio observait Leo, qui bavardait avec Sadie. Il s'était précipité vers elle sans prêter la moindre attention à lui. Avait-il l'habitude de trouver sa mère en compagnie d'inconnus ? À cette pensée il eut un pincement au cœur. Que lui arrivait-il ? Pourquoi l'idée que Sadie ait pu avoir des amants au cours des trois dernières années était-elle aussi déplaisante ? Depuis quand une femme pouvait-elle le rendre jaloux ?

— Je ne savais pas que tu avais de la compagnie.

Une femme d'un certain âge, sans doute la mère de Sadie, le considéra d'un air soupçonneux.

— Je te présente Antonio Di Marcello, répliqua Sadie sans expliquer sa présence chez elle.

— Je sais très bien qui c'est.

La mère de Sadie les regarda tour à tour, Leo et lui. Bien sûr, comme lui la première fois, elle était frappée par la ressemblance… Leo était son fils. Il n'y avait aucun doute là-dessus.

— Vous êtes perspicace, madame Parker, dit-il d'une voix suave. Moi-même je ne l'ai appris que tout récemment, mais à présent que je le sais j'ai l'intention d'assumer mes responsabilités. Vous avez ma parole.

Leo était en train de montrer quelque chose à Sadie, mais elle leva les yeux vers sa mère.

— Antonio et moi nous réfléchissons à une solution.

Sa voix était calme, presque sereine. De toute évidence, sa colère était retombée. Antonio ressentit une intense satisfaction. Elle allait accepter sa proposition.

Il avait obtenu ce qu'il voulait. Son fils.

5

Sadie était en proie au doute. Avait-elle pris la bonne décision en acceptant d'aller à Rome avec Antonio ? Avait-elle eu raison de céder à son chantage ? Dire qu'il l'avait menacée de lui enlever Leo ! C'était ignoble. En fait, elle devrait arrêter de se torturer l'esprit parce qu'elle avait pris la seule décision possible. Il ne lui avait pas laissé le choix.

Et de toute façon, comment pourrait-elle se résoudre à priver Leo de son père ? Non elle n'avait pas à regretter sa décision. Mais parviendrait-elle un jour à pardonner à Antonio de l'avoir mise au pied du mur ? Rien n'était moins sûr.

La perspective d'épouser un homme qui l'avait abandonnée puis qui lui avait fait du chantage n'avait rien de réjouissant. Mais le pire c'était l'attirance irrésistible qu'il exerçait toujours sur elle. Dès qu'elle l'avait vu, elle était retombée sous son charme. Et lorsqu'il lui avait caressé la joue en l'enveloppant d'un regard brûlant, elle s'était enflammée tout entière, ramenée quatre ans en arrière. Non, pas question de commettre cette erreur. Elle ne lui tomberait pas dans les bras. Leur mariage n'existerait que sur le papier.

Leo, lui, ne se posait pas tant de questions. Une fois passé le premier moment de timidité dans le jet privé qui les emmenait à Rome, il avait adopté avec enthousiasme l'homme qui venait d'entrer dans sa vie. Cependant, il ignorait encore qu'Antonio était son père. C'était la condition qu'elle avait posée pour accepter la proposition d'Antonio. Pouvoir expliquer elle-même à Leo qui il était, au moment qui lui paraîtrait le plus opportun.

— *Mamma*, Antonio peut nous emmener voir des vrais Romains. On peut y aller ? S'il te plaît ! la supplia Leo en montant sur ses genoux.

Assise sur la terrasse, elle avait un sentiment d'irréalité. Elle était à Rome. Avec Antonio. Ça paraissait si incroyable…

— Oui, ça me paraît une bonne idée, répondit-elle en serrant Leo contre elle.

— *Bene.*

La voix d'Antonio la fit tressaillir. Elle leva les yeux vers lui alors qu'il les rejoignait.

— Nous irons aujourd'hui, ajouta-t-il.

Il avait troqué son costume contre un jean et une chemise. Une tenue décontractée qui lui allait bien. Il était plus sexy que jamais… Elle s'empressa de chasser cette pensée de son esprit.

— Tu ne dois pas travailler, aujourd'hui ? Ce n'est pas pour ça que tu es rentré à Rome précipitamment ?

— Je suis mon propre patron, rappelle-toi. Je veux passer du temps avec Leo. Pour apprendre à le connaître.

Il l'enveloppa d'un regard qui l'électrisa avant d'ajouter :

— Toi aussi je veux apprendre à mieux te connaître.

— Leo est ravi, n'est-ce pas Leo ?

Elle serra son fils dans ses bras dans un geste protecteur. Pourvu qu'Antonio ne le fasse jamais souffrir… Mais il fallait que ça arrive un jour. Il fallait qu'Antonio fasse la connaissance de son fils. Le moment était venu pour elle de partager Leo. Mais Antonio était-il capable d'être un bon père ? D'aimer Leo comme il le méritait ? Tant qu'elle ne connaîtrait pas la réponse à cette question elle devrait rester sur ses gardes.

Antonio tendit la main à Leo.

— On y va ?

À la grande surprise de Sadie, au lieu de se blottir contre elle comme chaque fois que des étrangers tentaient de l'apprivoiser, Leo quitta aussitôt ses genoux pour rejoindre Antonio et lui prendre la main.

Antonio la regarda en haussant les sourcils d'un air narquois. Comme s'il était conscient de sa surprise. Comme s'il voulait souligner qu'il venait de marquer un point… Était-ce également une façon de lui suggérer d'être aussi chaleureuse que son fils ?

Elle se leva, et ils rentrèrent tous les trois dans le salon. Lâchant la main d'Antonio, Leo se mit à gambader joyeusement parmi les nombreuses antiquités. Elle se raidit, craignant la réaction d'Antonio. Un appartement au décor aussi raffiné n'était pas un endroit pour un garçon de trois ans. Si elle était sortie sur la terrasse avec Leo c'était pour qu'il puisse se dépenser librement sans risquer d'abîmer les meubles et les objets, qui avaient sans aucun doute une grande valeur marchande mais aussi sentimentale.

Contre toute attente Antonio éclata de rire. Elle fut aussi émue que surprise par ce rire joyeux mais ne put s'empêcher de s'exclamer :

— Leo, fais attention !

Elle fit un pas en avant mais Antonio la saisit par le bras.

— Laisse-le s'amuser.

— Mais tes meubles et tous ces objets anciens, objecta-t-elle en s'efforçant d'ignorer la chaleur de sa main à travers son chemisier.

— Je sais ce que c'est d'être un petit garçon qui a envie de s'amuser. Laisse-le.

À son grand soulagement, Antonio la lâcha. Mais il lui adressa un sourire qui la fit fondre et qui lui rappela Leo.

En voyant Leo courir dans son salon, Antonio avait été submergé par une foule de souvenirs d'enfance. Pourquoi diable avait-il choisi des meubles et des objets aussi précieux ? Parce que c'était le genre de décor auquel il était habitué depuis toujours ? Parce que n'importe quel autre cadre lui rappellerait qu'il rêvait secrètement de quelque chose qu'il n'avait jamais cru possible — un foyer chaleureux et plein d'amour ?

Lorsqu'ils pénétrèrent dans le Colisée, Leo poussa des exclamations enthousiastes. Antonio ressentit une intense satisfaction. Passer du temps avec son fils, voilà ce dont il avait envie. Sadie avait été très claire, même si c'était à Toni et non à lui qu'elle avait parlé. Elle voulait se marier. Elle voulait un père pour son fils. Or, c'était exactement ce qu'il avait l'intention d'être. Un père digne de ce nom. Il allait donner à son fils tout ce dont il avait été privé lui-même à cause d'un père froid et insensible. Il avait bénéficié de tout le luxe que l'argent permettait, mais il n'avait jamais eu ce qui comptait le plus. L'amour de son père.

Toute sa vie il avait scrupuleusement assumé tous ses devoirs envers sa famille, mais aujourd'hui celle-ci passait au second plan. Aujourd'hui, ses seuls devoirs étaient ceux qu'il avait envers son fils et la femme avec qui il aurait choisi de vivre si ses parents ne l'avaient pas obligé à suivre un autre chemin.

— J'ai pris les dispositions pour que nos bans soient publiés dimanche, déclara-t-il, alors que Sadie s'immobilisait pour contempler une vue d'ensemble de l'amphithéâtre.

Elle se raidit et déclara sans le regarder :

— Je veux quelque chose de très simple. La seule chose que nous ayons à faire c'est signer un registre. La présence de la famille et des amis est inutile.

— Dans ce cas, ce sera une cérémonie civile en présence des seuls témoins.

Antonio avait déjà choisi deux témoins, mais avant de les prévenir il avait voulu consulter Sadie. Puisqu'elle ne souhaitait inviter ni famille ni amis, Sebastien et Monika seraient les témoins parfaits.

— Quand ?

— Dans deux semaines.

— J'ai donc deux semaines pour changer d'avis, commenta-t-elle en se tournant vers lui.

Ses lunettes de soleil l'empêchèrent de déchiffrer son expression. Il était hors de question de la laisser revenir sur ses engagements. Elle deviendrait sa femme, comme prévu. Leo était déjà son héritier, quel que soit le nom inscrit sur son acte de naissance. C'était d'ailleurs un autre problème à régler. Après le mariage.

— Il est trop tard pour changer d'avis, Sadie. Tu as accepté ma proposition, lui rappela-t-il en prenant soin de parler d'un ton neutre.

Même si l'attention de Leo semblait fixée sur le décor, il ne voulait pas prendre le risque de l'alarmer. Il avait été trop souvent témoin de discussions tendues entre ses parents pour infliger la même chose à son fils.

Leo revint justement vers eux.

— Je peux voir les Romains, maintenant ?

Antonio fut bouleversé par le regard de ses grands yeux noirs. Il avait tellement envie d'aimer son fils, de donner libre cours à ses émotions… Mais dès tout petit on lui avait inculqué que montrer celles-ci était un signe de faiblesse. Cette idée était tellement ancrée en lui qu'il n'était pas certain de pouvoir s'en débarrasser.

— *Sì, sì*, et ensuite nous irons manger un délicieux *gelato*.

Leur conversation n'était sans aucun doute pas terminée, songea Sadie. Mais heureusement, Antonio avait choisi de ne pas la poursuivre devant Leo. Ce qui prouvait qu'il tenait compte de ses sentiments et qu'il voulait éviter de le perturber. Serait-il possible qu'elle se trompe à son sujet ? Elle prit Leo par la main.

— Ça me paraît une idée fantastique. Qu'en penses-tu, Leo ?

Lorsqu'ils arrivèrent devant les soldats romains, elle sortit son portable de sa poche et prit plusieurs photos de Leo avec un sourire jusqu'aux oreilles. Depuis sa naissance elle avait pris un nombre incalculable de photos, non seulement pour elle mais aussi dans l'espoir de pouvoir les montrer un jour à son père.

Elle fut prise de remords. Antonio avait raté tous ces moments précieux. Il n'avait pas entendu Leo prononcer ses premiers mots. Il ne l'avait pas vu faire ses premiers pas. Mais après tout c'était lui qui avait choisi d'ignorer la dernière lettre qu'elle lui avait envoyée. Elle n'avait aucune raison de se sentir coupable. C'était lui qui avait fait ce choix.

— J'ai des tas de photos de Leo, dit-elle en sentant son regard sur elle.

Quels que soient les choix qu'il avait faits, elle devait à son fils de laisser son père entrer dans sa vie. Il fallait juste qu'elle se protège afin d'éviter de retomber amoureuse de lui.

— J'ai très envie de les voir mais le moment est idéal pour une photo de famille, non ?

Il prit à son tour son portable dans sa poche et demanda à un touriste de les prendre tous les trois en photo. Avant d'avoir le temps de réagir Sadie se retrouva tout contre Antonio. Dans un même mouvement, il avait glissé un bras autour de sa taille et soulevé Leo de terre avec l'autre. Pendant que le touriste prenait plusieurs photos, elle accrocha un sourire à ses lèvres tout en s'efforçant d'ignorer le trouble intense qui la submergeait.

— *Grazie.*

Après avoir repris son téléphone, Antonio regarda les photos. Fascinée, Sadie vit une foule d'émotions se peindre sur son visage. Mais très vite elles disparurent. De nouveau impassible, il posa Leo par terre et remit ses lunettes de soleil. Ce moment d'attendrissement n'avait pas duré. À moins qu'il soit le fruit de son imagination.

Une semaine s'était écoulée depuis leur visite au Colisée, mais Sadie avait l'impression qu'elle datait de la veille. Leo s'était acclimaté à sa nouvelle vie avec une facilité qu'elle n'aurait jamais imaginée. Cependant, son attachement grandissant pour son père l'inquiétait un peu. Et si un jour Antonio le décevait cruellement comme il l'avait déçue quatre ans plus tôt ?

En feuilletant un magazine qu'elle avait acheté la veille, elle tomba sur une photo qui accrut son inquiétude. Sa maîtrise de l'italien n'était pas parfaite mais elle lui suffisait pour comprendre l'article qui accompagnait ce cliché d'eux pris devant le Colisée. Ce dernier avait-il été pris par un paparazzi qui se trouvait là par hasard ? Ou bien était-ce une manœuvre d'Antonio ? Après tout, il n'avait pas caché qu'il était prêt à tout pour partager la vie de Leo. Était-ce un moyen de s'assurer qu'elle ne changerait pas d'avis au sujet du mariage ?

À contrecœur, elle décida de rester à l'appartement pour éviter d'être de nouveau la cible d'éventuels paparazzis. Privé de sortie Leo débordait d'énergie, et elle passa la journée à jouer avec lui afin de lui rendre plus supportable le fait de rester enfermé. Elle en profita pour oublier momentanément toutes les questions qui la poursuivaient, mais dès qu'Antonio rentra du travail celles-ci envahirent de nouveau son esprit.

Après le dîner, une fois Leo couché, elle s'installa sur la terrasse.

— J'ai trouvé une photo de nous dans un magazine que j'ai acheté hier, déclara-t-elle lorsque Antonio la rejoignit.

Il plissa le front.

— Une photo de nous ?

— Oui, devant le Colisée.

— Avec Leo ?

Elle scruta son visage. Sa perplexité semblait sincère, mais comment avoir la certitude qu'il n'était pas à l'origine de la publication de cette photo et de l'article qui l'accompagnait ?

— Oui. Et il est décrit comme l'enfant illégitime qui a détruit ton mariage. Quant à moi, je suis l'aventurière qui a pris au piège un milliardaire.

Elle se leva et s'approcha de la balustrade pour contempler les toits de Rome. Avoir Antonio en face d'elle était trop déstabilisant. Depuis leur arrivée à Rome ses sentiments pour lui s'étaient ravivés, et malgré tous ses efforts elle ne parvenait pas à les étouffer. L'idée qu'il lui avait peut-être tendu un piège était insupportable. Elle n'avait qu'une envie. Qu'il la prenne dans ses bras et qu'il la rassure. Mais comment pourrait-elle lui faire confiance ? Il lui avait menti pendant deux semaines. Il s'était fait passer pour un autre dans le seul but de vérifier que Leo était son fils…

Il la rejoignit et lui prit le menton pour l'obliger à le regarder. La lueur qui brillait dans ses yeux la fit frissonner.

— Ne fais pas ça, Antonio.

— Quoi donc, Sadie ? T'embrasser ?

Avant qu'elle ait le temps de protester, il l'attira contre lui et s'empara de sa bouche. Envahie par une vive chaleur, elle répondit à son baiser avec ardeur. Elle ne devrait pas, se dit-elle confusément. Mais comment résister au désir qui la submergeait ? Comment réprimer les élans de son cœur ? *En pensant à Leo*, lui souffla une petite voix.

Ramenée à la raison, elle s'arracha à la bouche d'Antonio et le repoussa.

— Je ne veux pas de ça.

— Vraiment, *mia bella* ?

— Oui. Je suis ici pour Leo. Il t'aime bien. Il a envie de rester avec toi.

— Et toi ? As-tu envie de moi comme j'ai envie de toi ?

— Non. Et je ne veux rien de tout ça. La seule chose qui m'importe c'est que Leo soit heureux.

Le visage d'Antonio se ferma.

— Qu'est-ce que tu ne veux pas, *mia bella* ? Te marier avec moi ou m'embrasser ?

Elle eut un pincement au cœur. Quelle froideur dans sa voix… Cette version d'Antonio n'avait rien à voir avec l'homme dont elle était tombée amoureuse quatre ans plus tôt. Si cet homme était devant elle aujourd'hui tout serait très différent.

— Je ne veux ni l'un ni l'autre, répondit-elle en croisant les bras pour se protéger de la fraîcheur soudaine de l'air.

— Dans ce cas, tu es aussi calculatrice que moi, Sadie. Nous formerons un couple bien assorti.

— Calculatrice, moi ? Pas du tout. J'essaye seulement de faire le meilleur choix pour mon fils. Si tu fais allusion à mes parents, je ne t'ai jamais rien demandé pour eux. C'est toi qui as tenu à me faire une offre pour eux.

— À ce propos, je pensais que tu aimerais qu'ils soient présents au mariage, même si ce n'est qu'une cérémonie civile.

— Je ne veux pas les mettre au courant avant que nous soyons mariés.

— Pourquoi donc ?

— Pour qu'ils ne puissent pas me convaincre de renoncer.

— Pourquoi feraient-ils ça, alors qu'une belle photo de nous trois souriants vient d'être publiée ?

Elle sentit un grand froid l'envahir. Il était au courant.

Antonio ouvrit calmement le magazine et regarda la photo, qu'il avait découverte dans l'après-midi quand son assistante lui en avait parlé. De toute évidence, les médias n'en avaient pas encore terminé avec les spéculations sur son divorce. Il posa le magazine sur la table de la terrasse, et Sadie jeta un coup d'œil sur la photo. Il lut sur son visage la question qu'il s'était posée lui-même. Qui avait pris cette photo ?

Elle s'éloigna, le regard étincelant.

— Je suis désolé, dit-il en la rejoignant. J'ignore qui a pris cette photo et pourquoi.

Elle lui tourna le dos et s'immobilisa devant la balustrade, les bras croisés, les yeux fixés sur les lumières de la ville.

Elle était visiblement blessée mais il n'était pas en mesure de l'apaiser. Il ne pouvait pas lui avouer qu'il avait souvent pensé à elle une fois marié. Il était lié par la promesse qu'il avait faite à Eloisa.

— Je suis désolé, répéta-t-il.

Elle se retourna et darda sur lui un regard étincelant.

— Ce n'est qu'un enfant, Antonio !

Cette passion dans sa voix, il l'avait déjà entendue autrefois, se rappela-t-il, électrisé. Et c'était lui qui en était l'objet. Il voulait qu'elle s'enflamme de nouveau pour lui. Comment Sebastien avait-il deviné qu'il brûlait encore de désir pour elle après tout ce temps ? C'était incompréhensible, mais il avait raison. Comme d'habitude.

— Si j'avais été au courant, j'aurais empêché la publication de cette photo. Tu peux me croire.

C'était vrai. Il aurait pris les mesures nécessaires. Et pas seulement pour protéger son fils. Pour éviter à Sadie d'être aussi perturbée.

Malheureusement, il ne pouvait pas lui expliquer que c'était avant tout son premier mariage qui suscitait l'intérêt des médias. Il ne pouvait rien lui dire à cause de la promesse qu'il avait faite à son ex-femme.

— Te croire ? Excuse-moi, mais j'ai beaucoup de mal, rétorqua-t-elle d'un ton vif. Il me semble que la parution de cette photo sert tes intérêts. Rendre publique l'existence de ton fils n'est-il pas un moyen de faire pression sur moi ?

Devant la colère et la souffrance qui se lisaient dans les yeux de Sadie, Antonio ne put s'empêcher d'éprouver du remords.

— J'ignorais que tu étais enceinte de moi, Sadie. Tu me crois, j'espère.

— Je pensais qu'après le week-end que nous avions passé ensemble tu accepterais au moins de me voir, de m'écouter.

Il franchit la distance qui les séparait et lui prit la main.

— J'aurais aimé que ta lettre et tes messages me parviennent.

Il lui caressa la joue mais elle s'écarta de lui.

— Et moi donc ! lança-t-elle d'un ton amer.

— Je sais que tu as vu ma mère.

— Elle m'a chassée, Antonio. Un enfant illégitime ne pouvait que souiller votre arbre généalogique.

— Tu lui as dit que tu étais enceinte ?

Il connaissait déjà la réponse à cette question. Jamais il n'aurait cru sa mère assez ignoble pour rejeter l'enfant de son fils.

— Environ deux secondes avant qu'elle me claque la porte au nez.

Relevant le menton, Sadie plongea le regard dans le sien. Comme si elle le défiait de douter de ses paroles.

— Après ça j'ai encore écrit une nouvelle lettre.

Il maudit sa mère. Sa vie et celle d'Eloisa auraient pu être si différentes s'il avait été informé de la visite de Sadie !

Mais si le destin lui avait infligé un mariage désastreux, il avait également remis Sadie sur son chemin. La vie était plutôt belle, après tout. Surtout à présent qu'il s'était découvert un fils.

6

Sadie était au comble de l'anxiété. Aujourd'hui elle se mariait.

Cependant, la réalité n'avait rien à voir avec ce dont elle rêvait depuis toujours. Le problème ce n'était pas sa tenue ni l'absence d'invités. Chaque fois qu'il lui était arrivé d'imaginer son mariage, ce n'étaient pas la robe blanche ni la réception qui l'avaient fait rêver. C'était l'amour.

Or, elle s'apprêtait à épouser un homme qui estimait que l'amour n'existait pas.

Elle baissa les yeux sur sa robe blanche ornée de broderies bleues, qui s'arrêtait au-dessus du genou. Oui, elle se moquait éperdument de ne pas avoir de voile ni de traîne. Mais se marier avec un homme qui ne l'aimait pas… Quatre ans plus tôt elle était tombée éperdument amoureuse d'Antonio, puis elle avait très vite perdu ses illusions. Non seulement il ne l'avait jamais aimée, mais il ne l'aimerait jamais…

— On va voir Antonio ? demanda Leo dans la voiture qui les emmenait à la mairie.

— Oui, Leo.

Elle ne lui avait pas expliqué qu'elle était sur le point d'épouser Antonio. C'était stupide, mais elle ne parvenait pas à s'y résoudre.

— J'aime bien Antonio.

— Tant mieux, mon chéri.

Elle inspira profondément. C'était le moment où jamais de lui dire qu'Antonio et elle allaient se marier…

— Je veux qu'Antonio soit mon papa.

Le souffle coupé, elle resta un instant sans voix. Les yeux noirs de Leo, si semblables à ceux d'Antonio, brillaient de joie.

— Vraiment ?

— Oui, et il m'a dit que je pouvais l'appeler *papà*.

Le sourire radieux de Leo lui serra le cœur. Dire que son fils avait été privé de son père pendant trois ans… Mais ce n'était pas une raison pour qu'Antonio lui force la main. C'était elle qui devait choisir quand et comment expliquer la situation à Leo. Furieuse, elle serra les dents. Quand Antonio avait-il dit ça à Leo ? Et que lui avait-il dit d'autre ?

— Et ça te ferait plaisir, Leo ?

— Oui. Et il a une surprise pour toi. Pour te faire plaisir.

La voix de Leo vibrait d'excitation. Mais il n'en savait pas plus au sujet de cette surprise, devina-t-elle. Au même instant la voiture s'arrêta devant la mairie. Elle sentit son estomac se nouer. Dans quelques instants elle allait épouser l'homme qui lui avait volé son cœur quatre ans plus tôt. L'homme après qui elle n'avait jamais pu retomber amoureuse. Le père de son fils. Dans quelques instants elle allait dire « oui » à Antonio Di Marcello.

Inspirant profondément, elle descendit de voiture et tendit la main à Leo pour l'aider à descendre à son tour.

— Antonio !

À peine les pieds par terre il lui lâcha la main et courut vers Antonio, qui venait de sortir de la mairie. Antonio le prit dans ses bras en riant et la regarda. Vêtu d'un costume anthracite qui mettait en valeur sa carrure d'athlète et ses longues jambes, il était l'image même du prince charmant. L'éclat de son regard ne laissait aucun doute. Même s'il avait gardé ses distances avec elle depuis qu'elle avait interrompu leur baiser, il la désirait toujours. Et malheureusement, c'était réciproque.

Les jambes tremblantes, elle se dirigea vers lui en priant pour ne pas trébucher avec ses talons aiguilles. Son cœur battait à tout rompre, et elle ne parvenait pas à détacher les yeux de ses yeux noirs.

— Tu es belle, *mia bella*, dit Antonio en posant Leo par terre.

Le rose qui colora les pommettes de Sadie attisa le désir d'Antonio. Elle était superbe dans cette robe qui soulignait la finesse de sa taille. Il mourait d'envie de la prendre dans ses bras et de l'embrasser, comme l'autre soir…

Il avait pris la bonne décision. Ce mariage était la meilleure solution. Elle était la mère de son fils et la seule femme qui l'avait vraiment marqué. Et puis il y avait cette attirance mutuelle qui n'avait pas disparu avec le temps. Même si elle refusait de l'admettre, un désir brûlant continuait de les consumer l'un et l'autre. Le baiser qu'ils avaient échangé sur la terrasse ne laissait aucun doute à ce sujet.

Pendant combien de temps trouverait-elle la force de le repousser ?

— *Papà.*

Antonio s'accroupit pour se mettre à la hauteur de Leo et lui sourit.

— Ta maman et moi, nous allons nous marier aujourd'hui. Ça veut dire qu'à partir de maintenant je serai toujours ton père. C'est bien, non ?

Leo se jeta à son cou avec une ferveur qui le prit au dépourvu. Il savait que le courant passait bien avec son fils mais ne s'attendait pas à une réaction aussi enthousiaste. Bouleversé à un point qu'il n'aurait jamais cru possible, il leva les yeux vers Sadie. Peu importait la nature de leurs relations passées, présentes et à venir. Une seule chose comptait désormais. Rendre leur fils heureux.

— Je pense que sa réaction parle d'elle-même. Alors s'il

te plaît, garde cet instant en mémoire et ne le laisse jamais tomber, déclara-t-elle d'une voix basse mais ferme.

Il méritait cet avertissement, certes. Mais pourquoi fallait-il toujours qu'elle lui donne le sentiment qu'il avait quelque chose à prouver ? Il se redressa, Leo dans les bras.

— Dans ce cas, si nous allions nous marier ?

Ce n'était pas vraiment une question, mais il voulait lui donner une dernière chance de renoncer.

— Et les témoins ? demanda-t-elle d'une voix mal assurée qui le troubla plus qu'il ne l'aurait voulu.

— Mon ami Sebastien et sa femme, Monika, sont venus d'Angleterre pour assumer ce rôle.

Sadie arqua légèrement les sourcils mais ne fit aucun commentaire et pénétra dans la mairie. Il la suivit avec un sentiment d'irréalité. Dans quelques instants il serait officiellement un mari et un père…

Était-ce l'objectif visé par Sebastien lorsqu'il l'avait envoyé à Milan ? Bien sûr, le pari de vivre pendant deux semaines dans la peau d'un mécanicien avec seulement deux cents euros en poche n'était qu'un prétexte. Sebastien avait fait en sorte que son chemin croise de nouveau celui de Sadie. Mais était-ce seulement dans l'espoir qu'ils trouveraient l'amour, comme lui et Monika ? Ou bien connaissait-il l'existence de Leo ?

Des mots d'italien et d'anglais se mélangeaient dans l'esprit de Sadie. Derrière Antonio et elle se tenait le couple de témoins. Et à côté d'eux, agrippé à la main d'Antonio comme s'il craignait de le voir disparaître tout à coup, se trouvait Leo. Elle devrait être heureuse. Une famille et un père pour Leo c'est ce dont elle rêvait. Mais à quel prix ? Combien de temps s'écoulerait-il avant qu'Antonio reprenne ses habitudes de séducteur à la vie trépidante ? Cette question la hantait.

— Vous êtes maintenant mari et femme.

Elle déglutit péniblement, puis commit l'erreur de regarder

Antonio. Son regard brûlant accrut son désarroi. Il jouait sûrement la comédie pour convaincre ses amis qu'un amour éperdu était la cause de ce mariage précipité.

— Et maintenant, je vais embrasser la mariée, déclara Antonio sans attendre que le maire l'y invite.

Se penchant vers elle, il effleura ses lèvres d'un baiser léger mais plein de promesses qui la troubla beaucoup plus qu'elle ne l'aurait voulu.

— Bravo ! s'exclama le témoin en applaudissant.

Elle s'écarta d'Antonio, et son regard fut attiré par le couple que cet homme formait avec sa femme, une très jolie blonde. Ils se regardaient avec un sourire complice, et leurs visages rayonnaient d'amour. Antonio et elle formeraient-ils un jour un couple aussi uni ? Question ridicule, se dit-elle aussitôt. La réponse était non. C'était tellement évident… Antonio ne voulait pas entendre parler d'amour.

Leo tira sur sa robe pour réclamer son attention, et elle le prit dans ses bras. Ce qui s'était passé devant la mairie lui revint en mémoire. L'enthousiasme avec lequel Leo s'était jeté à son cou avait visiblement bouleversé Antonio. Serait-il moins insensible qu'il ne voulait le paraître ? Son cœur serait-il touché par son fils ?

— J'emmène ma femme dans notre nouveau chez-nous, annonça-t-il à ses amis. Nous serions très heureux que vous vous joigniez à nous.

— Monika et moi acceptons avec plaisir.

Sebastien sourit à Sadie et ajouta :

— Si ton épouse n'y voit pas d'inconvénient, bien sûr.

— Au contraire, répondit-elle aussitôt en s'efforçant de masquer son soulagement.

La dernière chose dont elle avait envie c'était se retrouver en tête à tête avec Antonio une fois Leo couché…

Sadie sortit de la mairie avec un sentiment d'irréalité. Elle était mariée avec Antonio Di Marcello. L'homme dont elle était tombée éperdument amoureuse quatre ans plus tôt et qui lui avait donné un fils. Un homme qui ne croyait pas à l'amour. Ne venait-elle pas de commettre une terrible erreur ?

Dans la voiture elle était tellement absorbée dans ses pensées qu'elle ne s'aperçut pas tout de suite qu'ils avaient quitté la ville. Alors qu'elle s'apprêtait à demander où ils allaient, la voiture tourna dans une allée qui conduisait à une majestueuse villa. Elle sentit le regard d'Antonio sur elle et demanda :

— Où sommes-nous ?

À son grand agacement il se contenta d'esquisser un sourire sexy puis descendit de voiture. Elle détacha Leo de son siège, et il se précipita aussitôt dehors sans lui prêter la moindre attention, trop impatient de rejoindre Antonio, son nouveau héros. Avec un pincement au cœur, elle descendit de voiture à son tour et contempla la villa. Le bâtiment initial avait été visiblement agrandi, avec beaucoup de goût. La terrasse couverte qui courait tout le long de la façade devait être particulièrement appréciable au cœur de l'été, se surprit-elle à penser.

— Bienvenue chez toi.

Elle se tourna vers Antonio, tandis que la voiture de Sebastien s'engageait dans l'allée.

— Chez moi ?

— *Sì*. Chez toi. Cette maison est pour mon épouse et mon fils.

La lueur qui dansait dans les yeux noirs d'Antonio réveilla des souvenirs qui la firent frissonner. À son grand soulagement, il se pencha vers Leo.

— Ça te plairait d'habiter ici ?

Leo leva vers son père un regard plein d'adoration qui la bouleversa.

— Tout le temps ?

— *Sì*, tout le temps, répondit Antonio en riant.

— Avec toi ?

Elle retint son souffle. La réponse d'Antonio allait-elle

briser le cœur de Leo ? Avait-il prévu de rester à Rome, dans son appartement ?

— Bien sûr. Avec moi et ta maman.

Au même instant Sebastien et Monika se joignirent à eux.

— Le moment est venu de fêter ça, ajouta-t-il en invitant tout le monde à le suivre dans la villa.

Tout en bavardant avec Monika, Sadie jetait autour d'elle des coups d'œil, incrédule. Cette maison était superbe et décorée avec un raffinement extrême. Quand Antonio s'en était-il occupé ? Elle sursauta au bruit d'un bouchon de champagne, et Leo éclata de rire. Elle sentit son cœur se gonfler de joie. Non, elle n'avait pas commis une erreur en épousant Antonio. Jamais elle n'avait vu son fils aussi heureux.

— Au mariage, dit Sebastien en levant sa flûte. Aux mariés… et à Leo.

Antonio leva sa flûte et plongea le regard dans celui de Sadie.

— À ma superbe femme.

Rassérénée, elle sourit. Depuis ce matin elle s'angoissait pour rien. Tout allait bien se passer.

— Et n'oublions pas le pari que tu as gagné, reprit Sebastien à l'adresse d'Antonio.

Elle tressaillit.

— Quel pari ?

— Ils plaisantent, intervint Monika en posant la main sur son bras. Ils n'arrêtent pas de se lancer des défis à tout propos.

— Je t'avais dit que si je travaillais au garage c'était pour prouver ce dont j'étais capable, lui rappela Antonio.

Alors qu'elle se tournait vers lui, elle surprit le regard furtif qu'échangeaient Sebastien et Monika. De toute évidence, ils savaient quelque chose qu'elle ignorait.

— Je l'ai mis au défi de vivre pendant deux semaines privé de son nom et de sa fortune, expliqua Sebastien. Il a tenu le pari et l'a gagné.

En voyant la perplexité se peindre sur le visage de Sadie, Antonio avait maudit intérieurement la franchise de son ami. Heureusement, Sebastien s'était rattrapé avec une explication succincte, et au même instant Leo avait fait diversion. Il était arrivé en courant, tout excité après avoir fait un tour dans le parc.

À présent Leo dormait dans sa nouvelle chambre, et les invités étaient partis. Dès le départ de Sebastien et de Monika, la tension s'était accrue entre Sadie et lui. Après tout, c'était leur nuit de noces. Même si elle persistait à le nier, le désir qu'elle lui inspirait était mutuel. C'était palpable. Il faisait vibrer l'air sur la terrasse où ils étaient assis côte à côte.

— J'espère que nous allons continuer à faire chambre à part.

La voix glaciale de Sadie résonna dans le silence. Lisait-elle dans ses pensées ? Antonio l'observa tandis qu'elle gardait les yeux fixés sur les lumières de Rome qui scintillaient dans le lointain. Ce n'était pas le genre d'attitude qu'il espérait pour leur nuit de noces... Le destin s'acharnerait-il contre lui ? Son second mariage allait-il être aussi désastreux que le premier ?

— Si c'est ce que tu veux, répliqua-t-il avec la même froideur.

— C'est ce que je veux.

Elle se leva et se décida enfin à le regarder.

— Si j'ai accepté de t'épouser c'est uniquement pour Leo.

Ignorant la déception qui lui serrait le cœur, il resta impassible.

— Si j'ai décidé de t'épouser c'est pour partager la vie de mon fils.

— Pendant combien de temps ?

La voix de Sadie s'était encore durcie, et ses yeux lançaient des étincelles.

— Quelques jours ? Une semaine ? Deux semaines ?

— Toujours. Tu ferais mieux de t'habituer à cette idée.

— Je ne pense pas que tu sois capable de tenir un tel engagement.

— Tu me lances un défi ?

Sadie se mordit la lèvre, et il réprima un sourire. Elle lui avait lancé un défi sans le vouloir et le regrettait déjà…

— Décidément, une manie, répliqua-t-elle d'un air hautain.

Il lui adressa un sourire charmeur.

— En effet.

— Et bien sûr, m'attirer dans ton lit est un autre défi.

Il ne put s'empêcher de pouffer, ce qui lui valut un regard furieux. Les étincelles qui jaillirent des yeux verts de Sadie attisèrent son désir. Jamais aucune femme ne l'avait enflammé à ce point. Mais il était vrai qu'il n'avait pas l'habitude que les femmes le dédaignent.

Se levant à son tour, il s'approcha d'elle. Si près qu'il sentit des effluves de son parfum, qui se mêlait à celui des fleurs qui bordaient la terrasse. Submergé par une foule d'émotions, il dut faire un effort surhumain pour résister à l'envie de la serrer contre lui.

— Si je te voulais dans mon lit, tu y serais déjà en ce moment.

Elle ouvrit la bouche, mais avant qu'elle ait le temps de prononcer un seul mot il lui prit la main et la porta à ses lèvres. Elle ne résista pas tandis qu'il déposait un baiser sur ses doigts. Plongeant le regard dans le sien, il ajouta :

— Mais j'attendrai le moment où tu n'auras plus la force de nier que tu me désires autant que je te désire.

7

Sadie n'avait pas beaucoup dormi. Fidèle à sa promesse, Antonio l'avait laissée seule mais ses paroles avaient longtemps résonné dans son esprit. Elle avait passé une grande partie de la nuit à se tourner et se retourner dans son lit en s'interrogeant. Avait-elle vraiment eu raison d'épouser Antonio ? Pendant combien de temps accepterait-il qu'ils fassent chambre à part ? Leur mariage faisait-il lui aussi l'objet d'un pari ?

Leo était debout depuis un moment et était parti à la découverte de sa nouvelle maison en compagnie d'Antonio. Debout sur la terrasse, Sadie les observait. Comment ne pas être émue par la complicité flagrante qui les unissait ? Leo était bien entendu aux anges, et Antonio semblait très heureux lui aussi. Il n'avait plus rien d'un milliardaire insensible uniquement préoccupé par la défense de ses intérêts. Et il fallait bien reconnaître que cette nouvelle image de lui la touchait en plein cœur…

Il tourna la tête dans sa direction et, dès qu'il la vit, prit Leo par la main pour l'entraîner vers la terrasse. Ce dernier lui raconta avec enthousiasme quelques-unes de ses découvertes, mais au lieu de s'installer sur ses genoux comme elle s'y attendait, il repartit presque aussitôt. Ce changement de vie lui donnait visiblement de l'assurance, et il devenait plus indépendant, songea-t-elle en le regardant courir à travers la pelouse.

— Leo se sent déjà chez lui. C'est un enfant vif et plein de curiosité.

Il y avait dans la voix d'Antonio une douceur inhabituelle. Était-il en train de succomber pour de bon au charme de Leo ? Mais si oui, pour combien de temps ?

— J'ai cru comprendre, grâce à Sebastien, que notre mariage était une sorte de pari, mais n'oublie pas que ton fils n'est qu'un enfant. Ne le fais jamais souffrir, s'il te plaît.

Antonio semblait surpris par ce cri du cœur. Et à vrai dire, elle l'était elle-même. Il lui avait échappé sans qu'elle puisse le retenir.

— Tu ne me tiens pas en très haute estime, n'est-ce pas, *mia bella* ?

L'éclat de ses yeux noirs l'électrisa. Désireuse de masquer son trouble, elle s'éloigna de lui.

— À qui la faute ? Si j'ai bien compris, tu m'as épousée dans le cadre d'un pari. Ces deux semaines au garage c'était bien un défi que Sebastien t'avait lancé, n'est-ce pas ?

— *Sì*, répliqua-t-il en s'appuyant contre un pilier de la terrasse.

Les bras croisés, l'air sûr de lui, il était terriblement sexy. Pourquoi fallait-il qu'elle soit aussi attirée par cet homme ? se demanda-t-elle avec dépit.

— Mais j'ignorais que tu serais là… et que je me découvrirais un fils, ajouta-t-il.

— Tu voudrais me faire croire que Leo et moi nous n'avions rien à voir avec ce défi ?

Il s'écarta du pilier et s'avança vers elle. Malgré les battements précipités de son cœur, elle s'efforça de rester impassible.

— Tu peux croire ce que tu veux, *mia bella*.

— Est-ce toi qui as choisi de travailler dans ce garage précis ?

— Non.

Elle sentit son cœur se serrer. Il n'avait jamais cherché à la revoir. S'ils s'étaient retrouvés c'était une pure coïncidence…

— Et que t'a rapporté le fait d'avoir gagné ton pari ?

— Sebastien va faire un don à une organisation caritative, comme il s'y était engagé.

Leo appela Antonio. Ce dernier le rejoignit sur la pelouse, et ils se mirent à discuter. Soulagée par cette diversion, elle prit un journal sur la table et s'installa dans un fauteuil. La photo qui s'étalait en une lui coupa le souffle. Prise la veille devant la mairie, celle-ci les représentait tous les trois au moment où Leo étreignait Antonio. Abasourdie, elle lut plusieurs fois la légende pour s'assurer qu'elle avait bien compris l'italien.

L'héritier Di Marcello épouse secrètement la femme qui a brisé son premier mariage et devient père par la même occasion.

Elle regarda Antonio et Leo qui revenaient vers la terrasse tout en continuant de discuter avec animation. Son cœur se serra. Dire qu'elle avait cru bien faire en épousant le père de son fils ! En réalité ce mariage promettait de provoquer un scandale.

Personnellement, peu lui importait d'être considérée comme responsable du divorce d'Antonio. Mais Leo… Comment le protéger ? Et ses parents ? Allaient-ils tomber sur des photos ou des commentaires de ce genre ? Elle avait dit à sa mère qu'Antonio et elle partaient quelques jours dans le but de se donner une nouvelle chance pour Leo. N'arrivant pas à accepter l'idée qu'elle allait épouser Antonio, elle n'avait pas trouvé le courage de l'annoncer à ses parents.

— Que se passe-t-il ? demanda Antonio. Tu fais une drôle de tête.

Elle lui tendit le journal.

— Je ne supporte pas que Leo se retrouve sous les projecteurs.

Antonio jeta un coup d'œil à la photo, et une rage froide s'empara de lui.

— Leo ne se retrouvera pas sous les projecteurs. Tu as ma parole.

— Et comment comptes-tu t'y prendre ? demanda Sadie d'un ton vif. Sa photo s'étale déjà à la une des journaux ! À moins que ça fasse partie du pari ?

Il serra les dents. De toute évidence, ces minables qui se faisaient passer pour des journalistes étaient à l'affût de ragots sur son premier mariage. La véritable raison de son divorce, il était le seul à la connaître. Et il avait promis à son ex-femme de ne jamais la révéler à personne.

Mais ça, c'était avant que son fils devienne la proie des paparazzis. Personnellement, il se moquait d'être la cible de rumeurs infondées ou de commentaires malveillants. Mais il ne tolérerait pas que Leo soit mêlé à ça. Il était prêt à tout pour le protéger.

Même à rompre la promesse qu'il avait faite à Eloisa. Il fut assailli de remords. Oui il était prêt à manquer à sa parole. Mais c'était pour préserver son fils du tourbillon médiatique.

— Le pari n'avait rien à voir avec tout ça. J'ai décidé de t'épouser quand j'ai découvert que tu m'avais caché un fait qui n'avait rien d'insignifiant. L'existence de mon fils.

— Et moi j'ai accepté de t'épouser parce que je pensais que c'était la meilleure solution pour lui, rétorqua-t-elle d'un ton plein d'amertume.

Inspirant profondément, il s'exhorta au calme. Il fallait agir. Pas question d'attendre que les paparazzis reviennent à la charge.

— Nous allons partir. Quitter Rome pour un endroit où nous serons à l'abri.

— Que veulent-ils, Antonio ?

Sans répondre, il reprit Leo dans ses bras et promena le regard sur le parc. Par souci de discrétion il était passé par un intermédiaire pour acheter cette propriété, mais il connaissait l'efficacité redoutable des médias quand ils avaient quelqu'un en ligne de mire. Ayant grandi dans une des familles les plus riches et les plus influentes de Milan avant de devenir un milliardaire doublé d'un play-boy, il était depuis toujours une de leurs cibles privilégiées. Il y avait longtemps qu'il était immunisé. Ce qui n'était pas le cas de Sadie, et encore moins de Leo.

— Dis-moi ce qu'ils cherchent, insista Sadie en le suivant à l'intérieur de la villa. Je préfère l'apprendre par toi plutôt que de le lire dans la presse.

Leo se mit à gigoter, et il le reposa par terre comme il le demandait.

— Il n'y a rien de spécial à dire. C'était en quelque sorte un mariage arrangé. Eloisa et moi nous n'étions pas faits l'un pour l'autre, même si nous nous connaissions depuis l'enfance.

Pas question d'en dire plus. Il avait promis à Eloisa et il était un homme de parole.

— Mais tout cela n'a pas grande importance. Ce qui compte c'est de vous mettre à l'abri de ces harceleurs, Leo et toi.

— Comment comptes-tu t'y prendre ?

C'était exactement la question qu'il se posait… Il était hors de question d'aller dans une des propriétés qu'il possédait à travers le monde. S'il voulait mettre Sadie et Leo réellement à l'abri, il fallait choisir un endroit sans aucun lien avec lui.

Alejandro possédait lui aussi de nombreuses propriétés. Et en particulier cette île privée dans les Caraïbes… Il avait déjà entamé ses deux semaines de défi sous une fausse identité, mais il pourrait le joindre sur le téléphone fourni par Sebastien. Il l'appellerait dès qu'il aurait réussi à apaiser les craintes de Sadie.

— Ne t'inquiète pas, je m'occupe de tout. Prépare des bagages pour Leo et toi, avec suffisamment d'affaires pour plusieurs semaines. Considère ça comme notre lune de miel.

Elle lui lança un regard glacial.

— Pas besoin de lune de miel. Nous sommes mariés, la

situation de ton héritier est régularisée, et vu la situation le mieux serait que Leo et moi partions en Angleterre pour y commencer une nouvelle vie.

Assailli par une bouffée de colère, Antonio répondit d'un ton cinglant :

— Votre nouvelle vie est avec moi, et comme je n'ai pas prévu d'aller en Angleterre dans l'immédiat, c'est hors de question. Je t'ai épousée, par conséquent j'ai mon mot à dire sur l'éducation de mon fils.

Sadie serra les dents. Si elle s'écoutait elle lui tiendrait tête et insisterait pour partir en Angleterre. Mais Leo était déjà tellement attaché à lui… Comment pourrait-elle se résoudre à les séparer ?

— Je te rappelle que ce n'est pas un véritable mariage.

Antonio arqua les sourcils, et elle crut voir une lueur amusée s'allumer brièvement dans ses yeux noirs. Aussitôt elle se remémora les nombreux fous rires qu'ils avaient partagés au cours de leur week-end de passion, quatre ans plus tôt.

— Après avoir passé ma nuit de noces seul dans mon lit, je ne risque pas de l'oublier, répliqua-t-il d'un ton caustique en sortant son téléphone de sa poche. Nous sommes mariés, Sadie, et quoi que tu en penses nous allons vivre une vie de famille. Tu ne me priveras pas de mon fils plus longtemps que je ne l'ai déjà été.

— Allons mettre ton ours en peluche dans la valise, dit-elle à Leo, anxieuse d'échapper au regard pénétrant d'Antonio. Nous partons en vacances.

— Est-ce que *papà* vient aussi ? demanda Leo avec une mine inquiète.

Elle ne put s'empêcher de se sentir coupable. Au cours des dernières semaines il avait déjà vécu deux déménagements et allait encore changer de cadre de vie une troisième fois, vingt-quatre heures après avoir découvert ce qu'on lui avait présenté comme sa nouvelle maison…

— *Sì*, bien sûr, déclara Antonio en s'accroupissant devant Leo. Tu as envie que je vienne, non ?

Devant son sourire apaisant et le hochement de tête rassuré de Leo, elle fut étreinte par une vive émotion.

Antonio appela Alejandro en se demandant quel genre de défi lui avait réservé Sebastien.

— Alejandro. Comment ça se passe ?

— Bien… je pense. Ça me semble trop facile.

— Comment ça, facile ?

— À part le fait que je suis dans le crottin de cheval jusqu'aux chevilles, je pense que Sebastien m'a envoyé ici pour mettre un terme à une querelle qui oppose les familles Salazar et Hargrove.

Un bruit métallique résonna à l'autre bout de la ligne tandis qu'Alejandro poursuivait.

— Étant donné ce à quoi vous avez eu droit Stavros et toi, je suis sûr que d'autres surprises m'attendent.

— Sans doute. Mais je dois dire que t'imaginer les pieds dans le crottin est plutôt réjouissant, plaisanta Antonio. Dis-moi, il faut que j'emmène Sadie et Leo dans un endroit où les paparazzis n'auront pas l'idée de nous traquer. Je dois protéger mon fils des médias.

Antonio réprima un soupir. Il n'avait pas l'habitude d'appeler à l'aide, mais s'il y avait quelqu'un à qui il pouvait demander un service c'était bien Alejandro ou Stavros.

— Mon île privée dans les Caraïbes sera parfaite pour votre lune de miel.

Antonio eut une moue de dérision. Si Alejandro savait comment il avait passé sa nuit de noces…

— Parfait. Je vais dire à mon assistante de se mettre en contact avec la tienne.

Il lui demanderait d'engager une nurse, songea-t-il en raccrochant. Il n'y en avait pas parmi le personnel présent en permanence sur l'île, bien sûr. Or, il avait bien l'intention de profiter de ce séjour pour assouvir son désir pour son épouse…

Le cadre romantique l'aiderait à vaincre ses résistances pour retrouver la Sadie passionnée qui criait de plaisir dans ses bras autrefois.

8

Sadie regardait la mer lécher le sable blanc de la plage bordée de palmiers. Le vol interminable pendant lequel Leo s'était montré grincheux n'était plus qu'un mauvais souvenir. Même l'insistance d'Antonio pour qu'elle profite de la présence de la nurse qu'il avait engagée semblait une bonne idée.

Dès le petit déjeuner Leo avait été conquis par la jeune insulaire souriante, ce qui lui laissait du temps pour elle. Un luxe qu'elle n'avait que rarement l'occasion de s'offrir depuis qu'elle était mère célibataire.

Mais il était vrai qu'elle n'était plus célibataire. Elle était mariée au père de Leo. À vrai dire, elle avait encore du mal à le croire. Mais le plus surprenant c'était la détermination d'Antonio à partager la vie de son fils. S'il était présent en permanence, comment allait-elle réussir à surmonter son attirance pour lui ?

— *Buongiorno, mia bella.*

La voix familière l'arracha à ses pensées, et elle se tourna vers la villa. Vêtu d'un pantalon de toile blanc et d'un T-shirt chic qui mettaient en valeur son corps musclé, Antonio était plus séduisant que jamais.

— C'est un bel endroit.

Pourquoi sa voix manquait-elle de naturel à ce point ? se demanda-t-elle aussitôt avec dépit. Son trouble ne risquait pas de passer inaperçu…

— Toi et Leo, vous serez en sécurité ici, dit-il en avançant vers elle.

Hypnotisée par l'éclat de ses yeux noirs, elle resta clouée sur place, incapable de détacher le regard du sien. Puis elle finit par prendre conscience de ce qu'il venait de dire.

— Quand pars-tu ? demanda-t-elle en s'efforçant de masquer sa déception.

Il plissa le front.

— Pourquoi partirais-je ?

— J'ai cru que…

— Que j'allais vous laisser ici Leo et toi… seuls ?

— Pourquoi pas ? Notre mariage n'est pas réel, après tout.

Il scruta son visage, comme s'il cherchait une réponse. Mais à quelle question ? se demanda-t-elle, au comble de la confusion. Tout à coup il prit ses mains dans les siennes, et elle fut parcourue d'un long frisson.

— En quoi n'est-il pas réel ?

Il plongea le regard dans le sien tout en caressant sa main gauche avec son pouce. Puis il leva celle-ci pour lui montrer sa bague de fiançailles et son alliance d'un air entendu.

Elle déglutit péniblement. Ces bijoux ne signifiaient rien, et il le savait aussi bien qu'elle. Elle aurait aimé le lui faire remarquer mais aucun son ne sortait de sa gorge. Son regard étincelant était trop troublant…

— Tu es ma femme, Sadie. Et je veux que notre mariage soit aussi réel que cette bague.

Elle finit par retrouver sa voix.

— Si nous nous sommes mariés, c'est uniquement pour Leo.

Libérant sa main, elle se détourna de lui et fit quelques pas sur le sable, délicieusement doux sous ses pieds.

Antonio la suivit.

— Je veux être un père digne de ce nom, mais aussi un mari digne de ce nom. Je veux une vie normale, comme celle dont j'ai eu un aperçu au garage pendant deux semaines.

Sadie se retourna, l'air perplexe. Les alizés faisaient danser ses cheveux autour de son visage dénué de maquillage, à l'exception d'un peu de mascara et d'une fine couche de gloss. Fasciné, Antonio promena sur elle un regard ébloui. Elle était belle. Très belle.

Son short blanc et son haut de maillot mettaient en valeur ses longues jambes fuselées, et ses seins ronds et pleins. Oui, elle était splendide. Mais elle semblait vulnérable. Et méfiante. Si seulement il pouvait retrouver la Sadie d'autrefois ! Il n'avait qu'une envie. La prendre dans ses bras et l'embrasser. Dévorer sa bouche pulpeuse avec avidité… Alors qu'il luttait contre le désir qui le submergeait, elle fit la dernière chose à laquelle il s'attendait. Elle pouffa.

— Tu serais bien incapable de mener une vie normale, Antonio ! En voyant la maison dans laquelle tu as grandi, j'ai compris…

Elle s'interrompit et se tourna de nouveau vers la mer, le regard perdu dans le vague. Il attendit un instant mais elle resta silencieuse.

— Tu as compris quoi, Sadie ?

— Que nous appartenions à deux mondes qui n'avaient rien de commun. Je l'ai compris avant même d'avoir vu tes parents.

Il réprima un soupir. Elle gardait un mauvais souvenir de sa rencontre avec ses parents, ce qui était compréhensible… Mais s'appesantir sur le passé ne servait à rien. Ils devaient aller de l'avant, pour Leo.

Et même s'ils appartenaient à deux mondes différents, ils avaient prouvé pendant tout un week-end qu'ils pouvaient être très proches l'un de l'autre.

Il reprit la main de Sadie. Elle ne tenta pas de la lui retirer. Il écarta une mèche folle de son visage, effleurant sa joue du bout des doigts. Électrisé par ce contact furtif, il la vit fermer les yeux. De toute évidence, elle était aussi troublée que lui… Il se pencha vers elle et goûta ses lèvres. Une flèche de désir le transperça, lui coupant le souffle. Il fit un effort surhumain pour résister à la tentation de l'attirer contre lui et d'approfondir son baiser. Mais elle laissa échapper un petit soupir qui eut raison de son sang-froid. Il referma les bras sur elle. Aussitôt, elle se dégagea.

— Je ne peux pas…

Elle s'écarta de lui mais ses yeux verts étincelaient de désir.

— Tu es sûre ? murmura-t-il d'une voix rauque.

— Oui.

— Nous sommes mari et femme, Sadie. Leo est notre fils, né d'une passion qui nous consume encore aujourd'hui, l'un et l'autre.

Sadie fut parcourue d'un long frisson, qu'elle s'efforça d'ignorer. Non, elle ne pouvait pas. Elle ne devait pas. Céder à la tentation serait beaucoup trop dangereux. Si elle retombait dans les bras d'Antonio, il lui briserait définitivement le cœur. Parce qu'il n'éprouverait jamais rien d'autre que du désir pour elle.

— Je ne peux pas… à cause de Leo. Il sera là d'un instant à l'autre.

— La nurse l'a emmené faire un tour. Ils ne reviendront pas tout de suite, répliqua-t-il en faisant un pas vers elle.

Aussitôt envahie par une vive chaleur, elle ne put s'empêcher d'espérer qu'il allait la prendre dans ses bras. À sa grande irritation. Comment pouvait-elle manquer de suite dans les idées à ce point ? Elle avait décidé de ne pas céder à la tentation et devait tenir bon. Elle ne pouvait même pas s'autoriser un simple baiser. Cela risquerait de l'entraîner beaucoup trop loin…

Des images très précises assaillirent son esprit, décuplant son désir. Pourquoi s'obstinait-elle à lutter ? Après tout, il avait raison. Ils étaient mariés. Au nom de quoi se condamnerait-elle à la frustration ?

Elle prit une profonde inspiration. Non. Il fallait à tout prix qu'elle se protège. Il ne l'aimait pas et il ne l'aimerait jamais. Lors de leur première rencontre elle avait confondu le désir et l'amour. Il était hors de question de répéter cette erreur. Elle ne pouvait pas se le permettre.

— Viens, marchons un peu, *mia bella*.

Était-ce un effet de son imagination, ou bien l'accent d'Antonio était-il vraiment plus prononcé qu'à l'ordinaire ? Difficile à dire. Mais marcher un peu ne pouvait pas lui faire de mal.

— D'accord.

Après une brève hésitation, elle prit la main qu'il lui tendait. Et le regretta aussitôt. Le souffle coupé par une bouffée de désir, elle fit de son mieux pour masquer son trouble.

Main dans la main, ils marchèrent en silence sur la plage. La mer scintillait sous le soleil comme si elle était constellée de diamants, tandis que le souffle des alizés tempérait la chaleur. Mer bleue, sable blanc et palmiers, c'était un cadre enchanteur, idéal pour une lune de miel…

Antonio finit par rompre le silence.

— Les médias italiens se perdent en conjectures à propos de toi et de Leo.

Elle tressaillit, oubliant instantanément ses fantasmes de lune de miel.

— Pourquoi s'intéressent-ils tant à nous, Antonio ? Qu'est-ce qui excite leur curiosité à ce point ?

— Eloisa et moi, nous avons pour ainsi dire grandi ensemble, en sachant que nos parents souhaitaient nous voir mariés plus tard. L'objectif était d'unir deux des plus anciennes familles de Milan.

Il s'interrompit, le regard tourné vers la mer. Son visage exprimait le regret. À moins que ce soit le remords ? À cause des aventures qu'il avait commencé à collectionner tout de suite après avoir épousé son amour d'enfance ? Elle ne put retenir la question qui lui brûlait les lèvres.

— Tu l'aimais ?

— Nous étions amis, rien de plus. Il n'y a jamais eu autre chose que de l'amitié entre nous.

— Alors pourquoi vous êtes-vous mariés ?

Il poussa un profond soupir et l'entraîna sur un chemin qui s'enfonçait à travers les arbres, au bout de la plage. Quelques instants plus tard, ils arrivèrent en bordure d'une autre plage de sable blanc, nichée au creux d'une anse. Leurs regards se croisèrent brièvement, et elle réprima un frisson. Lâchant la main d'Antonio, elle fit quelques pas sur le sable. Avait-elle vraiment envie de tout savoir de son premier mariage ?

— Je me suis marié par devoir, répondit-il enfin. Parce que j'étais le seul héritier d'une des plus anciennes familles d'Italie et que je voulais respecter la volonté de mes parents. De toute façon, je n'avais jamais envisagé de me marier par amour. Un mariage de convenance ne me posait donc aucun problème.

— Je suppose qu'Eloisa n'appréciait pas que tu continues à vivre comme lorsque tu étais célibataire, commenta-t-elle d'un ton plus crispé qu'elle ne l'aurait voulu.

Avait-il toujours la même intention aujourd'hui ? Dès son retour à Rome il se retrouverait peut-être de nouveau en couverture des magazines people en compagnie de mannequins ou d'actrices plus superbes les unes que les autres. Après tout, elle aussi il l'avait épousée par devoir. Pour Leo.

— Mon objectif était avant tout de la protéger des médias. Tu as vu de quoi ils sont capables.

Elle le considéra avec perplexité. S'afficher en compagnie de ses multiples maîtresses, c'était une façon plutôt étrange de protéger son épouse… La prenait-il pour une idiote ? Ou bien lui cachait-il quelque chose ?

— Leo et toi je vous protégerai aussi, ajouta Antonio. Je te promets que vous n'aurez pas à souffrir du zèle des paparazzis.

Il réprima un soupir. Encore un engagement qu'il devrait tenir. Jusque-là il avait été fidèle à celui qu'il avait pris envers Eloisa. Il n'avait révélé son secret à personne. Mais pourrait-il continuer à se taire tout en restant loyal envers Sadie et Leo ? À l'instant il avait failli dire la vérité à Sadie. Pourquoi éprouvait-il le besoin d'être d'une sincérité absolue avec elle ?

— Si Leo et moi nous installions en Angleterre, ce serait plus simple.

— Non. C'est hors de question, Sadie. Je veux mon fils auprès de moi. Je ne me contenterai pas d'une carte pour son anniversaire et d'une visite de temps en temps. Je veux vivre avec lui. Chaque jour. Je veux rattraper le temps perdu. Toutes ces années au cours desquelles j'ai raté ses premiers pas, ses premiers mots.

— Dans ce cas, pourquoi ne pas donner aux médias ce qu'ils cherchent ? Si tu leur dis ce qu'ils veulent savoir, ils nous laisseront tranquilles, non ?

Sadie gardait les yeux fixés sur les vaguelettes, qu'elle effleurait du bout des pieds. Elle semblait très vulnérable. Il aimerait pouvoir accéder à sa demande mais c'était impossible. Il avait promis à Eloisa de garder son secret.

— Non, ça ne servirait à rien. Nous allons rester ici pendant deux ou trois semaines, comme n'importe quel couple en voyage de noces, et quand nous rentrerons à Rome les choses se seront tassées.

Elle leva les yeux vers lui. Il y avait une telle candeur dans son regard qu'il en fut bouleversé. Glissant un bras autour de sa taille, il l'attira contre lui. Elle ne lui résista pas.

— Je veux que ce séjour soit une vraie lune de miel. Je veux en savourer chaque instant. Et là, je meurs d'envie de t'embrasser.

Au lieu de le repousser, elle lui offrit sa bouche. Dès que ses lèvres touchèrent les siennes, elle ferma les yeux. Instinctivement il en fit autant. L'eau qui s'enroulait autour de leurs chevilles dans son mouvement de va-et-vient ajoutait à la sensualité de l'instant. Leur baiser devint de plus en plus passionné.

— J'ai envie de toi, Sadie, murmura-t-il contre ses lèvres. Je veux que tu sois vraiment ma femme. Je veux qu'entre nous tout redevienne comme avant. Comme quand nous nous sommes rencontrés.

Il la sentit frissonner contre lui.

— Et Leo ?

— La nurse l'a emmené chez une employée qui a un petit garçon. Pour qu'ils fassent connaissance et qu'ils jouent ensemble. Il est prévu qu'il dorme là-bas.

À sa grande joie elle eut un sourire mutin. Enfin, il retrouvait la Sadie de leur première rencontre !

— Si je comprends bien, c'est un coup monté.

Il effleura ses lèvres.

— Nous sommes des jeunes mariés. Le personnel part du principe que nous avons besoin d'intimité. Comment résister à leurs attentions ?

Les joues en feu, Sadie se dégagea de ses bras.

— Je ne sais pas… Leo n'aura peut-être pas envie de rester là-bas.

— Tu ne pourras pas résister éternellement à la force qui nous pousse l'un vers l'autre, *mia bella*.

9

Sadie contemplait le coucher du soleil en compagnie d'Antonio, les nerfs à fleur de peau.

Pendant tout le dîner l'air n'avait pas cessé de vibrer d'électricité, et à présent la tension était à son comble.

Pourquoi brûlait-elle de désir pour un homme qui l'avait trahie autrefois ? En toute logique elle ne devrait pas. Malheureusement, c'était plus fort qu'elle. Jamais aucun homme ne lui avait fait cet effet. Comme envoûtée, elle n'avait plus qu'une seule idée en tête. Revivre une nuit de passion avec lui.

Il passa un bras autour de ses épaules, et un long frisson la parcourut.

— Tu as froid, commenta-t-il.

Si elle n'était pas ivre de désir, elle aurait sans doute pouffé. Froid ? Elle était en feu ! Ne savait-il donc pas qu'un seul regard de lui suffisait à l'embraser ? Si. À en juger par son sourire sexy, il en était parfaitement conscient…

— Si tu as froid nous pouvons rentrer dans la villa, murmura-t-il d'une voix caressante.

Elle déglutit péniblement, soudain victime d'un accès de timidité.

— Pas encore. Avant, je voudrais regarder le coucher du soleil jusqu'au bout. J'aimerais le peindre un jour.

Elle s'efforça de se concentrer sur le globe orangé qui

descendait lentement vers la mer. En vain. Son regard était irrésistiblement attiré par Antonio.

Il arqua les sourcils avec cet air malicieux qui l'avait séduite dès le premier regard quatre ans plus tôt. Pourquoi ne l'avait-elle jamais remarqué quand il était déguisé en mécanicien ?

— Avant quoi, *mia bella* ?

Avant quoi ? *Avant de me donner à toi corps et âme.* Parce qu'il n'y aurait pas de demi-mesures pour elle. Elle le savait. Comme elle savait tout au fond d'elle qu'il resterait à jamais l'homme de sa vie.

Embrasse-moi…

— Tu es belle ce soir, *mia bella.*

Elle sentit ses joues s'enflammer. Se doutait-il qu'elle s'était préparée avec un soin tout particulier, ce soir ? Qu'elle avait hésité longuement avant d'opter pour cette robe dos nu en soie rouge à motifs blancs ? Une robe longue et fluide, parfaite pour un dîner romantique sur une plage des Caraïbes…

— C'est facile de se sentir belle dans un endroit comme celui-ci.

Surtout quand tu me dévores des yeux…

Il écarta ses cheveux de son visage, et ses doigts effleurèrent ses épaules nues. Parcourue d'un nouveau frisson, elle se hissa sur la pointe des pieds pour déposer un baiser sur ses lèvres. Avec un grognement étranglé, il referma les bras sur elle et l'attira contre lui. Le contact de sa virilité pleinement éveillée contre son ventre lui arracha un gémissement.

— Antonio…

Il s'empara de sa bouche dans un baiser vorace qui acheva de l'embraser tout entière. Nouant les bras sur sa nuque, les seins pressés contre son torse musclé, elle lui répondit avec ardeur jusqu'à ce qu'il s'arrache à sa bouche pour la soulever de terre. Tout étourdie par son baiser, elle enfouit le visage dans son cou et huma avec délectation son odeur familière.

— La nuit est à nous, *mia bella.*

Antonio pénétra dans la villa et porta Sadie jusqu'à la chambre où elle avait dormi seule la nuit précédente. Cette nuit ils ne dormiraient pas chacun de leur côté. Cette nuit ils seraient ensemble… Et ils ne dormiraient sans doute pas.

Lorsqu'il la posa sur ses pieds, elle effleura ses lèvres tout en promenant les mains sur son torse. Il réprima à grand-peine l'envie de la renverser sur le lit. Si elle avait décidé de prendre l'initiative, il allait devoir faire appel à tout son sang-froid. Pas question de précipiter le mouvement. Il voulait que cette nuit soit mémorable.

Dévoré par le désir, il enfonça les doigts dans ses cheveux soyeux tandis qu'elle commençait à déboutonner sa chemise. Lorsqu'elle en écarta les pans pour promener les mains sur sa peau, il laissa échapper un grognement étranglé. Elle leva vers lui un regard malicieux, puis se pencha sur lui pour parsemer son torse de baisers.

Au moment où il était sur le point de crier grâce, elle se redressa et leva vers lui un regard étincelant de désir. Il déglutit péniblement.

— J'ai envie de toi, Sadie. Tellement envie…

Sadie fut électrisée par la voix rauque d'Antonio. Même s'il n'éprouvait que du désir pour elle, quelle importance ? À cet instant précis elle s'en moquait. Elle avait trop envie de lui elle aussi…

— Je suis à toi, murmura-t-elle en lui enlevant sa chemise.

Il lui prit la main et l'entraîna vers le lit, protégé par une moustiquaire blanche qui frémissait sous le souffle des alizés. C'était comme un rêve. Elle était sur le point de revivre une nuit de passion avec l'homme qu'elle n'avait jamais cessé d'aimer depuis quatre ans… Oui, c'était comme un rêve. Elle allait savourer cet instant, mais sans se faire d'illusions. Parce que tôt ou tard il se lasserait de la vie conjugale. Il l'avait déjà abandonnée une fois. Il la quitterait forcément de nouveau un jour ou l'autre.

— Plus de mots, dit-il en l'embrassant dans le cou. Laisse ton corps parler pour toi, *mia bella*.

Parcourue de longs frissons, elle sentit confusément qu'il défaisait le nœud fermant sa robe sur sa nuque. La soie fluide glissa sur son corps et tomba en flaque à ses pieds, la laissant en culotte de dentelle blanche. Grisée par le regard ébloui qu'il promena sur elle, elle s'alanguit contre lui dès qu'il referma les bras sur elle.

— Antonio…

Il la réduisit au silence par un baiser gourmand, puis l'allongea sur le lit. Il s'empara de nouveau de sa bouche avant de tracer un sillon de baisers jusqu'à un de ses seins. Assaillie par des sensations exquises, elle enfonça les doigts dans ses cheveux en gémissant, tandis qu'il aspirait goulûment son bourgeon durci, puis le léchait et le mordillait tour à tour.

Après avoir honoré l'autre sein il poursuivit sa descente, la couvrant de baisers avant de se glisser entre ses cuisses. Lorsque sa langue effleura sa fleur ruisselante, elle laissa échapper un petit cri étranglé. Ses caresses diaboliques s'accentuèrent peu à peu, lui faisant perdre toute retenue. Les doigts crispés sur les draps, la tête renversée en arrière, elle ondulait des hanches avec frénésie, emportée dans un tourbillon inexorable. Lorsque le plaisir la submergea, elle entendit confusément la voix rauque d'Antonio sans comprendre ce qu'il disait en italien.

Antonio se redressa et captura brièvement la bouche de Sadie avant de finir de se déshabiller. Lorsqu'il prit place entre ses cuisses elle noua les jambes sur ses reins, et il s'enfonça en elle avec un grognement de volupté. Alors qu'ils entamaient une danse lascive, des mots d'italien lui échappèrent de nouveau. Des mots qu'il n'avait jamais eu l'intention de prononcer. À son grand soulagement, elle le fit taire en l'embrassant.

Il bascula sur le dos et l'installa à califourchon sur lui, pour mieux l'admirer dans le clair de lune tandis qu'elle le chevauchait. Redécouvrant avec une émotion intense ce corps familier aux courbes parfaites, il le couvrit de caresses jusqu'à ce qu'un raz-de-marée d'une violence inouïe les précipite tous les deux dans les abysses du plaisir.

10

Il fallait reprendre ses distances avec Antonio, se répétait Sadie depuis leur retour à Rome. Certes, leurs nuits avaient été passionnées pendant toute leur lune de miel, mais il ne fallait pas oublier que leur mariage n'était qu'un arrangement.

Il était temps de se préparer à l'inévitable.

Après tout, il s'était déjà marié une fois par devoir, et ça s'était terminé par un divorce quelques mois plus tard. À l'époque elle était enceinte de lui, et le compte rendu quasi quotidien de ses multiples liaisons dans la presse l'avait convaincue qu'elle était beaucoup mieux sans lui. C'était le moment où jamais de se souvenir qu'elle ne devait pas retomber amoureuse de lui.

Mais n'était-il pas déjà trop tard ?

Assise sur la terrasse, elle s'efforçait de retrouver un semblant de sérénité après avoir passé la nuit à se tourner et se retourner dans son lit. À leur arrivée, quelques jours plus tôt, elle s'était installée dans la chambre qu'elle occupait avant leur départ sur l'île. Cette situation semblait convenir à Antonio, qui n'avait fait aucun commentaire. De toute évidence, il était soulagé qu'elle prenne ses distances. Raison de plus pour réprimer ses sentiments pour lui.

— Leo s'est endormi facilement, hier soir ?

La voix d'Antonio la fit tressaillir.

— Il était encore très excité par tous les changements intervenus dans sa vie ces dernières semaines, mais il a fini par s'endormir. Il dort encore, et la nurse que tu as engagée attend qu'il se réveille.

Malgré ses réticences à laisser quelqu'un s'occuper de Leo, elle avait été instantanément séduite par la jeune fille. Mais elle s'était interrogée sur les motivations d'Antonio. Et elle n'avait pas pu s'empêcher d'espérer que c'étaient les mêmes que sur l'île. Mais il ne l'avait même pas embrassée une seule fois. Depuis leur retour elle dormait seule.

— Et il se plaît ici, à la villa ?

Antonio s'assit en face d'elle, et elle s'efforça en vain de ne pas le dévorer des yeux. Si seulement il n'était pas aussi séduisant…

— Oui, beaucoup.

— Tant mieux. Ça me fait plaisir.

Antonio croisa les bras et se cala dans son fauteuil d'un air qui n'avait pourtant rien de réjoui.

— Vous êtes ici chez vous, poursuivit-il. Je veux que tu saches que, quoi qu'il arrive, cette villa vous appartient et que vous pourrez toujours y vivre. Ou la vendre, le cas échéant.

Elle sentit son estomac se nouer. Où voulait-il en venir ?

— Merci.

Quoi dire d'autre ? Le regard pénétrant qu'Antonio darda sur elle ajouta à sa confusion. Il fallait qu'elle sache exactement ce qu'il avait en tête, décida-t-elle.

— Tu comptes retourner dans ton appartement ?

Antonio eut l'impression de recevoir une gifle. Pas de doute, elle voulait se débarrasser de lui maintenant qu'elle avait atteint son objectif. L'avenir de son fils était assuré, elle n'avait plus besoin de lui. Dire qu'il avait espéré que leur lune de miel torride changerait les choses entre eux…

Peut-être était-ce mieux ainsi. Il avait un peu trop baissé la garde au cours de leur séjour sur l'île. Il ne fallait pas oublier que leur mariage n'était rien d'autre qu'un arrangement.

— À l'occasion, quand ce sera nécessaire, répliqua-t-il d'un ton neutre.

Malgré tous ses efforts, il ne pouvait pas s'empêcher de poser sur Sadie un regard admiratif. Si seulement elle n'était pas aussi belle… Le souvenir de leur premier baiser sur l'île s'imposa à lui. La Sadie qui était en face de lui ce matin n'avait rien à voir avec celle qui s'était alanguie dans ses bras sur la terrasse, au coucher du soleil. C'était une femme froide et calculatrice. Comme il se targuait de l'être lui-même. Il avait trouvé son égale.

— Et tu viendras voir Leo ?

La voix dure de Sadie lui fit l'effet d'une nouvelle gifle. Comment pouvait-elle lui poser une question pareille ?

— Ne te trompe pas, Sadie. Je serai toujours présent dans la vie de Leo. C'est pour lui que nous nous sommes mariés. J'aimerais que vous viviez ici, dans cette villa. L'Italie est le pays de mon fils, celui où il est né et où se trouve son héritage. J'espère que vous resterez ici.

Elle pinça les lèvres. À sa grande irritation, il fut assailli par des souvenirs très précis de ces lèvres, douces et caressantes sous les siennes ou sur son corps. Comment pouvait-il se laisser distraire par sa bouche alors qu'ils discutaient de son fils ?

— Je ne peux pas te le promettre, Antonio, répliqua-t-elle en plongeant dans le sien un regard froid. Tout ce que je peux te promettre c'est de ne pas partir avec Leo sans te prévenir ni te dire où nous allons.

Il se leva, indigné par son attitude. De toute évidence, elle ne se préoccupait pas du bonheur de son fils. Comme si son besoin de s'éloigner de lui et de retrouver son indépendance l'emportait sur tout le reste.

La conversation fut interrompue par la domestique qui apportait le petit déjeuner. Sadie se leva à son tour et se dirigea vers le bout de la terrasse, qui donnait sur l'oliveraie qui enchantait Leo depuis le premier jour.

Elle était très belle, mais elle semblait également très vulnérable. Et alors ? se demanda-t-il, de plus en plus irrité contre lui-même. Pourquoi se préoccuperait-il de ce qu'elle pouvait ressentir ? C'était elle qui avait insisté au départ pour que leur mariage se limite à une signature au bas d'un document officiel. De son côté il n'avait jamais envisagé de faire un mariage d'amour, certes. Mais il avait eu l'intention d'offrir à son fils un foyer chaleureux, à l'opposé de celui dans lequel il avait grandi lui-même. Il avait sincèrement cru que la complicité exceptionnelle qui les avait unis lors de leur rencontre quatre ans plus tôt pourrait servir de base à un mariage réussi.

Avec un soupir agacé, il prit le journal dans l'intention de distraire momentanément son attention de la femme qu'il avait épousée. La lecture du premier titre qui lui tomba sous les yeux eut l'effet inverse. Une colère noire le submergea à la lecture de l'article, et il jeta le journal sur la table comme s'il lui brûlait les mains. Il se doutait que les médias ne se désintéresseraient pas de lui et de son nouveau mariage, mais la dernière chose à laquelle il s'attendait c'était à cette révélation. Eloisa leur aurait vendu l'histoire de leur mariage ? Il n'arrivait pas à y croire.

Se ravisant, il reprit le journal et le plia. Mieux valait éviter que Sadie lise ça. En tout cas, pas avant la fin du week-end qu'ils devaient passer chez Sebastien dans la campagne anglaise. Ce serait la première fois qu'il reverrait Stavros et Alejandro depuis Saint-Moritz, et comme lui ils étaient mariés ou au moins fiancés. Ce qui était sans doute l'objectif secret de Sebastien quand il leur avait lancé son défi. Pas question de leur faire savoir que pour sa part il risquait de ne pas rester marié très longtemps…

Il crispa les doigts sur le journal. Après cette révélation sur son premier mariage, son mariage actuel allait devenir l'objet de plaisanteries. Le premier à en pâtir serait son fils. Et si par hasard il subsistait encore le moindre espoir de rapprochement entre Sadie et lui, cet article le réduisait à néant. Dire qu'il commençait à penser qu'il éprouvait peut-être pour elle des sentiments dont il s'était toujours cru incapable… Mais inutile de s'attarder là-dessus pour l'instant.

— Leo et toi, vous êtes prêts à partir pour Londres ? demanda-t-il à Sadie.

Ils partaient dans la journée pour Londres. Puis ils se rendraient à Waldenbrook, le manoir de Sebastien et Monika. Ces derniers fêtaient leur premier anniversaire de mariage, et il était hors de question qu'il y assiste sans Sadie.

— Oui, répondit-elle en se dirigeant vers Leo qui arrivait avec sa nurse.

Il la regarda ébouriffer les cheveux de son fils puis s'accroupir devant lui, le visage rayonnant d'amour. Son cœur se serra. Si seulement les choses étaient différentes ! Il désirait plus que tout au monde partager la vie de son fils, mais cela impliquerait de vivre un mensonge avec une femme qui ne l'aimerait jamais. Son premier mariage n'avait été qu'un simulacre, et voilà que le deuxième prenait le même chemin. Il n'avait aucune envie de rejouer la même comédie. Mais s'il ne le faisait pas, il perdrait Leo…

— On va reprendre l'avion aujourd'hui, *papà* ?

La voix de Leo l'atteignit en plein cœur. Non. Il ne renoncerait pas à son fils. Il avait déjà raté les trois premières années de sa vie. Pas question de laisser Sadie le priver davantage de lui.

Pendant tout le voyage l'animosité d'Antonio à son égard avait été palpable malgré l'affection qu'il témoignait à Leo. *Pourquoi cette attitude ?* se demanda Sadie en bordant Leo. Après avoir vérifié qu'il dormait profondément, elle quitta la chambre qu'Antonio avait fait aménager spécialement pour lui dans son hôtel particulier situé dans un des quartiers les plus chics de Londres.

Dans le couloir, elle fut assaillie par une bouffée de colère.

Si Antonio s'imaginait que sa mauvaise humeur allait l'inciter à se réfugier dans sa chambre, il allait être déçu. Elle avait lu les journaux, et une discussion s'imposait.

— Il faut que nous parlions, déclara-t-elle en entrant dans le salon.

Il leva vers elle un regard froid.

— Eh bien, je t'écoute, *mia bella*.

Elle serra les dents. Si seulement il pouvait éviter de l'appeler comme ça…

— J'ai lu les journaux.

— *Sì ?*

— D'après ce qu'ils racontent, Eloisa s'est mariée avec toi pour cacher son secret, en particulier à ses parents. Étais-tu au courant ? Avant de l'épouser, je veux dire.

— Si tu me demandes si je savais qu'Eloisa avait une aventure avec une femme, la réponse est oui. Je le savais.

— Alors pourquoi l'as-tu épousée ?

— Par devoir, comme je te l'ai déjà expliqué. Nos parents respectifs tenaient à ce mariage pour sceller l'alliance entre deux des plus anciennes familles de Milan.

Antonio parlait d'un ton convaincu mais il y avait comme une note discordante dans sa voix. Du regret ?

— Moi aussi, tu m'as épousée par devoir. Par conséquent, je me demande dans combien de temps tu vas commencer à t'afficher en compagnie de nouvelles maîtresses.

— Notre mariage est différent, répliqua instinctivement Antonio juste avant de se demander si c'était bien le cas.

— Ne me prends pas pour une idiote, s'il te plaît. Tu m'as épousée à cause de Leo, et je sais pourquoi c'était si important pour toi.

Les yeux étincelants, le menton relevé, Sadie fit une pause avant d'ajouter :

— Toi et ta famille vous avez besoin d'un héritier. Voilà pourquoi tu voulais Leo à tout prix.

Pour la première fois de sa vie, Antonio resta sans voix. Le croyait-elle vraiment aussi calculateur après tout ce qu'ils avaient partagé quatre ans plus tôt, puis pendant leur lune de miel ? La fierté le poussa à se ressaisir.

— Tu as raison, acquiesça-t-il froidement. Quand tu m'as dit que le seul homme qui aurait le droit de se mêler de la vie de Leo serait celui qui t'épouserait, j'ai pris la décision qui s'imposait. Mais peut-être était-ce exactement ce que tu attendais.

— Comment peux-tu dire ça ?

Ignorant cette protestation indignée, il poursuivit sur le même ton.

— Et à présent, tu espères que je vais me comporter comme après mon premier mariage. Tu aimerais bien que je sois fidèle à ma réputation de play-boy. Si j'avais des aventures, tu retrouverais ta liberté tout en sachant que Leo a un père qui a besoin de lui. Un père, dois-je te le rappeler, qui a manqué les trois premières années de sa vie.

— Tu n'as pas le droit de me reprocher ça. J'ai essayé de te prévenir avant même qu'il soit né.

— Si je pouvais remonter le temps je le ferais, crois-moi. Mais aujourd'hui je ne laisserai plus rien ni personne me priver de mon fils. Je t'ai épousée pour lui donner mon nom, et à présent je veux qu'il soit inscrit sur son extrait de naissance.

— C'est déjà fait.

Devant l'air désabusé de Sadie, il ne put s'empêcher d'éprouver une pointe de remords. Si elle avait été seule pour élever leur fils pendant les trois premières années de sa vie, n'en était-il pas en partie responsable ?

— Dans ce cas, j'ai pratiquement tout ce que je veux.

Mais que voulait-il exactement ? se demanda-t-il aussitôt. Il avait un fils, et la mère de son fils était son épouse. Que pouvait-il vouloir de plus ?

Il ne savait pas trop. Tout ce qu'il savait c'était qu'il lui manquait quelque chose. Sebastien avait raison. L'argent n'achetait pas le bonheur. Sinon, il serait heureux. Obliger Sadie à rester avec lui était-elle la bonne solution ? Leo et elle seraient-ils plus heureux s'il était un père à temps partiel ? S'il se contentait de voir son fils le week-end et à Noël ?

— Que veux-tu, Antonio ? Qu'attends-tu exactement de moi ?

— Je veux que tu viennes avec moi à Waldenbrook pour faire la connaissance d'Alejandro et de Stavros. Je veux que tu saches qu'en prenant un poste au garage sous une fausse identité je n'avais pas prémédité de récupérer mon fils.

Il voulait également prouver qu'il avait réussi son pari. Qu'il avait découvert que l'argent n'achetait pas tout.

Sadie le foudroya du regard.

— Tu veux m'exhiber comme un trophée pour montrer ta réussite, c'est ça ?

— Tu vas venir avec moi parce que, quoi que tu dises et quoi que tu penses, tu es ma femme, Sadie. Et pas seulement sur le papier.

11

Le trajet en voiture jusqu'à Waldenbrook parut interminable à Sadie. Antonio prenait un plaisir manifeste à conduire une de ses voitures de sport, et malgré ses efforts pour se concentrer sur le paysage, elle avait une conscience aiguë de chacun de ses mouvements.

Lorsqu'il quitta la route pour s'engager dans une allée privée, elle réprima un soupir de soulagement. Mais elle déchanta très vite. La vue du majestueux manoir lui rappela cruellement qu'elle n'appartenait pas au même monde qu'Antonio. Pourquoi avait-elle accepté de l'accompagner ? Elle allait se sentir mal à l'aise pendant tout le week-end…

— Monika est impatiente de te revoir, déclara Antonio en s'arrêtant devant l'entrée principale de la demeure géorgienne.

Il ne manquait même pas les valets de pied… S'efforçant de masquer sa nervosité, elle accrocha un sourire à ses lèvres.

— Je suis heureuse de la revoir et de faire la connaissance de Cecily et de Calli.

Ce n'était qu'à moitié vrai. La perspective de revoir Monika était agréable, mais elle appréhendait de rencontrer les autres amis d'Antonio et leurs compagnes. N'allait-elle pas avoir l'air godiche dans ce milieu si différent du sien ?

Antonio eut un sourire sexy, qui la troubla beaucoup plus qu'elle ne l'aurait voulu.

— Ça ne sera pas la seule première de ce week-end.

— Vraiment ? commenta-t-elle d'un ton qu'elle espérait désinvolte.

Inutile de demander des précisions. Antonio n'était pas du genre à lui faire des confidences. Il l'avait prouvé en gardant le secret d'Eloisa jusqu'à ce que celle-ci le révèle elle-même. Pourquoi avait-elle fait ça, d'ailleurs ? C'était très étrange. Mais tellement de questions restaient sans réponse…

— *Sì*. C'est la première fois que nous nous réunissons tous en couple. Ce sera vraiment une grande première.

Antonio descendit de voiture, et elle l'imita avec autant de grâce que le lui permettait sa jupe crayon blanche. Elle avait longuement hésité avant de choisir cette jupe et un chemisier bleu pâle, dans l'espoir d'être aussi élégante que les femmes qu'Antonio avait l'habitude de fréquenter.

Ses talons aiguilles résonnèrent sur le sol de marbre lorsqu'ils pénétrèrent dans le hall somptueux du manoir. D'imposants lustres de cristal étaient suspendus au plafond, soutenu par des colonnes galbées. Elle déglutit péniblement. Pas de doute, elle n'appartenait pas au même monde que son mari.

Mais ce n'était pas la seule cause de son anxiété, reconnut-elle intérieurement. Le problème essentiel c'était qu'elle éprouvait pour lui des sentiments qu'elle ne parvenait pas à surmonter. Chaque jour elle avait un peu plus de mal simuler l'indifférence. Elle ne rêvait que d'une chose. Qu'il la prenne dans ses bras et l'embrasse avec la même passion que pendant leur lune de miel. Un rêve impossible, malheureusement. Antonio ne l'aimait pas. Il ne l'aimerait jamais.

— Bonjour, je suppose que vous êtes Sadie.

Une jeune femme brune venait de sortir d'une des pièces qui donnaient sur le hall.

— Je suis Calli, la femme de Stavros. Je suis ravie de faire enfin votre connaissance.

Sadie embrassa Calli sur les joues avec une assurance qu'elle était loin de ressentir.

— J'ai enfin le plaisir de rencontrer la femme qui a réussi à apprivoiser Stavros Xenakis ! s'exclama Antonio.

Il adressa un sourire charmeur à Calli et l'étudia d'un air appréciateur. À côté de cette brune piquante, Sadie se sentit encore plus mal à l'aise. Mais Calli pouffa et posa naturellement la main sur son bras comme si elles étaient déjà de grandes amies.

— Antonio Di Marcello, vous êtes exactement le genre d'homme que j'imaginais être ami avec Stavros.

Antonio arqua les sourcils d'un air amusé.

— Où est-il ?

— Dans notre suite.

— Mesdames, je vous laisse faire connaissance.

Avant que Sadie ait le temps de réagir, il se dirigea vers l'escalier de marbre et le monta quatre à quatre. Elle le suivit des yeux, puis se tourna vers Calli en s'appliquant à sourire comme le ferait une femme amoureuse nageant dans le bonheur.

— Ils sont comme des gamins qui font l'école buissonnière, commenta Calli en riant. Venez, je vais vous conduire à votre suite.

Sadie la suivit, de moins en moins sûre d'elle. Allait-elle réussir à jouer la comédie pendant tout le week-end ? Elle était censée être mariée, amoureuse et heureuse. Certes, elle était mariée et, à son grand dépit, amoureuse. Mais heureuse ? Certainement pas.

— Il paraît que vous avez un petit garçon ? dit Calli, alors qu'elles remontaient un couloir aux murs tapissés de grands tableaux anciens.

Elles quittèrent le couloir pour une galerie voûtée, et Sadie aperçut une grande tente blanche dressée sur une pelouse d'un vert éclatant, qui s'étendait jusqu'à un lac.

— Il est en Angleterre ?

Elle tressaillit. La splendeur du lieu l'impressionnait tellement qu'elle n'avait pas répondu à la première question de Calli… En pensant à Leo elle eut un pincement au cœur.

Elle n'avait pas voulu le laisser à Londres. C'était Antonio qui avait insisté…

— Oui. Leo est à Londres avec sa nurse, répondit-elle avec une pointe de tristesse dans la voix.

— C'est la première fois que vous vous séparez de lui ?

Sadie jeta un coup d'œil surpris à Calli. Elle semblait savoir exactement à quel point elle se sentait coupable et perdue sans son fils. Et l'espace d'un instant elle avait semblé beaucoup moins sûre d'elle…

— Tout va bien se passer. Et après tout ce n'est qu'un week-end, n'est-ce pas ? ajouta la jeune femme en souriant.

Sadie resta interloquée. La vulnérabilité qu'elle avait entrevue dans le regard de Calli était sans doute un effet de son imagination. Elle devait projeter ses propres sentiments.

— Oui, en effet, répondit-elle en s'efforçant de prendre un ton léger. Je suis sûre que tout se passe bien pour lui. Et pour une fois, Antonio et moi, nous allons apprécier de passer un week-end entre adultes.

— Voici votre suite, annonça Calli avec un large sourire. À tout à l'heure.

En pénétrant dans la suite, Sadie fut une fois de plus très impressionnée par le luxe du décor. Le salon était meublé de très belles antiquités, dont une table sur laquelle étaient posés une corbeille de fruits, du vin, du fromage et des crackers, ainsi qu'un magnifique bouquet. Devant le panier il y avait une enveloppe. Sadie l'ouvrit.

Sadie,

J'espère que vous me ferez le plaisir de vous joindre à moi dans le salon rose pour le petit déjeuner, à 8 heures demain matin. J'ai également invité Calli et Cecily. Ce sera l'occasion de faire plus ample connaissance.

Monika

Elle se dirigea vers la fenêtre. Monika avait été adorable avec elle, le jour de son mariage. Un début d'amitié était né ce jour-là. Mais combien de temps resterait-elle dans la vie d'Antonio ? Combien de temps aurait-elle pour cultiver cette amitié ?

En soupirant, elle se détourna de la fenêtre et franchit une porte à double battant qui ouvrait sur une chambre décorée dans des tons pastel, avec un mobilier et des tableaux plus modernes. Loin de choquer, le mélange des styles était très réussi. Antonio et elle pourraient-ils concilier leurs différences de manière aussi harmonieuse ?

Alors qu'elle se posait cette question, elle entendit ses pas sur le parquet du salon. Lorsqu'il entra dans la chambre, elle fut alarmée par sa mine soucieuse.

— Que se passe-t-il ? C'est Leo ? demanda-t-elle aussitôt, l'estomac noué.

Il la regarda d'un air interdit, comme s'il venait seulement de prendre conscience de sa présence.

— Non, Leo va très bien. J'étais en train de penser à Stavros. Ça faisait des mois que nous ne nous étions pas vus, et nous avions pas mal de choses à nous raconter.

Il ne donna pas davantage de précisions, et elle s'abstint de toute question. Elle n'avait aucune envie de savoir s'il avait confié à son ami qu'il avait commis une erreur en l'épousant.

— Monika m'a laissé un mot charmant, dit-elle d'un ton léger dans l'espoir de le dérider.

Il enleva sa veste sans répondre.

— Elle veut que Calli, Cecily et moi, nous prenions le petit déjeuner avec elle demain matin.

— Alors tu dois y aller.

Il la regarda d'un air étrange, et elle eut le sentiment très désagréable qu'il devenait de plus en plus distant.

— Je vais prendre une douche, ajouta-t-il. Alejandro, Sebastien, Stavros et moi, nous avons prévu de faire une partie de billard ce soir, après les cocktails. Pendant ce temps-là, tu pourras faire plus ample connaissance avec les filles.

Il enleva sa chemise, et elle se figea, assaillie par des souvenirs très perturbants. Toutes ces nuits de passion avaient-elles réellement existé ?

— Tu veux prendre une douche avec moi ?

Elle tressaillit et sentit ses joues s'enflammer. Quelle idiote ! Elle le dévorait des yeux sans même en avoir conscience…

— Non… Pas maintenant.

Une lueur amusée s'alluma dans les yeux noirs fixés sur elle.

— Pas maintenant ? Je te rappellerai que tu m'as dit ça, *mia bella.*

Elle resta clouée sur place. Muette de rage, malgré une furieuse envie de l'agonir de reproches. Puis à sa grande horreur, il la rejoignit.

— Il y a trop longtemps que nous n'avons pas dormi dans le même lit, tu ne trouves pas ?

Elle déglutit péniblement. Oh ! comme elle avait envie de lui tomber dans les bras ! De faire comme s'il l'aimait, comme si tout allait pour le mieux… Mais s'il flirtait tout à coup avec elle c'était uniquement pour la mettre en condition. Pour qu'ils offrent à ses amis l'image du couple parfait.

Elle finit par retrouver sa voix. Ou du moins une voix suraiguë au ton cassant.

— Peut-être, mais même si nous partageons ce lit ça ne changera rien.

Il lui caressa la joue, et elle faillit laisser échapper un petit soupir.

— C'est un défi, *mia bella* ?

— Non, répondit-elle aussitôt d'une voix étranglée.

— Je crois que si.

Il se pencha vers elle pour effleurer ses lèvres, et elle ne put empêcher ses paupières de se fermer brièvement.

Il s'écarta d'elle, un sourire satisfait aux lèvres.

— À plus tard.

Antonio avait dû faire un effort surhumain pour ne pas prendre Sadie dans ses bras et l'embrasser avec fougue. Il s'était réfugié dans la salle de bains, où il était resté sous un jet d'eau froide le temps nécessaire pour reprendre le contrôle de lui-même. Qu'il avait reperdu peu de temps après, lorsqu'il avait escorté Sadie, vêtue d'une robe bleue moulante, jusqu'au salon où étaient servis les cocktails. Fasciné malgré lui, il ne l'avait pas quittée des yeux tandis qu'elle bavardait en riant avec Monika. Ce qui avait exacerbé son désir.

Il avait senti sur lui le regard perplexe de Stavros, qui ne quittait pas Calli d'une semelle, tel un garde du corps. Comme si une femme assez sûre d'elle pour porter une robe aussi courte avait besoin de protection… Quant à l'adoration flagrante qu'Alejandro vouait à Cecily, elle avait accru sa nervosité.

Dieu merci, le moment était venu de quitter ces dames et cette ambiance saturée d'amour, pour aller jouer au billard entre hommes en dégustant quelques whiskys millésimés. C'était un rituel immuable à chacun de leurs séjours au manoir.

En revanche, c'était la première fois qu'ils étaient tous accompagnés d'une épouse ou d'une fiancée. Sebastien s'était vraiment surpassé avec le défi qu'il leur avait lancé à Saint-Moritz…

Il se devait donc de jouer son rôle d'homme amoureux de la mère de son fils…

En entrant dans la salle de billard uniquement éclairée par la suspension située au-dessus de la table, Antonio aperçut son reflet dans la vitre d'un des bow-windows. Il se força à sourire. Avec cette mine de six pieds de long, il ne risquait pas de passer pour un jeune marié nageant dans le bonheur !

Stavros était en train de jouer le premier coup sous le regard d'Alejandro et d'Antonio quand Sebastien entra dans la salle.

— Messieurs, il faut que nous portions un toast à votre réussite.

Un domestique arriva avec le whisky. Lorsque chacun fut servi, il quitta la pièce, et Sebastien leva son verre.

— À vos victoires et à ma défaite.

Antonio jeta un coup d'œil à la bouteille.

— Tu ouvres un millésime très spécial, Sebastien. Et hors de prix.

— En effet. Parce que si vous croyez tous avoir gagné votre pari, je sais qu'en réalité c'est moi le vainqueur.

Sous le ton léger de Sebastien perçait une note plus grave, constata Antonio. Avec son défi lancé pendant une partie de poker, il avait visiblement réussi à bouleverser leur vie à tous.

— Parce que tu vas être obligé de te séparer de la moitié de ta fortune ? plaisanta Alejandro.

— Cette fortune, je ne pourrais pas en disposer à ma guise aujourd'hui si vous ne m'aviez pas arraché à la neige sur les pentes de l'Himalaya. Je ne serais pas en mesure de l'utiliser pour créer une organisation de recherche et de sauvetage. Mais le plus important, c'est que vous avez tous trouvé ce que j'espérais vous voir trouver.

— Mon fils.

Antonio avait parlé sans réfléchir et fixait Sebastien, plus que jamais convaincu qu'il connaissait l'existence de Leo quand il l'avait envoyé à Milan.

— Ah ! ça, c'était un bonus ! rectifia Sebastien. Ce que j'avais prévu que tu découvrirais, c'était autre chose.

— Quoi donc ? demanda Antonio d'un ton vif.

Sebastien le regarda d'un air songeur, but une gorgée de whisky, posa son verre et fit le tour de la table de billard en étudiant les boules, comme s'il était captivé par la partie, alors qu'elle venait tout juste de commencer.

— Si tu me poses cette question, Antonio, ça signifie peut-être que tu ne l'as pas encore trouvé.

Antonio sentit sur lui le regard d'Alejandro. Il se tourna vers lui et crut voir dans ses yeux le même doute que celui qui l'habitait. Mais comment était-ce possible ? Cecily et lui semblaient fou amoureux. Alors que de son côté il avait fait un mariage de convenance. Sadie elle-même le lui avait rappelé récemment…

Il vida son verre et s'en servit un autre.

— Je n'ai qu'une chose à dire, lança-t-il d'un ton qu'il espérait désinvolte. Tu as perdu, Sebastien. Chacun de nous a réussi son pari.

Sadie avait quitté Monika, Calli et Cecily peu de temps après le départ des hommes pour la salle de billard. Elle était si fatiguée que tout se brouillait dans son esprit. Et l'attitude d'Antonio n'avait rien arrangé. Pourquoi ces regards brûlants ? Voulait-il lui prouver qu'il pouvait l'attirer dans son lit à tout moment s'il le décidait ? C'était très perturbant.

Et puis Leo lui manquait. Pendant leur lune de miel c'était différent. Même s'il était souvent avec sa nurse, elle le savait tout près d'elle. Ce soir il était beaucoup trop loin…

La porte de la chambre s'ouvrit, et dans le miroir de la coiffeuse, devant lequel elle se brossait les cheveux, elle vit apparaître Antonio. Leurs regards se croisèrent, et l'atmosphère se chargea d'électricité.

— Je pensais que vous joueriez au billard jusqu'au petit matin, dit-elle en s'efforçant de prendre un ton léger malgré le désir qui l'empêchait de respirer normalement.

— Je suis parti tôt.

Il la rejoignit et posa les mains sur ses épaules. Leur chaleur la brûla à travers la soie de sa chemise de nuit.

— Pourquoi donc ?

— Parce que j'ai envie de toi. Et même si tu prétends le contraire, je sais que tu as envie de moi, ajouta-t-il en lui massant les épaules.

Elle fut parcourue d'un long frisson. Comment nier qu'il avait raison. Oui, elle avait envie de lui. Oui, elle désirait de toutes les fibres de son être l'homme qu'elle aimait. Elle voulait passer une dernière nuit de passion avec lui avant de mettre un terme à ce mariage factice.

— Tu es ma femme, et j'ai envie de toi, insista-t-il. Cette nuit.

Non… Il fallait lui dire qu'elle ne pouvait pas. Que s'il ne l'aimait pas leur mariage ne pouvait pas durer plus longtemps. Elle ne pouvait plus vivre des nuits torrides dans ses bras en sachant qu'il passerait bientôt à autre chose. Qu'il mettrait fin à son deuxième mariage comme il avait mis fin au premier.

— Antonio…

Elle n'eut pas le temps d'en dire plus. Il la hissa sur ses pieds et la prit dans ses bras.

— Ne lutte pas, Sadie, murmura-t-il contre ses lèvres.

Elle ne voulait pas… Elle ne voulait pas nouer les bras sur sa nuque. Elle ne voulait pas enfoncer les doigts dans ses cheveux. Elle ne voulait pas répondre à son baiser…

Les caresses fébriles dont il la couvrit à travers la soie de sa chemise de nuit achevèrent de l'enflammer.

Lorsqu'il finit par s'arracher à sa bouche pour l'entraîner vers le lit, elle le suivit sans hésitation. Il y eut soudain un *plouf*, comme si quelqu'un venait de plonger dans la piscine.

— Qu'est-ce que c'était ? demanda-t-elle tandis qu'il faisait glisser les bretelles de sa chemise de nuit sur ses épaules.

— Je n'en sais rien et je m'en moque. Tout ce que je sais c'est que j'ai envie de toi.

La voix d'Antonio était délicieusement rauque, et ses yeux étincelants de désir. Il captura de nouveau sa bouche avec voracité. Elle s'engloutit avec délectation dans un océan de sensualité.

Cette nuit, pour la dernière fois, elle s'autorisait à aimer Antonio Di Marcello.

12

Le lendemain matin, Sadie était dans tous ses états. Mortifiée d'avoir cédé à la passion, elle était pleine de courbatures qui lui rappelaient sa faiblesse à chaque instant. La honte lui coupait l'appétit mais elle ne pouvait pas laisser tomber Monika. D'autant plus que le petit déjeuner serait l'occasion de revoir Cecily et Calli, avec qui elle n'avait pas eu beaucoup l'occasion de discuter la veille au cocktail. Cecily n'avait d'yeux que pour Alejandro, et Calli n'avait pas quitté Stavros.

Vêtue d'une robe à fleurs neuve, parfaite pour un week-end dans un manoir anglais d'après la vendeuse, elle ne parvenait pas à se débarrasser de son sentiment d'infériorité. Prenant une profonde inspiration, elle entra dans le salon rose, où Monika l'accueillit avec un sourire chaleureux.

— Bonjour, Sadie, tu es ravissante. As-tu des nouvelles de ton adorable petit garçon ?

— Il va bien, répondit Sadie en s'efforçant de sourire malgré le sentiment de culpabilité qui l'assaillait.

— Il te manque, et ça se voit.

Sadie déglutit péniblement. Était-elle si transparente ? Et si oui, tout le monde avait-il compris que son mariage n'était qu'une comédie ?

— C'est vrai, reconnut-elle en s'asseyant à la table du petit déjeuner.

Calli arriva, éblouissante de beauté, bientôt suivie de Cecily, dont le visage rayonnait de bonheur. Calli raconta que Stavros avait pris un bain de minuit dans la piscine, et Sadie sentit ses joues s'enflammer au souvenir de ce qu'elle faisait avec Antonio au même instant.

— C'est le genre de chose qui leur plaît, commenta Monika en riant. Et ils adorent se lancer des défis. Le dernier en date étant celui qui mérite la palme, bien sûr.

— Quels étaient les enjeux du pari ? demanda Cecily.

— Si Sebastien gagnait, les trois autres devaient renoncer aux biens auxquels ils tiennent le plus. Pour Alejandro son île privée, par exemple. Si Sebastien perdait, il s'engageait à investir la moitié de sa fortune dans une organisation caritative.

— Et ils ont réussi tous les trois leur pari ?

Monika hocha la tête.

— Dans quelques semaines, Sebastien annoncera officiellement la création d'une organisation internationale de recherche et de sauvetage. Un projet qui lui est cher depuis l'accident qui a failli lui coûter la vie l'année dernière.

Sadie tressaillit et posa précipitamment sa tasse. Dire qu'elle avait accusé Antonio de s'être fait passer pour un autre afin de l'espionner ! Le doute et l'anxiété l'avaient poussée à tirer des conclusions hâtives. En réalité, c'était juste un pari entre amis…

— Tu participes au concours, cet après-midi ? demanda Monika à Cecily, qui semblait perdue dans ses pensées.

Cecily secoua la tête.

— Je fais une pause en ce moment. Je reprendrai les concours hippiques après le mariage. Mais je vais aller encourager Natalie.

— J'ai promis à la sœur de Stavros que je prendrai des photos du parc, déclara Calli. Mais j'imagine qu'ensuite nous irons voir le concours. Et Antonio et vous, vous y assisterez ? demanda-t-elle à Sadie.

— Oui. Nous nous retrouverons sans doute là-bas.

Sous un soleil radieux, Antonio déambulait en compagnie de Sadie dans la partie du parc aménagée pour le concours hippique. La foule qui se pressait aux abords des pistes saluait les performances des concurrents par des cris admiratifs et des applaudissements, mais Sadie avait visiblement l'esprit ailleurs. Et elle ne faisait aucun effort pour jouer son rôle de jeune mariée amoureuse.

Il lui prit la main. Après tout, il fallait qu'il fasse lui aussi des efforts s'il voulait convaincre ses amis qu'il avait trouvé l'amour, comme le souhaitait Sebastien. D'après ce qu'il avait pu constater hier soir, Alejandro et Stavros étaient amoureux. Était-il le seul à ne pas avoir complètement atteint l'objectif fixé par Sebastien ?

Soudain Sadie s'immobilisa, l'obligeant à l'imiter.

— Quel est le but de ce week-end, Antonio ?

— À part l'envie de changer d'air en compagnie d'une femme séduisante qui se trouve être mon épouse ? plaisanta-t-il avec un sourire malicieux au souvenir de leur nuit torride.

Elle ne lui rendit pas son sourire.

— Pourquoi ce défi ? Pourquoi vivre pendant deux semaines privés de votre fortune et de votre nom ? Quelle est la véritable raison de tout ça ?

Sous le regard interrogateur de ses yeux verts, il fut étreint par une émotion étrange. Il aimerait tellement pouvoir effacer le passé et repartir de zéro avec elle ! Mais c'était impossible, bien sûr…

— Qu'est-ce qui se cache derrière ce pari ? insista-t-elle.

— Sebastien est un self-made-man. Il est devenu milliardaire après avoir grandi dans la misère.

— Alors que Stavros et Alejandro ont hérité de leur fortune comme toi, c'est ça ?

Il hocha la tête. Elle s'éloigna en direction du bois, à l'écart de la foule. Il la suivit.

— Sebastien estimait que nous menions une existence superficielle. Que nous accordions trop d'importance aux biens matériels. Ma collection de voitures, le yacht de Stavros, l'île privée d'Alejandro, entre autres. Il pense qu'il y a dans la vie des choses plus précieuses, et que l'argent n'achète pas le bonheur.

Des oiseaux chantaient dans les arbres, accompagnés par le murmure d'un ruisseau. Antonio n'en avait pas conscience. Toute son attention était concentrée sur Sadie.

— Et tu penses comme lui ? demanda-t-elle en promenant le regard autour d'elle.

Comme si elle fuyait le sien…

— Il est exact que l'argent n'achète pas le bonheur. Or, c'est ce qu'il voulait que nous trouvions tous. Le genre de bonheur qu'il a trouvé auprès de Monika.

— C'est pour ça que tu as insisté pour que nous fassions semblant d'être amoureux pendant tout le week-end ? Tu ne veux pas être considéré comme le seul perdant. Le seul qui n'a pas atteint l'objectif. Alors que tu n'es même pas capable de prononcer le mot « amour ».

Elle le regarda enfin, et l'amertume qu'il lut dans ses yeux lui broya le cœur.

— L'amour ne faisait-il pas partie des objectifs à atteindre pour gagner le pari ? Sebastien ne voulait-il pas que vous trouviez l'amour, comme il l'a visiblement trouvé auprès de Monika ?

Il eut l'impression que la nature se figeait autour d'eux, comme si elle attendait sa réponse. Jamais il ne s'était senti aussi dépassé. Aussi nul…

— Je ne crois pas à l'amour, Sadie. J'ai été clair là-dessus dès le départ. Mais il y a quand même quelque chose de spécial entre nous. Une force qui nous pousse l'un vers l'autre quoi qu'il arrive.

Il fut submergé par un sentiment d'échec insupportable. Le même qu'il avait ressenti la veille pendant la discussion dans la salle de billard. Il était le seul à ne pas avoir réussi son pari. Le seul à ne pas avoir atteint l'objectif fixé par Sebastien.

— Alors tu as probablement échoué, commenta-t-elle en écho à ses pensées. Regarde Calli et Stavros, là-bas. Ils sont amoureux.

Il suivit son regard. Sur un petit pont sur le ruisseau, Stavros et Calli s'embrassaient passionnément.

— Ça ne prouve rien, rétorqua-t-il d'un ton plus crispé qu'il ne l'aurait voulu. Cette nuit, tu criais mon nom.

Sadie sentit son visage s'enflammer en même temps que son cœur se serrait douloureusement. Si elle criait son nom, c'était parce qu'elle l'aimait… Or, il était très clair que pour lui ce qui s'était passé entre eux cette nuit était purement sexuel. Il venait de le lui prouver.

— C'est un endroit qui donne envie de peindre, dit-elle pour changer de sujet.

L'idée que l'homme qu'elle aimait ne pourrait jamais l'aimer en retour était trop déprimante…

— *Sì, sì.*

Le ton détaché sur lequel il répondit la conforta dans son opinion. Cet homme était incapable de la moindre émotion. Il n'y avait qu'une chose à faire. Mettre fin à leur mariage.

— Nous devrions retourner du côté du concours hippique, suggéra-t-elle d'un ton neutre. Nous y retrouverons peut-être Cecily et Alejandro.

Sans attendre sa réponse elle s'éloigna, désireuse de masquer sa souffrance.

Il la suivit en silence. L'atmosphère devint si pesante qu'elle fut soulagée d'apercevoir Alejandro et Cecily dans les gradins.

Tandis qu'Antonio s'installait à côté d'Alejandro, elle prit place à côté de Cecily, qui se tourna vers elle.

— La nièce de Sebastien, Natalie, est sur le point de concourir.

Malgré son sourire éclatant, elle semblait tendue. Serait-elle frustrée de n'être que simple spectatrice ? se demanda Sadie. Mais elle se garda bien de faire le moindre commentaire.

Natalie se classa deuxième dans sa catégorie, et Sebastien invita tout le monde à se joindre à lui pour lui porter un toast sous la tente dressée sur la pelouse. Quelques instants plus tard, celle-ci était bondée. Tout en circulant tant bien que mal parmi la foule en compagnie d'Antonio, Sadie observait discrètement Cecily, en grande discussion avec Alejandro. Antonio finit par l'entraîner vers la sortie pour fuir le monde et la chaleur, et ils passèrent à côté du couple. Au même instant Alejandro jura dans une langue inconnue, et Cecily devint pâle comme un linge. Puis Alejandro la souleva de terre et la balança sur son épaule dans le plus pur style macho. Après avoir lancé à Antonio une plaisanterie sur les querelles d'amoureux, il quitta la tente à grands pas.

— Tu crois que ça va aller ? demanda Sadie avec inquiétude.

— Bien sûr. Alejandro contrôle parfaitement la situation, répliqua Antonio d'un ton vif.

Ils regagnèrent la maison à la suite du couple. Arrivée au premier étage, Sadie s'immobilisa et se tourna vers Antonio. Ça ne pouvait plus durer. Elle ne pouvait plus continuer à jouer la comédie pour épargner son ego. C'était d'autant moins supportable qu'ils étaient entourés de couples sincèrement amoureux.

— Je veux rentrer à Londres. Maintenant.

Tant pis si elle avait l'air d'une gamine capricieuse. Elle n'en pouvait plus.

— Je ne peux pas continuer à jouer cette comédie, Antonio. Je n'aurais jamais dû t'épouser.

— Il n'est pas question de partir maintenant, objecta-t-il d'un ton cinglant. Je dois être là ce soir pour Sebastien.

— Eh bien reste. Mais moi, je m'en vais.

Relevant le menton, elle plongea dans le sien un regard de défi.

— J'ai besoin de toi ici, et tu vas rester.

— Pourquoi ? Pour que Sebastien ne puisse pas se douter que tu as perdu ? Pour qu'il ne sache pas que notre mariage n'a rien à voir avec l'amour ?

— Quelle que soit la nature de notre mariage, tu ne peux pas nier notre passion mutuelle. Sers-toi de ça ce soir pour donner le change, Sadie. Quoi qu'il arrive par la suite, je ne veux pas que Sebastien — ni même Stavros ou Alejandro — découvre la vérité sur notre mariage. Il faut qu'il nous croit amoureux.

— Non. Je ne peux pas rester.

Alors que de nouveaux invités arrivés pour la réception prévue le soir passaient à côté d'eux, il la saisit par le bras, l'attira vers lui et captura sa bouche dans un baiser impérieux. Elle y répondit malgré elle, incapable de réprimer l'amour qu'elle éprouvait pour lui.

— Tu joues si bien la comédie de la femme amoureuse, murmura-t-il contre ses lèvres. Reste encore une nuit et ensuite tu pourras t'en aller. Tu pourras partir et emmener Leo où tu voudras.

Il lui rendait sa liberté ? Avait-il déjà repéré sa prochaine conquête ? Allait-il bientôt faire la une des magazines avec une nouvelle femme à son bras ?

— Il faut que je m'en aille.

D'un mouvement vif, elle se dégagea de son étreinte.

— Je ne fais pas partie de ce monde. Je ne serai jamais comme Monika.

La colère crispa les traits d'Antonio.

— Tu vas rester une nuit de plus.

— Je ne peux pas.

Il la retint par le bras avant qu'elle ait le temps de s'éloigner.

— Tu peux, Sadie. Et tu vas le faire.

13

Antonio attendait Sadie, avec la sensation très désagréable que son nœud papillon l'étranglait. Quand allait-elle se décider à sortir de cette chambre ? Avait-il été trop loin avec elle ? Était-elle en train de faire ses valises ? Avait-elle décidé de le quitter définitivement ?

À cette pensée, il fut envahi par un grand froid. Il se leva et se dirigea vers les fenêtres. Pour la première fois de sa vie, il se trouvait dans une situation qu'il ne contrôlait pas. Il se sentait complètement désarmé. Et ça le terrifiait.

Derrière lui, le déclic de la porte de la chambre se fit entendre. Il resta raide comme un piquet face à la fenêtre. Son cœur n'avait jamais cogné aussi fort… Il ne pouvait pas se retourner. Il ne voulait pas la voir la valise à la main, prête à partir. Il avait trop besoin d'elle. Pas seulement pour donner le change devant Sebastien. Il avait besoin d'elle. Tout simplement.

— Antonio ?

L'estomac noué, il se retourna lentement.

Elle était vêtue d'une robe longue en soie, noire d'un côté, blanche de l'autre. Une robe bustier qui épousait ses courbes féminines, dotée d'un décolleté plongeant aussi sexy que la fente qui dévoilait à chaque pas ses jambes interminables.

Il fut submergé par un soulagement si intense qu'il en eut le vertige. Pas parce qu'elle allait assister à la soirée. Non.

Parce qu'elle ne l'avait pas quitté. Pas encore, en tout cas. La vie sans Sadie… Mieux valait éviter d'y penser.

— Ne te fais pas d'illusions, le prévint-elle d'un ton glacial. Je vais assister à la soirée parce que je ne veux pas faire faux bond à Monika. Et parce que je veux m'assurer que Cecily va bien.

— Elle va bien. J'ai posé la question à Alejandro.

— Je préfère m'en assurer moi-même. À présent, si tu es prêt, j'aimerais descendre.

Antonio prit une profonde inspiration. Il n'était pas certain d'apprécier cette version cassante et déterminée de Sadie. Tout était différent chez elle, ce soir. Son maquillage, sa coiffure, et même sa robe. Il avait devant lui une femme sophistiquée, pleine d'assurance, qui n'avait rien à voir avec celle qu'il avait retrouvée au garage dans lequel Sebastien l'avait envoyé. Ce soir, tous les hommes n'auraient d'yeux que pour elle…

Il lui offrit son bras, dans l'espoir d'apaiser l'atmosphère et de retrouver la Sadie qui l'avait séduit et qui lui était familière.

— *Va bene, mia bella.*

Dans l'escalier il fut hypnotisé par ses jambes, qui s'offraient à son regard à chaque marche. Bon sang, elle était très dangereuse, ce soir ! Or, il avait justement besoin de garder la tête froide. D'abord pour convaincre Sebastien qu'il avait bien réussi son pari. Ensuite et surtout, pour la convaincre de ne pas le quitter. De lui donner une chance d'être le mari qu'elle méritait et le père dont Leo avait besoin.

Des guirlandes lumineuses dorées couraient tout autour du toit de la tente, et trois lustres suspendus au centre complétaient l'éclairage. Des tables habillées de nappes crème assorties à la toile de tente étaient dressées çà et là.

— C'est magique, murmura Sadie quand ils franchirent l'entrée.

Puis contre toute attente, elle leva les yeux vers lui et lui sourit. Aurait-elle oublié son animosité ? se demanda-t-il avec perplexité. Ou bien avait-elle simplement décidé de jouer son rôle de femme amoureuse ?

— Sadie, tu es splendide, commenta Monika.

Sadie rougit de plaisir. Le compliment était d'autant plus flatteur que personne ne pouvait éclipser Monika, sublime dans un fourreau de soie crème.

— Et toi, Monika, tu as la mine radieuse d'une femme amoureuse qui fête son premier anniversaire de mariage.

Monika eut un petit rire ravi, et Sadie s'efforça d'ignorer la présence d'Antonio à son côté. Quelle tête il avait faite tout à l'heure quand elle était sortie de la chambre ! Que s'était-il imaginé ? Qu'elle allait prendre la fuite ? Elle allait assister à la soirée, comme il le lui avait demandé. Ce serait l'occasion de lui montrer qu'elle pouvait être aussi froide et imperturbable que lui.

Ensuite, il fallait espérer qu'il lui rendrait sa liberté et qu'elle pourrait s'installer en Angleterre avec Leo.

— Vous êtes très belles toutes les deux.

La voix rauque familière l'arracha à ses pensées, et elle sentit la main d'Antonio se poser sur son épaule.

— Sebastien est comblé, déclara Monika en souriant. Ses trois « potes », comme il vous appelle, heureux et amoureux ! Rien ne peut lui faire plus plaisir.

Sadie garda un sourire serein aux lèvres. Encore quelques heures à jouer la comédie. Ensuite, ce serait terminé.

Des notes de musique s'élevèrent dans la douceur du soir, et Sebastien vint chercher Monika pour la première danse. La main d'Antonio resta sur l'épaule de Sadie, tandis que tous les invités regardaient leurs hôtes danser. Cecily n'était pas loin, somptueuse dans une robe de lamé or et rayonnante en compagnie d'Alejandro. Sadie poussa un soupir de soulagement. De toute évidence, leur querelle était oubliée.

Lorsque d'autres couples commencèrent à rejoindre Monika

et Sebastien, Antonio entraîna Sadie sur la piste. À son grand dam, elle sentit son cœur s'affoler. Mon Dieu, comme il était tentant de se laisser aller dans ses bras ! De faire comme s'ils étaient vraiment amoureux… De rêver encore un peu… *Non. Pas question de flancher*, décida-t-elle après quelques pas. Elle ne pouvait pas rester avec un homme qu'elle aimait à la folie sans espoir de retour. Cette situation était intenable. Heureusement qu'elle avait eu la présence d'esprit de prendre toutes les dispositions nécessaires avant de s'habiller pour la soirée…

— Je m'en vais ce soir, Antonio.

— Quoi ? s'exclama-t-il d'un ton outré.

— Je te quitte, Antonio. Ce soir.

Il la regarda, le visage fermé. Puis il se pencha lentement vers elle. Elle retint son souffle. Allait-il l'embrasser ?

— Et où comptes-tu aller ? murmura-t-il à son oreille.

Furieuse d'être cruellement déçue, elle serra les dents. Quelle idiote ! Il voulait juste que leur conversation reste discrète. Toujours pour donner le change devant ses amis, bien sûr…

— J'ai commandé un taxi, qui viendra me prendre ici pour me conduire à Londres. J'attendrai à la maison que Leo se réveille, et ensuite nous irons chez mes parents.

Comment avait-elle trouvé le sang-froid nécessaire pour s'organiser tout en se préparant pour la soirée ? Elle n'en avait aucune idée…

— J'aurai joué mon rôle. Je n'ai pas de raison de rester ici après la fin de la soirée.

— Je refuse catégoriquement.

Elle s'arrêta de danser sans même en avoir conscience et leva les yeux vers lui.

— Très bientôt tu auras hâte de te débarrasser de moi pour pouvoir tourner la page, comme tu l'as fait avec Eloisa.

— C'était différent.

— Différent ? C'était un mariage de convenance. Comme le nôtre.

— Je ne peux rien t'offrir d'autre.

De nouveau, la déception lui transperça le cœur. De nouveau, elle se maudit. Lui restait-il donc encore un espoir ? Eh bien, cette fois il était définitivement anéanti. Si elle restait avec lui, elle mourrait à petit feu, jour après jour. Elle ne pouvait pas s'infliger ça. Et encore moins infliger à Leo une mère aussi faible. Elle avait pris la bonne décision. Il fallait partir.

— Rien ?

Cette question lui échappa sans qu'elle puisse rien faire pour la retenir. Elle détesta sa voix suppliante, mais elle ne put s'empêcher d'attendre la réponse en retenant son souffle.

— Je t'ai épousée pour Leo, Sadie. Uniquement pour Leo.

Elle s'arracha aux bras d'Antonio et quitta la tente en courant. Elle entendit Monika l'appeler. Mais pas Antonio. Il n'essayait même pas de la retenir… Les yeux noyés de larmes, elle enleva ses talons aiguilles, releva sa robe de l'autre main et partit en courant à travers la pelouse.

Elle n'aspirait qu'à une seule chose. Se retrouver seule. Elle voulait qu'on la laisse tranquille le temps de retrouver un semblant de sérénité. Ensuite elle irait chercher Leo à Londres.

Antonio regarda Sadie s'enfuir à travers le parc comme si elle avait le diable à ses trousses. Le haïssait-elle à ce point ? Il l'avait blessée. Il l'avait vu dans ses yeux. Il voulait lui dire que son premier mariage était différent parce qu'il n'avait jamais aimé Eloisa. Il voulait lui avouer que si à l'origine il l'avait épousée pour Leo, tout avait changé depuis. Mais les mots étaient restés coincés au fond de sa gorge quand la vérité s'était enfin imposée à lui.

Il aimait Sadie.

Il prit une flûte de champagne sur le plateau d'un serveur et la vida d'un trait. Qu'est-ce qui l'avait empêché de lui dire la vérité ? La peur d'être rejeté ? La peur de l'amour ?

— Où est ta femme ? demanda Sebastien en lui tendant un verre de whisky.

Il avait bien sûr compris que le champagne ne pouvait lui être d'aucun secours dans sa situation… Antonio fixait l'obscurité dans laquelle Sadie avait disparu au bout de la pelouse. À côté de lui, Sebastien, le soutenait en silence.

— Je ne suis pas certain qu'elle ait envie d'être considérée comme ma femme…

Antonio eut l'impression qu'il venait de se planter lui-même un coup de poignard en plein cœur. Il avait perdu Sadie. La femme qu'il aimait l'avait quitté pour toujours.

— Dans ce cas, tu as encore des efforts à faire pour atteindre l'objectif final, répliqua Sebastien.

Antonio le foudroya du regard, sans prêter attention à la foule des invités qui continuaient à s'amuser autour d'eux, ni aux regards perplexes de Stavros et d'Alejandro.

— Dis-moi, Sebastien, tu n'étais vraiment pas au courant pour Leo ? demanda-t-il à voix basse.

— Ton fils ? Non.

Sebastien posa la main dans le dos d'Antonio et l'entraîna loin des regards curieux et des oreilles indiscrètes.

— Je voulais que tu connaisses le même bonheur que moi avec Monika et je savais qu'il y avait une seule femme auprès de qui tu pourrais le trouver. Quand tu m'as parlé de Sadie après l'avalanche, j'ai cru que tu l'aimais.

— L'amour et le désir sont des choses très différentes.

— Quand tu m'as parlé d'elle, j'ai vu dans tes yeux que tu l'aimais, Antonio. Je m'en souviens comme si c'était hier. Et à en juger par la tête qu'elle faisait quand elle s'est enfuie, elle t'aime aussi.

— Je suis incapable d'aimer. Je ne sais même pas à quoi ça ressemble. Tout ce que je sais c'est que je ne peux pas vivre sans elle. Je ne peux pas…

Sebastien resta silencieux. Il se contenta de plonger le regard dans celui d'Antonio.

Antonio regarda de nouveau la pelouse, mangée au loin par l'obscurité. Il savait à quoi ressemblait l'amour. Si seulement il avait le courage de le reconnaître. L'amour avait la douceur des caresses de Sadie, du rire de Sadie, des baisers de Sadie…

Il passa la main dans ses cheveux en jurant en italien, puis se tourna vers Sebastien.

— Je suis un imbécile. Je l'aime et je veux la garder auprès de moi pour toujours.

— Alors fais ce qu'il faut pour. Ouvre ton cœur à l'amour, Antonio.

Antonio s'efforça de surmonter la panique qui le gagnait. Était-il trop tard ? L'avait-elle quitté pour de bon ?

Sadie entra dans le manoir en titubant et s'affaissa sur la première marche de l'escalier, la mort dans l'âme. Elle avait tout perdu… La tête sur les genoux, elle prit de profondes inspirations. Dans une minute elle monterait se changer, puis elle s'en irait en laissant derrière elle tout ce qui appartenait à la femme qu'elle s'était efforcée d'être pour l'homme qu'elle aimait.

Elle redeviendrait elle-même. Une mère célibataire. Elle retrouverait Leo à Londres et commencerait une nouvelle vie avec lui.

Une larme roula sur sa joue. Elle crispa le poing et se le mordit pour tenter de réprimer les sanglots qui menaçaient. En vain. Les larmes ruisselèrent sur ses joues.

Des larmes pour Leo ? Pour Antonio ? Ou pour son amour non partagé ?

Fermant les yeux, elle s'efforça de se calmer. Elle aurait tout le temps de pleurer plus tard. Pour l'instant il fallait qu'elle se ressaisisse et qu'elle s'en aille. Loin de l'homme qui l'avait épousée mais ne l'avait jamais aimée…

Elle resta encore plusieurs minutes recroquevillée sur elle-même sur la première marche de l'escalier. Puis elle finit par rouvrir les yeux. Elle regarda le sol de marbre blanc, lisse et frais sous ses pieds nus. Elle inspira profondément. Et elle crut que son cœur s'arrêtait de battre. Une paire de chaussures noires venait d'apparaître dans son champ de vision.

Elle leva la tête. Antonio était plus sexy que jamais en smoking et les cheveux en bataille. Le revoir était la dernière chose qu'elle voulait. L'instinct de survie la fit parler d'une voix dure.

— Rien de ce que tu pourrais dire ne me fera changer d'avis. C'est fini. Tout est fini entre nous.

Il resta silencieux, le regard fixé sur elle. Bon sang, cet homme n'avait-il donc pas la moindre sensibilité ?

— J'ai annulé le taxi.

— Quoi ?

Ce fut tout ce qu'elle fut capable de dire.

— Je l'ai renvoyé.

— Pourquoi ?

Elle serra les dents. Que lui arrivait-il ? Pourquoi était-elle incapable de prononcer plus d'un mot à la fois ?

Il lui tendit la main.

— Laisse-moi t'aider à te relever.

— Je me débrouille très bien sans ton aide.

Elle enfila ses chaussures et se leva.

— C'est ce que je fais depuis quatre ans, et je vais continuer.

— Tu ne peux pas t'en aller, Sadie.

Il plongea le regard dans le sien, et elle sentit une petite bulle d'espoir se former au fond de son cœur. Elle la creva aussitôt. Il n'y avait aucun espoir.

— Il le faut.

À son grand dépit, sa voix s'éteignit. Elle inspira profondément. Il fallait absolument qu'elle garde le contrôle d'elle-même… et de la situation.

— Je ne peux pas vivre comme ça.

— Sadie, tu ne peux pas partir. Je ne peux pas te laisser partir.

Pour la première fois, elle vit le doute dans les yeux d'Antonio. Une nouvelle petite bulle d'espoir gonfla dans son cœur.

Elle secoua la tête. C'était son imagination. Elle prenait ses désirs pour des réalités.

— Je n'appartiens pas au même monde que toi, Antonio. Et Leo non plus. Nos vies sont très différentes. Et de toute façon, même si elles ne l'étaient pas, je ne peux pas vivre le mensonge qu'est devenu notre mariage.

— Sadie, tu ne peux pas partir parce que je t'aime.

— Mais…

— Je t'aime, répéta-t-il en lui prenant les mains.

Elle scruta son visage. Cette lueur dans ses yeux… Serait-il possible que… ? Non, aucune chance.

— Tu ne crois pas à l'amour.

— Ça, c'est ce que je pensais, Sadie. En réalité, je ne lui avais jamais ouvert mon cœur. Je ne l'avais jamais laissé entrer dans ma vie. Jamais. Le week-end de notre rencontre, il y a quatre ans, tu m'as montré ce qu'était l'amour, mais je n'ai pas su le voir.

— Pourquoi maintenant ?

— Parce que j'ai enfin ouvert les yeux. J'étais aveugle et stupide. Je t'aime, Sadie. Depuis le premier jour.

— Tu m'aimes ? répéta-t-elle, encore incrédule. Mais je ne fais pas partie de ton monde, Antonio.

Il posa la main sur sa joue, et elle plongea le regard dans le sien. Oui, pas de doute, ses yeux noirs brillaient d'un éclat différent. Hier soir elle n'y avait vu que du désir. Aujourd'hui elle y voyait de l'amour.

— La femme que j'aime fait partie de ma vie, et je veux l'y garder pour toujours. Sadie, pourras-tu jamais me pardonner ?

Il y avait un tel remords dans la voix d'Antonio que Sadie en fut bouleversée. Elle se blottit contre lui tandis qu'il refermait les bras sur sa taille. Comme c'était bon ! Elle avait trouvé sa place. Dans les bras de l'homme qu'elle aimait…

— À une condition, dit-elle en prenant un air mutin.

— Laquelle ?

— Que tu me dises sans arrêt que tu m'aimes.

Il effleura ses lèvres d'un baiser plein de tendresse, qui devint vite passionné. Lorsqu'ils finirent par l'interrompre, il la regarda avec un sourire malicieux.

— Et maintenant, Sadie Di Marcello, je vais vous prouver à quel point je vous aime.

— Et la soirée ?

— J'ai des choses bien plus importantes en tête. Comme faire l'amour à ma femme. Et lui dire que je l'aime autant de fois qu'elle voudra bien l'entendre.

Sadie pouffa.

— Tu es incorrigible. C'est ça que j'aime chez toi.

Épilogue

À Saint-Moritz, debout devant le feu qui crépitait dans la cheminée de son chalet, Antonio contemplait Sadie. L'air rêveur elle regardait par la fenêtre la neige qui tombait à gros flocons. Les lumières des hôtels et des autres chalets scintillaient dans l'obscurité, comme autant de guirlandes de Noël.

Son premier Noël de père et de mari. Un peu moins d'un an plus tôt il était ici, célibataire, prêt à relever un nouveau défi en compagnie de ses amis. Lorsqu'ils étaient partis affronter la montagne en paraski ce jour-là, aucun d'eux ne se doutait que leur vie serait bientôt bouleversée.

Il devait une reconnaissance éternelle à Sebastien. Tout comme Stavros et Alejandro. Sebastien avait raison. Il y avait des choses beaucoup plus précieuses que l'argent dans la vie.

— Leo se plaît ici, dit-il en se dirigeant vers Sadie.

Elle se tourna vers lui en souriant. Il sentit l'amour qui émanait d'elle l'envelopper aussi sûrement que si elle l'avait pris dans ses bras. Le genre d'amour qu'il n'avait jamais connu avant elle. Et dont il ne pourrait plus jamais se passer.

— Oui, beaucoup.

Elle se leva et déposa un baiser sur ses lèvres.

— Merci.

— De quoi donc, *mia bella* ?

— De nous avoir amenés ici. C'est un endroit superbe.

Elle se retourna vers la baie vitrée, qui offrait une vue

panoramique sur les pentes enneigées et les toits des chalets en contrebas.

— Merci aussi d'avoir invité mes parents et les tiens. Ça va être un Noël très spécial pour Leo. Le premier avec toute sa famille.

— Je voulais que notre premier Noël en famille soit spécial.

Il avait envie de rattraper les années perdues mais inutile de rappeler le passé. Il savait désormais sans l'ombre d'un doute que Sadie n'avait jamais eu l'intention de lui cacher Leo. La responsable c'était sa mère, qui avait pris une initiative désastreuse par loyauté envers lui et Eloisa. Heureusement, le pardon faisait partie des leçons qu'il avait apprises au cours de sa courte vie de mécanicien.

Il referma les bras sur la taille de Sadie et la serra contre lui.

Sadie tourna la tête pour regarder son mari. Au désir qui faisait étinceler ses yeux se mêlait désormais l'amour dont elle avait toujours rêvé.

— Et notre deuxième Noël en famille, tu crois qu'il sera spécial ? plaisanta-t-elle lorsqu'il posa les mains sur son ventre rond.

— Bien sûr, puisque notre deuxième enfant sera avec nous, bien sûr.

Il l'embrassa dans le cou, et elle poussa un petit soupir d'aise.

— Que dirais-tu d'avoir un autre fils ?

— Un fils, une fille, ça m'est égal. Je veux juste un bébé heureux et en bonne santé.

— Tu ne vois donc pas d'objection à avoir une fille ? insista-t-elle avec un sourire mutin.

— Si elle te ressemble, comment pourrais-je en avoir, *mia bella* ?

Il se pencha par-dessus son épaule et caressa son ventre.

— Es-tu en train de me dire que j'ai une fille qui est en train de grandir dans ce délicieux ventre rond ?

— Oui.

Il la fit pivoter lentement vers lui et l'embrassa avec ferveur. Elle oublia la vue, la neige, Noël et tout le reste. Plus rien n'existait qu'Antonio et leur amour partagé.

— Je t'aime, Antonio.

Il arqua les sourcils avec cet air malicieux qui l'avait séduite dès le premier jour.

— *Ti amo, mia bella. Ti amo.*

DANI COLLINS

Promise à Stavros

INTÉGRALE

MILLIARDAIRES INCOGNITO

Traduction française de
ÉLISABETH MARZIN

SAGAS

HARLEQUIN

Titre original :
XENAKIS'S CONVENIENT BRIDE

Ce roman a déjà été publié en 2018

Prologue

Stavros Xenakis mit ses vingt mille euros de jetons au pot. Il était moins détendu qu'à l'ordinaire après un défi sportif, mais sa nervosité n'avait rien à voir avec ses partenaires de poker ni avec son manque de jeu.

Son vieil ami Sebastien Atkinson avait organisé les festivités post-adrénaline habituelles, qui comme souvent se terminaient à quatre. Leur club de sports extrêmes comptait de nombreux membres, mais seuls Antonio Di Marcello et Alejandro Salazar pouvaient se permettre, comme Sebastien et lui, de jouer des sommes aussi élevées.

Stavros n'était pas aussi snob que son grand-père, mais les gens qu'il considérait comme ses pairs étaient malgré tout assez rares. Ces trois hommes appartenaient à cette catégorie et il appréciait leur compagnie. Encore grisés par leur sortie en paraski, ils jouaient en sirotant un Macallan 1946 et en échangeant des plaisanteries inoffensives. Cette soirée était aussi agréable que n'importe quelle autre du même genre.

Alors pourquoi ne parvenait-il pas à se relaxer ?

Il se remémora les moments les plus excitants de la journée, entre descentes vertigineuses et envols spectaculaires. Ils pouvaient se vanter d'avoir réalisé un véritable exploit, sans doute le plus remarquable à ce jour. Il s'était donné à fond, concentré sur l'instant présent. Sa version personnelle de la méditation. Mais contrairement à ce qu'il espérait, cette journée ne lui avait pas rendu sa sérénité. La frustration qui le rongeait avait juste été estompée pendant quelques heures avant de resurgir. En face de lui Sebastien le mesurait du regard pour tenter de savoir s'il bluffait. À la fois pour faire diversion et parce qu'il n'arrivait toujours pas à croire que son ami était marié et heureux de l'être, Stavros demanda :

— Que devient ta femme ?

— Elle est de meilleure compagnie que toi, répliqua Sebastien d'un ton provocateur. Pourquoi fais-tu cette tête ?

Ça se voyait donc tant que ça ? Stavros eut une moue désabusée.

— Je n'arrête pas de perdre. Et surtout, mon grand-père me menace de me déshériter si je ne me marie pas bientôt. Je l'enverrais bien au diable, mais…

La voix de Stavros s'éteignit.

— Ta mère, commenta Alejandro.

— Tu as tout compris, répliqua-t-il en soupirant.

Ses trois amis connaissaient la situation. Il évitait de contrarier son grand-père par égard pour sa mère et ses sœurs. Il ne pouvait pas se permettre de renoncer à son héritage parce que cela leur coûterait le leur. Mais « s'installer » ? Depuis qu'il avait douze ans son grand-père s'efforçait de le faire entrer dans des cases. Sa dernière exigence était qu'il produise un héritier.

Il ne pouvait pas s'y résoudre, si bien qu'une fois de plus ils étaient en conflit. D'ordinaire il parvenait sans trop de problèmes à esquiver les obligations que voulait lui imposer son grand-père. Mais cette fois, il n'avait pas encore trouvé d'échappatoire. Ce qui le minait d'autant plus que le vieil homme tenait les rênes du groupe pharmaceutique familial.

Pour sa part il n'était peut-être pas marié, mais Dýnami lui devait certains de ses plus gros bénéfices. Il était tout à fait prêt à prendre la direction de la société. Malheureusement, son grand-père estimait qu'il lui fallait une femme et des enfants pour faire la preuve qu'il était « mûr » et « responsable ». La voix de Sebastien arracha Stavros à ses pensées.

— N'avez-vous jamais le sentiment que nous passons beaucoup trop de temps à compter notre argent et à courir après des plaisirs superficiels ?

Se désintéressant visiblement de la partie de poker en cours, Sebastien regarda tour à tour les trois autres.

— Je suis, dit Antonio à Alejandro en jetant une poignée de jetons sur la table.

— Allons bon, ce n'est pas encore cette fois que je vais gagner, marmonna Stavros.

— Je suis sérieux, insista Sebastien. À notre niveau, l'argent, ça se résume à des colonnes de chiffres sur un listing. À des taux sur un tableau d'affichage. Que nous apporte-t-il réellement ? L'argent n'achète pas le bonheur.

Il était le seul des quatre à être devenu milliardaire en partant de rien, après avoir été élevé par une mère célibataire dans un pays où l'arbre généalogique continuait à être mieux considéré que le compte en banque. Plus âgé et plus expérimenté que les autres, il assumait le rôle de mentor et tout le monde l'écoutait quand il exprimait son opinion. Cependant, quand il avait un peu bu il avait parfois tendance à s'égarer…

— L'argent permet d'acheter des tas de choses qui rendent la vie plus agréable, objecta Antonio.

Sebastien eut une moue dédaigneuse.

— Tes voitures ? Ton île privée, Alejandro ? Et toi, Stavros, ce bateau dont tu es si fier mais que tu n'utilises jamais ? Nous nous offrons des jouets hors de prix, nous jouons à des jeux dangereux, mais en quoi cela enrichit-il nos vies ? En quoi cela nourrit-il nos âmes ?

— Que suggères-tu ? demanda Alejandro d'une voix traînante. Que nous allions vivre dans la montagne avec les bouddhistes ? Que nous cherchions à découvrir le sens de la vie ? Que nous renoncions aux biens matériels pour trouver la sagesse ?

— Par exemple, je suis sûr qu'aucun de vous trois ne tiendrait deux semaines sans son nom ni sa fortune, dit Sebastien.

— Et toi ? lança Stavros. Tu voudrais nous faire croire que tu es prêt à revenir à l'époque où tu n'avais pas un sou ? La faim n'a jamais rendu personne heureux. C'est pour ça que tu es aussi riche aujourd'hui.

— Il se trouve que je pense justement à faire don de la moitié de ma fortune pour la création d'une organisation caritative de recherche et de sauvetage. Toutes les victimes d'avalanche n'ont pas des amis capables de creuser la neige à mains nues pour les sauver.

L'année précédente, Sebastien avait été enseveli sous plusieurs mètres de neige à l'occasion d'un de leurs défis sportifs. La tragédie évitée de justesse hantait encore Stavros, régulièrement réveillé par des cauchemars. Malgré les engelures qui lui mordaient les mains il s'était démené pour sauver Sebastien. Comment aurait-il pu se résoudre à voir de nouveau mourir un homme qui lui était cher ? Pris de nausée à ce souvenir, Stavros but une gorgée de whisky.

— Tu es sérieux ? s'exclama Alejandro. Ça représente combien ? Cinq milliards ?

— Et alors ? Je ne les emporterai pas dans la tombe. Monika est d'accord, mais je n'ai pas encore pris ma décision. Vous savez quoi ? Si vous vous passez de vos cartes de crédit pendant deux semaines, je le ferai.

— À partir de quand ? Nous avons tous des responsabilités, objecta Alejandro en regardant Stavros et Antonio, qui acquiescèrent d'un signe de tête.

— D'accord, dit Sebastien. Prenez le temps de préparer le terrain. Mais tenez-vous prêts à recevoir de mes nouvelles… et à passer deux semaines dans le monde réel.

— Tu as vraiment l'intention de jouer la moitié de ta fortune sur un pari de ce genre ? demanda Alejandro, qui comme tout le monde avait oublié la partie de poker.

— Si vous êtes prêts à renoncer à vos jouets favoris, oui,

répondit Sebastien d'un ton posé. Je vous préciserai les détails le moment venu.

— Je suis partant, déclara Stavros.

Après tout, ce seraient au moins deux semaines de répit loin de son grand-père...

1

Quatre mois et demi plus tard…

Elle était allongée sur un matelas gonflable ivoire en forme de coquillage, au milieu de la piscine. Un maillot une pièce à motifs géométriques roses et verts mettait en valeur son corps svelte et sa peau hâlée. Quelques mèches de ses cheveux noirs répandus autour de son visage flottaient dans l'eau. Des lunettes de soleil masquaient ses yeux et elle avait du vernis rouge sur les ongles des pieds. Elle dormait profondément.

Le regard de Stavros s'attarda sur les seins ronds moulés par le tissu élastique, caressa les hanches dévoilées par de larges échancrures, puis s'insinua entre les cuisses fuselées. Stavros fut transpercé par une flèche de désir et un fantasme envahit son esprit. Il plongeait pour capturer la nymphe tel un dieu de la mythologie grecque, puis il lui faisait l'amour sur le canapé en osier du bar, niché derrière un mur d'eau à l'autre bout de la piscine. Il enveloppa la belle endormie d'un nouveau regard appréciateur. La rénovation de la piscine ne serait peut-être pas un travail trop désagréable, finalement…

La veille, il s'était installé dans un studio minuscule, mal aéré, *sans* climatisation, en pestant contre Sebastien. Ses deux semaines de vie dans le « monde réel » venaient de commencer et son nouveau logement était situé juste au-dessus d'un torréfacteur. L'odeur était épouvantable. Il n'arrivait pas à décider ce qui était le plus désagréable. Fenêtre ouverte ou fermée. Il l'avait laissée ouverte le temps de comparer les objets trouvés sur place avec la photo qu'Antonio lui avait envoyée quinze jours plus tôt.

L'expérience de son ami lui avait fourni des indications sur ce qui l'attendait. Antonio ayant été envoyé à Milan, il n'avait pas été surpris en découvrant que sa destination était la Grèce. Ce qui ne l'avait pas empêché d'avoir un mouvement de recul au moment de quitter le ferry. Lui qui n'avait jamais eu la moindre hésitation avant de sauter en chute libre à quatre mille mètres, il avait senti son estomac se nouer au moment de poser le pied sur le sol de son île natale… Ce qui lui avait donné le sentiment très désagréable d'être un lâche. Il s'était forcé à débarquer, puis il avait marché jusqu'au studio, où il avait découvert, comme Antonio avant lui, un téléphone portable préhistorique et deux cents euros en liquide. Mais à la place du bleu de travail d'Antonio, il avait droit à un boxer de bain rayé jaune et blanc. Ils étaient censés renoncer pendant deux semaines à leur fortune et à leur nom. Apparemment, il devrait également se passer de sa dignité… Son uniforme, complété par un T-shirt jaune, était horriblement vulgaire. Quant au logo grec qui ornait le T-shirt, il était carrément offensant. Maintenance Piscines Zante. Sebastien lui avait demandé de se libérer pendant quinze jours et de déléguer toutes ses responsabilités pour l'envoyer travailler comme agent d'entretien de piscine ? Son téléphone ne lui permettait de joindre que trois correspondants. Sebastien, Antonio et Alejandro. Il avait envoyé à Antonio une photo de sa tenue de travail avec le message « Je rêve ? ». Ce à quoi Antonio avait répondu :

> Si ton expérience se rapproche de la mienne, tu n'es pas au bout de tes surprises.

Antonio s'était découvert un fils. On pouvait difficilement faire plus inattendu… Qu'il se découvre lui aussi un fils caché sur cette île relèverait du miracle. Il était parti à l'âge de douze ans et son expérience se limitait alors à quelques baisers.

Aux États-Unis, sa vie sexuelle était rapidement devenue plus mouvementée. Il avait été dépucelé à quatorze ans par une fille de terminale de son école privée. Elle affectionnait l'eye-liner noir, le rouge à lèvres grenat… et les jeunes hommes avides d'apprendre comment donner du plaisir à une femme. Avec une préférence pour les têtes brûlées, dont il faisait partie. Un an plus tard, il séduisait la secrétaire de son grand-père et la nurse qui s'occupait de sa jeune sœur. Il n'en était pas particulièrement fier, mais il n'en éprouvait pas non plus de remords. Coucher avec cette ravissante naïade lui ferait sans aucun doute voir la situation présente sous un jour plus favorable. Dire qu'il en avait pour deux semaines…

Pour la deuxième fois en vingt-quatre heures, Stavros sentit son estomac se nouer. Ce défi ne se limitait pas à jouer pendant quinze jours à Monsieur tout-le-monde. Sebastien lui avait laissé un mot.

Tu te souviens peut-être de la conversation que nous avons eue l'année dernière quand tu m'as rendu visite pendant ma convalescence, après l'avalanche. Ce jour-là tu m'as confié qu'avoir perdu ton père t'avait donné la force de creuser la neige pour me sauver la vie. Te rappelles-tu m'avoir dit également que tu en voulais à ton grand-père de t'avoir obligé à venir à New York et à prendre un nom américain ? Ton souhait est exaucé. L'espace de deux semaines, le riche et influent Steve Michaels n'existe plus. Tu es Stavros Xenakis et tu travailles pour Maintenance Piscines Zante. Présente-toi demain à 6 heures à trois cents mètres de chez toi. Antonio a réussi à garder l'incognito pendant deux semaines. Un tiers des cinq milliards prévus est donc d'ores et déjà réservé à la création de l'organisation de recherche et de sauvetage. À ton tour de gagner ton pari, Stavros. Ça pourrait contribuer à sauver des vies. Et profites-en pour faire la paix avec ton passé.

Sebastien

Stavros s'était endormi très tard. En partie à cause du décalage horaire, en partie à cause de la chaleur étouffante qui régnait dans le studio et de la dureté du lit à une place. Mais aussi et surtout parce qu'il avait cherché pendant des heures un moyen de se dédire de son engagement. Un sens de l'honneur désuet avait fini par le persuader d'accepter son sort et il avait enfin trouvé le sommeil. Pour être réveillé encore plus tôt que nécessaire par le soleil et les grincements de freins des camions qui s'arrêtaient au feu sous sa fenêtre. Dégoûté, il avait mangé un bol de céréales et bu le lait en boîte qu'il avait trouvé sur place. Il avait acheté du café sur le chemin du « travail ».

Son patron, Ionnes, lui avait donné une écritoire à pince avec un plan de l'île, une liasse de schémas et un ordre de travail. Puis il lui avait tendu un trousseau de clés et lui avait indiqué un camion plein de matériel et d'outils, en lui recommandant de le décharger entièrement parce qu'il n'en disposerait pas le lendemain. À cet instant précis, la tentation avait été très forte de reprendre le ferry puis l'avion pour les États-Unis. Sauf qu'il avait laissé toutes ses cartes de crédit à New York, comme il en avait reçu l'instruction. Une fois au volant du camion, il avait rapidement reconnu la route, malgré les transformations subies par le paysage en dix-huit ans. Au fil des kilomètres, il s'était senti de plus en plus oppressé. Arrivé à destination, il s'était arrêté devant le portail et il était resté immobile au volant pendant de longues minutes à contempler la maison dans laquelle sa famille avait vécu jusqu'au drame qui avait coûté la vie à son père. Elle était bien entretenue mais modeste par rapport aux propriétés auxquelles il était habitué aujourd'hui. C'était la maison dont sa mère, née dans le village de pêcheurs situé à quelques kilomètres, avait toujours rêvé. Elle avait insisté pour que son mari l'utilise comme un port d'attache où faire des pauses en compagnie de ses enfants. Selon elle, à force de consacrer l'essentiel de son temps au développement de la société familiale basée aux États-Unis, il finirait par oublier ses racines.

Lorsque la famille s'y était installée, Stavros avait été enrôlé par son père pour changer les dalles de l'entrée pendant que sa mère et ses sœurs plantaient le bougainvillier. Ce dernier avait grandi de plusieurs mètres, et ses fleurs pourpres offraient toujours un contraste aussi saisissant avec le mur blanc. Ce retour dans le passé était si douloureux que Stavros avait été une fois de plus tenté de tout laisser tomber. De passer la marche arrière et de prendre la fuite. Mais pour aller où ? Pour rentrer aux États-Unis ? Pour retrouver le regard réprobateur de son grand-père et reprendre ce rôle d'éternel second qu'il détestait ? Il avait jeté un coup d'œil à son ordre de travail. Il n'était pas là pour nettoyer la piscine, mais pour remplacer les dalles abîmées tout autour. Déjà vu… La maîtresse de maison lui donnerait les indications utiles, avait précisé son patron. Personne n'ayant répondu à son coup de sonnette, il avait franchi le portail et descendu les marches conduisant au jardin avec vue sur la mer. Son arrivée n'avait pas réveillé Vénus. Une fois encore il admira la belle endormie. Si elle était mariée, elle était le genre d'épouse qu'on exhibe fièrement. Cependant, elle ne portait pas d'alliance.

La « maîtresse de maison », avait dit son patron. Quel dommage qu'une telle beauté soit réservée au client de son employeur… Il s'accroupit, plongea la main dans l'eau et éclaboussa la jeune femme.

Réveillée en sursaut, Calli se redressa d'un bond, oubliant qu'elle se trouvait sur un matelas gonflable au milieu de la piscine. Elle bascula sur le côté et tomba dans l'eau. Ophelia ! À peine remontée à la surface, elle s'écria :

— Tu es punie ! Va dans ta chambre immé…

Non. Ce n'était pas Ophelia au bord de la piscine. C'était un homme. Grand, impressionnant, vêtu d'un short et d'un

T-shirt jaunes qui soulignaient sa musculature d'athlète. Dans le contre-jour elle ne voyait pas ses yeux, mais cela ne l'empêchait pas de sentir son regard sur elle. Un regard beaucoup trop troublant à son goût… Malgré la fraîcheur de l'eau, Calli était envahie par une chaleur familière que la prudence lui avait appris à ignorer. Mais qui cette fois refusait de disparaître. Elle était comme envoûtée. Rien ne semblait pouvoir la soustraire à la fascination que cet homme exerçait sur elle. Qui était-ce ? Son T-shirt portait le logo de la société de maintenance de la piscine, mais elle ne l'avait jamais vu.

— Je ne vous ai pas entendu entrer, dit-elle enfin.

— J'ai bien compris. Couchée tard ?

Comment avait-elle pu penser que c'était Ophelia qui l'avait réveillée ? se demanda-t-elle soudain. Si elle s'était endormie au milieu de la piscine, c'était parce qu'elle était arrivée au petit matin, après avoir laissé l'adolescente chez ses grands-parents à Athènes. Elle avait conduit une grande partie de la nuit, puis elle avait somnolé dans la voiture en attendant le premier ferry. Takis n'était pas là. Il n'y avait personne dans la propriété à part cet homme et elle.

— J'ai voyagé, répondit-elle en nageant vers les marches au bout de la piscine. Je savais que des ouvriers venaient ce matin et j'ai préféré éviter de m'endormir dans la maison pour ne pas risquer de les manquer. Où est Ionnes ?

— Je ne sais pas. Il m'a dit que j'avais deux semaines pour remplacer les dalles abîmées.

— Oui, il faut que ce soit terminé pour la soirée qui est prévue dans quinze jours.

L'estomac de Calli se noua, tandis qu'elle montait les marches. L'inconnu avait ramassé son peignoir sur le transat et le lui tendait comme un gentleman. Mais ce n'était pas un gentleman. Elle en avait la certitude, même si elle ignorait qui il était. Elle prit le peignoir et l'enfila maladroitement. Pourquoi tremblait-elle ? Oh ! et pourquoi Ophelia avait-elle choisi un peignoir transparent ? Lorsqu'elle le lui avait offert pour son anniversaire, elle l'avait trouvé délicieusement féminin. Mais entre son tissu vaporeux et son unique agrafe en guise de fermeture, il était très provocant. Ce qui n'échappait pas à l'inconnu, évidemment. Il l'étudiait ouvertement de la tête aux pieds. Ce n'était pas la première fois qu'elle était soumise à ce genre d'examen, bien sûr. Mais les hommes de l'île savaient qu'elle n'était pas intéressée. Et avec les touristes, elle faisait semblant de ne pas parler anglais. D'une manière ou d'une autre, elle n'avait aucun mal à tenir les hommes à distance. Alors pourquoi se sentait-elle aussi vulnérable, tout à coup ? D'ordinaire elle était immunisée contre les hommes séduisants. Mais celui-ci était plus que séduisant. Avec sa mâchoire carrée recouverte d'une barbe naissante, ses pommettes saillantes et ses épais cheveux noirs en bataille, il était sublime. Cependant, le plus saisissant, ce n'était pas sa beauté. C'était la fierté et la virilité qui émanaient de lui. Le désir non dissimulé qui faisait étinceler ses yeux noirs. L'assurance qui se lisait dans son regard. De toute évidence, il ne doutait pas de son pouvoir de séduction. Parce qu'il savait quel effet il lui faisait ? Son sourire suffisant semblait l'indiquer.

— Dites-moi ce que vous voulez. Je suis à votre service, dit-il d'une voix caressante.

À son grand dam, elle fut submergée par une vague de désir. L'estomac noué, elle recula d'un pas et vacilla. Il la saisit par le bras pour l'empêcher de tomber en arrière. Elle eut l'impression de recevoir une décharge électrique. *Mais qu'est-ce qui m'arrive, bon sang ?* Levant le menton, elle s'efforça de prendre un air dédaigneux.

— Lâchez-moi.

— Si c'est ce que vous voulez.

Il attendit quelques secondes avant de s'exécuter, accroissant son trouble.

— Vous avez un accent, dit-elle pour se donner une contenance.

Le visage de l'inconnu se ferma. Parce qu'il s'apprêtait à mentir ?

— Je suis né ici.

— Sur cette île ? Je ne vous connais pas. Comment vous appelez-vous ?

— Stavros. Je vis à l'étranger depuis l'âge de douze ans. Je suis de passage et cette occasion s'est présentée, alors j'ai décidé de travailler pendant quinze jours.

Elle reconnut soudain son léger accent.

— Vous êtes américain.

Elle sentit un grand froid l'envahir. Non. Plus jamais. Peu importait qu'il soit sublime. C'était non. Elle n'avait rien contre les Américains en tant que tels. Non, ce qu'elle méprisait, c'étaient les hommes qui considéraient les femmes de l'île comme des distractions de vacances. D'où qu'ils viennent. Elle avait connu ça, merci. Ses blessures ne s'étaient pas encore cicatrisées. Et il se trouvait que l'homme qui lui avait tout pris, même sa réputation, était américain. D'où son hostilité instinctive envers celui qui était en face d'elle…

— Je vis aux États-Unis mais je suis grec.

— Eh bien, en tout cas vous êtes ici pour rénover la piscine, rappela-t-elle d'un ton crispé. Et vous n'avez que deux semaines. Vous feriez mieux de vous y mettre.

2

Stavros était moulu. Il avait l'habitude de se dépenser physiquement, mais pas à ce point. Après des heures passées à casser des dalles et à monter les gravats en haut de l'escalier à l'aide d'une brouette, il avait envoyé un texto et une photo à Antonio. La société de ce dernier construisait des édifices prestigieux dans le monde entier.

Je peux utiliser un marteau-piqueur ?

Il vaut mieux éviter. Tu risquerais d'endommager le bassin.

De toute façon, il n'avait pas assez d'argent pour en louer un. Une voiture lui serait bien utile également. Ce matin, il avait dû se faire déposer à mi-parcours par le camion du torréfacteur, puis finir le chemin à pied. Tout cet exercice était censé lui servir à quoi ? Mais ce n'était pas de l'exercice. C'était du travail de force. Ce qui l'aidait à se libérer de certaines tensions, mais pas de la frustration qui le rongeait. Il voulait cette femme. « Calli », avait-elle répondu d'un ton crispé quand il lui avait demandé son nom. Puis elle avait montré les dalles qui avaient été fissurées par les racines d'un arbre. Puisqu'il fallait abattre l'arbre et remplacer les dalles, on refaisait entièrement la margelle. *Il* refaisait la margelle. Dès son arrivée ce matin elle avait disparu dans la maison, et depuis c'était une présence invisible qui lui mettait les nerfs à vif. Elle allait et venait derrière le rideau de porte en bambou, écoutait de la musique ou discutait au téléphone, tout en cuisinant des plats odorants qui aiguisaient son appétit déjà exacerbé par l'effort.

Le premier soir, il s'était offert un bon repas, mais après avoir fait ses comptes il avait dû se rendre à l'évidence. Désormais il devait se contenter de sandwichs jusqu'à la fin du séjour. Les effluves aromatiques qui lui chatouillaient les narines le mettaient d'autant plus au supplice. Pour qui cuisinait-elle ? Il était 10 heures et il n'y avait personne dans la propriété, pas même l'homme qui la gardait cachée au milieu de la mer Égée. Un homme marié, sans doute. Bon sang, cette idée l'obsédait ! Mais pas autant que la vision qu'il avait eue quand elle était sortie de l'eau… Jamais il n'avait éprouvé une attirance aussi irrésistible pour une femme. Il n'avait pas pu s'empêcher d'aller vers elle, tenaillé par un désir qui ne l'avait pas quitté depuis. Il ne rêvait que d'une chose. Revivre cet instant pour refermer les bras sur elle et donner libre cours à sa passion. Sauf qu'elle avait dardé sur lui un regard glacial. Parce qu'elle l'avait cru américain.

Ça avait été une véritable gifle. Entre autres parce qu'il vivait une crise d'identité depuis tout jeune. Depuis que le père de son père l'avait arraché à cette île pour l'emmener aux États-Unis. Il avait toujours été trop grec au goût de son grand-père et pas assez à son propre goût. Si bien que la remarque de Calli sur son accent l'avait piqué au vif.

Ce qui lui donnait encore plus envie de revenir à l'instant d'avant, quand elle ne parvenait pas à dissimuler son désir pour lui. *Lui.* C'était la première fois de sa vie qu'il éprouvait le besoin de prouver quelque chose à une femme. De l'obliger à reconnaître qu'il y avait des étincelles qui crépitaient entre eux. Il mourait d'envie de la prendre dans ses bras et de l'embrasser jusqu'à ce qu'elle succombe à ce feu qui les consumait. Absorbé dans ses pensées, Stavros maniait le marteau avec de plus en plus d'énergie. Une dalle vola en éclats et un morceau de pierre lui entailla la jambe. La douleur se déclencha avec un temps de retard, lui arrachant un juron.

Calli entendit une exclamation rageuse facilement identifiable quelle que soit la langue. Un juron. Signe de problème. Depuis deux jours, elle s'efforçait d'ignorer Stavros. Sans y parvenir, bien sûr. Mais là, impossible de faire la sourde oreille. Elle éteignit machinalement le feu sous la cocotte et jeta un coup d'œil à travers le rideau de la porte.

Stavros était torse nu et il bandait son mollet avec son T-shirt taché de sang. Elle alla chercher la trousse à pharmacie et sortit en courant.

— Que s'est-il passé ?

C'était évident. Un éclat de pierre lui avait tailladé la jambe.

— Faites voir.

Non, elle n'avait pas les compétences nécessaires pour soigner ce genre de blessure, constata-t-elle lorsqu'il déroula le T-shirt. Heureusement que la vue du sang ne la perturbait pas…

— Il va falloir suturer la plaie.

— Un pansement fera l'affaire.

— Non, l'entaille est trop profonde. Il faut la désinfecter correctement et la fermer. Vous êtes à jour dans vos vaccins ?

Il lui lança un regard narquois.

— Je passe régulièrement des visites médicales, et oui, je suis en parfaite santé.

— Il faut quand même que vous alliez à la clinique. Vous savez où elle se trouve ? Les horaires des consultations sont assez restreints. Vous feriez mieux d'y aller maintenant si vous ne voulez pas être obligé de payer des frais supplémentaires. Ou d'essayer de trouver un bateau pour aller à l'hôpital sur le continent.

Elle s'efforça d'ignorer le mouvement de son torse musclé lorsqu'il se pencha pour prendre un rouleau de gaze dans la trousse.

— Je n'ai pas de véhicule.

— Vous voulez que je vous emmène ?

Il jura.

— Écoutez, je n'ai pas de couverture sociale. Et pas d'argent pour payer la facture, d'accord ?

Elle le considéra avec perplexité. Décidément, il ne cessait pas de la surprendre. Que cet aveu lui coûte, rien de plus normal. En revanche, elle n'aurait jamais imaginé qu'il traversait une mauvaise passe… Il possédait une assurance naturelle qu'elle n'associait qu'aux hommes qui avaient de l'argent, comme Takis. Qui était-il donc ? Que lui était-il arrivé pour qu'il se retrouve dans une situation aussi précaire ?

— Vous devez quand même vous faire soigner. Au pire on intégrera la facture au coût des travaux. Mon patron n'y verra pas d'inconvénient.

Pour la bonne raison qu'elle la paierait de sa poche.

— Venez, je vous emmène. De toute façon, il faut que je fasse des courses.

Pieux mensonge… Pourquoi avait-elle éprouvé le besoin de dire ça ? Peut-être pour épargner la fierté de Stavros. Elle savait ce que c'était de perdre son amour-propre en même temps que tout le reste. Alors qu'elle étudiait son visage, il darda sur elle un regard pénétrant. Le regard d'un oiseau de proie qui vient de repérer un lièvre sans méfiance… Comment avait-elle pu s'imaginer qu'il pouvait avoir besoin de sa bienveillance ? Les yeux étincelants, il était plus fascinant que jamais. Elle était hypnotisée, clouée sur place, incapable d'échapper au rapace prêt à fondre sur elle.

— Votre patron ?

La voix était profonde et la question chargée de sous-entendus. Parcourue d'un long frisson, Calli sentit les pointes de ses seins se dresser. À sa grande irritation. Elle n'aurait pas dû être troublée, mais furieuse. Blessée qu'il en arrive à la même conclusion que beaucoup d'autres avant lui. En fait, elle ne devrait pas le détromper. Ce serait le meilleur moyen de se protéger contre cette attirance diabolique. Mais non. Elle ne pouvait pas se résoudre à lui mentir…

— Takis Karalis, dit-elle en remettant la gaze et les ciseaux dans la trousse avec des doigts tremblants. Le propriétaire de cette villa. Je suis sa gouvernante. Pourquoi ? Qu'est-ce que vous vous imaginiez ? lança-t-elle en prenant un air indigné.

Il promena sur elle un nouveau regard appréciateur. Au lieu de se sentir insultée, elle fut envahie par une douce chaleur. Pourquoi se mentir ? Elle avait envie de lui plaire, de retrouver l'insouciance de sa jeunesse, d'être capable de s'abandonner dans ses bras. Il y avait une telle promesse de plaisir dans ses yeux… Mais ce serait prendre le risque d'avoir le cœur brisé. Elle était bien placée pour le savoir.

— Vous n'êtes pas le premier à croire que je suis sa maîtresse.

Elle n'avait jamais pris la peine de démentir, parce que de toute façon sa réputation était déjà ruinée quand Takis lui avait proposé ce travail. Un commentaire malveillant de plus ou de moins derrière son dos, quelle importance ? Cependant, il fallait tenir cet homme à distance. Sinon elle risquait de s'autodétruire de nouveau.

— C'est vraiment sexiste de penser que si je vis ici c'est forcément parce que je couche avec lui.

Stavros resta impassible, mais son silence même ressemblait à une mise en garde. Établir des rapports de force avec cet homme était stupide. Elle n'avait aucune chance d'avoir le dessus. Quant à le tenir à distance, c'était peut-être une cause perdue. Déstabilisée par cette idée, elle lança d'un ton brusque :

— Je vous retrouve à la voiture.

Elle battit en retraite dans la maison. Après avoir rangé dans le réfrigérateur la garniture de moussaka qu'elle venait de faire dorer, elle prit ses clés et son sac. Dehors, sa voiture était bloquée par la palette de dalles neuves qu'il avait déchargées l'avant-veille, ainsi que par la poubelle pleine de dalles cassées. Allons bon… Impossible de prendre le risque d'endommager la décapotable. Elle jeta un coup d'œil au bandage de fortune de Stavros. Il devait avoir mal mais il restait stoïque.

— Nous allons être obligés de prendre le scooter.

Elle se dirigea vers le deux-roues, prit son casque et tendit à Stavros celui d'Ophelia. Les deux étaient roses, comme le scooter.

— Il est trop petit, objecta-t-il avec un regard narquois.

Elle reposa le casque d'Ophelia, puis elle eut une hésitation avant d'attacher le sien.

— Vous voulez y aller seul ?

— Je ne sais pas où se trouve la clinique. Le temps de la trouver, je risque de perdre tout mon sang. Non, je vous en prie, conduisez-moi.

Le ton de Stavros était sarcastique, mais sa voix avait pris des inflexions caressantes. S'efforçant d'ignorer les frissons qui la parcouraient, elle sortit le scooter de son emplacement, le démarra et monta dessus. Stavros la rejoignit, referma les mains sur ses hanches et l'attira plus près de lui pour la caler entre ses cuisses. Électrisée, elle fut submergée par une vive chaleur au contact de sa peau contre la sienne, largement découverte par son short et son T-shirt à dos nageur. Il se pencha en avant, si bien que sa barbe naissante lui effleura l'épaule, tandis que son souffle chaud caressait la base de son cou. Elle frissonna et resta figée.

— Ne devriez-vous pas démarrer en trombe pour me sauver la vie ? ironisa-t-il.

— À vrai dire, je suis en train de me demander si elle en vaut la peine.

Il avança imperceptiblement sur la selle et resserra l'étau de ses cuisses. En désespoir de cause, elle démarra. Son casque et le bruit du moteur l'empêchèrent d'entendre le rire moqueur de Stavros, mais elle sentit qu'il riait. Il tournait la tête à droite et à gauche sur le raccourci qui sinuait entre les luxueuses villas perchées au sommet de l'île, offrant une vue spectaculaire. La route redescendait ensuite vers la côte. Le parfum des fleurs de citronnier embaumait la brise matinale et elle finit par se détendre peu à peu. Elle commença à savourer les frissons déclenchés par les mouvements imperceptibles des mains de Stavros sur ses hanches. Elle se surprit même à souhaiter qu'elles remontent jusqu'à ses seins et se referment dessus. Comment pouvait-elle le désirer à ce point alors que sa sexualité avait été tuée dans l'œuf ? Elle ne voulait surtout pas avoir envie qu'un homme la touche. C'était de la folie autodestructrice.

À son grand dam, les virages en épingle à cheveux favorisaient le rapprochement de leurs deux corps. Elle avait pris ce raccourci pour gagner du temps, mais d'ordinaire elle évitait cette route conduisant au port. C'était pourtant la partie de l'île où se trouvaient les plus belles plages et les meilleurs restaurants. Ophelia la suppliait régulièrement de l'y emmener. Malheureusement, cette route l'obligeait à passer devant un *kafeneion* à la terrasse duquel les hommes de l'île aimaient se retrouver. Et que son père fréquentait assidûment…

Se raidissant, elle garda les yeux fixés droit devant elle. Oh ! bien sûr, il n'y avait aucun risque que son père la salue. Surtout avec un homme sur son scooter. Il l'ignorerait superbement. Et elle ferait de même. Cependant, le voir évoquait trop de souvenirs douloureux. Elle préférait s'épargner cette souffrance inutile. Ils arrivèrent en ville, où le scooter se révéla fort utile pour contourner les embouteillages via les ruelles étroites. Elle entra dans la clinique par l'arrière et se gara sur le parking du personnel. Lorsqu'ils furent descendus du scooter, Stavros demanda :

— Qui est Ophelia ?

— Comment… ?

Il indiqua le casque qu'elle avait suspendu au guidon.

— Oh ! j'avais oublié…

Elle frotta les mots à demi effacés qu'elle avait inscrits au dos du casque, peu de temps après que Takis eut acheté le scooter. « Ophelia, arrête ! »

Calli n'avait que neuf ans de plus que l'adolescente. Étant fille unique, elle la considérait parfois comme sa petite sœur. Ce qui ne l'empêchait pas d'avoir également pour elle des sentiments maternels. Elle adorait Ophelia et savait que celle-ci allait lui manquer terriblement, même si par moments elle pouvait être insupportable.

— C'est la fille de Takis. Je m'occupe d'elle, son père voyage beaucoup. Mais elle vient d'avoir quatorze ans et elle a réussi à le convaincre de l'envoyer en pension. En ce moment elle est avec ses grands-parents pour acheter les affaires dont elle va avoir besoin. Il y a longtemps qu'elle est trop grande pour rester sur cette île.

Takis n'avait pas voulu le voir. Traumatisé par la perte de sa femme, il était résolu à surprotéger sa fille le plus longtemps possible. Ce qui avait bien sûr incité celle-ci à ruer dans les brancards. Cependant, il commençait à accepter qu'elle élargisse ses horizons.

Par ricochet, Calli serait libérée des responsabilités qu'elle avait assumées pendant des années, à la fois par gratitude envers le père et par amour pour la fille. Après avoir élevé l'enfant d'un autre, elle espérait pouvoir entreprendre les recherches qui lui permettraient de retrouver le sien.

— Vous êtes donc nurse, commenta Stavros en la suivant vers l'entrée de la clinique.

— Hum ? Oh. Oui. Nurse, gouvernante, organisatrice de soirées. Tout ce dont Takis peut avoir besoin. À part ce à quoi vous pensiez tout à l'heure.

— Bien.

Il la devança pour lui tenir la porte et elle ne put s'empêcher d'admirer son torse musclé, dont la peau hâlée était recouverte d'une fine toison brune.

— Je suis heureux que vous soyez célibataire.

— J'ai bien l'intention de le rester, rétorqua-t-elle d'une voix plus étranglée qu'elle ne l'aurait voulu.

— C'est encore mieux.

Elle eut un pincement au cœur. Vacances. Play-boy.

— J'aurais dû vous donner une vieille chemise de Takis. Je vous achèterai quelque chose dans la boutique qui est de l'autre côté de la rue. Une fois que j'aurai réglé votre note.

Stavros sortit de la clinique muni d'antibiotiques à prendre à titre préventif. Il avait encore du mal à croire qu'on lui avait donné un traitement aussi dépassé. Il aurait bien signalé la dernière formule qui venait tout juste d'obtenir l'autorisation de mise sur le marché, s'il n'avait pas craint d'éveiller les soupçons sur son identité. Quand il avait confectionné son bandage de fortune, il avait pris conscience qu'il ne pourrait pas utiliser l'assurance internationale qui couvrait Steve Michaels, héritier d'un des leaders de l'industrie pharmaceutique mondiale.

Sur la fiche d'admission il avait inscrit son nom grec mais il l'avait aussitôt regretté. L'infirmière, qui ne devait pas être loin de la retraite, avait dit qu'elle était allée à l'école avec une fille de l'île qui avait épousé un Stavros Xenakis. Un parent ? Il avait nié. Pas question de remuer le passé. Ce serait beaucoup plus douloureux que cette blessure à la jambe. Et de toute façon, Antonio avait tenu deux semaines sans se faire démasquer et il avait bien l'intention d'en faire autant. Son ego lui interdisait d'échouer là où son ami avait réussi. Calli l'attendait à l'ombre, à côté du scooter. Il surprit le regard admiratif qu'elle promena sur son torse. Ce qu'il pressentait se confirmait. Le dédain qu'elle affichait à son égard n'était qu'une façade. Elle lui tendit un T-shirt d'un air réprobateur et il dut faire appel à toute sa volonté pour ne pas pouffer. Le T-shirt était bleu avec des bandes blanches représentant un drapeau grec stylisé. Plutôt de bon goût, il fallait le reconnaître.

— Merci de m'avoir épargné « J'aime la Grèce » avec un cœur rouge.

— J'ai failli prendre celui sur lequel était écrit en gros « Né sur le mont Olympe », mais je me suis dit qu'il était inutile de souligner l'évidence, ironisa-t-elle.

— Attention, Calli. Je vais finir par croire que je vous plais, rétorqua-t-il en enfilant le T-shirt.

— Si ça vous amuse de vous dire ça…

— C'est *vous* qui me le dites.

Il la saisit par le bras alors qu'elle se tournait pour prendre son casque.

— Avec vos yeux à chaque fois que vous me regardez.

Il referma la main sur l'autre bras et l'attira lentement vers lui en lui laissant tout le temps de se libérer. À sa grande satisfaction, elle n'en fit rien.

Le souffle court, elle leva le menton, mais elle ne lui demanda pas de la lâcher. Une petite veine battait frénétiquement à la base de son cou et son regard cherchait le sien. Mais ce n'était pas de la peur qui se lisait dans ses yeux. Elle était excitée. Et elle le défiait. Il dut faire appel à toute sa volonté pour refréner son envie de refermer les bras sur elle et de s'emparer de sa bouche avec voracité.

— Je connais les signes qui trahissent le désir d'une femme, reprit-il en baissant les yeux sur ses seins.

Leurs pointes durcies étaient nettement visibles sous son soutien-gorge et son T-shirt. Il était très tentant de les mordiller à travers le tissu…

— Le vôtre est flagrant. Et je suis sûr que vous avez senti le mien contre vos fesses pendant tout le trajet en scooter. Nous sommes attirés l'un par l'autre. Pourquoi tenter de résister ?

Les lèvres de Calli s'entrouvrirent mais elle resta muette, le souffle de plus en plus court. Bon sang ! Cette bouche pulpeuse le rendait fou ! Contenant son impatience, il goûta d'abord son cou et lui arracha un petit cri de surprise lorsqu'il lécha du bout de la langue la peau délicate, qui sentait la lavande et la noix de coco. Il remonta lentement vers la mâchoire, électrisé par les soupirs que déclenchait chaque coup de langue. Lorsqu'il atteignit sa bouche, les soupirs avaient laissé place aux gémissements et elle était alanguie contre lui, les seins pressés contre son torse. Ses lèvres étaient aussi savoureuses qu'il le pressentait. Depuis le temps qu'il attendait ça… Lâchant ses bras, il fit glisser une main jusqu'à ses fesses et plaqua son bassin contre le sien, tandis que son autre main s'enfonçait dans ses cheveux. Il lui fit pencher la tête en arrière pour savourer de nouveau son cou. Vacillante, elle noua les bras sur sa nuque en creusant les reins, accentuant la pression de son mont de Vénus contre sa virilité pleinement éveillée. Il mourait d'envie de l'entraîner à l'écart et de la prendre sauvagement contre le mur de la clinique. Mais un crissement de pneus sur le gravier le freina. Il s'arracha à regret à la bouche de Calli.

— Alors, vous prétendez toujours que je ne vous plais pas ?

Elle pâlit et s'écarta vivement de lui.

— Vous vouliez prouver que vous aviez raison ? Eh bien, vous êtes content de vous, je suppose, dit-elle en mettant son casque.

Son ton amer lui serra étrangement le cœur. Il était habitué aux femmes expérimentées, qui étaient conscientes de leur pouvoir de séduction et n'hésitaient pas à l'utiliser. Depuis qu'il était devenu notoire que son grand-père souhaitait qu'il se marie, elles étaient plus nombreuses que jamais à tourner autour de lui en déployant toute leur énergie pour se faire passer la bague au doigt. Celle-ci en revanche ne jouait pas du tout de ses atouts, pourtant nombreux. Ses vêtements simples dévoilaient un corps qui devait visiblement ses formes parfaites au sport plutôt qu'à un régime draconien et au scalpel d'un chirurgien esthétique. Et lorsqu'elle avait répondu à son baiser, ce n'était pas avec l'expertise d'une femme résolue à garder la tête froide pour mieux manipuler son partenaire. Elle s'était abandonnée sans réserve au désir qui la consumait. Comme il avait failli le faire de son côté. Il posa la main sur son épaule pour l'obliger à le regarder.

— Je vous ai embrassée parce que j'en avais envie.

— Vous m'avez embrassée parce que vous vous estimiez autorisé à le faire.

Elle écarta sa main de son épaule d'un air dédaigneux avant d'attacher son casque.

— J'ai tout de suite su quel genre d'homme vous êtes. Je l'ai oublié pendant un instant, mais c'est une erreur que je ne renouvellerai pas.

— Américain ? demanda-t-il, mortifié par le mépris qui se lisait sur son visage. Pas assez grec pour vous ?

— Coureur. Décidé à s'amuser un peu avant de repartir.

Calli aperçut une voiture qui sans être celle de sa mère lui ressemblait assez pour qu'elle prenne la direction opposée. De toute façon, elle préférait la côte sud de l'île. C'était le domaine des pêcheurs et des vignerons. Elle était plus sauvage et Calli s'y sentait davantage chez elle. Elle aimait cette île. Après avoir été jetée dehors par son père elle y était restée pour diverses raisons, l'argent étant la principale, du moins au début. Elle n'avait pas eu les moyens de partir et encore moins d'aller à New York. Et elle n'avait pas eu envie de s'infliger l'exil après avoir déjà tout perdu. Elle n'avait pas voulu partir avant d'être en mesure d'aller aux États-Unis. Mais à chaque fois qu'elle avait cru atteindre cet objectif, un obstacle s'était présenté. Takis lui-même avait tenté de l'aider, mais ça n'avait pas marché. En attendant, il lui assurait le meilleur emploi qu'elle pouvait espérer avec son manque d'expérience et de compétences. Plus elle restait, plus les liens qui l'attachaient à lui et à Ophelia se resserraient, l'enracinant davantage sur l'île. Mais au départ, si elle avait décidé de rester c'était également par défi. Son père considérait qu'elle l'avait déshonoré ? Raison de plus pour rester et le déshonorer encore plus en donnant l'impression qu'elle vivait « dans le péché » avec un homme beaucoup plus âgé qu'elle. Il méritait d'avoir honte. Elle n'oublierait jamais ce qu'il leur avait fait, à elle et à son fils. Elle voulait qu'il le sache. Mais bientôt elle quitterait l'île et elle partirait pour New York. Une fois Ophelia partie, elle partirait aussi. Cette idée était terrifiante.

— Il est mieux là où il est, avait commenté sa mère deux jours après la disparition de Dorian, quand elle était allée la voir dans une des maisons où elle faisait le ménage.

— Arrête de dire ça ! s'était écriée Calli. Il n'est pas mort !

Son père pouvait répéter ce mensonge jusqu'à en perdre le souffle mais elle *savait*. Les parents de Brandon lui avaient offert de l'argent en échange du bébé. Elle avait refusé, bien sûr. Et puis tout à coup, Dorian avait disparu. Elle savait, elle n'avait pas de preuve, mais elle *savait* que son père avait vendu son fils à ces gens-là.

— Pourquoi l'as-tu laissé faire ? avait-elle crié à sa mère.

— Regarde-toi ! avait répliqué celle-ci. Tu n'es qu'une gamine. Devenue incontrôlable et dévergondée. Quel genre de mère ferais-tu ?

Calli était partie sans un mot de plus. Elle avait longé la côte à pied en refusant de se laisser abattre par les paroles de sa mère. Pendant le peu de temps où on lui en avait laissé l'occasion, elle avait été une bonne mère. Elle le savait. Malgré tout, elle était encore assez jeune pour se laisser impressionner par la parole des adultes. Obligée au fil des jours de recourir à des mesures de plus en plus désespérées pour survivre, elle avait commencé à se demander si sa mère n'avait pas raison. À se dire qu'elle n'était pas quelqu'un de bien, qu'elle n'était pas capable d'assumer le rôle de mère.

Au cours des six années qui s'étaient écoulées depuis, elle avait tenté à plusieurs reprises de retrouver la trace de son fils. Sans résultat. Chaque nouvel échec avait renforcé ses craintes. Il était mieux sans elle. Mais elle ne baisserait pas les bras tant qu'elle n'en aurait pas acquis la certitude. Elle inspira profondément en s'efforçant de savourer la douceur de l'air. Il fallait accepter les revers et vivre dans l'instant.

Sauf que se concentrer sur l'instant présent lui donnait une conscience encore plus aiguë du corps de Stavros collé au sien. Ce qui ravivait le souvenir de leur baiser… *Pense à Brandon*. L'attirance qu'elle avait éprouvée pour Brandon autrefois n'était rien en comparaison des réactions incroyables que Stavros déclenchait en elle. Elle devait faire appel à toute sa volonté pour résister à l'envie de reculer sur la selle pour mieux sentir contre ses fesses sa virilité dure comme la pierre. Ce contact la rendait folle de désir… Elle ne voulait pas lui donner ce pouvoir sur elle. Mais la volonté n'avait rien à y voir. C'était comme ça. Elle n'y pouvait rien. À son grand dam, elle fut obligée de ralentir à cause d'un troupeau de moutons qui avait envahi la chaussée. Sur une impulsion, elle tourna brusquement à droite sur le cap qui s'avançait au-dessus de la mer. Autant s'arrêter carrément en attendant que la voie soit libre. Ce qui lui donnerait l'occasion de se décoller de cet homme…

Derrière elle, Stavros marmonna quelque chose. Un juron ? Une protestation ? Elle n'avait pas compris. Ses doigts se crispaient sur ses hanches, mais ça n'avait visiblement rien de sensuel. S'inquiéterait-il du temps perdu sur sa journée de travail ?

— Les moutons vont mettre au moins vingt minutes pour dégager la route. Faire demi-tour et rentrer par l'autre route prendrait à peu près le même temps, lança-t-elle par-dessus son épaule en suivant le chemin rocailleux jusqu'à l'extrémité du cap.

La pression et le frottement de leurs deux corps étaient accentués par les cahots et ce fut avec un soulagement intense qu'elle arrêta enfin le scooter et en descendit.

— C'est un bel endroit, commenta-t-elle en s'éloignant de quelques pas.

La vue panoramique était spectaculaire et seul le bruit des

vagues qui se brisaient sur les rochers troublait le silence. Cependant, cette beauté sauvage était traîtresse. Il arrivait que des touristes imprudents s'approchent trop près du bord. Un faux pas pouvait être mortel. Les rochers étaient glissants, les courants dangereux, et en cas de tempête c'était le point le plus exposé de l'île. Calli se retourna vers Stavros, qui restait immobile à côté du scooter.

— Votre jambe vous fait mal ?

Il lui lança un regard hostile qui la désarçonna. Elle ouvrit la bouche et la referma sans avoir trouvé quelque chose à dire. Il passa devant elle.

— On ne peut pas nager ici, le prévint-elle. C'est trop dangereux. Tous les ans il y a des gens qui se noient.

— Je sais, répliqua-t-il d'un ton sinistre.

Il s'immobilisa à l'extrémité du cap. Le regard qu'il promenait sur la mer semblait indiquer qu'il s'était déjà tenu à cet endroit précis auparavant. Le visage tourmenté, les poings crispés, il était visiblement au supplice. La gorge nouée, Calli se rapprocha instinctivement de Stavros. Que faire pour lui apporter un peu de réconfort ? Son regard semblait transpercer la surface de l'eau et fouiller les profondeurs. Quels souvenirs terribles le hantaient ? Était-ce un effet de son imagination ou bien était-il vraiment accablé de remords ? Si elle avait su que venir ici serait une telle épreuve pour lui…

— Stavros…

Elle posa la main sur son bras, mais il se dégagea d'un mouvement vif.

— Allons-y. J'ai un travail à terminer avant de pouvoir quitter cette maudite île.

3

Le mur d'eau n'était encore qu'un projet quand son père était mort. Stavros posait des dalles neuves autour des deux colonnes qui encadraient ce dernier quand la voix de Calli l'arracha à ses pensées.

— J'ai fait de la spanakopita. Je me suis dit que ça vous dirait peut-être d'y goûter.

Il s'efforçait de garder ses distances avec elle depuis quelques jours. Il se sentait vulnérable depuis qu'elle l'avait obligé sans le savoir à affronter le passé qu'il fuyait depuis dix-huit ans. « Nage jusqu'au rivage. Je serai juste derrière toi. » Il avait toujours eu un côté rebelle. Il fallait le reconnaître. Quant à son père, il avait toujours eu tendance à transgresser les règles. « Pourquoi suis-je obligé de mettre un gilet de sauvetage si tu n'en portes pas ? », avait-il demandé quand ils étaient montés à bord de la barque. « Tu veux aller à la pêche, oui ou non ? Mets ce gilet sinon nous n'allons nulle part. »

Sebastien lui avait demandé pourquoi il possédait un bateau puisqu'il ne s'en servait jamais. Parce que monter sur un bateau quel qu'il soit le rendait malade. Et ça n'avait rien à voir avec le mal de mer. Cependant, il s'était toujours dit qu'il finirait par surmonter cette phobie. Un jour il naviguerait peut-être même par ici. Dans quel but ? Pour revivre le jour où, pour une fois, il avait fait ce qu'on lui avait dit de faire ? Nager sans s'arrêter, comme si sa vie en dépendait. Abandonnant du même coup son père à sa mort.

Sebastien pouvait avoir son yacht. Il n'en voulait plus. Posséder ce bateau ne lui avait jamais apporté le moindre instant de bonheur. Il aurait dû aider son père à regagner le rivage. C'était ce que lui répétait depuis dix-huit ans une petite voix intérieure, qu'il tentait d'étouffer en collectionnant les jouets luxueux, les maîtresses sublimes et les exploits sportifs. Il n'était pas le seul à penser ça. Cette conviction avait été renforcée par l'interrogatoire que lui avait fait subir son grand-père après l'accident, puis par chacune des paroles qu'il lui avait adressées depuis.

« Utilise ton nom américain. C'est mieux pour les affaires. » Traduction : « Tu n'es pas digne de t'appeler Stavros Xenakis. C'était le nom de ton père. » « Tu veux que l'entreprise prospère, n'est-ce pas ? Ne laisse pas les rêves de ton père mourir avec lui. » « Pense à ta mère et à tes sœurs. Tu veux qu'elles soient à l'abri financièrement, oui ou non ? » En gros : « Fais ce que je te demande sinon je vous jette tous à la rue.»

Bien qu'il n'ait donné aucune explication à Calli, elle lui avait témoigné une compassion qui n'avait servi qu'à le déstabiliser davantage. Une fois de retour à la villa, il avait travaillé jusqu'à la nuit, s'accordant juste une pause lorsqu'elle lui avait apporté des pitas au hachis d'agneau et une salade de poivrons avec un bol de *tzatziki*.

— Demain je referai de la moussaka, mais ce serait dommage de jeter ces restes.

Oui, elle se montrait compatissante, alors qu'il n'avait jamais vu que de la souffrance dans le regard de sa mère et de ses sœurs, et cette réprobation bien méritée dans celui de son grand-père. L'autre jour sur le cap, ce n'était pas seulement le souvenir de l'accident qui s'était imposé à lui. Il s'était remémoré la rapidité avec laquelle son grand-père les avait arrachés à l'île et avait vendu la maison. Il leur avait imposé de changer de nom et il avait refusé d'entendre parler grec sous son toit. Le coupant de ses racines. Du lieu de son enfance.

— Gardez les clés du scooter, avait dit Calli ce soir-là quand il avait arrêté de travailler. Si j'en ai besoin je vous le dirai.

Cette bienveillance contrastait avec le blâme dont il était l'objet depuis près de deux décennies. Il avait accepté les clés, mais il était resté distant. Comme si cette attitude si inhabituelle pour lui risquait de le mettre en danger. Le week-end il avait travaillé seulement le matin, et il avait passé ses après-midi à redécouvrir l'île en s'autorisant à revivre d'autres souvenirs que celui de l'accident. Et en s'efforçant de ne pas avoir envie de sentir le corps de Calli contre le sien sur la selle. Il n'avait pas besoin de la présence d'une femme. Il devait affronter ce pèlerinage tout seul. Entre les collines arides et la mer impitoyable, il avait pris une décision. Il n'était plus un enfant et son grand-père ne lui imposerait pas son joug plus longtemps. Il allait racheter la maison de son enfance, ne serait-ce que pour avoir un point de chute une fois que son grand-père l'aurait déshérité. Apaisé par cette décision, il se sentait d'humeur conquérante. Tandis que Calli posait les assiettes sur la table basse du bar, il admira la grâce de ses mouvements. Un short en coton pêche moulait ses fesses parfaites, et on devinait ses seins nus sous sa chemise rose sans manches. Celle-ci était nouée au-dessus du nombril, dévoilant une bande de peau hâlée. Il était très tentant d'y poser la main. La bouche. Bon sang, elle le rendait fou ! Il mourait d'envie de se perdre en elle… De laisser son empreinte sur elle. Et sur l'île par la même occasion. Comme si en la conquérant il pouvait devenir l'homme qu'il aurait dû être. Alors que de son côté, elle semblait avoir plutôt envie de lui caresser les cheveux pour le réconforter. Il se lava les mains à l'évier du bar, puis les secoua pour les égoutter.

— Arrêtez d'avoir pitié de moi.

Elle cligna des yeux.

— Je n'ai pas pitié de vous.

— Que faites-vous ici, alors ?

— J'ai pensé que vous aviez peut-être faim.

— J'ai faim, acquiesça-t-il en se dirigeant vers elle. Mais pas de nourriture.

Mensonge. Il mourait de faim. Et en plus il était fauché, parce qu'il avait consacré sa paie de vendredi à lui rembourser sa note de clinique.

— Ni de pitié.

Calli déglutit péniblement.

— C'est juste par sympathie.

Il semblait si tourmenté l'autre jour sur le cap… Elle en avait été bouleversée. Elle savait ce que c'était de souffrir et d'être en proie au remords. Cependant, elle aurait préféré ne pas être aussi fascinée par lui. Ne pas être hantée par le souvenir de leur baiser au point d'avoir du mal à trouver le sommeil chaque nuit. « Nous sommes attirés l'un par l'autre. Pourquoi tenter de résister ? » Éprouvait-il la même chose qu'elle ? Elle scruta son visage, cherchant à retrouver l'homme qui lui avait paru si humain et si accablé quelques jours plus tôt.

— Vous pouvez me parler, si vous le souhaitez.

Il laissa échapper un rire narquois qui la réduisit au silence.

— Je n'ai pas envie de parler. J'ai envie de vous.

Les joues en feu, elle recula tandis qu'il avançait vers elle. Elle finit par rencontrer le mur du bar. Il posa les mains de chaque côté de sa tête. Elle était prise au piège. Son cœur battait à tout rompre mais l'excitation dominait nettement sa peur. Ce n'était pas un play-boy riche et superficiel comme Brandon. Elle le connaissait à peine, certes. Mais elle savait qu'il avait une conscience. Par ailleurs, il ne mentait pas. Il ne prétendait pas qu'il l'aimait. Il la regardait droit dans les yeux et disait la vérité. « J'ai envie de vous. » Il avait raison. Pourquoi résister, puisqu'elle était attirée par lui depuis le premier instant ? Elle succomba avant même qu'il la touche. Ses lèvres s'entrouvrirent d'elles-mêmes tandis qu'elle appuyait la tête contre le mur, le souffle court et les paupières lourdes. La jubilation se peignit sur les traits de Stavros. Il referma les mains sur sa taille, sur la peau nue entre son short et son chemisier. Électrisée, elle tressaillit.

Il s'empara de sa bouche avec une avidité qui décupla son excitation. Après avoir passé le week-end à se remémorer leur baiser à la sortie de la clinique, sentir de nouveau sa langue jouer avec la sienne était un rêve devenu réalité. Il glissa la main sous son chemisier et la posa sur un sein nu, lui arrachant un gémissement extatique. Tandis qu'il caressait son sein en insistant du bout du pouce sur le bourgeon durci, son autre main s'insinua dans son short, puis dans sa culotte. Lorsque ses doigts effleurèrent son intimité brûlante de désir, elle crut défaillir. Il approfondit son exploration, attisant le feu qui la dévorait. Elle perdit toute retenue. Les doigts enfoncés dans ses cheveux, elle se mit à onduler des hanches avec frénésie, l'encourageant à accélérer le rythme de ses caresses. Le raz-de-marée qui la balaya lui coupa les jambes. S'il ne l'avait pas retenue, elle se serait affaissée sur le sol.

— Tu es belle, si belle…

La voix rauque de Stavros la fit frissonner. Comment pouvait-il encore la faire vibrer de désir alors qu'elle n'était même pas remise du plaisir inouï qu'il venait de lui donner ? Tout en faisant courir ses doigts sur ses lèvres et dans son cou, il lui murmura à l'oreille tout ce qu'il comptait faire avec elle. Dans un sursaut de lucidité, elle bredouilla :

— Je ne prends pas la pilule.

— Ah. Je n'ai pas de préservatifs sur moi. Mais nous allons sûrement trouver d'autres moyens de nous faire plaisir, n'est-ce pas ?

Les yeux étincelants, il captura de nouveau sa bouche dans un baiser langoureux. Un baiser sensuel et tendre à la fois, auquel elle répondit avec ferveur, l'invitant à le prolonger encore et encore…

— Calli !

La voix masculine la fit tressaillir en même temps que Stavros s'arrachait à sa bouche.

— Qui est-ce ?

— Takis.

Elle regarda par-dessus son épaule. Oui. Debout sur le seuil de la maison, Takis la cherchait du regard. Elle appuya les mains sur le torse de Stavros pour le repousser.

Il résista.

— Débarrasse-toi de lui.

— C'est mon patron et nous sommes chez lui !

Stavros la foudroya du regard, baissa les yeux sur la bosse qui déformait son short et lâcha un juron étouffé.

Puis il se jeta à travers le mur d'eau pour plonger dans la piscine.

Lorsque Stavros remonta à la surface, Calli se dirigeait vers un homme à la chevelure argentée vêtu d'un costume. Ce dernier l'embrassa distraitement sur la joue tout en fixant sur lui un regard hostile.

— Qui est-ce ?

— Stavros. Il remplace les dalles.

— Dans l'eau ?

Stavros réprima une moue de dérision. C'était la première fois qu'on parlait de lui en sa présence comme s'il n'était pas là. Sur un ton dédaigneux de surcroît. Comme s'il n'était pas digne de se trouver dans la propriété de cet homme. Et encore moins dans sa piscine. *Si tu savais qui je suis, mon vieux...*

Takis se considérait sans doute comme un homme riche et puissant, mais très bientôt il lui achèterait sa maison. Et il la paierait cash parce que son prix équivaudrait pour lui à celui d'un paquet de cigarettes. Mais un autre détail déplut encore plus à Stavros. Le bras que Takis avait glissé autour de la taille de Calli et qui resta en place tandis qu'il sortait de l'eau. « Tout ce dont Takis peut avoir besoin. » La colère qui assaillit Stavros était mêlée d'un sentiment étrange. De la jalousie ? Refusant de s'attarder sur cette pensée, il se dirigea vers Takis d'une démarche assurée malgré l'eau qui ruisselait de son T-shirt et de son short trempés. Prêt à l'attaque. Il était non seulement l'héritier d'une immense fortune, mais aussi le président d'une multinationale qui lui devait une croissance exponentielle. Rien ne lui résistait. Rien ne lui était inaccessible. Pour lui, les hommes comme Takis n'étaient même pas des interlocuteurs valables. Calli plissa le front d'un air inquiet, comme si elle avait du mal à le reconnaître.

À cet instant, il se souvint du pari. Encore cinq jours dans la peau d'un agent d'entretien de piscine. Il réprima un juron. Pas question de perdre le pari. Mais pas question non plus de faire des courbettes au patron de Calli. Ni de faire comme s'il n'y avait rien entre Calli et lui. Takis pouvait se raconter des histoires si ça lui chantait. Mais c'était lui qui venait de la faire gémir de plaisir.

Il tendit la main.

— Takis, enchanté de vous rencontrer. Merci pour le plongeon. J'avais besoin de retrouver mon sang-froid, ajouta-t-il en plongeant son regard dans celui de Calli.

Elle devint écarlate.

— Je te laisse montrer ton travail à Takis. Du café ? demanda-t-elle à son patron.

— Merci, répliqua ce dernier en la lâchant, le visage fermé.

Takis examina le travail de Stavros en faisant peu de commentaires. Les dalles cassées avaient disparu, Ionnes étant venu chercher la poubelle à la fin de la semaine précédente. Stavros avait posé les nouvelles dalles avec autant de soin que si la maison lui appartenait. Il avait d'ailleurs envoyé un texto à Antonio pour lui demander de charger un agent d'estimer la valeur de la propriété, puisqu'il ne pourrait faire aucune démarche lui-même tant qu'il n'aurait pas repris son identité. Takis regagna la maison et Stavros se remit au travail en rongeant son frein. Il descendait l'escalier extérieur avec un nouveau carton de dalles quand il entendit des voix sortant d'une fenêtre masquée par un store.

— … sûr et certain qu'il n'est pas carreleur de profession. Alors qui est-ce ?

— Ionnes tenait à envoyer quelqu'un en qui il avait confiance.

Il y eut comme un claquement. Calli qui secouait le linge avant de le plier, sans doute.

— S'il y a quelque chose qui te chiffonne, dis-le-moi et je transmettrai.

— Ce qui me chiffonne, c'est que tu étais en train de l'embrasser.

Stavros posa les dalles sans bruit et tendit l'oreille.

— Tu couches avec lui ? Oui, tu couches avec lui.

Le ton de Takis était consterné.

— Ça se voit sur ton visage.

— Pas du tout ! Et de toute façon, ça ne te regarde pas. Est-ce que je te demande pourquoi tes chemises sentent le parfum ?

— C'est un coureur…

— Je sais. Et je sais aussi qu'il est de passage. Mais il y a quelque chose chez lui…

— Je n'en doute pas. Quelque chose dont tu ne sais rien. Et je croyais que tu avais décidé d'attendre d'être mariée ?

— J'ai dit ça pour Ophelia.

— Tu me l'as dit à moi aussi. Et j'ai proposé de t'épouser.

La mâchoire de Stavros se crispa.

— Takis…

— Je n'ai pas l'intention de renouveler ma proposition, coupa Takis d'un ton impatient. Il est trop tard pour que je donne un frère ou une sœur à Ophelia. Mais je considère que tu dois viser plus haut qu'un ouvrier. Tu ne veux pas vivre dans la misère. C'est parce qu'il est américain ? Si tu veux aller à New York, je t'emmènerai. Je te l'ai déjà dit.

— Ce n'est pas le problème. Tu crois que j'ai envie d'être accro ?

Nouveau bruit sec. Comme la porte d'une machine à laver refermée d'un mouvement vif.

— À quelqu'un qui ne fait que passer ? Mais après tout, j'ai peut-être besoin d'une aventure sans lendemain. As-tu pensé à ça ?

— Non.

Le ton était catégorique.

— Ça ne te correspond pas du tout. Et c'est une erreur que tu as déjà commise. Tire les leçons de l'expérience…

Les voix s'estompèrent et Stavros ramassa les dalles. Le discours moralisateur de Takis aurait peut-être été comique s'il ne lui avait pas rappelé celui de son grand-père. « Prouve-moi que tu es capable de t'engager durablement. Trouve quelqu'un qui soit digne de porter notre nom. » Leur nom *américain*. Quel était le problème avec le nom qu'il avait reçu à sa naissance ? Edward Michaels avait formé Stavros pour qu'il reprenne les laboratoires Dýnami, mais en imposant ses conditions. Stavros en avait assez. Il avait investi suffisamment de temps et d'énergie dans l'entreprise pour avoir gagné sa place au sommet. Malgré cela, son grand-père exigeait qu'il choisisse une épouse parmi les candidates sur les rangs à Manhattan s'il voulait entrer en possession de son héritage. Le mariage rebutait tellement Stavros qu'il n'avait pas encore commencé à envisager de faire un choix. Soudain, il eut une vision de Calli évoluant dans ce milieu. Avec ses cheveux de jais et sa silhouette parfaite, elle serait sublime dans un sac de jute. Alors dans une robe haute couture… En fait, même sans maquillage ni brushing, elle attirerait tous les regards. Aucune des beautés ultra-sophistiquées de la haute société new-yorkaise ne possédait le charme et le tempérament ardent de Calli. Assailli par des souvenirs tout récents, Stavros sentit sa virilité s'éveiller. Jamais il n'avait tenu dans ses bras une femme aussi sensuelle.

Bien sûr, une passion aussi incandescente ne pouvait être qu'éphémère. Mais après tout, pourquoi un mariage devrait-il durer éternellement ?

Quand son grand-père lui avait demandé de choisir une épouse parmi les femmes de leur cercle habituel, il ne lui était pas venu à l'idée de prévoir le divorce en même temps que le mariage. Mais s'il épousait une nurse grecque de condition modeste, un arrangement devait êtrc possible.

Inutile de racheter sa maison d'enfance pour prouver à son grand-père qu'il menait sa vie comme il l'entendait. Il y avait un meilleur moyen.

Retour aux sources en immersion totale.

Plonger chaque nuit dans un océan de sensualité en compagnie d'une beauté hellénique, puis échanger des confidences sur l'oreiller dans sa langue maternelle. Le seul fait d'y penser le rendait fou de désir…

Quant à la tête de son grand-père quand il lui présenterait une épouse grecque…

Un sourire étira les lèvres de Stavros.

Calli parvint à sortir furtivement de la maison alors que Stavros finissait de nettoyer les abords de la piscine. Depuis son arrivée, Takis ne l'avait pratiquement pas quittée d'une semelle, ne lui laissant pas la moindre occasion de rester en tête à tête avec Stavros.

Cependant, ce dernier n'avait jamais cherché à la voir non plus. Si bien qu'elle était déstabilisée. Elle se sentait même rejetée.

Ce qui était ridicule. Stavros et elle n'étaient même pas amants ! Enfin, pas vraiment.

Ouvrier qualifié ou pas, il travaillait bien et il était consciencieux. Il avait réussi à reproduire les motifs d'origine, ce qui était plus délicat qu'il n'y paraissait à première vue. Elle l'avait épié pendant qu'il travaillait et elle avait été impressionnée par sa méticulosité.

Au lieu de replanter les arbres dont les racines avaient provoqué les dégâts, il leur avait suggéré de commander de la glycine en pot, qui finirait par grimper aux murs du bar. Il avait accroché autour de ce dernier des guirlandes lumineuses blanches qui créaient une atmosphère magique dès la tombée de la nuit.

Il était en train de promener un regard appréciateur sur son short et son T-shirt échancré, constata-t-elle en reportant son attention sur lui après avoir admiré son travail. Embarrassée, elle sentit ses joues s'enflammer. Il continuait de l'impressionner comme au premier jour. Pour quelle raison ?

— Je…

Elle faillit renoncer, mais l'envie de se retrouver dans ses bras était trop forte. Le souvenir de leur brève étreinte hantait ses nuits, et tous les matins elle priait pour que cette expérience dévastatrice se répète avant la fin de la journée. Il était comme une drogue dure qui engendrait le manque dès la première prise. Ce qui était assez effrayant, à vrai dire.

Aujourd'hui, c'était son dernier jour. Elle ne pouvait pas le laisser partir sans rien tenter. Rassemblant tout son courage, elle déclara d'une voix beaucoup moins assurée qu'elle ne l'aurait voulu :

— Je voulais te proposer de venir avec toi quand tu partiras. Comme ça je rapporterai le scooter ici.

Voilà, tu tiens mon amour-propre entre tes mains. Ne le jette pas par terre, s'il te plaît.

Takis n'avait pas apprécié qu'elle ait pris la liberté de prêter le scooter. Elle était mortifiée d'avoir baissé dans son estime, mais elle refusait de s'y attarder. Elle n'était plus une gamine. Et Takis n'était pas son père.

Elle ne se conduisait pas comme une idiote mais comme une femme.

Qui proposait à un homme de le raccompagner. Pour coucher avec lui.

Et peut-être aussi pour qu'ils puissent se réconforter mutuellement, comme ils semblaient en avoir besoin tous les deux.

— C'est tentant.

Stavros promena sur elle un regard de propriétaire.

— Mais Ionnes doit venir chercher les derniers outils.

Il lui tendit les clés du scooter.

— Il m'emmène et ensuite je m'en vais.

— Où ?

— À New York.

Elle s'efforça de masquer sa frustration. L'histoire se répétait…

— Tu veux venir ? demanda-t-il d'un ton indiquant qu'il ne doutait pas de la réponse.

Elle se maudit. Pourquoi s'était-elle trahie ?

— Un jour j'irai.

Le désir d'aller à New York était ancré en elle depuis six ans. Il ne l'avait jamais quittée un seul instant, mais au fil du temps, envisager d'abandonner Ophelia était devenu de plus en plus difficile.

À distance elle n'avait jamais réussi à découvrir la moindre information, bien sûr. Elle n'avait donc pas d'autre choix que d'aller à New York sans le moindre indice, ce qui signifiait qu'elle devrait y rester un certain temps. Il lui faudrait travailler parallèlement à ses recherches et par conséquent obtenir la carte verte. Elle avait entrepris les démarches nécessaires, mais vu son manque de qualification trouver un emploi n'était pas facile. Elle s'était inscrite dans des agences de nurses, mais sans résultat.

Il y avait de quoi être découragée et renforcée dans son opinion qu'elle n'avait peut-être pas sa place dans la vie de son fils.

Elle leva les yeux et rencontra le regard de Stavros. Un long frisson la parcourut, mais elle s'efforça de l'ignorer.

— Bon voyage.

— Je reviendrai. Nous nous reverrons. Bientôt.

Elle laissa échapper un petit rire désabusé. Bien sûr… Elle avait déjà entendu ça. Et elle avait eu la stupidité d'y croire. Mais aujourd'hui elle n'était plus aussi naïve.

— Inutile de te donner cette peine. C'est la vie.

Elle esquissa un pâle sourire.

— Prends soin de toi.

Elle se détourna, mais il lui saisit le bras.

— Tu me reverras, Calli.

Il ne vaut mieux pas. Le cœur serré, elle dégagea son bras.

— Au revoir, Stavros.

Puis elle rentra dans la maison.

4

Tous les ans Takis célébrait son anniversaire en organisant une soirée. Il se trouvait que celui-ci tombait le même jour qu'une fête locale comprenant un feu d'artifice au-dessus de l'eau. Il invitait des amis du continent et des collègues de son cabinet d'audit. Lors d'autres événements il était parfois accompagné, mais pour son anniversaire c'était toujours Calli qu'il choisissait comme hôtesse. Il lui louait une robe de soirée, et elle recevait les invités à son côté tout en gardant un œil sur les filles de l'île engagées pour servir les plats qu'elle avait préparés pendant deux semaines.

Cette année Ophelia avait décidé de rester chez ses grands-parents à Athènes, parce que selon elle cette soirée était toujours atrocement ennuyeuse. Ce qui était vrai. On y parlait essentiellement d'argent et de voitures de sport. Il y eut beaucoup de commentaires admiratifs sur le nouveau dallage du pourtour de la piscine.

— Tu as de grosses dépenses cette année, n'est-ce pas ? déclara un collaborateur de Takis. La pension, les travaux…

— Je n'aurais pas fait faire ces travaux si Ionnes ne m'avait pas dit qu'il pouvait me les facturer à prix coûtant.

Le jeu favori entre collègues était de s'arranger pour toujours obtenir les meilleurs prix et c'était en effet ce qui avait motivé la décision de Takis, se souvint Calli. Elle avait objecté qu'il vaudrait mieux attendre que la fête soit passée, de crainte qu'ils ne soient pas terminés à temps. Mais Ionnes avait précisé que c'était la seule période où il pouvait offrir ces conditions avantageuses. Parce que c'était celle pendant laquelle Stavros travaillait ? Elle réprima un soupir. Malgré tous ses efforts elle ne parvenait pas à oublier cet homme. Levant les yeux vers Takis, elle fut intriguée par son air stupéfait. Outré, même… Suivant son regard, elle vit un nouvel arrivant vêtu d'un smoking. Et elle crut que son cœur bondissait hors de sa poitrine.

Rasé de près, sourire narquois aux lèvres, Stavros était plus superbe que jamais. « Tu me reverras, Calli. » Elle s'était interdit d'y croire et même d'y penser.

— Excusez-moi, marmonna Takis à l'adresse de ses collègues.

Puis il entraîna Calli en direction de Stavros.

— Tu l'as invité ?

— Non.

Elle était partagée entre la force irrésistible qui la poussait vers Stavros et une furieuse envie de s'enfuir à toutes jambes. Un bras autour de ses épaules, Takis la retenait fermement à son côté. Une décharge électrique la fit tressaillir lorsque son regard rencontra celui de Stavros.

— Me revoici. Comme promis.

Il lança à son employeur un regard dédaigneux.

— Takis.

— Que faites-vous ici ? répliqua Takis.

Sans doute notait-il comme elle que le smoking de Stavros n'avait pas été loué mais visiblement taillé sur mesure… Calli ne pouvait s'empêcher de dévorer Stavros des yeux. Il avait tout d'un agent secret dans un film d'espionnage…

— Les hommes de mon envergure sont invités partout, répliqua-t-il le plus naturellement du monde en prenant une flûte de champagne sur le plateau d'une serveuse.

Puis il sortit une carte de visite de sa poche.

— Vous dirigez Dýnami ? commenta Takis d'un ton incrédule en tendant à Calli la carte au nom de Steve Michaels, président.

— Je préfère mon nom grec. Stavros Xenakis. Stav, si ça te convient, précisa Stavros en s'adressant à elle.

Elle sentit son cœur s'affoler de plus belle, tandis qu'une douce chaleur l'envahissait.

— En principe, c'est mon grand-père, le directeur, qui a le dernier mot en ce qui concerne les décisions les plus importantes. Mais plus pour très longtemps. Si nous discutions de la manière dont tu vas m'aider à modifier cette situation ? demanda-t-il, les yeux toujours fixés sur elle.

— Moi ? Mais je ne pourrai jamais…

— C'est forcément une plaisanterie. Sortez de chez moi, qui que vous soyez, coupa Takis d'un ton impérieux.

— Ce matin vous avez négocié une offre généreuse avec un agent immobilier. Cette maison m'appartient.

Stavros eut un sourire condescendant.

— Mais je vous autorise à poursuivre votre soirée.

— Quoi ?

Calli eut l'impression de recevoir une douche glacée. Elle s'écarta de Takis et le regarda avec incrédulité. Autour d'eux, les invités continuaient de bavarder et de danser. Les lumières scintillaient et des plouf ponctuaient le brouhaha quand certains plongeaient dans la piscine. Malgré tout, quelques regards étaient tournés dans leur direction. Même si c'était difficile, il valait mieux essayer de garder son sang-froid, décida-t-elle. L'air penaud de Takis indiquait à quel point il se sentait coupable.

— J'ai contré l'offre en demandant le double. J'étais persuadé que j'essuierais un refus. Je comptais t'en parler après la soirée. Je peux t'envoyer à New York, Calli.

Prise de panique, elle sentit sa gorge se nouer. Avoir un rêve, c'était une chose. Sauter le pas et tenter de le réaliser, c'était très différent. Et si elle échouait ? Et si elle réussissait à retrouver son fils mais était rejetée par lui ? Elle n'était pas prête !

— Ce ne sera pas nécessaire, intervint Stavros. Calli partira bientôt pour New York avec moi. En tant que mon épouse.

— Quoi ?

Calli avait oublié qu'elle tenait une flûte de champagne à la main. Elle s'en souvint seulement à l'instant où celle-ci se fracassa sur les dalles que Stavros avait posées et dont il était désormais propriétaire. Elle marmonna un juron et promena un regard confus autour d'elle.

— Allons dans un endroit tranquille.

Stavros la prit par le coude.

— Nettoyez ça, s'il vous plaît, dit-il à une des serveuses qui accouraient.

Électrisée par le contact de ses doigts sur son bras nu, Calli faillit se dégager d'un geste vif, puis elle se ravisa. Elle s'était déjà suffisamment fait remarquer… Takis fixait sur elle un regard perçant et elle était le point de mire de toute l'assemblée.

— Je n'ai pas envie de te parler, protesta-t-elle alors que Stavros l'entraînait vers la maison. Que fais-tu ici ? Et pourquoi es-tu venu faire les travaux ? Pourquoi t'es-tu fait passer pour un ouvrier si tu es un genre de gros bonnet de la drogue ?

— Tu vois que tu as envie de me parler. Je vais tout t'expliquer.

Il la lâcha et elle passa devant lui pour entrer dans le bureau de Takis. Il referma la porte derrière eux.

— Je t'écoute, dit-elle en se retournant vers lui et en croisant les bras.

— C'était un pari.

Il promena son regard sur le décor dépouillé.

— Lancé par un ami qui a le sens de l'humour. Il nous a défiés, deux autres amis et moi, de renoncer pendant deux semaines à notre argent et à notre nom. Il prétendait que nous n'arriverions pas à survivre. J'ai réussi. Grâce à toi.

Il indiqua la jambe où on lui avait fait des points de suture.

— Félicitations, commenta-t-elle sèchement. Pourquoi veux-tu cette maison ?

Il se dirigea vers le bar, servit deux ouzos dans des verres à liqueur et lui en tendit un.

— *Yamas.*

Il trinqua avec elle avant de vider son verre d'un trait.

— C'était ma maison d'enfance. Quand mon père est mort, mon grand-père nous a fait venir à New York et il l'a vendue. Je veux la récupérer.

Son père… Elle revit son visage torturé, le jour où ils s'étaient arrêtés sur le cap. C'était à son père, sans doute disparu en mer, qu'il pensait. Et l'ombre de cette souffrance se devinait de nouveau sur son visage malgré sa détermination manifeste à rester impassible. Elle sentit son cœur se serrer, mais elle s'empressa d'étouffer la compassion qui l'envahissait. Pas question de faire preuve de bienveillance envers lui. Elle ne pouvait pas se le permettre.

— Ça doit être agréable de pouvoir faire un chèque dès qu'on a envie de quelque chose. Tu es conscient que je me retrouve à la rue et sans travail ? Merci.

— Ton nouvel emploi sera « épouse d'un gros bonnet de la drogue ». Qu'en dis-tu ?

— J'en dis que tu es quelqu'un de malhonnête, *Steve*. Et je ne t'épouserai pas. Qu'est-ce qui te fait croire que je pourrais accepter ?

Il arqua un sourcil narquois.

— Dois-je te rappeler ce qui est resté inachevé entre nous ?

Elle fut submergée par une vive chaleur, mélange d'embarras et de désir. Elle posa son verre toujours plein et croisa de nouveau les bras.

— Tu es parti. J'ai tourné la page.

Des étincelles jaillirent des yeux de Stavros.

— Avec qui ?

— Takis, rétorqua-t-elle en levant le menton.

— Bien essayé, mais je sais que tu ne l'as pas épousé quand tu en as eu l'occasion. C'est assez idiot de sa part de t'avoir demandée en mariage alors que tu avais déjà une vie confortable sans être obligée de coucher ni de tomber enceinte en échange.

Elle eut un mouvement de recul.

— Quelle horreur de dire une chose pareille !

Il haussa les épaules.

— Mais c'est vrai, non ?

— Non !

Takis s'était souvent montré généreux avec elle sans qu'elle le mérite, mais elle n'avait jamais rien ressenti d'autre pour lui que de la gratitude et de l'affection.

— Enfin, c'est vrai que je ne voulais pas tomber enceinte. Mais si j'ai refusé, c'est aussi parce que je ne l'aimais pas. Pas comme une femme est censée aimer son mari. C'est pour la même raison que je ne t'épouserai pas.

— C'est une bonne nouvelle. Que tu ne nous aimes ni l'un ni l'autre.

Stavros se servit un deuxième ouzo.

— Et que tu ne veuilles pas d'enfants.

Elle n'avait jamais dit ça… La gorge de Calli se noua. Elle voulait juste retrouver celui qu'elle avait déjà avant d'envisager d'en avoir d'autres.

— La maison, je ne peux pas t'empêcher de l'acheter. Mais pourquoi suggérer que nous nous mariions ?

— Mon grand-père me tanne pour que je trouve une épouse. Il ne renoncera pas à la direction de l'entreprise tant que je ne me marierai pas. Toutes les femmes que je connais exigeraient un vrai mariage. Par ça j'entends des années de ma vie. Des enfants. La moitié de ma fortune en cas de divorce.

— Tu n'aimes pas les enfants ?

Pourquoi cette question lui avait-elle échappé ? se demanda aussitôt Cali. Cette conversation absurde ne menait nulle part. Alors pourquoi ne pouvait-elle s'empêcher de craindre que

Stavros rejette son fils si elle le retrouvait ? C'était vraiment ridicule !

— On me dit que j'ai besoin d'un héritier, mais je ne suis pas pressé, répondit-il en faisant tourner l'ouzo dans son verre. En fait, je prévois de laisser mes sœurs s'en occuper. Mais j'ai hâte de prendre les rênes de l'entreprise. J'ai besoin d'une épouse à présenter à mon grand-père. Une femme qui jouera ce rôle tout en acceptant d'y renoncer le moment venu. Pourquoi veux-tu aller à New York ?

— Comment es-tu au courant ? Tu as fait faire une enquête sur moi ?

Si oui, qu'avait-il découvert ? se demanda-t-elle, l'estomac noué.

— Un jour je vous ai entendus discuter, Takis et toi. Pourquoi cette question ? Tu caches un secret inavouable ? Dis-le-moi tout de suite. Je ne veux pas d'un scandale qui entacherait l'honneur de ma famille.

Elle déglutit péniblement. Sur l'île les gens racontaient qu'elle était tombée enceinte très jeune. Ils croyaient tous que le bébé était mort et cette rumeur parviendrait aux oreilles de Stavros s'il chargeait quelqu'un de se renseigner sur elle. Mais il ne trouverait pas de pierre tombale. Son père avait refusé d'en payer une. Pour la bonne raison que son fils n'était pas mort. Il était quelque part à New York. Du moins son père, Brandon Underwood, était à New York et il savait où avait été placé le bébé.

— J'ai tout simplement le désir légitime de préserver ma vie privée. Je n'ai pas envie que tu te mêles de ce qui ne te regarde pas.

En même temps qu'elle parlait, une évidence s'imposa à Calli. Stavros avait les moyens de fouiller dans la vie des gens et de découvrir leurs secrets. Si elle l'épousait elle aurait les mêmes moyens… Forte du nom et de la position sociale de Stavros, elle serait en mesure d'affronter Brandon. Elle aurait le pouvoir de traiter avec lui d'égale à égal. Cette pensée lui donna le vertige.

— Tu vis à New York ? C'est là que tu veux m'emmener ?

C'était trop beau. Trop rapide. Trop facile… Takis avait tenté de l'aider. Il l'avait emmenée chez un avocat qui avait écrit quelques lettres en son nom, mais la famille de Brandon était trop riche et trop influente, comme sa mère le lui avait dit. Un certificat de décès avait été enregistré, si bien que sa requête avait été rejetée et qu'elle avait été taxée de rapace et de folle. Brandon prétendait n'avoir aucun souvenir d'elle. En ce qui le concernait, ils n'avaient jamais eu une aventure, et encore moins un bébé que sa famille avait volé. Qu'il avait payé, pourraient-ils éventuellement plaider s'ils consentaient à reconnaître son existence.

— C'est juste un rêve que j'ai depuis toujours, éluda-t-elle.

Serait-ce la solution ? Se marier avec un homme riche et puissant pour obliger un ancien amant à lui dire où était son fils ?

— Tu aurais sûrement pu y aller en vacances, non ?

— Je veux y vivre. J'ai commencé les démarches mais…

Elle secoua la tête. Il ne fallait pas s'accrocher à cette idée. La déception serait trop cruelle si ça ne marchait pas.

— Si je t'épousais ce serait pour obtenir la carte verte. Est-ce le genre de scandale que tu aimerais éviter ?

— Tu ne travailleras pas. Même après notre divorce, tu bénéficieras de mon soutien financier. Mes avocats s'en occuperont.

Trop. Beau.

— Je ne comprends toujours pas pourquoi tu me proposerais ça à *moi*.

Une nurse sans qualifications…

— Comme je l'ai dit, parce que tu accepteras un mariage temporaire sans prétendre à la moitié de ma fortune au moment du divorce. Il y aura un contrat de mariage avec compensation financière à la clé. C'est tout. Six mois devraient suffire à convaincre mon grand-père de passer la main.

— Tu proposes un mariage blanc pour…

— Oh ! Calli. Ne sois pas naïve. Nous ne ferons pas chambre à part. Voilà pourquoi c'est toi que je choisis.

Elle fut transpercée par une flèche de désir qui lui coupa le souffle. Avant qu'elle ait le temps de prier pour que son trouble passe inaperçu, Stavros eut un petit rire entendu qui la mortifia.

— Tu penses que je serais d'accord pour ça.

— J'en suis absolument certain.

— Ton arrogance est un tue-l'amour.

— Ton refus d'admettre la vérité aussi.

Elle se maudit. Pourvu qu'il ne soit pas en train de changer d'avis…

Il posa son verre.

— Scellons notre accord.

— J'ai besoin de temps pour réfléchir. Ça va trop vite.

— Tout va aller très vite, en effet.

Il s'avança vers elle et referma les mains sur ses bras avant qu'elle ait le temps de réagir.

— Il le faut. Mais tu seras de nouveau libre d'ici Noël. Et moi aussi.

Noël. Avec son fils…

— Tu veux que je couche avec toi par intérêt.

— Nous allons coucher ensemble de toute façon.

— Quel est le secret de ton assurance démesurée ? Je suis curieuse de savoir d'où elle te vient.

— De toi, *glykamou*. De l'effet que je te fais.

L'esprit de Calli se vida instantanément dès que les bras de Stavros se refermèrent sur elle et que sa bouche s'empara de la sienne. Avec un gémissement de dépit, elle s'efforça de réprimer les sensations délicieuses qui l'assaillaient. Il fallait lui prouver qu'il avait tort. Il fallait lui résister. Elle en était tout à fait capable. Son corps refusa de lui obéir.

Ses bras se nouèrent d'eux-mêmes sur la nuque de Stavros et elle s'alanguit contre lui, les jambes en coton. C'était si bon ! Elle répondit à son baiser avec ardeur sans plus chercher à lutter contre le désir qui la faisait vibrer tout entière. Il s'arracha à sa bouche et plongea son regard dans le sien avec un sourire satisfait.

— Tu as besoin d'autres preuves ?

Contrairement à elle il respirait normalement. De toute évidence, ce baiser ne lui avait pas fait le moindre effet. L'humiliation de Calli fut l'aiguillon dont elle avait besoin. Pourquoi éprouverait-elle des scrupules à se servir de lui, alors qu'il n'hésitait pas à la manipuler en jouant sur sa libido ? Mais son désir pour lui n'était-il pas trop intense ? Ne risquait-elle pas de se faire des illusions et d'être cruellement déçue, comme autrefois ?

— Tu ne m'aimes pas, déclara-t-elle pour le devancer.

C'était comme un vaccin. Il fallait qu'elle s'immunise contre l'amour pour éviter d'être anéantie dans six mois au moment de la séparation.

— Non, en effet, répondit-il.

— Alors ne dis jamais le contraire. Tu m'as déjà menti une fois. Ne recommence pas. Ne fais pas de promesses que tu ne tiendras pas. Ne…

Ne me fais pas souffrir. Malgré toutes les précautions qu'elle prenait depuis des années pour le protéger, son cœur était encore très fragile. Il lui saisit le menton et l'obligea à le regarder dans les yeux.

— Oui ?

Elle s'écarta de lui.

— Ce mariage n'est qu'un simple arrangement. N'essaie pas de me manipuler.

À son grand dam, elle fut parcourue d'un long frisson sous son regard étincelant.

— Et je ne coucherai pas avec toi tant que nous ne serons pas mariés.

Un muscle se crispa sur la mâchoire de Stavros.

— Alors il faut se dépêcher.

Stavros n'avait pas de témoin. Alejandro était encore incognito dans le cadre du pari, et Sebastien était à Rome au mariage d'Antonio, dont il était le témoin.

Antonio conseilla à Stavros de bien réfléchir avant de se marier pour amadouer son grand-père.

— La première fois que je me suis marié, c'était uniquement pour contenter ma famille. Un pur désastre. Réfléchis bien, *amico.*

— Et cette fois tu te maries par amour ? rétorqua Stavros d'un ton provocateur.

— J'ai un fils.

C'était un appel en visiophonie et il vit la mâchoire d'Antonio se crisper. Ce dernier ne dit rien de la mère, Sadie.

Celle-ci lui avait caché l'existence de son fils pendant des années. Comment un tel mariage pourrait-il avoir la moindre chance de marcher ? Gardant ses doutes pour lui, Stavros se contenta de déclarer :

— Et moi je veux la garde de ma société. Ça revient au même. Et nous nous sommes mis d'accord pour divorcer dans six mois.

— Elle a accepté ?

Antonio ouvrit de grands yeux, puis il haussa les épaules comme pour dire « Fais ce que tu veux ». Ne faisait-il pas toujours ce qu'il voulait ? Stavros raccrocha, mais il reçut presque aussitôt un appel d'Alejandro. Il se prépara à recevoir de nouveaux conseils de prudence, mais Alejandro se contenta d'exprimer de la surprise à la nouvelle de son mariage. Il avait une autre préoccupation. Obtenir un test ADN pour un cheval. À quoi était-il donc confronté au Kentucky ? Sebastien considérait-il vraiment que ces paris valaient la peine de perdre la moitié de sa fortune ? Certes, le sien s'était révélé psychologiquement plus éprouvant qu'il ne s'y attendait. Mais au bout du compte il avait juste renforcé son envie de prendre le contrôle de l'entreprise familiale. Il n'éprouvait pas le besoin de chercher un sens plus noble à sa vie.

Le lendemain, en voyant Takis arriver seul au *dimarchio*, il eut un pincement au cœur. S'il craignait que Calli ait changé d'avis, c'était juste parce qu'il avait hâte de prendre la direction de Dýnami, se dit-il aussitôt. Le maire s'était retiré dans son bureau quelques instants plus tôt et les attendait.

— Où est Calli ?

— Elle se rafraîchit, répondit Takis. D'habitude elle ne se préoccupe pas trop de sa coiffure ni de son maquillage, mais…

Il consulta sa montre, puis il plongea son regard dans celui de Stavros.

— Vous êtes conscient que si vous la faites souffrir, je vous tuerai.

Stavros fut assailli par une bouffée de rage sur laquelle il préféra ne pas s'interroger. Il réprima l'envie de décocher un direct du gauche à Takis. Lors des quelques échanges qu'il avait eus avec lui, celui-ci s'était montré franc et sincèrement inquiet pour Calli. Pour cela il méritait son respect.

— Je gagne nettement mieux ma vie qu'un ouvrier, répliqua-t-il simplement. Elle ne manquera de rien.

— C'était déjà le cas.

— Si c'était vrai, elle vous aurait épousé quand elle en a eu l'occasion.

C'était un coup bas, reconnut Stavros intérieurement. Mais avec un peu de chance cela lui permettrait d'en apprendre davantage sur Calli. Il était évident qu'elle attendait autre chose de ce mariage qu'un voyage à New York et une rente confortable. Il voulait savoir quoi. La raison pour laquelle elle avait refusé d'épouser Takis l'éclairerait peut-être. Qu'est-ce que son employeur n'était pas en mesure de lui apporter ?

Takis s'empourpra sous son bronzage.

— J'étais conscient qu'elle était trop jeune pour moi, admit-il d'un ton crispé. Mais je n'avais plus beaucoup de temps pour donner un frère ou une sœur à Ophelia et je n'ignorais pas quelles rumeurs déclenchait la présence de Calli chez moi. Elles méritaient mieux toutes les deux.

Il pinça les lèvres.

— Indépendamment de sa réponse à ma proposition, je respecte sa décision d'accepter la vôtre. Même si j'ai certaines réserves. Elle sait qu'elle sera toujours chez elle avec nous si ça ne marche pas. Ne me la renvoyez pas en miettes.

Stavros fut de nouveau pris d'une furieuse envie de frapper Takis. Il y avait quelque chose qu'il ne supportait pas dans la relation entre Calli et cet homme. Pourquoi ?

Un claquement de talons détourna son attention. En voyant Calli il eut le souffle coupé.

Sa robe de soie blanche était très simple mais d'une élégance folle. Elle avait tout d'une déesse grecque. Le corsage décolleté en V se terminait par des fronces prises dans une large ceinture qui soulignait la finesse de sa taille. La jupe tombait en plis souples jusqu'au genou. Ses cheveux étaient parsemés de minuscules fleurs blanches et elle tenait à la main un bouquet de roses. Ébloui, Stavros ne pouvait s'empêcher de la dévorer des yeux. Visiblement embarrassée, elle se tourna vers Takis.

— Je t'avais dit qu'elle était trop habillée.

— Pas du tout, affirma Stavros.

Il remit sa veste, qu'il avait enlevée dehors à cause de la chaleur, puis il lui offrit son bras.

— Tu es magnifique.

— Je t'avais dit qu'elle était parfaite, intervint Ophelia.

Vêtue de rose pâle, elle était mignonne et paraissait très jeune. Visiblement très fière d'assister à la cérémonie, elle prit le bras de son père et les suivit dans le bureau du maire.

Quelques instants plus tard, Stavros embrassa son épouse avec un sentiment de triomphe. Curieusement, il pensait moins à la direction de l'entreprise qu'à leur voyage de noces. Et il regrettait de n'avoir pas réservé un séjour plus long à Paris avant le retour à New York. Depuis quand Dýnami n'était-elle plus sa priorité absolue ? Cette réaction inattendue était sans doute due à la frustration, se dit-il. Les quelques jours passés à effectuer les démarches pour le mariage avaient été interminables. Et voilà que les adieux entre Calli et son employeur s'éternisaient… Et en plus elle avait les larmes aux yeux. Il ne manquait plus que ça !

— Merci, dit-elle d'une voix tremblante en embrassant Takis. Je suis désolée.

— Pour quoi donc ? Ce que tu es bête.

Takis lui caressa le bras.

— C'est moi qui suis désolé. Je sais que j'ai déçu tes attentes. Sinon, tu ne ferais pas ça.

— Non ! Tu m'as tellement donné ! Aujourd'hui, en m'en allant, je donne l'impression de ne pas apprécier à sa juste valeur tout ce que tu as fait pour moi. Mais c'est faux. Je te suis très reconnaissante.

— La seule chose que je t'ai donnée c'est une chance. Tout le reste, tu l'as gagné. Je te souhaite bonne chance.

Le visage de Takis devint grave.

— Tu peux m'appeler n'importe quand. Pour n'importe quelle raison. Compris ?

Elle hocha la tête.

— Je suis sérieux.

— Je sais.

Elle se tourna vers Ophelia, qui pleurait à chaudes larmes. Elles s'étreignirent longuement, puis Calli déclara :

— Tu peux m'appeler n'importe quand, bien sûr. Pour n'importe quelle raison.

— Je t'aime, Calli.

— Moi aussi, je t'aime. Prends soin de toi, *paidimou.*

Le visage de Calli exprimait une telle tristesse et une telle culpabilité que Stavros ne put s'empêcher d'éprouver des remords quand il la prit par la main pour l'entraîner avec lui. Il avait le sentiment de l'arracher à sa famille… Si elle était aussi attachée à eux, pourquoi l'avait-elle épousé ? La réponse semblait évidente. L'argent, bien sûr. Cependant, elle avait eu une attitude très détachée lorsqu'ils avaient discuté de sa compensation financière.

— Waouh ! Tu tiens vraiment à ce mariage, avait-elle commenté lorsqu'il lui avait fait une proposition.

Elle n'avait pas tenté de négocier pour obtenir davantage, si bien qu'il avait augmenté la somme lui-même. Il n'avait pas menti à Takis lorsqu'il lui avait dit qu'elle ne manquerait de rien. Il s'interrogeait toujours sur les raisons qui l'avaient poussée à accepter ce mariage, une fois installé avec elle à bord de son jet privé. Elle tripotait sa bague de fiançailles et son alliance comme si elle regrettait sa décision.

— Que t'a donné Takis à part un emploi ? demanda-t-il à brûle-pourpoint.

Elle le regarda d'un air surpris.

— Je croyais que nous étions d'accord pour que ce mariage reste un simple arrangement.

— Nous devrons bien avoir des sujets de conversation au cours des six prochains mois. L'idée que je puisse enquêter sur toi ne te plaisait pas. Dis-moi toi-même ce que tu veux que je sache.

Elle lissa nerveusement les plis de sa robe et Stavros se remémora la réflexion de Takis lors de la conversation qu'il avait surprise. « Je croyais que tu avais décidé d'attendre d'être mariée. » Elle n'était tout de même pas vierge ?

— Il m'a donné un foyer. La confiance. Le respect.

Il perçut une pointe d'angoisse dans sa voix. Comme si elle craignait d'avoir de nouveau perdu tout ça.

Pour sa part il avait confiance en elle. Jusqu'à un certain point. Il la respectait autant qu'il respectait n'importe quel être vivant. Peut-être un peu plus, étant donné qu'elle était à la fois capable de gentillesse et d'humour. Cependant, il restait persuadé que l'argent n'était pas la raison pour laquelle elle l'avait épousé. Elle avait d'autres motivations, qu'il lui restait à découvrir. Ce qui le rendait naturellement circonspect.

— Il m'a dit qu'il t'avait demandée en mariage parce que les gens jasaient.

— C'est vrai. Il y a quatre ans. Mais ça faisait déjà deux ans que je supportais les commérages. Je ne voyais pas ce que le mariage aurait changé. Étant donné la différence d'âge, les gens auraient continué à jaser. Et de toute façon, je ne l'avais jamais considéré comme un mari potentiel.

Stavros hocha la tête. C'était seulement en effectuant les démarches pour le mariage qu'il avait découvert qu'elle n'avait que vingt-trois ans. La maturité de son comportement suggérait qu'elle était beaucoup plus âgée.

— Tu avais dix-sept ans quand tu es allée vivre chez lui ?

Peut-être était-elle vierge…

— Où étaient tes parents ?

— Ils vivent sur l'île.

Quelque chose dans le ton de Calli indiquait qu'il abordait un sujet épineux. Il lui avait demandé si ses parents viendraient à Athènes pour le mariage. Son « non » catégorique l'avait convaincu qu'ils étaient morts.

— Ils désapprouvaient que tu ailles vivre chez Takis ?

— Ils désapprouvaient des tas de choses.

À en juger par le visage fermé de Calli, c'était un gigantesque euphémisme…

— C'est pour ça que tu t'es installée chez Takis ? Tu t'es enfuie de chez eux ?

— Ils m'ont jetée dehors.

Elle crispa les doigts sur sa robe.

— Je dormais sur la plage. C'est une petite île. Tout le monde était au courant. J'aurais préféré aller sur le continent, mais je n'avais pas de quoi payer le ferry. Takis était l'homme le plus riche de l'île. Je savais qu'il était veuf. Quand je l'ai vu attendre le ferry dans sa voiture…

Ses joues s'empourprèrent, mais elle se tourna vers Stavros

et le regarda dans les yeux sans ciller. Devinant ce qui allait suivre, il eut envie de remonter le temps pour modifier le cours de la conversation.

— Je lui ai fait une proposition qu'il a noblement refusée. Mais il était conscient que le monde est plein d'hommes qui n'hésiteraient pas à profiter d'une adolescente désespérée. Il allait à Athènes pour récupérer Ophelia chez ses grands-parents et engager une nouvelle nurse. Il m'a offert ma chance en précisant qu'il ne tolérerait ni drogues, ni vol, ni rien de ce genre. Il n'est pas laxiste.

— C'est pour ça que tes parents t'ont jetée dehors ? Tu te droguais ? Tu volais ?

— Non.

Elle resta silencieuse un instant avant de poursuivre. Ses mains croisées étaient tellement crispées que les jointures de ses doigts étaient blanches.

— Je… m'étais amusée avec un touriste. Mon père disait que je l'avais déshonoré.

Ah. Pas vierge. Stavros fut déçu, mais pas par instinct de propriété. Parce qu'il devinait que cette expérience avait faussé sa perception des hommes et du sexe.

— C'est pour ça que tu voulais attendre d'être mariée avant de coucher avec moi ? Parce que tu avais été jetée dehors pour avoir eu des relations hors mariage ?

Elle haussa les épaules.

— Je ne voulais pas être de nouveau utilisée. Au moins cette fois c'est mutuel.

Elle eut une moue de dégoût.

— J'en retirerai un bénéfice.

Il n'avait aucune raison d'être contrarié par ce commentaire, se dit-il. Il devrait au contraire trouver rassurant qu'elle soit intéressée. Ça rendait ses motivations plus claires. Mais ce fut plus fort que lui. Il déclara :

— Je me demandais pourquoi tu le quittais alors que vous

êtes visiblement très attachés l'un à l'autre. L'argent est un puissant moteur, n'est-ce pas ?

Elle tressaillit.

— Tu veux dire que je n'ai pas beaucoup évolué depuis le jour où je me suis offerte à Takis en échange d'un billet de ferry ? J'en suis consciente. Mais toi aussi tu t'es marié par intérêt. Si ma conduite te déplaît, c'est parce qu'elle est le reflet de la tienne.

Calli n'était déjà pas fière d'elle avant que Stavros remue le couteau dans la plaie. Elle se jugeait assez sévèrement elle-même, merci. Elle avait épousé un étranger dans le seul but d'aller aux États-Unis. Elle allait coucher avec lui et jouer le rôle d'épouse, afin de pouvoir chercher son fils. Takis avait été catastrophé quand elle lui avait expliqué l'accord qu'elle avait accepté. La mère d'Ophelia était la femme de sa vie mais il avait toujours eu de l'affection pour elle. Sous des dehors cassants, il avait toujours eu une attitude très protectrice avec elle. Ça partait d'un bon sentiment, mais au fil du temps c'était devenu pesant. Ophelia disait que son père était très possessif et directif. C'était dû à sa volonté de protéger les gens qu'il aimait. Mais quand il l'avait aidée à chercher son fils, il avait toujours eu tendance à agir à sa place et à s'imposer comme intermédiaire. Elle s'était sentie frustrée, mais elle l'avait laissé faire pour diverses raisons. La principale étant le sentiment de culpabilité ancré en elle. Elle se sentait responsable de la situation et elle craignait de ne pas être digne de faire partie de la vie de son fils. Elle n'avait pas su le protéger de ses parents. Elle n'avait pas réussi à le garder auprès d'elle, et ensuite elle n'avait pas réussi à le retrouver. Elle n'avait pas été une bonne mère. Alors de quel droit recherchait-elle Dorian aujourd'hui ? Aurait-il seulement envie de la voir ? Il était si jeune. Six ans. Allait-il à l'école ? Avait-il été adopté ? Était-il aimé ? Takis était persuadé que Dorian avait une vie agréable. Selon lui, la famille de Brandon ne l'aurait pas emmené si elle voulait seulement le faire adopter et l'oublier. S'ils ne voulaient rien avoir à faire avec lui, ils l'auraient laissé en Grèce.

Mais était-il aimé ?

Elle le lui souhaitait de tout son cœur, bien sûr. Mais s'il était heureux, l'arrivée inopinée de sa mère dans sa vie ne risquait-elle pas de le perturber ? Tant qu'elle n'en aurait pas le cœur net, tant qu'elle n'aurait pas l'assurance qu'il était aimé, elle ne connaîtrait pas la paix. Elle serait toujours écrasée de culpabilité.

— Tu n'aimes pas ça ?

La voix de Stavros fit tressaillir Calli.

— Pardon ?

— Ce chef est l'un des plus réputés de Paris, mais ce que tu as dans ton assiette ne semble pas te plaire. Tu veux que je commande autre chose ?

La conversation était languissante depuis qu'elle l'avait remis à sa place dans l'avion. Elle baissa les yeux sur son assiette, à laquelle elle avait à peine touché.

— C'est bon. Excellent. C'est juste que… J'ai l'esprit ailleurs. Je… Je suis désolée d'avoir été aussi désagréable tout à l'heure. C'est une décision radicale que j'ai prise. Je commence à en prendre réellement conscience.

Stavros arqua les sourcils, visiblement surpris qu'elle lui présente des excuses. Il haussa les épaules.

— Tu as mis dans le mille avec ta remarque. Et pour être très honnête, pendant les quinze jours passés à rénover la piscine, je me suis rendu compte à quel point le manque d'argent pouvait être pénible.

— « Pénible », répéta-t-elle avec une moue narquoise. À qui le dis-tu.

— Mais même pendant cette période je pouvais compter sur mes amis, et de toute façon je savais que c'était temporaire. Et je n'étais pas obligé de dormir sur la plage. Quand je pense à toi dans cette situation à dix-sept ans…

Déglutissant péniblement, elle but une gorgée de l'excellent vin blanc qui accompagnait ce dîner en tête à tête dans une suite nuptiale avec vue sur la tour Eiffel.

— La plage, ce n'était rien, dit-elle en essayant de prendre un ton léger. Je viens de passer six ans à m'occuper d'une petite fille qui s'est transformée en adolescente. Oublie les deux semaines sans cartes de crédit. Je te défie de survivre à *ça*.

Il pouffa.

— Je passe.

— Je m'en doutais.

Elle piqua dans son assiette et mâcha lentement, le cœur serré à l'idée qu'elle avait quitté Ophelia. Celle-ci n'était pas au courant de l'existence de Dorian. Takis lui avait laissé le soin de lui en parler elle-même si le moment se présentait. C'était un sujet si délicat… Takis était la seule personne à qui elle s'était confiée. Peut-être aurait-elle dû expliquer à Ophelia pourquoi elle avait décidé de se marier et de déménager à New York.

— Elle va te manquer, dit Stavros.

— Oui. Au début elle était insupportable. Elle faisait des choses horribles. Elle mettait du sable dans mon lit. Elle faisait semblant d'être noyée dans la piscine. Elle se servait dans le bar de Takis. La première gorgée la faisait tousser, si bien que je l'entendais et que ça n'allait pas plus loin. Mais quand même.

Au souvenir de ces premiers mois cauchemardesques, Calli réprima un frisson.

— Elle n'acceptait pas l'absence de sa mère et elle voulait que son père reste à la maison avec elle, mais il ne pouvait pas. Je ne lui ai pas caché que je n'avais nulle part où aller. Je lui ai bien expliqué que quoi qu'elle fasse nous étions condamnées à cohabiter. Et puis un jour, en faisant des courses, nous sommes tombées sur ma mère.

Calli reposa ses couverts.

— Ophelia a pris conscience que perdre sa mère n'était pas forcément le pire qui pouvait arriver. Elle pouvait être vivante et refuser de vous parler.

La voix de Calli s'étrangla. Ce souvenir était trop douloureux. Rien n'avait changé et rien ne changerait sans doute jamais. Sa mère avait eu plusieurs fois l'occasion de lui apporter son soutien au sujet de Dorian quand Takis avait tenté de l'aider. Au lieu de les saisir, elle s'était rangée du côté de son père et elle avait continué à prétendre que le bébé était mort. Calli déglutit péniblement. Jamais elle ne pardonnerait à ses parents.

— Après cette rencontre, Ophelia a continué ses bêtises mais avec moins de malveillance. Nous avons commencé à bien nous entendre et à passer de bons moments ensemble.

Elles étaient devenues si proches que lorsque Calli avait eu en poche suffisamment d'argent pour payer un billet d'avion pour New York, elle n'avait pas eu le cœur d'abandonner Ophelia. Celle-ci commençait à s'assagir. Elle avait de meilleures notes à l'école et Takis était moins inquiet pour elle. Il avait demandé à Calli de rester un peu plus longtemps et elle s'était laissé convaincre. À l'époque elle n'était pas encore prête à lui expliquer pourquoi elle voulait s'en aller. C'était trop humiliant. Par ailleurs, entendre Takis lui dire qu'Ophelia et lui avaient besoin d'elle lui avait fait un bien fou. Pour la première fois de sa vie elle s'était sentie appréciée. Aimée.

— Elle est très excitée à la perspective de partir en pension, mais en même temps elle est un peu angoissée. Tu as acheté sa maison et je pars pour New York. Ça fait beaucoup pour elle. Je me sens coupable.

Déchirée…

— Tu regrettes ta décision ?

— Non.

Quoi qu'il arrive, ce qui l'attendait à New York serait douloureux. Elle le savait. Mais comment aurait-elle pu laisser passer une telle occasion d'avoir enfin les réponses aux questions qui la hantaient ?

— Non, je suis prête à endurer ça.

— Je vais essayer de faire en sorte que ce soit assez agréable pour que tu ne te contentes pas d'endurer, commenta Stavros d'un ton pince-sans-rire.

— Pardon ?

Prenant conscience de l'ambiguïté de sa réponse, elle sentit ses joues s'enflammer.

— Excuse-moi. Je ne pensais pas à *ça* !

— Je sais.

En plus d'une pointe d'humour, il y avait dans la voix de Stavros une note sexy qui la fit frissonner. Jusque-là elle avait évité de penser au sexe, préférant se concentrer sur la raison qui l'avait poussée à accepter ce mariage.

— Y a-t-il eu quelqu'un depuis ce touriste ?

— Non.

— Pourquoi une femme aussi sensuelle que toi choisit-elle de vivre dans l'abstinence ?

— C'était ma première fois. J'étais maladroite et embarrassée. C'est une expérience que je n'avais pas spécialement envie de renouveler. Et toi ? Pourquoi éprouves-tu le besoin de séduire des femmes qui ne t'intéressent pas plus que ça ?

Il émit un grognement de dérision.

— Tu t'empresses d'attaquer dès que tu te sens menacée, n'est-ce pas ?

Il se leva et fit le tour de la table.

— Tu n'as aucune raison d'être nerveuse. J'ai bien l'intention de te rendre les choses agréables. Et puisque tu manques d'expérience, je te promets d'y aller en douceur.

Il la hissa sur ses pieds et la prit dans ses bras pour la faire danser. D'abord crispée, elle se détendit très vite, parcourue de longs frissons au contact de ses doigts sur la peau de son dos, largement dénudé par le décolleté de sa robe.

— Je n'arrête pas de penser à ce qui s'est passé l'autre jour, *kouklamou*, dit-il au bout d'un moment. À ton sexe ruisselant, à tes gémissements, à l'intensité de ton plaisir.

— Ne parle pas de ça… C'est embarrassant.

— Non, c'est excitant. Ça ne t'excite pas d'y penser ?

Oui. Il fallait bien reconnaître que ce souvenir suffisait à l'enflammer… Alors qu'ils dansaient un rock lent en décalage avec le rythme de la musique jouée en sourdine, le corps de Stavros frôla le sien. Elle sentit une chaleur liquide se répandre entre ses cuisses. Était-ce sa virilité qui venait d'effleurer son ventre ? Tous les sens en alerte, elle retint son souffle dans l'attente du prochain frôlement.

— Je revis cette scène toutes les nuits, reprit-il d'une voix caressante. Mais dans mes fantasmes elle ne s'interrompt pas brusquement et je te prends avec sauvagerie contre le mur.

— Ne sois pas grossier.

— Le sexe n'a rien de grossier. Nous allons avoir une vie sexuelle très active, *glykiamou*. Il vaut mieux que tu te fasses à cette idée. Pourquoi refuses-tu d'admettre que je te rends folle de désir ? C'est toi qui as dit que tu ne voulais pas de mensonges entre nous.

Elle s'immobilisa et le foudroya du regard.

— Tu es vraiment d'une arrogance incroyable ! Tu penses vraiment que je t'appartiens, comme le monde entier t'appartient, n'est-ce pas ?

Il l'attira à lui, écarta ses cheveux de son visage, puis referma la main sur sa nuque et effleura ses lèvres.

— Le monde entier peut-être pas, mais toi oui. Pendant les six prochains mois. Supplie-moi de t'embrasser.

— Non.

Il parsema son cou de baisers, remontant lentement vers son menton. Il en déposa un, léger comme un papillon, juste en dessous de sa lèvre inférieure. Elle frissonna, vibrante d'impatience. Allait-il enfin l'embrasser ? Elle en mourait d'envie mais il était hors de question de le supplier.

— Si tu veux que je m'arrête, dis-le. Mais si c'est contre

toi-même que tu luttes, explique-moi pourquoi. As-tu été élevée dans l'idée qu'aimer le sexe était un péché ?

— Je n'ai pas de blocages, si c'est ce que tu veux savoir. C'est juste que je n'aime pas me sentir manipulée par quelqu'un qui considère mon corps comme un terrain à conquérir. Ton attitude n'a rien de sensuel. Ce qui t'excite, c'est la perspective de me posséder.

La mâchoire de Stavros se crispa.

— Si je ne t'ai pas prise contre ce mur l'autre jour, c'est uniquement parce que nous avons été interrompus. Arrête de réprimer ton désir pour moi et je te prouverai l'intensité du mien.

Était-ce une promesse ou une menace ? Elle déglutit péniblement. Dans les deux cas, c'était angoissant. Elle n'avait peut-être pas de blocages, mais elle n'aimait pas l'idée que son corps pouvait prendre le pouvoir sur elle et la priver de sa raison. Ce que Brandon avait allumé en elle autrefois n'était qu'une petite flamme vacillante sans comparaison avec le feu dévastateur qui l'embrasait dès que Stavros la touchait. Pourtant, cette petite flamme avait suffi à lui faire perdre la tête. Et à semer le chaos dans sa vie…

— Je ne te supplierai pas non plus, reprit Stavros en enroulant une boucle autour de son doigt, à la base de sa nuque. Même si tu me rends fou de désir… Sans doute à cause des circonstances dans lesquelles nous nous sommes rencontrés. De l'endroit où a eu lieu cette rencontre…

Son regard était étincelant et sa voix rocailleuse.

— Ne crois pas que je pourrais quitter cette suite et coucher avec la première femme séduisante qui croiserait mon chemin. C'est *toi* que je désire.

Elle fut envahie par une chaleur intense.

— Je… J'ai commencé à prendre la pilule, mais elle n'est pas encore efficace. Il faut utiliser un préservatif. Je ne veux pas tomber enceinte.

— Ne t'inquiète pas, je n'oublierai pas.

Ils restèrent un instant silencieux, les yeux dans les yeux. Au fond, elle ne connaissait pas cet homme. Ce qui n'était pas rassurant. Cependant, il y avait quelque chose dans son regard… Peut-être y voyait-elle tout simplement ce qu'elle avait envie d'y voir, mais elle avait l'intuition qu'ils pourraient peut-être s'apporter mutuellement un peu de réconfort. Elle baissa les yeux sur sa bouche.

Comme si c'était le signal qu'il attendait, il déposa un baiser furtif sur ses lèvres. Un test. Était-elle prête ? Oui, elle était prête ! Ce fut elle qui s'empara de sa bouche, sans plus chercher à réprimer son désir. Approfondissant leur baiser, il referma la main sur un de ses seins et pinça délicatement sa pointe durcie entre ses doigts. Assaillie par des sensations inouïes, elle pressa son bassin contre le sien en gémissant. Sans cesser de l'embrasser et de la caresser, il la fit reculer lentement. Ils heurtèrent une table basse. Une lampe tomba par terre avec un grand fracas qui la fit tressaillir.

— Qu'est-ce que… ?

— Ce n'est rien.

Ils basculèrent sur le canapé. Stavros baissa la fermeture Éclair sur le côté de sa robe et fit glisser les bretelles sur ses épaules. Son regard ébloui la galvanisa. Loin d'être embarrassée, elle enleva elle-même son soutien-gorge et s'offrit à son regard sans la moindre pudeur. Avec un grognement de fauve affamé, il se pencha sur elle et aspira goulûment un des deux bourgeons dressés.

— Stavros !

— C'est trop ?

Il lécha, suça, mordilla.

— Ou pas assez ? Dis-moi.

— Encore !

Le souffle court, ce fut le seul mot qu'elle fut capable de prononcer tandis qu'elle tirait sur sa chemise pour la sortir de son pantalon. Elle promena les mains sur son dos avec délectation, savourant la dureté de ses muscles sous sa peau soyeuse. Il laissa échapper un nouveau grognement qui la combla. Tout en honorant l'autre sein, il remonta sa robe sur ses cuisses. Lorsqu'il effleura la dentelle trempée de sa culotte, elle creusa les reins en gémissant.

— Tu aimes ça ?

Parcourue de frissons fiévreux, elle fut incapable d'émettre un son. Pour toute réponse, elle posa la main sur sa braguette, tendue à craquer par sa virilité. Un spasme le secoua, comme s'il avait reçu une décharge électrique. Il se redressa et déchira sa culotte d'un coup sec avant de déboucler sa ceinture et d'ouvrir sa braguette.

Oh... Elle le regarda mettre un préservatif, à la fois fascinée et inquiète. Ça allait trop vite... Lorsqu'il se pencha vers elle, elle posa les mains sur son torse.

Il se figea.

— Dis oui. Dis oui, *s'il te plaît.*

Sa voix rauque la fit frissonner. Lui ordonnait-il de le supplier ? Ou bien la suppliait-il de ne pas le repousser ? Elle chercha son regard. Il la suppliait... L'angoisse qui se lisait dans ses yeux ne laissait aucun doute. Il attendait sa réponse comme si sa vie en dépendait. Cette découverte la grisa. Son appréhension s'évanouit et ses jambes se nouèrent d'elles-mêmes autour de sa taille. Il s'enfonça en elle d'un seul mouvement puissant et captura sa bouche dans un baiser passionné. Jamais elle n'avait éprouvé une sensation aussi merveilleuse ! Les yeux dans les yeux, ils entamèrent une danse lascive dont le rythme devint très vite endiablé. Une danse échevelée qui les emportait dans un tourbillon inexorable.

— Oui ! Oui ! cria-t-elle. Encore ! Ne t'arrête surtout pas ! Jamais !

— Jamais, approuva-t-il en répondant avec une ardeur redoublée à ses coups de reins.

Un même cri rauque leur échappa lorsqu'ils s'engloutirent ensemble dans les abysses de la jouissance.

5

Lorsque Stavros roula sur le dos, il atterrit par terre. Le choc lui coupa le peu de souffle qui lui restait. Dans son champ de vision, il y avait une jambe dépassant du canapé et une culotte en dentelle déchirée qui pendait du coin de la table basse. Que s'était-il passé, bon sang ? Il avait promis d'y aller en douceur. Il savait que ce serait fantastique et il avait l'intention de savourer leur première fois. Mais c'était tellement explosif entre eux… La part de lui-même qui assumait un million de responsabilités à la tête d'une multinationale éprouva une pointe d'appréhension et lui conseilla de garder la tête froide. L'autre lui-même, celui qui pratiquait le paraski ou le saut à l'élastique pour ne pas mourir d'ennui, avait une furieuse envie de se frapper le torse en poussant des cris de triomphe.

Un petit bruit étrange provint du canapé, et la jambe qui en dépassait bougea. Un problème ? Inquiet, il surmonta la torpeur qui l'engourdissait et se redressa sur un coude. Dès que son regard se posa sur les courbes sensuelles exposées de part et d'autre de la robe chiffonnée autour de la taille de Calli, sa torpeur l'abandonna définitivement.

— Tout va bien ?

— Oui.

Elle baissa la jupe de sa robe et remonta le corsage sur ses seins. Il s'accouda au canapé, le menton appuyé sur son poing, attendant patiemment que son regard cesse d'éviter le sien. Elle finit par tourner la tête vers lui, si bien que leurs nez ne furent plus qu'à quelques centimètres l'un de l'autre. Une telle timidité après la passion dont elle avait fait preuve, c'était adorable… Se souvenait-elle de l'avoir supplié de ne jamais s'arrêter ? Pour sa part il ne l'oublierait jamais. De nouveau, une vague appréhension l'assaillit. Il s'empressa de l'ignorer.

— Tu crois que nous aurons le temps d'arriver jusqu'au lit, cette fois ? demanda-t-il d'une voix plus tendre qu'il n'en avait l'intention.

Elle écarquilla les yeux.

— Tu veux… recommencer ?

Elle était pratiquement vierge, se rappela-t-il.

— Je t'avais prévenue que nous aurions une vie sexuelle intense.

Dis oui. S'il te plaît…

Elle baissa les paupières avec une moue étrange. Si elle avait mal il n'insisterait pas, bien sûr. Mais si elle essayait encore de lui faire croire qu'elle n'avait pas envie de lui… Ils avaient dépassé ce stade, non ?

— Peut-être que si tu m'accordais quelques préliminaires…

Calli laissa sa phrase en suspens et lui adressa un sourire mutin.

— Oui !

Ravi, il la tira vers le bord du canapé et la fit tomber sur lui. Elle poussa un cri aigu qui le fit pouffer. Il la débarrassa de sa robe pendant qu'elle s'installait à califourchon sur lui, puis il l'enveloppa d'un regard ébloui. Les joues en feu, elle se mordit la lèvre inférieure. Ses cheveux emmêlés tombaient sur ses seins ronds et pleins, plus blancs que le reste de sa peau. Elle était fascinante. Si innocente et si sensuelle à la fois… S'il avait grandi sur l'île, ce serait peut-être lui qui aurait été son premier amant, songea-t-il soudain. L'aurait-il épousée ? Aurait-il passé sa vie avec elle ? C'était une pensée déstabilisante. Comme si le destin avait quelque chose à voir avec leur rencontre… Mais en fait, ça prouvait juste que l'erreur qu'il avait commise vis-à-vis de son père continuait à avoir des répercussions. Stavros eut le sentiment d'être un voleur. Comme s'il était en train de voler une chose qu'il n'était pas censé avoir. Cependant, il avait appris depuis longtemps à vivre dans l'instant. Sans se perdre en regrets à propos de ce qui avait été ou aurait pu être. Calli et lui avaient passé un accord. Ils avaient six mois. Il allait en savourer chaque jour.

S'il était possible d'être abrutie de sexe, c'était exactement l'état dans lequel Calli se trouvait lorsqu'ils arrivèrent à New York. Ils avaient même fait l'amour pendant le vol, puisque Stavros possédait un jet privé. Lorsqu'elle repensait à ses étreintes maladroites avec Brandon, elle se disait qu'il n'y avait aucune comparaison. Stavros s'appliquait avec zèle à lui donner du plaisir. Comme si à chaque fois il voulait lui prouver ce qu'il était capable de lui faire ressentir. Et il semblait y prendre lui-même un plaisir fou, ce qui était d'autant plus excitant. Le problème, c'était qu'elle y prenait goût au point de devenir dépendante. Comme une toxicomane qui ne peut plus se passer de sa drogue. Serait-elle en train de tomber amoureuse ?

Parallèlement, elle avait de plus en plus l'impression d'être payée pour le rôle qu'elle jouait. À part le sexe, la principale activité à laquelle ils s'étaient livrés pendant leur lune de miel avait été le shopping. Un shopping monstrueux. Elle avait protesté, elle lui avait dit qu'elle n'avait pas besoin d'autant de robes, de chaussures et de bijoux, mais il avait insisté. « Nous allons beaucoup sortir. Il faudra que tu aies le costume de ton rôle. » Elle n'était pas réellement sa femme. Il ne la couvrait pas de cadeaux parce que cela lui faisait plaisir. Il la payait pour jouer un rôle. Elle avait été embarrassée par le nombre indécent de paquets qui avaient été chargés à bord du jet. En particulier quand il avait demandé à un steward d'apporter un sac d'une célèbre boutique de lingerie dans la chambre.

« Je veux te voir dans l'ensemble rouge. »

Malgré ses efforts pour se convaincre qu'elle ne pouvait pas se laisser traiter comme une femme objet, quand il avait promené ses lèvres sur la culotte de dentelle, puis quand il avait pincé celle-ci avec ses dents pour la faire glisser sur ses hanches, elle avait fondu de désir, impatiente d'offrir sa féminité ruisselante aux caresses expertes de sa langue. Pas de doute, elle était sur une pente savonneuse. C'était d'autant plus perturbant que, malgré la richesse et la fréquence de leurs relations sexuelles, il lui donnait toujours le sentiment d'être un étranger. Ce sentiment s'était renforcé quand il avait revêtu un costume avant l'atterrissage et avait commencé à lancer des ordres à tout le monde, depuis son chauffeur jusqu'aux gens à qui il parlait au téléphone dans la limousine qui les conduisait à travers Manhattan. En fait, jusque-là elle n'avait pas réellement compris à quel point Stavros était riche et puissant. Oui, il lui avait acheté une garde-robe complète dans les boutiques les plus prestigieuses de Paris, mais elle n'avait jamais vu aucune étiquette. Elle s'était dit que tous ces vêtements n'étaient peut-être pas si chers que ça. Alors qu'en fait, elle savait qu'ils étaient hors de prix. Elle lisait les magazines. Elle était dans le déni, parce qu'elle avait du mal à croire qu'elle était bien réveillée. Qu'elle n'était pas en train de rêver cette aventure extravagante. Lorsque la limousine s'arrêta devant un hôtel particulier situé en plein cœur de la ville, elle commença à comprendre quel genre d'homme elle venait d'épouser. La façade de brique de cette maison de trois étages prenait des reflets orangés dans la lumière du couchant. La grille ouvrant sur le jardin qui l'entourait s'ouvrit silencieusement sous la poussée de Stavros, qui s'effaça pour la laisser passer devant lui dans l'allée de pierres bordée de thym et de lavande.

— Tu habites ici ?

— C'est la maison de mon grand-père. Il y dort trois nuits par semaine et le reste du temps il habite en dehors de la ville. J'en faisais autant avant de toucher mon héritage et d'acheter un penthouse.

— Tu as un penthouse ? À New York ?

— J'en ai plusieurs.

Stavros eut un haussement d'épaules désinvolte avant de saluer l'homme qui ouvrit la porte de la maison.

— Simpson.

— Monsieur Michaels. Bienvenue.

Simpson salua Calli d'un signe de tête et les conduisit jusqu'à une porte donnant sur le hall. Il frappa, ouvrit et annonça :

— Votre petit-fils, monsieur.

Le vieil homme coupa le son de la télévision et ne se leva que lorsqu'il vit que Stavros n'était pas seul. Bien que trapu, il était alerte pour son âge et encore séduisant.

— Dînerez-vous ici, monsieur ? demanda Simpson.

— Non. Nous ferons un dîner de famille plus tard dans la semaine, avec ma mère et mes sœurs. C'est une simple visite de courtoisie. Pour présenter mon épouse. Edward Michaels, Calli Xenakis.

Le vieil homme ne masqua pas sa surprise.

— À partir de maintenant, tu nous appelleras tous les deux par notre nom grec, ajouta Stavros d'un ton sans réplique.

Si Calli était encore dans le déni quand elle avait atterri à New York, elle bouillait de colère une fois arrivée dans le salon d'un des penthouses de Stavros. Des employés en uniforme déposèrent les derniers paquets dans la pièce, puis ils prirent congé en touchant leur casquette.

Elle promena son regard autour de l'immense pièce. Le mobilier était ultramoderne et le décor très masculin, dans des tons de gris et d'acier. Un escalier ouvert conduisait aux niveaux supérieurs et de grandes baies vitrées offraient une vue spectaculaire sur la ville.

— Inutile de déballer tes affaires. Il y aura quelqu'un pour le faire demain.

— Encore quelqu'un que tu as acheté parce que tu en as besoin ?

Elle jeta un regard dédaigneux aux paquets amoncelés contre le mur. Un riche play-boy qui avait l'habitude de faire tout ce qu'il voulait. Un de plus… Elle l'avait catalogué dès le premier regard, mais elle s'était quand même laissé séduire. Elle était vraiment la femme la plus stupide du monde.

— Explique cette remarque.

Le ton de Stavros lui aurait peut-être fait peur si elle n'avait pas été aussi furieuse. Et blessée. Profondément blessée.

— Tu m'as choisie uniquement pour contrarier ton grand-père !

« En Grèce ? C'est là que tu étais ? » Elle avait lu la réprobation dans le regard du vieil homme. L'air consterné quand Stavros avait révélé qu'elle était née sur « son » île, comme s'il savait que rien ne pourrait davantage déplaire à son grand-père. Le silence hostile d'Edward et la guerre muette qui se livrait manifestement entre les deux hommes l'avaient mortifiée.

— Je te *paye* pour le contrarier.

Stavros indiqua les paquets.

— Et j'ai ajouté un pourboire.

— Pourquoi porterais-je ces tenues si le but est d'embarrasser ton grand-père ? Si mon rôle est d'être un désagrément permanent ?

La voix de Calli s'étrangla et elle sentit des larmes lui piquer les paupières.

— C'est odieux de faire ça ! Ne compte pas sur moi.

Elle traversa la pièce et appela l'ascenseur privé.

— Nous avons conclu un accord.

Stavros pressa le bouton « Annuler » puis il s'appuya contre le mur, entre elle et le panneau de commande.

— Un contrat qui nous lie juridiquement.

— Un contrat dont j'ignorais la clause principale, *Steve*. Pousse-toi.

— Ne m'appelle pas comme ça, grommela Stavros en tentant de se persuader qu'il n'avait rien à se reprocher.

— Tu ne veux pas que je t'appelle Steve ? C'est mieux que les autres noms auxquels je pense. Si j'étais toi, je m'estimerais heureux. *Pousse-toi.*

Elle tenta de le contourner, mais il s'adossa au panneau.

— Tu réagis de manière excessive.

— Ma réaction est tout à fait appropriée. Tu m'as menti. Tu ne vaux pas mieux que le minable qui a gâché ma vie.

Elle sortit son portable de sa poche.

— Qui appelles-tu ?

Comme s'il ne le savait pas…

— J'ai voulu croire que tu valais mieux que ça. Tu savais que je voulais venir à New York et tu t'es servi de ça non seulement pour servir tes intérêts mais aussi pour m'humilier.

Il lui prit son portable et referma la main sur son bras pour l'entraîner vers le canapé.

— Viens.

— Ne me touche pas !

Elle dégagea son bras d'un geste vif. Ses yeux lançaient des éclairs et elle semblait prête à le frapper, constata-t-il, décontenancé. Elle était visiblement hors d'elle. Mais sa colère semblait mêlée de détresse.

— J'ai accepté cet accord parce que venir à New York était mon vœu le plus cher…

Elle se mordit la lèvre.

— Oui, et pour quelle raison exactement ?

Elle ignora cette question.

— Et toi, ce que tu voulais, c'était m'exhiber devant ton grand-père comme quelque chose de déshonorant. Je peux vivre la même expérience en allant chez mon père, merci. Va au diable avec ton accord, *Steve*.

— Je t'ai dit de ne pas m'appeler comme ça.

— Steve ! Steve, Steve, Steve, Steve, Steve, Steve !

S'exhortant au calme, il darda sur elle un regard noir.

— Appelle-moi par le nom que tu utilises quand tu me supplies de m'enfoncer en toi.

Les pupilles de Calli se dilatèrent.

— Arrête ça. Reconnais plutôt que tu es ignoble.

— Je ne peux pas le nier. Maintenant, appelle-moi par mon vrai nom. Mon vrai nom, *glykiamou*. Sinon je te le ferai crier. Tu sais que j'en suis capable.

Elle leva le menton tandis qu'il s'approchait d'elle. La bouche pincée, les poings crispés, elle le foudroya du regard.

— Rends-moi mon téléphone.

— Tu ne vas pas appeler ton chien de garde à chaque fois que nous nous querellons.

— Ce n'est pas une querelle. Tu m'as menti.

— Je t'ai dit que je voulais t'épouser parce que j'avais besoin d'une épouse à montrer à mon grand-père.

Il traça les contours de son corps avec ses mains mais sans la toucher. À sa grande joie, il vit les pointes de ses seins se dresser sous le fin tissu de sa robe.

— Tu m'as dit…

Elle déglutit péniblement.

— Tu m'as dit que tu voulais…

La voix de Calli s'éteignit et il sourit. Elle ne parvenait pas à se souvenir de quoi ils parlaient. Et lui non plus…

— C'est *toi* que je veux.

C'était vrai. Il n'avait jamais été aussi sincère. Si seulement elle pouvait le croire…

— Ouvre ta robe.

Ses lèvres frémirent et un soupir s'en échappa.

— Pourquoi fais-tu ça ?

Il posa la main sur sa joue et captura ses lèvres. Aucune

résistance. Au contraire… Il approfondit son baiser tout en déboutonnant sa robe avec plus de fébrilité qu'il ne l'aurait voulu. Elle enfonça les doigts dans ses cheveux au moment où le haut de sa robe glissait sur sa taille. Il dégrafa son soutien-gorge et referma les mains sur ses seins, se délectant de son gémissement de pur plaisir lorsqu'il caressa les bourgeons dressés du bout des pouces. Il se pencha pour les aspirer tour à tour entre ses lèvres. Mais malgré son envie de les déguster longuement, il se redressa aussitôt. Ce qu'il voulait avant tout, plus que tout, c'était entendre ce qu'elle refusait de lui dire. Il la fit pivoter dos vers lui.

— Pose les mains sur le mur.

Elle s'exécuta, la respiration hachée. Il glissa la main sous sa robe. Lorsque ses doigts effleurèrent la dentelle trempée, il laissa échapper un grognement rauque. Il fit glisser sa culotte sur ses cuisses puis il explora son sexe, électrisé par les ondulations imperceptibles de son bassin.

— Encore ?

La gorge nouée par le désir, il fut obligé de déglutir avant d'ajouter :

— Tu as envie de moi ?

— Oui.

Elle creusa les reins quand il remonta sa robe jusqu'à sa taille et caressa ses fesses rondes et fermes.

— Dis-le. Dis-moi ce que tu veux.

— Mets un préservatif.

Il crispa les doigts sur ses hanches, le souffle coupé par une flèche de désir. Parviendrait-il à ne pas céder à la tentation avant d'avoir obtenu ce qu'il voulait ? Rien n'était moins sûr.

À cet instant, il l'entendit supplier :

— S'il te plaît, Stavros…

6

Lorsque Calli se réveilla, elle était seule dans le lit. De la vapeur d'une douche récente s'échappait de la porte de la salle de bains ouverte.

Tout son corps protesta lorsqu'elle se redressa. Elle n'avait jamais eu autant de courbatures… Encore à moitié endormie, elle ne put retenir un gémissement lorsqu'elle pivota pour s'asseoir au bord du lit.

— Tu as mal ?

Son cœur fit un bond dans sa poitrine et elle tourna la tête vers le dressing ouvert. Impossible de déchiffrer l'expression de Stavros, ni le ton sur lequel il venait de prononcer ce mot. Inquiet ? Suffisant ?

Il avait été insatiable cette nuit. De toute évidence il y avait quelque chose qui le rongeait à propos de son nom et de sa relation avec son grand-père. Elle avait eu le sentiment qu'il avait tenté toute la nuit de l'exorciser en lui faisant l'amour sans chercher à prendre mais à donner, encore et encore. Sa ferveur et ses compliments l'avaient comblée, mais elle avait été frappée avant tout par cette souffrance enfouie contre laquelle elle se sentait totalement impuissante.

Après avoir mis un caleçon, Stavros prit une chemise blanche sur un cintre. Il l'enfila en quittant le dressing.

— Je vais te faire couler un bain. La prochaine fois, si tu trouves que c'est trop, dis-le-moi.

Elle émit un grognement désabusé.

— Ah oui ? Comment ?

— Tu dis : « Stavros, ça suffit. C'est trop. Arrête et dors. »

Il entra dans la salle de bains et elle entendit l'eau couler. Les coudes sur les genoux, elle se prit la tête à deux mains. Il était peut-être capable d'ouvrir et de fermer sa libido comme un robinet, mais pour sa part elle n'avait aucun contrôle sur la sienne. Mon Dieu, elle se détestait…

— C'est parce que tu es grecque.

Elle releva la tête. Stavros boutonnait sa chemise.

— Que je ne sais pas m'arrêter ?

Il pouffa.

— Ça aussi, sans doute. Puisque je suis dans le même cas. Non, je parle de la réprobation de mon grand-père.

Il retourna dans le dressing, où il mit un pantalon gris, et en ressortit en faisant glisser une ceinture dans les passants.

— Il est fils d'immigrants et ravi d'être américain. Mon père était en visite chez des parents restés dans l'île quand il a rencontré ma mère. Elle est très attachée aux traditions et elle voulait que ses enfants soient élevés en Grèce. Mon grand-père voulait au contraire que nous vivions ici parce qu'il avait besoin de mon père pour l'aider à faire évoluer la chaîne de pharmacies créée par son propre père. Ils développaient des laboratoires et recherchaient des brevets. Les divergences d'opinions étaient nombreuses entre eux.

Stavros prit une cravate bleue et la noua sans avoir besoin de miroir.

— Après la mort de mon père, mon grand-père nous a fait venir ici et il a tiré un trait sur la Grèce. Ma mère va voir sa famille tous les ans et moi je me rends de temps en temps à Athènes pour affaires. Mais je n'étais jamais retourné sur notre île jusqu'à ce pari à l'occasion duquel j'ai travaillé quinze jours dans la maison familiale. Pendant notre adolescence, mes sœurs et moi nous parlions grec entre nous par esprit de rébellion. Par la suite j'ai engagé une assistante grecque pour pouvoir continuer à pratiquer la langue. Mais mon grand-père exige que nous lui parlions en anglais. Et il nous a toujours appelés par nos prénoms américains. J'ai toujours détesté le mien. Steve.

Il disparut dans la salle de bains et l'eau s'arrêta de couler. En revenant il se dirigea vers Calli et la souleva du lit.

— Qu'est-ce que… ? Je peux marcher !

— Peut-être, mais tu ne peux pas rester assise là toute nue sans te douter que je vais avoir envie de te toucher, *kouklamou*.

— Mon intention n'était pas de t'y inviter.

— Non. Tu étais trop occupée à te rappeler à quel point tu es furieuse contre moi. Si je t'avais laissé le choix, tu ne m'aurais sans doute pas laissé te toucher.

Il la reposa sur ses pieds à côté de la baignoire fumante.

— En t'épousant, j'ai moins voulu contrarier mon grand-père qu'affirmer ma volonté. Mais ça n'enlève rien au fait que tu me rends fou de désir, Calli. Il me semble que je l'ai prouvé.

— Et moi je suis incapable de te résister. Le couple idéal. Pour *toi*.

Se sentant terriblement vulnérable, elle croisa les bras sur sa poitrine. Il referma doucement la main sur sa mâchoire et lui caressa les lèvres du bout du pouce.

— Lui et moi nous avons une relation conflictuelle. Je ne compte plus les fois où il m'a menacé de me déshériter. Ce qui revient à laisser ma mère et mes sœurs sans ressources. Alors je fais ce qu'il me demande, mais à ma manière. Oui, je savais qu'il serait furieux que je sois allé chercher une épouse sur l'île. Mais je n'ai jamais eu l'intention de te blesser ni de t'humilier.

— Tu l'as fait quand même. Je suis blessée et humiliée.

Elle s'écarta de lui.

— Heureusement, ce n'est que pour six mois.

Elle tiendrait le coup. Que représentaient six mois par rapport à six ans sans son fils ? Elle entra dans la baignoire, s'assit dans l'eau chaude et remonta les genoux sur sa poitrine.

Stavros hésita, esquissa un geste, puis laissa retomber sa main.

— Il faut que j'y aille. J'ai été absent du bureau pendant trop longtemps. Or je compte bien obliger mon grand-père à tenir sa promesse à présent que j'ai accompli sa volonté, déclara-t-il avec une moue désabusée. Profite de la ville, aujourd'hui.

Stavros se rendit dans le bureau de son grand-père. Le bureau qu'il allait réclamer à présent qu'il était marié. Il arriva avant Edward et l'attendit, debout devant la fenêtre.

Il n'avait pas menti à Calli. Il avait un travail fou. Il devait être à son bureau. Cependant, il avait besoin de réfléchir à l'insatiabilité dont il avait fait preuve toute la nuit. Il avait été incapable de laisser Calli en paix. Étant donné qu'elle n'avait pas protesté, il n'aurait pas dû se sentir coupable. Et pourtant…

Bien sûr qu'il se sentait coupable ! « Tu l'as fait quand même. Je suis blessée et humiliée. » Cette nuit il avait cru qu'ils étaient à l'unisson. Mais ce matin, elle semblait regretter amèrement de lui avoir cédé. Elle semblait se haïr pour ça. Et elle avait visiblement hâte que les six mois de leur mariage soient terminés.

La porte du bureau s'ouvrit et se referma avec un déclic. Il se retourna, prêt à l'affrontement.

— Tu prends les mesures des fenêtres pour de nouveaux rideaux ? demanda Edward.

— Tu me connais bien.

Stavros se dirigea vers le bar et servit le café que l'assistante avait préparé lorsqu'il était arrivé.

— Tu es allé loin pour chercher une femme.

Stavros posa les tasses sur le bureau et s'assit dans le fauteuil des visiteurs.

— J'étais là-bas pour relever un défi. Sebastien avait parié que je ne pourrais pas survivre pendant deux semaines sans mes cartes de crédit. Une épreuve probatoire, en quelque sorte. Tu peux me déshériter. Je survivrai.

— C'est du bluff. Sebastien… Quand vas-tu devenir adulte et cesser de risquer ta vie à chaque fois que cet homme te propose une nouvelle extravagance ?

— Aujourd'hui, plaisanta Stavros. Je suis marié désormais. Et prêt à prendre les rênes de Dýnami.

— Qui est-elle ?

— La femme de ma vie, bien sûr.

— Vraiment ? demanda Edward avec un regard pénétrant.

Stavros réprima un soupir. Ce regard familier était plein d'attentes qu'il ne pourrait jamais combler. Il n'était pas son père. Il ne le serait jamais. Et c'était à cause de lui que son père n'était pas dans ce fauteuil aujourd'hui, face à Edward.

Edward jura à mi-voix, puis il hocha la tête d'un air résolu.

— Très bien. Je te prends au mot, Stev… *Stavros.*

Sa voix perdit de son assurance quand il prononça le nom de son défunt fils.

— Choisis une date pour mon départ et fais l'annonce. L'entreprise est à toi.

Loin d'éprouver la jubilation de la victoire, Stavros se sentit étrangement frustré. Il avait l'habitude de se battre pour obtenir ce qu'il voulait. *Je mens. Contre-attaque. Dis-moi que je ne le mérite pas.* Voilà ce qu'il avait envie de dire. Décidément, il était complètement tordu… Il se força à se lever et à serrer la main de son grand-père.

À quand remontait leur dernière poignée de main ? La peau de son grand-père semblait fine comme du papier à cigarettes et sa poigne avait perdu de sa fermeté… Stavros eut l'impression d'être une brute qui venait de voler quelque chose à plus faible que lui.

— Merci, dit-il, perturbé.

Les photos officielles qui devaient accompagner le communiqué de presse prévu pour l'après-midi furent prises le vendredi matin. Tout de suite après, Stavros emmena Calli à la demeure familiale, dont le nom, Galíni, signifiait « tranquillité » en grec. Le manoir, entouré d'un parc et niché au cœur d'une forêt d'une trentaine d'hectares, avait une cinquantaine d'années mais semblait plus ancien en raison de son charme.

Calli promena un regard admiratif sur le sol de mosaïque du hall éclairé par une verrière. Un escalier majestueux conduisait aux chambres. « Seulement » dix, précisa Stavros. Mais toutes dotées d'une salle de bains, d'un balcon et d'un petit salon. *De véritables suites, donc*, songea Calli en le suivant dans celle qu'ils partageraient. Il lui suggéra de mettre un maillot de bain parce qu'ils devaient retrouver ses sœurs au bord de la piscine.

Il la présenta d'abord à sa mère, une femme très belle qui se montra très chaleureuse avec elle. Après avoir reçu le même accueil de la part de ses sœurs, elle fut assaillie de scrupules.

— Tu devrais leur dire, suggéra-t-elle à Stavros alors qu'ils se changeaient pour le dîner.

— Dire quoi à qui ?

— À ta famille. Que je ne suis pas… Que notre mariage n'est pas vraiment réel. Ta mère et tes sœurs paraissent stupéfaites. Comme si elles ne s'attendaient pas du tout à ce que tu accomplisses la volonté de ton grand-père.

Il eut une moue de dérision.

— Lui et moi nous sommes connus pour nos affrontements.

— On aurait surtout dit qu'elles s'étaient imaginé que tu ne te marierais jamais. Sous aucun prétexte.

Stavros resta silencieux.

— Je me trompe ? insista-t-elle.

— Non. Mais c'était la condition sine qua non pour que mon grand-père me laisse les rênes de l'entreprise. Alors j'ai trouvé une esquive.

Pourquoi était-il aussi opposé au mariage ? se demanda-t-elle avec perplexité. Tout le monde avait envie de trouver quelqu'un avec qui construire une relation durable, non ? Quant à être considérée comme une « esquive »... Ça n'avait rien d'agréable. Et ça renforçait son sentiment d'imposture.

— Oui, mais ta mère et tes sœurs sont prêtes à se mettre en quatre pour me faire plaisir, comme si tu étais vraiment amoureux de moi. Tu devrais les prévenir que ce n'est pas le cas et qu'il ne faut pas qu'elles s'attachent. Sinon ce sera dur pour elles quand ce sera terminé.

— Tu dis ça parce que ma sœur t'a proposé de te faire visiter la ville ? Elle peint. Elle adore se promener avec un appareil photo à la recherche de nouveaux sujets. C'est pour ça que tu m'as épousé, non ? Pour voir New York ?

S'il savait que faire du tourisme ne l'intéressait pas le moins du monde... Évitant le regard interrogateur de Stavros, Calli se détourna pour fouiller dans le tiroir à la recherche d'un autre soutien-gorge, alors que celui qu'elle avait mis était parfait.

Le lendemain après-midi ils retournèrent à l'appartement, et le soir ils se rendirent à leur première réception en tant que mari et femme. Les invitations se succédèrent ensuite dans un tourbillon qui dura deux semaines au cours desquelles ils ne se virent pratiquement jamais en tête à tête en dehors de leur chambre.

Dans la journée, seule dans l'appartement, Calli passait son temps sur internet, pour tenter de retrouver la trace de Dorian. En vain. Aucune photo d'enfant de six ans parmi les albums en ligne de Brandon et très peu d'informations sur sa famille. Les recherches s'annonçaient difficiles.

Elle dut se contenter de l'année d'obtention de son diplôme — à Yale —, du nom de ses camarades de promotion, et des cercles qu'il fréquentait. Il élevait des pur-sang, si bien qu'elle trouva de nombreuses références à des courses hippiques. Et pesta en constatant qu'elle venait de rater les Belmont Stakes, et donc une occasion de tomber sur lui « par hasard ».

Sa famille avait fait fortune pendant la prohibition puis avait acheté son entrée dans la haute société américaine. Son père était un avocat devenu sénateur, sa mère une femme d'intérieur qui organisait des collectes de fonds pour des organisations caritatives. Ils allaient à l'église, appartenaient aux clubs les plus élitistes, et connaissaient des gens influents.

Ils étaient eux-mêmes des gens influents. Quatre ans plus tôt, Brandon avait lui-même fait son entrée en politique en tant que conseiller municipal. Pendant la campagne électorale il avait été visé par des rumeurs concernant des dettes de jeu et une course truquée, sans qu'aune preuve ne soit apportée. Il était fiancé à la fille d'un haut fonctionnaire, avec qui il vivait à Manhattan. Il visait un siège à l'Assemblée de l'État de New York aux prochaines élections et se trouvait actuellement en vacances à Martha's Vineyard.

Impossible d'aller là-bas pour frapper à sa porte. Ses précédentes tentatives pour entrer en contact avec lui s'étaient soldées par des échecs. Sa seule chance de lui parler était une rencontre apparemment fortuite, en terrain neutre.

Elle profitait des cocktails, vernissages, bals ou dîners de gala pour mémoriser les noms des invités et tenter de trouver un lien avec Brandon qui pourrait éventuellement lui être utile. Bien que concentrée sur son enquête, elle ne pouvait pas ne pas remarquer à chacune de ces soirées l'hostilité des nombreuses femmes qui avaient caressé l'espoir de séduire le célibataire le plus convoité des États-Unis. Une hostilité dissimulée sous des sourires hypocrites, bien sûr.

Quant à son mariage, il se résumait au sexe. Chaque nuit, Stavros se montrait encore plus passionné que la précédente et lui volait un petit bout de son âme. Chaque matin, elle s'efforçait de se ressaisir et de prendre ses distances. S'il le remarquait, il n'en laissait rien paraître. Cela ne le perturbait peut-être pas. Il était accaparé par ses nouvelles responsabilités à la tête de l'entreprise. Il ne lui parlait pas de son travail et elle ne lui posait pas de questions. Elle jouait son rôle en s'efforçant d'ignorer les regards meurtriers et les commentaires perfides qu'elle surprenait lors des soirées. Lorsque celles-ci l'y invitaient, elle faisait du shopping avec les sœurs de Stavros ou déjeunait avec sa mère. Sans chercher à en savoir davantage que ce qu'elles lui confiaient spontanément. Pas par manque de curiosité. Elle mourait d'envie de mieux connaître son mari, mais elle savait que c'était inutile. Leur mariage était temporaire.

Elle était à New York pour retrouver son fils. Si le vide de son mariage la déprimait, ce n'était pas si grave.

Puis un soir, enfin, un espoir.

— Excusez-moi, avez-vous dit que votre ancienne équipe d'aviron serait là ? demanda-t-elle à l'homme assis à côté d'elle.

— L'équipe de Yale, oui. Quand j'étais étudiant. La régate est notre réunion annuelle. Présence obligatoire à la fête qui précède la compétition. Tout le monde doit avoir la gueule de bois au moment de l'épreuve. Sinon tout le monde n'est pas à égalité.

Très drôle… Combien de noyés chaque année ?

— Quelle tradition fascinante, commenta-t-elle d'une voix suave. Qui sont vos coéquipiers ? J'en connais-je peut-être certains.

Stavros ne parvenait pas à détacher son regard du visage de Calli. La cause de sa fascination n'était pas sa beauté mais son air captivé. Et ce dernier déclenchait en lui un sentiment nouveau. La jalousie.

— De quoi discutais-tu avec Hemsworth ? demanda-t-il plus tard en arrivant à l'appartement.

Il enleva sa veste de smoking et la posa sur un fauteuil près de la fenêtre.

— Pourquoi ne pends-tu pas ta veste sur un cintre ?

Calli s'approcha du fauteuil et saisit la veste.

— Je paie la gouvernante pour ça. Elle vérifie si elle a

besoin d'être nettoyée ou raccommodée. Laisse ça et réponds à ma question.

Calli se raidit et reposa la veste.

— Wally Hemsworth ?

— Oui. Ton visage était illuminé comme un sapin de Noël. Il était subjugué. C'était sa femme à côté de lui, tu sais.

— Tu m'accuses de flirter avec un homme marié ? Devant sa femme ?

L'indignation de Calli semblait sincère mais il se contenta de hausser un sourcil. Il ne savait toujours pas pourquoi elle l'avait épousé et cette incertitude le rongeait.

Elle leva le menton et reprit d'un ton cinglant.

— Il me semble que je suis déjà mariée à l'homme le plus riche de la ville. Que pourrait m'apporter Wally Hemsworth ? Plus de sexe ? Ça ne me paraît pas possible. Qu'en penses-tu ?

Elle déposa ses bijoux sur la coiffeuse.

— C'est un reproche ? Je suis trop ardent ? Tu es toujours partante, il me semble. S'il t'arrivait de me repousser, j'arriverais peut-être à me contrôler, ironisa-t-il.

Elle s'embrasait à chaque fois qu'il la touchait. Comment pourrait-il résister à la tentation ? Mais leur relation se limitait au sexe. Et contre toute attente ça le hérissait. Elle ne se livrait pas du tout. Quand les gens lui posaient des questions sur elle, il avait peu de réponses.

C'était extrêmement déstabilisant. Il n'était pas sûr d'elle et ça le rendait fou.

— Alors, de quoi parliez-vous ? demanda-t-il d'un ton impatient.

— De rien. De son équipe d'aviron à Yale et de la régate de la semaine prochaine. Tu as dit que tu y allais, n'est-ce pas ?

Elle lui lança un coup d'œil aigu dans le miroir.

— Oui. Pourquoi ?

— Ça doit être amusant.

— Tu as envie d'air pur ? J'ai remarqué que tu ne quittes

l'appartement que lorsque nous sommes invités. Je croyais que tu m'avais épousé pour pouvoir explorer New York ?

Toujours dos tourné, elle évita son regard dans le miroir.

— Quand j'envisageais de venir vivre ici, je prévoyais de travailler. Puisque je ne travaille pas, je n'ai pas de raison de sortir.

— Ma sœur m'a dit que tu avais refusé d'aller faire du shopping avec elle l'autre jour.

— Je n'avais besoin de rien. Je n'essayais pas de l'éviter. Je l'ai invitée à déjeuner.

Elle enleva sa robe, révélant ses rondeurs splendides enveloppées de dentelle noire. Une tentative pour le distraire ? Si oui, c'était très efficace…

— Tu tiens vraiment à ce que je devienne amie avec ta sœur ? Tu ferais mieux d'avouer à ta famille que notre mariage est temporaire.

— Tu aimes me jeter ça à la figure, n'est-ce pas ?

— Quoi donc ?

— Que notre mariage est temporaire. C'est pour ça que tu draguais Hemsworth ? Pour assurer ta prochaine source de revenus ?

— Bien sûr que non ! Comment oses-tu insinuer une chose pareille ? C'est insultant ! Je commence à en avoir assez d'être humiliée sans arrêt. À chaque fois que nous sortons je dois supporter des regards noirs et des commentaires narquois. Je suis ta petite femme pittoresque qui vient d'une île perdue. Je manque de raffinement et d'élégance. Je suis dévorée d'ambition. C'est ton grand-père qui t'a obligé à m'épouser, parce que c'est impossible que ce soit toi qui m'aies choisie.

— Qui a dit ça ? s'exclama-t-il, outré.

— Tu crois que je prends la peine d'apprendre le nom des vipères qui parlent bien fort dans les toilettes pour que je les entende ? Et entre parenthèses, tu as une sacrée réputation. Il paraît que tu as séduit une association d'étudiantes entière en un week-end. Et après tu oses me reprocher de parler à un autre homme !

Sur ces mots, Calli traversa la chambre à grands pas et disparut dans le dressing. Il entendit un tiroir s'ouvrir puis se refermer avec un claquement sonore. Il jura. Oui, il avait fait des choses incroyablement stupides quand il était jeune…

— Tu aurais dû m'en parler plus tôt, dit-il quand elle réapparut dans un T-shirt et des leggings résolument anti-sexy, qui en disaient long sur la façon dont elle prévoyait de passer la nuit.

— Pourquoi ? Ces femmes ne sont rien pour moi. Dans quelques mois je ne les reverrai plus. Je ne dis pas ça pour te provoquer, mais pour me rappeler que tout ça n'a aucune importance. Je ne suis pas ta femme. Ce n'est pas ma vie.

Stavros resta silencieux, incapable du moindre commentaire. Les mots restaient coincés dans sa gorge.

— Notre arrangement est un échange. Que m'importe l'opinion des esprits mesquins du moment que j'obtiens ce que je veux ?

— Que veux-tu exactement ? s'exclama-t-il, au comble de la frustration.

Une profonde détresse se peignit furtivement sur le visage de Calli.

— Qu'est-ce que ça peut te faire puisque de ton côté tu as obtenu ce que tu voulais ?

Sans attendre de réponse, elle disparut dans la salle de bains pour se brosser les dents.

Bonne question, songea-t-il en écoutant l'eau couler. Qu'est-ce que ça pouvait bien lui faire ? Pourquoi tenait-il tant à savoir ce qu'elle voulait ? Et pourquoi de son côté avait-il le sentiment de ne pas avoir ce qu'il voulait, alors qu'il avait atteint son objectif ?

7

Calli avait les nerfs à fleur de peau.

Elle s'était préparée avec le plus grand soin pour cette soirée. Sa robe style empire en soie bleu nuit était la plus raffinée de toutes celles pendues dans son armoire. Au lieu de se maquiller et de se coiffer elle-même, elle avait passé une partie de l'après-midi dans un institut de beauté voisin. À présent, chaussée de ses talons aiguilles les plus hauts, elle était parfaite et pleine d'assurance.

Dans le miroir.

Intérieurement, c'était une autre histoire.

« Brandon, dirait-elle en le regardant droit dans les yeux. Tu ne te souviens sans doute pas de moi. Nous nous sommes rencontrés il y a des années et j'adorais le petit garçon qui a quitté la Grèce avec toi. Dorian. Comment va-t-il ? *Où* est-il ? »

Peu importait ce qu'il dirait ou ce qu'il ferait. Elle voulait juste voir son visage. Elle voulait qu'il sache que cette fois elle ne renoncerait pas. Il ne pourrait pas feindre de ne pas la connaître. Ni prétendre qu'ils n'avaient pas fait un bébé. Il ne pourrait même pas prétendre qu'il ignorait les circonstances de l'adoption. Des lettres avaient été envoyées. Il savait qu'elle n'avait pas donné son consentement.

Il ne pourrait plus se dérober. Ce soir elle allait enfin obtenir des réponses. Le cœur battant et la gorge sèche, elle prit son téléphone pour consulter le profil de Brandon sur son réseau social. Elle examina la photo. Son fils lui ressemblait-il ? Ou bien tenait-il plutôt d'elle ?

— Qui est-ce ?

La voix de Stavros lui causa un tel choc qu'elle en laissa tomber son téléphone. Stavros le ramassa aussitôt et jeta un coup d'œil à l'écran.

— Brandon Underwood ?

Catastrophée, elle évita son regard accusateur.

— J'étais juste en train de…

Elle tendit la main, incapable d'inventer une excuse plausible.

— Tu le connais ? demanda-t-il d'un ton dangereusement posé en ignorant son geste.

— Et toi ?

— Nos chemins se croisent de temps à autre.

Il ne lui rendit pas son portable et le silence qui suivit fut assourdissant.

— Je l'ai connu il y a longtemps, admit-elle enfin.

— Vous êtes restés en contact ?

— Non.

Il baissa les yeux sur l'écran, comme s'il était tenté de vérifier ses messages.

— Je te dis que non.

— C'est ça, n'est-ce pas ? La raison pour laquelle tu voulais venir à New York. C'est lui le touriste. À cause de qui tes parents t'ont mise à la porte. Tu es toujours amoureuse de lui ? Tu m'as vraiment épousé pour pouvoir le retrouver ? C'est pire que de l'obsession.

— Ça ne te regarde pas, Stavros.

Elle tendit de nouveau la main.

— Tu es ma femme.

— Par contrat. Ce mariage t'a permis d'obtenir ce que tu voulais. Maintenant, donne-moi ce que je veux, insista-t-elle en indiquant le téléphone comme si c'était le fond du problème.

Il la regarda d'un air effaré, comme s'il ne la reconnaissait pas. Elle eut un pincement au cœur mais elle l'ignora. Peu importait ce qu'il pensait d'elle.

— Je suis obligée de sourire à tes ex-maîtresses à chaque fois que nous sortons. Tu peux bien supporter pour une fois de voir le mien.

— Il est *fiancé*.

— Je veux juste lui parler.

Elle se rapprocha de lui pour prendre son téléphone. Il recula.

— Donne-moi ça.

— Non.

C'était lui qui lui avait acheté ce téléphone. Elle ne pouvait même pas l'accuser de lui prendre ce qui lui appartenait... Elle sentit des larmes lui piquer les yeux. S'efforçant de surmonter sa détresse, elle haussa les épaules.

— Très bien. Garde-le.

Elle prit sa pochette sur la coiffeuse et vérifia que sa carte de crédit s'y trouvait.

— On y va ? Ou bien dois-je demander au concierge de m'appeler un taxi ?

— Nous n'allons nulle part. Tu m'as menti, Calli. C'était la règle. Pas de mensonges. Tu ne m'as pas dit pourquoi tu voulais venir à New York.

— Parce que ça ne te regarde pas.

— Au contraire. Mon grand-père serait ravi d'avoir un prétexte pour revenir sur la passation de pouvoirs. Je ne vais pas te laisser te jeter à la tête de ton amour de jeunesse et me priver du contrôle de mon entreprise.

— Stavros.

Elle était si près de trouver le chemin qui la conduirait à son fils...

— Ce n'est pas négociable. Je verrai Brandon ce soir. Quoi qu'il arrive.

Il mit son téléphone dans sa poche.

— Non. Tu ne le verras pas.

— Je te dis que si, rétorqua-t-elle en se dirigeant vers l'ascenseur.

— Inutile d'appeler un taxi. Il suffit que je donne un coup de fil pour que tu sois rayée de la liste des invités. On ne te laissera pas entrer.

Dorian… Elle l'avait entendu pleurer cette nuit-là. C'était pour ça qu'elle s'était réveillée. Elle l'avait entendu mais ses pleurs s'étaient estompés rapidement. Il n'était pas mort. Mais il lui avait échappé. Pas question de revivre ça. Pas si près du but. Étreinte par une anxiété insurmontable, elle se planta devant Stavros.

— Si tu m'empêches de voir Brandon, j'irai voir ton grand-père et je lui dirai la vérité sur ce mariage bidon.

Il la saisit par les bras et répliqua d'un ton cinglant :

— Ne me menace pas, sinon j'appelle mon pilote et je te renvoie en Grèce immédiatement. Et je dirai ce que je veux à mon grand-père.

— Oh ! vraiment ?

Elle se dégagea d'un mouvement vif.

— Comment oses-tu essayer de m'arrêter ?

— Calme-toi.

— Vas-y, jette-moi dehors !

Une colère incontrôlable la submergea, comme lorsqu'elle avait affronté son père à l'aube, ce jour-là.

— Tu vas me dire que mon bébé est mort, toi aussi ? Puis me coller un œil au beurre noir ? Ça fait bien dans le tableau quand on se prostitue. Vas-y !

La consternation se peignit sur le visage de Stavros.

— De quoi parles-tu ? De quel bébé ?

— *Mon* bébé !

Elle ne s'appartenait plus. Comme ce jour-là, six ans plus tôt. Après des années à craindre les coups de son père, elle avait soudain été débarrassée de sa peur. Elle voulait son fils. Elle voulait que son père arrête de répéter qu'il était mort.

— Brandon me l'a pris ! Ça fait *six ans* que j'essaie de

le retrouver. Et juste au moment où j'ai enfin une chance de parler à Brandon, tu…

Elle sentit quelque chose sur sa joue et la frotta d'un geste impatient. Ses doigts tremblants devinrent noirs. Elle pleurait, comprit-elle. Voilà pourquoi elle avait l'impression d'avoir avalé des morceaux de verre. Et elle avait un tel poids sur la poitrine qu'elle pouvait à peine respirer…

Son maquillage était fichu et du mascara avait même coulé sur sa robe. Même si elle parvenait à réparer les dégâts, elle serait incapable d'affronter Brandon dans l'état où elle se trouvait à présent. Une fois de plus, son espoir de retrouver Dorian s'évanouissait. Pourquoi échouait-elle systématiquement ?

Elle leva les yeux vers Stavros.

— Je t'ai aidé à obtenir ce que tu voulais, mais toi… Tu es comme Brandon. Ta précieuse vie doit être protégée à tout prix, même aux dépens de celle des autres, n'est-ce pas ? J'ai su quel genre d'homme tu es dès que je t'ai vu.

Stavros tressaillit comme si elle venait de le gifler. Cependant, elle était trop perturbée pour se demander pourquoi il semblait anéanti par ses paroles.

— Je te hais, ajouta-t-elle d'une voix tremblante. Et je me hais.

Stavros suivit Calli dans la chambre. Des larmes noires coulaient de son menton sur sa robe et des mèches folles s'échappaient de son chignon.

— Calli…

— Laisse-moi.

Il cherchait en vain des mots apaisants. Il ne lui arrivait pas souvent d'être décontenancé, mais là… Un bébé ?

— Tu vas m'obliger à te supplier. Tu adores ça, n'est-ce pas ? D'accord. Je te supplie, Stavros. Laisse-moi.

La voix morne de Calli et son regard éteint l'emplirent d'une tristesse indicible. Il venait de perdre quelque chose d'infiniment précieux qu'il n'avait pas su apprécier. Oppressé, il tenait à peine sur ses jambes. Il se força malgré tout à tourner les talons et à quitter la chambre. La moindre des choses était de donner à Calli ce qu'elle venait de lui demander.

« Ta précieuse vie doit être protégée à tout prix, même aux dépens de celle des autres, n'est-ce pas ? »

Son père lui avait dit de nager jusqu'au rivage. Il lui avait assuré qu'il serait juste derrière lui. Mais il n'y était pas. Les vagues étaient énormes. Après avoir jeté un coup d'œil par-dessus son épaule, il n'avait pas osé en jeter un second. S'il avait eu la vie sauve, c'était grâce à son gilet de sauvetage.

Sans le savoir, Calli avait remué le couteau dans la plaie. C'était lui qui était responsable de la mort de son père. Il le savait. Et aujourd'hui il était toujours aussi égoïste que ce petit garçon qui avait sauvé sa vie aux dépens de celle de son père. Il suffisait de voir la réaction qu'il avait eue ce soir… Il savait qu'il n'était pas digne de ce qu'il vivait avec Calli. Pour faire taire sa conscience il se répétait que ce n'était qu'un arrangement, mais au fond de lui il savait qu'il ne méritait pas tout ce qu'elle lui apportait. Qu'il ne méritait pas de vivre en couple.

Il se servit un verre de vin. Quand il avait surpris son intérêt pour Brandon, il avait été suffoqué par la jalousie. Persuadé que ce qu'il vivait avec elle était menacé, il avait été prêt à tout pour l'empêcher d'aller à cette soirée. Il but la moitié de son verre d'un trait, regrettant que ça ne soit pas un alcool fort.

Bon sang, il était toujours jaloux. Elle avait un fils. Avec Brandon Underwood.

Une question qu'il s'était déjà posée resurgit dans son esprit. S'il n'avait pas quitté l'île pour New York, était-ce lui qui serait devenu son premier amant ? Son fils serait-il de lui ? Un craquement le fit tressaillir et il sentit presque aussitôt une vive douleur au creux de la paume. Du sang se mêlait au vin qui coulait entre les morceaux de verre enfoncés dans sa peau.

Il lâcha un juron et alla chercher la trousse de secours.

À plusieurs reprises au fil des années, Calli avait cru qu'elle était sur le point de toucher au but. Parce qu'elle avait économisé un peu d'argent ou que Takis venait d'envoyer une lettre, elle s'était laissée aller à espérer. Bientôt elle reverrait Dorian. Bientôt. Mais à chaque fois cet espoir avait été déçu. À chaque fois elle avait sombré dans le plus profond désespoir. Puis à chaque fois elle avait lentement repris le dessus et conçu un nouveau plan.

Ce n'était donc pas terminé. Elle ne baisserait jamais les bras. Demain elle réfléchirait à une nouvelle tentative. Ce soir, elle devait tenter de surmonter sa déception. Une fois de plus.

Un bruit de pas se fit entendre dans l'escalier. Recroquevillée sur le canapé dans la chambre de Stavros plongée dans l'obscurité, Calli mit quelques secondes à se rappeler où elle se trouvait. En larmes, elle avait laissé sa robe glisser par terre, puis elle s'était enroulée dans une couverture et s'était affaissée sur le canapé. Le cœur lourd, les paupières gonflées, elle cligna des yeux. Stavros l'avait menacée de la renvoyer en Grèce. Ça ne serait pas plus mal, après tout. Takis l'hébergerait. Elle verrait Ophelia. Ici elle se sentait terriblement seule.

— Il est tard. Je pensais que tu serais endormie, dit Stavros.

Elle était fatiguée. Si fatiguée. Et si triste.

— Je voulais juste lui demander où Dorian avait été emmené, dit-elle d'une voix faible. Où il se trouve aujourd'hui. C'est tout.

Elle entendit siffler la respiration de Stavros. Comme si ses paroles lui faisaient mal. Mais que savait-il de la souffrance ?

— Je n'avais pas l'intention de renouer avec Brandon. Si j'avais le choix, je ne le reverrais jamais plus. Mais il est le seul à pouvoir me dire ce qui s'est passé. Ses avocats prétendent depuis des années qu'il ne s'est jamais rien passé entre nous, mais un bébé, ce n'est pas rien.

Stavros avança dans la chambre et s'immobilisa derrière le canapé. Elle devina sa main qui se refermait sur le dossier près de son épaule.

— Non, en effet, acquiesça-t-il d'un ton solennel. Ce n'est pas rien.

— Il ne peut pas prétendre qu'il ignorait que j'étais enceinte. Je l'ai appelé pour le lui dire. Il m'a proposé de m'envoyer de l'argent pour un avortement. Quand j'ai refusé, il m'a offert de l'argent en échange de mon silence. Il ne voulait pas que ses parents l'apprennent. Mais mon père a pris contact avec eux quand il a compris que j'étais enceinte. Il pensait qu'ils feraient une offre plus généreuse que celle de Brandon. Je suppose que c'est ce qui s'est passé.

Elle déglutit péniblement. Tout ça était si sordide… Elle avait supplié son père de ne pas s'en mêler.

— Je ne voulais pas d'argent. D'autant plus qu'ils exigeaient que je m'engage à renoncer au bébé. Je croyais que Brandon m'aimait et qu'il voudrait m'épouser. Mais sa seule idée, c'était de se débarrasser de moi.

— Mais il voulait le bébé ?

Elle prit une profonde inspiration. Ces souvenirs étaient si douloureux qu'en parler la déchirait.

— Étant donné qu'il ne semble pas avoir de fils, je dirais que non. Il n'en voulait pas.

— Mais tu es certaine qu'il l'a emmené ?

— Lui ou quelqu'un d'autre…

La gorge nouée, Calli fit une pause avant de poursuivre.

— Dorian avait deux semaines. Je me suis réveillée parce que je l'ai entendu pleurer. Mais il n'était pas dans son berceau. Je suis allée dans la cuisine. Il était 2 heures mais mon père était debout. Il m'a dit que Dorian était mort… Je ne l'ai pas cru un seul instant, bien sûr. Je suis sortie en courant et j'ai entendu une voiture démarrer. Quelques minutes plus tard j'ai entendu un hélicoptère. Nous habitions à quelques kilomètres de l'héliport. Mon père a maintenu sa version et quand je me suis mise à hurler il m'a frappée. Ensuite il m'a jetée dehors.

Stavros lâcha un juron retentissant.

— C'est à ce moment-là que tu as commencé à dormir sur la plage ?

— Takis croyait que c'était mon mac qui m'avait tabassée. Il voulait m'emmener au commissariat.

— Tu n'y es pas allée ? Bon sang, mais pourquoi ? s'exclama Stavros d'un ton incrédule.

Elle se recroquevilla encore dans le coin du canapé.

— J'avais peur. J'avais honte. Ma mère soutenait mon père. Elle disait que Dorian était « mieux là où il est ». Mais où était le corps ? J'avais accusé mon père de l'avoir tué. C'est à ce moment-là qu'il a commencé à vraiment me frapper. Être accusé d'avoir assassiné un bébé ne lui plaisait pas, mais laisser sa fille pour morte devant sa porte ne lui posait aucun problème.

— Il te battait ? Régulièrement ?

Le ton de Stavros était si dur qu'elle sentit son estomac se nouer.

— La plupart du temps nous nous arrangions pour ne pas le contrarier. Mais j'étais folle de douleur.

— Calli.

Stavros se pencha vers elle.

— Ce n'est pas ta faute s'il t'a battue. Rien de ce qui est arrivé n'est ta faute.

— Quand j'ai fini par lui raconter ce qui s'était passé, Takis m'a emmenée au commissariat. Mais entre-temps mon père avait utilisé une partie de l'argent des Underwood pour acheter un certificat de décès. La police a refusé d'ouvrir une enquête. Takis a chargé ses avocats d'envoyer des lettres, mais les Underwood ont fait de l'obstruction. Ils ont répondu que j'étais intéressée et que je me racontais des histoires.

Elle frissonna.

— Ils ont dit que si j'avais un bébé il n'était pas de Brandon. Et que de toute façon, vu ma conduite, je n'étais pas une mère responsable.

— Donc tu ne sais pas avec certitude…

Stavros s'interrompit avant de demander d'une voix plus douce :

— Es-tu certaine que ton fils est vivant ?

— Ici…

Calli posa la main sur son cœur et sa voix se brisa. Elle prit une profonde inspiration.

— Dans mon cœur je sais qu'il est vivant. Comme je suis sûre que Brandon sait où il se trouve. C'est tout ce que je voulais faire ce soir. Lui demander. Mais personne ne veut que je sache ce qui est arrivé à mon fils. Même Takis ne le voulait pas réellement. Il n'avait pas envie que je les quitte, Ophelia et lui.

Sa voix était tremblante et de nouvelles larmes lui piquaient les yeux.

— Calli…

— Je suis vraiment fatiguée.

Elle se força à se lever tout en serrant la couverture autour d'elle.

— Est-ce que… je peux attendre demain pour faire mes valises ? Je suis désolée, mais je suis très fatiguée.

— Non. Je veux dire oui. Je veux dire… Couche-toi, marmonna Stavros d'un ton bourru avant de lâcher un juron étouffé qui la fit tressaillir. Tu as besoin d'aide ?

— Non.

Elle se dirigea vers le lit d'une démarche vacillante et se laissa tomber dessus, les yeux fermés. Puis elle se roula en boule, enveloppée dans la couverture, et sombra dans le sommeil.

Lorsqu'il entendit Calli bouger, Stavros refit du café, heureux d'avoir enfin quelque chose de concret à faire. Elle prit une douche et arriva dans la cuisine au moment où il faisait des œufs brouillés. Elle s'immobilisa en le voyant. Elle avait dormi tard mais elle semblait avoir encore besoin d'une bonne douzaine d'heures de sommeil. Nouant plus étroitement son peignoir, elle s'assit à table alors qu'il lui servait son petit déjeuner.

— Merci, murmura-t-elle.

Il fit glisser son téléphone sur la table.

— Takis voudrait que tu l'appelles.

— Ophelia va bien ? demanda-t-elle en consultant la liste de messages.

— C'est elle qui a appelé. Elle avait des questions à te poser sur des produits de beauté. Je lui ai demandé de me passer Takis.

— Pourquoi ?

Le regard inquiet de Calli serra le cœur de Stavros. Comment lui dire à quel point il regrettait la façon dont il l'avait traitée hier soir ?

— Je voulais savoir exactement quelles démarches il avait effectuées pour retrouver ton fils.

— Pourquoi ? demanda-t-elle encore, l'air de plus en plus méfiant.

— Réjouis-toi que je lui aie parlé. Ma première intention était d'aller arracher la vérité à Underwood à coups de poing. Takis m'a conseillé d'utiliser les voies légales.

En fait ce dernier lui avait conseillé d'être prudent.

— Lorsqu'ils ont su qu'elle recherchait l'enfant, ils ont riposté, avait-il expliqué. J'ai engagé un détective, dont l'enquête n'a pas abouti. Dans l'intervalle j'ai été victime de manœuvres qui ont failli me coûter ma carrière et l'avenir de ma fille. Rien qui puisse être prouvé, bien sûr, mais la pression s'est relâchée dès que les recherches ont été abandonnées. Calli n'est pas au courant et je préférerais qu'elle ne l'apprenne pas. Elle se sent déjà assez coupable comme ça.

Ce qui expliquait pourquoi, aux yeux de Calli, Takis n'avait pas fait tout son possible pour retrouver son fils.

— J'ai moi aussi les moyens d'exercer des pressions, avait répliqué Stavros. Et je suis moins vulnérable aux menaces que vous.

— Pourquoi croyez-vous que je l'ai laissée vous épouser ? avait rétorqué Takis. J'espérais qu'elle solliciterait votre aide. Bravo pour avoir su gagner sa confiance. Elle a attendu deux ans avant de me parler. Ce n'est pas facile pour elle, Xenakis. Elle n'est pas aussi forte qu'elle veut le faire croire. Traitez-la avec ménagement.

Takis avait raison, reconnut Stavros intérieurement. Elle était fragile. Ce matin ça sautait aux yeux. Ses épaules étaient frêles, son visage très pâle, et la main qui venait de saisir sa fourchette d'un geste hésitant semblait translucide.

— J'ai essayé les voies légales, murmura-t-elle. Il faut que je parle à Brandon en tête à tête.

— Calli.

Il posa les coudes sur la table et plongea son regard dans le sien.

— Pourquoi m'as-tu épousé ?

Elle baissa les yeux.

— Parce que tu as besoin de financer une action juridique. Exact ?

— Il faut d'abord que je sache où il est. Et s'il va bien.

Elle releva les yeux et soutint son regard.

— C'est le plus important. Si j'envoie une lettre par l'intermédiaire d'un avocat, Brandon ne la recevra jamais. Je peux te garantir qu'ils ne la lui transmettront pas. Je n'obtiendrai jamais la confirmation que Dorian est vivant. Mais si je regarde Brandon dans les yeux… N'essaie pas de m'en dissuader, Stavros ! s'exclama-t-elle devant son air furieux. Tu as peur que ta famille soit mêlée à un scandale, c'est ça ? Je ne ferai pas appel à la presse, je te le promets. Je n'ai aucune envie d'exposer mon fils à un déballage sordide. Je n'avais pas prévu de faire une scène, hier soir. J'avais répété ce que j'allais dire et…

— Calli.

Il posa la main sur la sienne.

— Il faut que tu me fasses confiance.

— Non !

Elle dégagea sa main et se leva.

— Non. Je n'ai aucune confiance en toi !

— Calli, écoute…

— Non ! Je sais que je n'avais que dix-sept ans. Je sais qu'il est peut-être mieux là où il est. Il est sans doute chez un couple marié, riche, qui peut lui donner une vie bien meilleure que celle qu'il pourrait vivre avec moi. Je sais que je ne le méritais pas… Mais je n'ai pas renoncé à lui, Stavros. On me l'a pris. Il faut que je sache s'il va bien.

Stavros ressentait la souffrance de Calli comme si c'était la sienne. Il avait l'impression d'avoir une fourche enfoncée dans l'estomac. Il referma les mains sur ses poings serrés.

— Je n'ai pas dit que tu ne le méritais pas. Qui t'a dit ça ?

Elle dégagea ses mains et les crispa sur ses coudes en détournant le visage. Il la prit dans ses bras, mais elle était raide comme un piquet. Il effleura sa tempe du bout des lèvres.

— Bien sûr que tu méritais de garder ton fils.

Elle eut un mouvement de recul qui lui fendit le cœur.

— J'ai plus de moyens que Takis. Mes avocats vont faire appel à leurs propres détectives. Très efficaces. Et sache que, contrairement à ce que tu penses, je n'ai pas peur d'utiliser l'arme de la presse.

— Et si Dorian ne sait même pas qu'il est adopté ? Ce serait terrible pour lui de l'apprendre dans la cour de récréation. Et si… ?

— Ne t'inquiète pas, *kouklamou*. Je ne pense pas que de simples menaces suffiront. Les Underwood ne sont pas d'accord avec l'idée que toute publicité est bonne, même la mauvaise. C'est pour cette raison qu'ils ont fait disparaître ton fils. Par ailleurs, ils ne veulent pas qu'un héritier fasse un jour son apparition et réclame sa part du gâteau des Underwood. Non. La meilleure solution était de le confier à une famille convenable comme le font les aristocrates depuis des générations quand ils se trouvent confrontés à un bâtard.

— Ne l'appelle pas comme ça !

— *Apoligía.*

Il l'attira contre lui et pressa les lèvres contre ses cheveux. Dire qu'elle avait un fils… La jalousie le submergea une nouvelle fois. Il y aurait toujours ce lien entre elle et Brandon, son premier amant. Ce dernier serait toujours présent à la marge de sa vie et il ne pouvait absolument rien y faire. À part haïr cette ordure.

— Tu crois qu'il est chez un membre de la famille ? J'ai fait des recherches sur internet mais je n'ai trouvé aucun cousin ni autre parent ayant un fils de six ans.

— Je vais mettre ma mère et mes sœurs sur le coup. D'ici une heure elles auront une liste de possibilités. Elles sont imbattables sur les familles de la haute société.

— Je ne veux pas qu'elles sachent…

— Je ne suis pas obligé de leur dire pourquoi il me faut cette liste.

Il jeta un coup d'œil à l'horloge du micro-ondes.

— Mais d'abord j'ai besoin de quelques précisions avant notre réunion.

— Quelle réunion ?

— Avec mes avocats, *kouklamou*. Ils vont bientôt arriver.

— Mais… ? C'est le week-end !

— Oui. Ils vont me matraquer pour ça. Sans parler du déplacement à domicile. Mais je voulais te laisser dormir, ajouta-t-il avec un haussement d'épaules.

Elle plissa le front avec une circonspection manifeste.

— Pourquoi fais-tu ça ?

— Nous avons conclu un accord, non ? Comme tu l'as souligné hier soir, ce mariage m'a permis d'obtenir ce que je voulais. À présent, l'honneur veut que je t'aide à atteindre toi aussi ton objectif.

— Non, rien ne t'y oblige.

— Oh ! si. Tu as fait une comparaison cruelle hier soir, *glykamou*. Je ne suis pas comme ton Brandon. Je préfère encore m'entendre appeler Steve que d'être assimilé à ce minable.

— Je ne sais pas quoi dire.

— Tu n'es pas obligée de dire quelque chose. Assieds-toi et mange. Ça va être froid et tu n'as pas dîné hier.

Elle se hissa sur la pointe des pieds pour déposer un baiser sur sa joue.

— Merci, Stavros, murmura-t-elle d'une voix altérée par l'émotion.

Lorsqu'elle s'assit, il étouffa un profond soupir de soulagement.

8

Calli trouva tout juste la force de lever la tête quand Stavros la rejoignit après avoir raccompagné les avocats. Les nerfs à fleur de peau, elle était éreintée. Mais pleine d'espoir. Ce qui la terrifiait.

— Ça a été dur pour toi, commenta-t-il en s'asseyant sur le canapé, en face du fauteuil où elle avait beaucoup pleuré en racontant les détails sordides de son aventure d'adolescente.

Oui, l'épreuve avait été très pénible. Cependant, le tandem formé par les deux avocates, Ingrid et Norma, l'une douce et bienveillante, l'autre plus sèche mais excellente juriste au dire de la première, lui avait donné confiance.

— Puis-je te demander ce qui t'a décidée à te confier à Takis après avoir gardé le secret pendant deux ans ?

— Il m'a demandé de l'épouser.

— Ah.

— Il avait conscience d'être beaucoup plus âgé que moi, mais il voulait un frère ou une sœur pour Ophelia. Nous nous entendions bien et nous formions déjà une famille, en quelque sorte. Pour la première fois de ma vie je me sentais… acceptée, utile. Ophelia était insupportable mais elle m'aimait. Elle m'aime toujours.

Calli eut un sourire nostalgique. Ophelia lui manquait…

— Elle m'a beaucoup aidée sans le savoir. Dans les pires moments, quand mon sentiment de culpabilité devenait insupportable, il suffisait qu'elle se blottisse contre moi ou bien qu'elle m'offre un cadeau qu'elle avait fabriqué à l'école pour que je me sente apaisée. Je me disais que sa mère serait heureuse de savoir que quelqu'un s'occupait de sa fille avec amour. Et je me disais que mon fils avait peut-être la même chance.

Elle prit un énième mouchoir en papier pour essuyer avec impatience les larmes qui coulaient de nouveau de ses yeux.

— Je n'avais pas caché à Takis que je faisais des économies pour partir aux États-Unis, mais il y avait toujours un problème ou un autre avec Ophelia, et j'éprouvais des scrupules à l'idée de la quitter. Par ailleurs, à chaque fois que j'évoquais mon départ, Takis augmentait mon salaire. Alors je continuais à économiser en me disant que je pourrais rester plus longtemps aux États-Unis et que j'aurais plus d'argent pour payer les avocats.

Elle soupira.

— Et puis nous sommes allés à Athènes pour mon anniversaire. Il m'a invitée à dîner et il m'a fait sa demande. J'étais abasourdie. Je ne m'y attendais pas du tout. Et quand il m'a expliqué qu'il voulait un enfant… Je me suis effondrée. Je lui ai tout raconté. Il était horrifié et il a essayé de m'aider, mais…

— Ses démarches n'ont pas abouti.

— À présent que tu es au courant, tu regrettes de m'avoir choisie, n'est-ce pas ? demanda-t-elle avec tristesse. J'aurais dû te prévenir. Mais je n'aime pas en parler. C'est trop douloureux.

— Je sais.

La sollicitude qui se lisait sur le visage de Stavros la bouleversa. Ce n'était plus seulement de l'attirance qu'elle éprouvait pour lui, comprit-elle à cet instant. Depuis combien de temps était-elle amoureuse de lui ? Un bon moment, sans doute. Mais aujourd'hui elle en prenait pleinement conscience. Oui, elle aimait cet homme. Il connaissait son secret, mais il ne la jugeait pas. Au contraire. Il voulait l'aider. Elle baissa les yeux de crainte que son regard la trahisse.

— Viens ici.

Il se pencha, la souleva du fauteuil et l'installa sur ses genoux sur le canapé.

— Je n'aime pas te voir dans cet état. Nous allons le trouver, Calli. Je vais tout faire pour ça.

Elle avait envie de le croire… Il semblait si sûr de lui. Elle noua les bras sur sa nuque et enfouit le visage dans son cou. Il valait mieux éviter de trahir ses sentiments, mais elle n'avait aucune raison de dissimuler son désir… Elle parsema son cou de baisers mouillés. Il se raidit et déglutit péniblement. Elle pressa les lèvres contre les siennes. Il répondit brièvement à son baiser, puis l'interrompit pour la regarder d'un air impénétrable.

— Tu ne me dois rien, si c'est ce que tu penses.

Non, ce n'était pas ça, mais… Oh ! mon Dieu… Ses révélations sur sa vie tourmentée l'avaient refroidi !

— Tu n'as pas envie ? demanda-t-elle, le cœur serré.

Elle retira les bras de son cou et les croisa contre sa poitrine. Sans compter qu'elle devait avoir une mine épouvantable. Quelle idiote !

— Calli.

Il la fit pivoter légèrement sur ses genoux. Le contact de sa virilité pleinement éveillée l'électrisa, en même temps qu'un soulagement intense la submergeait.

— J'ai envie de toi même quand tu n'es pas dans la même pièce que moi. Le seul fait de penser à toi suffit à m'exciter. À tel point que c'est assez inconfortable, si tu veux la vérité. J'ai envie de toi en permanence. Mais quand une femme est abattue, j'évite de m'imposer.

— Je ne t'ai pas embrassé parce que j'estime avoir une dette envers toi. Je voudrais juste ressentir autre chose que de la souffrance. Ça t'ennuie ?

Il referma aussitôt les bras sur elle et se leva.

— Dans ce cas, je suis ton homme.

Stavros reposa Calli sur ses pieds à côté du lit en s'exhortant à la modération. C'était elle qui avait pris l'initiative, certes, mais elle n'en restait pas moins vulnérable. Il la déshabilla lentement tout en parsemant sa peau de baisers et en lui murmurant qu'elle était belle. Elle laissa échapper un petit rire ravi.

— Nous parlons si souvent anglais que je n'ai pas tout de suite compris, dit-elle en grec. J'aime quand tu me parles dans notre langue.

Lorsqu'elle s'empara de sa bouche, il dut faire des efforts surhumains pour garder le contrôle de lui-même. Il sentit une telle émotion dans son baiser qu'il en fut bouleversé. Elle n'était pas seulement belle et désirable. Elle était sensible, généreuse, passionnée… Et il était le seul à qui elle montrait cet aspect de sa personnalité. Sa sensibilité, sa passion lui étaient réservées. Cette pensée le grisa et l'angoissa tout à la fois. Elle était tellement précieuse… Comment ne pas avoir envie de la garder auprès de lui pour l'éternité ? Si seulement… Il étouffa ce rêve dans l'œuf et se laissa renverser sur le lit.

— Tu me rends fou, dit-il d'une voix rauque lorsqu'elle s'installa à califourchon sur lui.

Il savoura les supplices raffinés qu'elle lui fit subir avant de l'emporter dans une spirale de feu tourbillonnante. Lorsqu'il atteignit avec elle le paroxysme du plaisir, ce fut l'expérience la plus extrême et la plus exaltante de sa vie.

Lorsque Stavros lui avait demandé de l'accompagner à l'anniversaire de mariage de son ami Sebastien, le cœur de Calli avait fait un petit bond joyeux dans sa poitrine.

— Antonio et Alejandro seront là. Ce sont des amis proches, avait-il précisé.

Leur relation avait évolué depuis qu'elle lui avait parlé de Dorian. Il travaillait toujours autant, mais leurs sorties se limitaient désormais à des dîners en petit comité avec des gens qu'elle avait déjà rencontrés. Et le vendredi, il l'emmenait à Galíni, où ils passaient l'essentiel du week-end au bord de la piscine avec sa famille, à bavarder de tout et de rien. Il prolongeait cependant sa semaine de travail en discutant avec son grand-père des dernières décisions qu'il avait prises.

— Tu m'avais décrit Edward comme despotique et buté, mais il semble approuver sans réserve tous tes projets, déclara-t-elle.

Ils roulaient sur une route de l'Oxfordshire en direction de Waldenbrook, le manoir de Sebastien.

— C'est vrai qu'il est plus souple depuis quelque temps, reconnut-il d'un ton où perçait la perplexité. Je suppose qu'il a décidé de prendre sa retraite dans tous les domaines. Et donc d'arrêter de trouver à redire à tout ce que je fais.

— Pourquoi m'a-t-il demandé de te ramener de l'Oxfordshire en un seul morceau ?

Stavros eut une moue d'autodérision.

— En fait, il avait peut-être des raisons de trouver à redire à tout ce que je fais. Le séjour en Grèce sans cartes de crédit est l'entreprise la moins téméraire dans laquelle Sebastien m'a entraîné.

Calli avait beau tenter d'apprécier le charme du paysage, son esprit était ailleurs.

— New York semble très loin…

— Ne t'inquiète pas. Norma nous appellera s'il y a du nouveau au sujet de Dorian.

Comme à chaque fois que Stavros prononçait le nom de son fils, elle fut étreinte par une vive émotion. Il parlait toujours de Dorian comme d'une personne normale et non comme d'un secret honteux. Ça ne faisait que renforcer les sentiments qu'elle éprouvait pour lui. Chaque jour elle se répétait que s'il avait engagé Norma c'était uniquement parce qu'il estimait que leur accord l'obligeait à l'aider à retrouver son fils. Malgré tout, elle ne pouvait s'empêcher de se demander si ce n'était pas le signe qu'il commençait à s'attacher à elle.

Lorsqu'il s'engagea dans la longue allée privée qui conduisait au manoir, elle vérifia son maquillage et sa coiffure dans le miroir de courtoisie. Le majestueux manoir de style géorgien ressemblait à un décor de film historique. Impeccablement entretenu, il offrait un cadre somptueux pour la célébration du premier anniversaire de mariage de leurs hôtes.

— Je suis nerveuse, avoua-t-elle quand Stavros se gara devant les valets de pied.

— Pourquoi ? C'est juste une garden-party avec quelques amis, répondit-il en coupant le contact.

Elle roula les yeux. « Quelques » amis ? Cinq cents personnes étaient invitées à la réception du lendemain ! Comment pourrait-elle ne pas être intimidée ? Son appréhension s'accrut devant le luxe de leur suite. Celle qu'il occupait à chacun de ses séjours, précisa Stavros avant de lui indiquer celles qui étaient destinées à Antonio et Alejandro, qui venaient accompagnés respectivement de leur femme et fiancée. La suite, décorée avec un raffinement extrême, disposait d'un balcon donnant sur la piscine. Deux Gauguin ornaient les murs de la chambre, au centre de laquelle trônait un immense lit à baldaquin. Sur une table du salon les attendaient un splendide bouquet, une corbeille de fruits, du vin, du fromage, et des crackers.

— Mais je n'ai jamais été accueilli comme ça, commenta Stavros en lui tendant l'enveloppe posée devant la corbeille.

Calli,

J'espère que vous me ferez le plaisir de vous joindre à moi dans le salon rose pour le petit déjeuner, à 8 heures demain matin. J'ai également invité Cecily et Sadie. Ce sera l'occasion de faire plus ample connaissance.

Monika

— Ils ne savent pas que notre mariage n'est pas… ?

Elle montra le mot à Stavros.

— C'est seulement le petit déjeuner. Si tu n'as pas envie d'y aller…

— C'est notre hôtesse. Bien sûr que je vais y aller. Mais j'ai le sentiment de lui mentir et je n'aime pas ça. Mais ce n'est pas grave, ajouta-t-elle en commençant à défaire ses valises. C'est le rôle que j'ai accepté de jouer.

Stavros réprima un soupir. À vrai dire, il ne savait plus quels étaient leurs rôles respectifs. Lors de leurs premières sorties, il était juste fier d'avoir à son bras une femme aussi belle. Par ailleurs elle était pleine d'esprit, elle ne recherchait pas les compliments et elle n'était pas possessive. C'était la partenaire idéale. À présent, il savait quelle souffrance dissimulaient sa bonne humeur et sa spontanéité. Elle était foncièrement honnête et jouer la comédie du mariage lui donnait mauvaise conscience. Elle était beaucoup plus humaine qu'il ne l'avait cru au premier abord, mais aussi très fragile. Si bien qu'il éprouvait le besoin instinctif de la protéger. Il réprima une moue d'autodérision. Le rôle de chevalier blanc serait sans aucun doute le dernier dans lequel l'imagineraient ses amis. Lorsqu'ils descendirent sur la terrasse pour le cocktail, il resta auprès de Calli. Elle avait déjà fait la connaissance d'Antonio et de Sadie quand elle était redescendue chercher son téléphone, qu'elle avait égaré. Sadie était une blonde splendide, dont le regard semblait incapable de se détacher de son mari. Cette fascination paraissait réciproque. Antonio était-il amoureux ? Il avait cru comprendre que leur mariage était un arrangement dû à la volonté d'Antonio d'élever son fils de trois ans.

— Tu avais raison, dit Sadie à Calli. J'ai vérifié auprès de la nurse. Leo va bien. Je m'inquiète pour rien.

— C'est normal quand on est mère de s'inquiéter pour son enfant, commenta Calli avec un sourire compréhensif.

Inquiet pour elle, Stavros voulut l'entraîner ailleurs, mais Alejandro arriva avec sa fiancée, Cecily, blonde elle aussi, avec des jambes interminables. Stavros se détendit un peu, mais lorsqu'il entendit Alejandro demander à un serveur d'apporter un jus de pomme à Cecily, il réprima un juron. Cecily serait enceinte ? Ça ne se voyait pas, mais ça expliquerait pourquoi Alejandro était soudain pressé de se marier… Dans une autre vie il aurait été ravi pour ses amis et il aurait souhaité que leurs femmes deviennent toutes les quatre amies à leur tour. Mais pour l'instant il avait une autre priorité. Éviter à Calli toute souffrance inutile. Il l'attira à l'écart.

— Je suis désolé. Je ne voulais pas t'imposer ça.

— Quoi donc ?

— Ça doit être dur pour toi d'être obligée de discuter avec des femmes qui ont des enfants. Si j'avais su…

— Beaucoup de gens ont des enfants, le coupa-t-elle d'un ton léger. Ma situation ne m'empêche pas de me réjouir pour eux. C'est la vie.

Stavros ne fut pas convaincu et il resta vigilant. Il fut soulagé lorsqu'elle décida de se coucher tôt et monta dans leur suite un peu avant l'heure du rituel immuable qui réunissait les quatre amis dans la salle de billard à chaque fois qu'ils se retrouvaient au manoir. Rien de tel pour se détendre qu'une partie entre hommes, avec dégustation de whiskys millésimés à la clé… Une fois le whisky servi, Sebastien insista pour porter un toast à leur réussite.

— À vos victoires et à ma défaite.

Il tenta ensuite de leur faire admettre que cette expérience avait été enrichissante, mais Antonio se contenta de marmonner :

— Je pense qu'en réalité tu voulais juste nous marier pour ne plus être le seul à porter une alliance.

— Et j'ai réussi ! approuva Sebastien avec un sourire ravi.

— Comment ça se passe avec ton grand-père ? demanda Antonio à Stavros.

— La passation de pouvoirs est pratiquement terminée, répliqua Stavros en tournant autour de la table de billard pour décider de son prochain coup. Il prend officiellement sa retraite à la fin du mois et il continuera à siéger au conseil d'administration à titre consultatif.

À sa grande surprise, son grand-père semblait se réjouir de tous ces changements, y compris son mariage. Pourtant il devait bien se douter que ce n'était qu'une feinte. Il n'était pas stupide. La dernière fois qu'il l'avait vu il lui avait demandé si Calli était enceinte. « Elle est pâle », avait-il dit. Étant donné qu'elle prenait la pilule et qu'ils venaient tout juste d'abandonner les préservatifs, il faudrait qu'il soit doté de superpouvoirs pour l'avoir déjà mise enceinte. Son grand-père avait semblé déçu. Et de son côté, même s'il avait décidé depuis longtemps de laisser à ses sœurs le soin de perpétuer la dynastie des Xenakis, il n'avait pas pu s'empêcher d'avoir des remords. Une fois de plus. Quant à Calli, il lui avait promis un fils, mais c'était celui qu'elle avait déjà.

Calli fut réveillée par des mains froides et mouillées. Elle eut un mouvement de recul.

— Qu'est-ce que… ?

— Réchauffe-moi.

Stavros l'embrassa dans le cou. Ses cheveux étaient mouillés. Sebastien avait jeté dans la piscine une bouteille de sauternes qu'il convoitait et il avait été obligé de plonger pour la récupérer, expliqua-t-il avant de demander :

— Tu as envie de faire l'amour ?

— Et toi ?

Elle se retourna et posa la main sur sa virilité. Après avoir passé la soirée à mesurer le fossé qui la séparait du monde auquel lui et ses amis appartenaient, elle fut merveilleusement rassurée de sentir sous ses doigts le témoignage flagrant de son désir.

— Toujours, répondit-il d'une voix rauque en remontant sa chemise de nuit jusqu'à sa taille.

Avec un gémissement approbateur, elle ondula contre

lui et lui ouvrit l'accès au cœur brûlant de sa féminité. Ils s'endormirent comblés, encore emboîtés l'un dans l'autre.

Stavros se réveilla lorsqu'elle tenta de se libérer du bras enroulé autour de sa taille. Il resserra son étreinte.

— Où vas-tu ?

— Petit déjeuner.

Il laissa échapper un grognement consterné.

— Manger maintenant ? Impossible.

Elle pouffa, se leva, prit sa douche et quitta la chambre. Lorsqu'elle arriva dans le salon rose, Sadie s'y trouvait déjà. La veille, elle avait trouvé qu'Antonio et elle formaient un beau couple, un peu intimidant. Cecily arriva quelques instants plus tard. C'était une superbe blonde, grande, élancée, visiblement folle de son fiancé. Calli eut un pincement au cœur. Elle était la seule dont le couple n'était pas fondé sur l'amour… La chaleur et la spontanéité des trois autres femmes accrurent ses regrets. Elle aurait aimé devenir amie avec elles. Malheureusement, elle n'en aurait pas le temps. Préférant s'en tenir à des sujets légers, elle évoqua le bain de minuit de Stavros.

— C'est le genre de chose qui leur plaît, commenta Monika en riant. Et ils adorent se lancer des défis. Le dernier en date étant celui qui mérite la palme, bien sûr.

— Quels étaient les enjeux du pari ? demanda Cecily.

— Si Sebastien gagnait, les trois autres devaient renoncer aux biens auxquels ils tiennent le plus. Pour Alejandro son île privée, par exemple. Si Sebastien perdait, il s'engageait à investir la moitié de sa fortune dans une organisation caritative.

— Et ils ont réussi tous les trois leur pari ?

Monika hocha la tête.

— Dans quelques semaines, Sebastien annoncera officiellement la création d'une organisation internationale de recherche et de sauvetage. Un projet qui lui est cher depuis l'accident qui a failli lui coûter la vie l'année dernière.

Il avait été enseveli sous une avalanche et ses trois amis

avaient creusé la neige pour le sauver, apprit Calli. Apparemment ils avaient tous le goût du risque, et pratiquaient régulièrement des sports extrêmes au sein d'un club fondé par Sebastien. La conversation s'orienta ensuite vers le concours hippique qui aurait lieu l'après-midi dans la partie du parc aménagée à cet effet.

— Tu y participes ? demanda Sadie à Cecily, qui semblait perdue dans ses pensées.

Cecily secoua la tête.

— Je fais une pause en ce moment. Je reprendrai les concours hippiques après le mariage. Mais je vais aller encourager Natalie.

Elle jeta un coup d'œil nostalgique par la fenêtre, comme une prisonnière rêvant de liberté. Enceinte, soupçonna Calli avec un pincement au cœur. Au même instant, Monika lui demanda ce qu'elle avait prévu pour l'après-midi.

— J'ai promis à la sœur de Stavros que je prendrais des photos du parc, répondit-elle. Mais j'imagine qu'ensuite nous irons voir le concours.

Elle se tourna vers Sadie.

— Antonio et toi vous y assisterez ?

— Oui. Nous nous retrouverons sans doute là-bas.

Lorsque Calli regagna la suite, elle trouva Stavros assis sur le canapé. Les cheveux humides de la douche, il était en pantalon, mais pieds nus et la chemise ouverte. Une tasse de café fumant à portée de main sur la table basse, il consultait ses messages sur son portable.

— Lunettes noires ? lança-t-elle d'un ton moqueur. Gueule de bois ?

— Juste une légère migraine. Nous avons bu du whisky toute la nuit. Comment s'est passé le petit déjeuner ?

— Très bien.

La saisissant par le poignet, il l'attira à lui et l'installa à califourchon sur ses cuisses. Elle posa les mains sur son torse et l'embrassa. Sa bouche avait le goût du café.

— Monika nous a parlé de votre club de sports extrêmes. J'ignorais que vous étiez des casse-cou. Quel genre de sports pratiquez-vous exactement ?

— Oh ! des tas. L'escalade à mains nues. La plongée souterraine. Cet hiver c'était le paraski. J'imagine que la prochaine fois ce sera le vol en combinaison ailée ou quelque chose du même genre.

— Et tu es prêt à le faire ? Pourquoi ? L'effet d'entraînement ? Si tous tes amis décidaient de sauter d'un pont, est-ce que tu les suivrais ?

— Trop tard. Nous l'avons déjà fait, répliqua-t-il d'une voix traînante en glissant les mains sous sa robe.

Il traça du bout des doigts le bord de son string avant d'ajouter :

— Les yeux bandés.

Elle pouffa tout en frissonnant sous ses caresses.

— Eh bien, moi, je ne suis même pas capable de sauter du plongeoir de notre piscine !

Sa piscine, se rappela-t-elle.

— Ça prouve que tu as un solide instinct de conservation. Moi, je n'ai jamais eu de raison de vivre. Alors je recule un peu plus les limites à chaque fois.

Il y eut un silence.

— J'espère que c'était une plaisanterie.

Elle souleva les lunettes noires et vit des ombres dans les yeux de Stavros. Des fantômes ? Son regard était perdu dans le vague et son visage tourmenté. Comme le jour où ils s'étaient arrêtés sur le cap. Il semblait toujours si sûr de lui qu'il était facile d'oublier qu'il avait lui aussi ses démons. Elle lui prit le visage à deux mains et attendit que son regard rencontre le sien.

— Tu as des amis très proches et une famille qui t'aime. S'il te plaît, ne dis pas que tu n'as pas de raison de vivre.

— Je ne suis pas suicidaire, si c'est l'impression que ça donnait.

— Stavros… Que s'est-il passé en Grèce ? Autrefois.

Il crispa la mâchoire.

— Je t'ai confié mon secret, rappela-t-elle d'une voix douce. Je sais que ton père est mort. Comment est-ce arrivé ?

Il enleva les mains de sous sa robe.

— Je voulais aller à la pêche. Il m'a obligé à mettre un gilet de sauvetage, mais lui, il n'en a pas mis. Le vent a forci. La barque a chaviré. Il m'a dit de nager jusqu'au rivage. J'ai obéi. Il n'a pas réussi à en faire autant.

— Tu ne peux pas t'en vouloir. Tout le monde sur l'île sait à quel point la mer peut être traîtresse à cet endroit.

— Je n'ai jamais été du genre à obéir. Mais ce jour-là je l'ai fait. Le jour précis où j'aurais dû me rebeller et rester.

— Pour te noyer ? Tu ne peux pas penser ça.

Il la fit descendre de ses genoux et se leva.

— J'ai faim. Tu descends avec moi ?

Elle rabattit sa jupe et la lissa en le regardant remettre ses lunettes noires en place et boutonner sa chemise. Distant. Très distant. Son cœur se serra. Elle savait ce que c'était d'être écrasé par le remords, la souffrance et la haine de soi. Mais elle ne savait pas comment l'aider à s'échapper de cette prison.

— Ophelia m'a envoyé un texto il y a quelques minutes. Je vais l'appeler et ensuite je descendrai. J'ai promis à ta sœur de lui envoyer des photos du parc. Tu veux venir avec moi ?

— Retrouve-moi dans la salle à manger.

Il boutonna ses manchettes et quitta la chambre.

— Stavros…

Calli resta sans voix devant le miroir, la gorge nouée. Elle n'osait même pas toucher les boucles d'oreilles. Deux saphirs de taille princesse cerclés de diamants, suspendus à de fines chaînes d'or blanc. C'était Stavros qui les lui avait mises après avoir remonté la fermeture Éclair de sa robe. En soie vermillon, à décolleté rond, elle moulait sa taille et ses hanches avant de s'évaser en plis souples jusqu'à ses chevilles.

Derrière elle, il étudiait son reflet.

— Elles te vont bien. Elles font ressortir tes yeux.

— Elles les font sortir de leurs orbites, tu veux dire !

— Je cherchais un cadeau d'anniversaire pour Sebastien et Monika quand je les ai vues. J'ai tout de suite eu envie que tu les portes.

Elle déglutit péniblement. C'était touchant, bien sûr. Mais elle attendait autre chose que des pierres précieuses de la part de cet homme… Toute la journée il était resté distant et elle avait respecté son besoin de se replier sur lui-même. Ils s'étaient promenés dans le bois, à l'écart de la foule qui assistait au concours hippique. Ils s'étaient arrêtés sur un pont de pierre d'où elle avait pris des photos. Lorsqu'elle avait baissé son appareil, Stavros l'avait prise dans ses bras et l'avait serrée longuement contre lui sans rien dire. La joue pressée contre son torse, elle avait écouté les battements sourds de son cœur. Au bout d'un long moment, il avait déposé un baiser sur son front, puis il lui avait pris la main et ils avaient poursuivi leur promenade sans un mot. Elle était si bouleversée qu'elle tenait à peine sur ses jambes. Et maintenant ce cadeau inattendu… Elle se retourna et déposa un baiser sur ses lèvres.

— Je suis très touchée. Elles sont magnifiques. Merci.

Ils quittèrent la suite pour se rendre sous la tente dressée au milieu de la pelouse. Des guirlandes lumineuses dorées couraient tout autour du toit de la tente, et trois lustres suspendus au centre complétaient l'éclairage. Des tables habillées de nappes crème assorties à la toile de tente étaient disposées çà et là. Des bougies et des pétales de roses ajoutaient au romantisme du décor. Des notes de musique s'élevèrent dans la douceur du soir et Sebastien entraîna Monika sur la piste pour la première danse. Quelques minutes plus tard, Antonio et Sadie les rejoignirent. Calli les contemplait avec nostalgie.

Quel effet cela faisait-il de partager un amour aussi éperdu ? Mais n'y avait-il pas une certaine tension entre eux, ce soir ? Avant qu'elle ait le temps de s'interroger plus longuement, Cecily arriva, vêtue d'une somptueuse robe de lamé or.

— Tu es superbe, dit Calli.

— Toi aussi.

Le regard de Cecily se posa sur les boucles d'oreilles.

— Waouh. Elles sont magnifiques.

— C'est Stavros qui me les a offertes, murmura Calli, embarrassée.

— Il t'aime.

Calli s'abstint de protester et d'expliquer que non, Stavros ne l'aimait pas.

— Et ton fiancé est visiblement fou de toi, dit-elle.

— Tu dis ça à cause de cet après-midi ?

Cecily s'empourpra.

— Ce n'était pas… ce qu'on pouvait croire.

Calli réprima un sourire. Après une discussion animée, Alejandro avait balancé Cecily sur son épaule dans le plus pur style macho et l'avait emmenée vers le manoir pour lui faire l'amour. Quoi d'autre ?

Stavros et Alejandro arrivèrent et les deux couples gagnèrent la piste de danse. Au même instant, Sadie s'en alla brusquement.

— Oh. Un problème avec son fils, tu crois ? demanda Calli en la suivant des yeux.

Monika suivit Sadie hors de la tente, tandis qu'Antonio quittait la piste et se mettait à discuter avec Sebastien.

— Si c'est grave ils nous préviendront, répliqua Stavros.

Quelques instants plus tard, Sebastien leur assura que tout allait bien et que le couple avait simplement regagné la maison.

La soirée se poursuivit sans incident. Une soirée qu'elle n'oublierait jamais, songea Calli. Dans plusieurs années, elle se remémorerait avec nostalgie cette réception où en temps normal elle n'aurait eu aucune chance d'être invitée et où elle avait dansé comme Cendrillon avec l'homme le plus séduisant du bal. L'homme qu'elle aimait.

— As-tu la migraine, ce matin ? Tu veux prendre quelque chose ? demanda-t-elle lorsqu'ils regagnèrent leur suite après le petit déjeuner.

Stavros avait disparu au milieu de la nuit et elle s'était réveillée seule. Il n'arrivait pas à dormir et il s'était retrouvé en train de boire une bière avec Alejandro.

— Je vais bien. Pourquoi ? Tu as mal à la tête ?

— Non. Je t'ai demandé ça parce que je suis sur le point de prendre ma pilule et…

L'avait-elle prise hier ? Elle n'en avait pas le souvenir… Elle se précipita dans la salle de bains, prit sa trousse de maquillage et en sortit sa plaquette de pilules. Elle lâcha un mot qu'elle n'utilisait *jamais*.

— Que se passe-t-il ? demanda Stavros depuis le seuil.

— Je la prends toujours après le petit déjeuner.

Elle tremblait de tout son corps. Comment avait-elle pu oublier ?

— Je pars du principe qu'il vaut mieux prendre les médicaments le ventre plein. Mais quand je suis remontée ici hier matin…

Ils avaient discuté. Elle avait été bouleversée par ce qu'il lui avait confié à propos de son père. Et elle avait oublié de prendre sa pilule…

Stavros jeta un coup d'œil à la plaquette.

— Tu n'en as oublié qu'une.

— Sauf que…

Elle fut assaillie par une bouffée d'angoisse.

— Avant notre départ de New York, j'ai sorti ma pilule du jour et je l'ai posée sur le rebord du lavabo avant de ranger la plaquette dans ma valise puis d'aller prendre mon petit déjeuner. Ensuite nous sommes partis précipitamment pour l'aéroport et je ne me souviens pas si je suis revenue dans la salle de bains pour prendre la pilule que j'avais sortie.

Elle était pratiquement certaine de ne pas l'avoir prise. Bon sang ! Elle aperçut son reflet dans le miroir et se reconnut à peine. Elle était livide.

— Nous allons acheter une pilule du lendemain.

— Comme son nom l'indique, c'est pour le *lendemain*. Ça fait trois jours, Stavros. Et si je suis enceinte ?

Les pupilles de Stavros se dilatèrent démesurément.

— Je te préviens, ne m'accuse pas d'avoir fait exprès, dit-elle d'une voix blanche. Ne fais surtout pas ça.

— Je n'ai rien dit.

Elle passa devant lui et regagna la chambre, au comble de l'angoisse. Elle pouvait à peine respirer et elle avait l'impression qu'un étau se resserrait sur son crâne. Ils avaient fait l'amour sans protection. Un nombre incalculable de fois…

— Pourquoi suis-je aussi stupide, bon sang ?

Stavros avait toujours été très rigoureux dans ce domaine dès le début de sa vie sexuelle. Il utilisait systématiquement des préservatifs. Il avait peut-être le goût du risque, mais il n'était pas irresponsable. Calli avait tellement répété qu'elle ne voulait pas d'enfant qu'il lui avait fait confiance pour la pilule. Pour la première fois de sa vie, il avait eu des rapports non protégés. Il aimait ça.

Le visage livide de Calli ne laissait aucun doute. Son oubli n'avait pas été intentionnel.

— Est-ce vraiment une catastrophe ?

Il n'aurait jamais envisagé une grossesse délibérée. Mais accidentelle ? Son désir pour elle ne semblait pas près de faiblir. Après tout, une grossesse accidentelle pouvait être l'occasion de prolonger leur arrangement. Ce n'était pas égoïste. C'était juste correct.

— Faire un autre bébé avec un homme qui pense que j'ai

voulu le piéger ? Qui a l'intention de divorcer dans quelques mois ? Que suis-je censée faire à ce moment-là ? Me trouver un homme plus riche que toi pour avoir une chance de récupérer mon enfant ? *Oui*, c'est une catastrophe !

— Nous pourrions rester mariés.

— Tu m'aimes ?

Il eut un mouvement de recul. Pourquoi cette question ?

Elle laissa échapper un rire si amer qu'il n'avait plus rien d'un rire.

— C'est bien ce que je pensais !

— Calli…

Il fit un pas vers elle. Elle l'arrêta d'un geste.

— Je ne peux pas revivre ça. *Je ne peux pas !*

— Je ne crois pas du tout que tu as voulu me piéger.

— Si, tu le crois. Et je resterais prisonnière d'un mariage avec un homme qui m'en veut, uniquement pour pouvoir avoir une place dans la vie de mon fils. Je fais de gros progrès, n'est-ce pas ? Bon sang, je me hais !

— Calli.

Il la saisit par le bras, mais elle se dégagea aussitôt.

— Peux-tu…

Elle déglutit péniblement.

— Peux-tu me laisser seule quelques instants ?

9

Sans que le silence soit vraiment hostile, ils n'échangèrent que quelques mots au cours du voyage de retour. À peine avaient-ils atterri que Calli reçut un texto de la sœur de Stavros, qui lui rappelait qu'elle avait promis de l'aider à préparer son exposition. Sa sœur cadette jouait un rôle actif au sein de Dýnami, mais la benjamine peignait. Avec talent.

— Non, il faut que tu viennes, insista-t-elle quand Calli tenta de se décommander. Tu as eu vraiment l'œil l'autre jour pour le choix du passe-partout pour ma marine. J'ai besoin de tes conseils.

Calli réprima un soupir. Pour le choix du passe-partout, elle avait juste eu de la chance. Et si elle avait accepté de donner son avis pour le reste des encadrements, c'était uniquement parce qu'elle n'avait pas trouvé les mots pour refuser poliment.

— Il faut que tu préviennes ta famille que notre mariage est temporaire, dit-elle à Stavros en raccrochant.

— Pour l'instant nous n'en savons rien, répliqua-t-il d'un ton neutre.

Elle sentit son estomac se nouer. Elle avait arrêté la pilule et elle attendait ses règles. Pourvu qu'elles arrivent ! Finalement, la préparation de l'exposition lui occuperait l'esprit, ce qui lui éviterait de penser toute la journée à l'enfant qu'elle n'avait pas encore retrouvé et à celui dont l'existence était incertaine.

Quelques jours plus tard, elle accompagna son mari au cocktail de départ de son grand-père. Ce dernier lui fit des compliments qui lui donnèrent une fois de plus le sentiment très désagréable d'être coupable d'imposture.

— L'arrivée de Calli dans notre famille est un bol d'air frais. J'ai souvent été en désaccord avec mon petit-fils, mais en l'épousant il m'a prouvé qu'il était capable de prendre des décisions judicieuses.

Pendant les rires qui ponctuèrent cette déclaration, Calli eut toutes les peines du monde à esquisser un sourire.

— Mon fils me manque tous les jours, poursuivit Edward. Mais je suis très fier de l'héritier qu'il m'a laissé à sa place et je m'en vais l'esprit tranquille, car je sais que l'avenir de Dýnami est en de bonnes mains.

Visiblement surpris par ces commentaires élogieux, Stavros porta un toast à son grand-père d'une voix qui tremblait imperceptiblement. Sa mère se pencha vers Calli et murmura :

— Ces deux-là… À chaque fois qu'ils s'affrontent je revois mon mari. Ils se conduisent comme s'ils se détestaient, mais en réalité ils s'adorent.

Elle cilla et quelques larmes s'échappèrent de ses yeux. Calli attendit la fin des applaudissements et demanda :

— Stavros se querellait avec son père ?

— Oh ! Avant même de savoir parler il se rebellait déjà contre son père et moi. Je ne savais pas comment m'y prendre avec lui. Et il ne s'est jamais pardonné pour l'accident. J'étais inquiète à l'idée de le voir grandir sans un homme pour le guider. Quand Edward nous a fait part de son intention de nous faire venir ici, j'ai tout de suite accepté. C'était l'avenir de mes enfants qui était en jeu.

— Stavros m'a dit qu'Edward refusait d'entendre parler grec dans la maison.

— Parce que notre anglais était épouvantable ! Pour s'intégrer il fallait maîtriser parfaitement la langue. C'était essentiel pour la réussite des enfants. Stavros dit souvent qu'Edward est un tyran, mais…

— On peut en dire autant de lui ? devina Calli.

La mère de Stavros rit de bon cœur.

— Vous avez tout compris. S'il savait combien de fois Edward m'a suppliée de le remmener en Grèce et de le laisser là-bas !

Elle eut un sourire tremblant.

— Nous riions et nous pleurions en même temps. Mon Stavros nous manquait tellement…

Calli lui pressa le bras et posa brièvement la tête sur son épaule pour lui témoigner sa compassion. Stavros revint à la table à cet instant et il arqua les sourcils.

— Eh oui, ton grand-père n'est pas le seul à approuver au moins *une* de tes décisions, commenta sa mère en riant.

Stavros répondit par une plaisanterie, mais il revint sur le sujet en fin de soirée quand ils arrivèrent à l'appartement.

— De quoi discutiez-vous avec ma mère ?

— De ton père. Et elle m'a dit qu'elle ne regrettait pas d'être venue vivre ici. Elle estimait que tu avais besoin d'une présence masculine et que l'influence de ton grand-père te serait bénéfique.

Il eut une moue suggérant qu'il ne pouvait pas dire le contraire.

— Je vais me coucher, annonça-t-elle.

— Où ?

Elle ne répondit pas. Depuis qu'elle avait arrêté la pilule elle dormait dans la chambre d'amis. Stavros soupira.

— Je peux mettre un préservatif.

— Tant que je ne saurai pas je serai trop stressée.

— Bonne nuit, alors.

Stavros relut le mail de Norma qui venait d'arriver.

Une lettre a été transmise il y a une semaine à la famille que nous avons identifiée comme celle qui a adopté Dorian. Pas de réponse pour l'instant.

Il transféra le mail à Calli, puis il se cala dans son fauteuil en s'efforçant de maîtriser sa nervosité. La nature prenait elle aussi son temps pour communiquer des réponses. Avait-il envie qu'elle soit enceinte ? Ils pourraient reprendre leur vie là où ils l'avaient laissée, et il la garderait auprès de lui au-delà de quelques mois. Non qu'elle soit enthousiasmée par cette perspective. « Tu m'aimes ? » Il avait éludé la question et il n'était toujours pas prêt à analyser ce qu'il éprouvait pour elle… Les vibrations de son téléphone l'arrachèrent à son introspection.

— Oui ?

— Monsieur Xenakis ? C'est Ian. Le portier de votre immeuble, de service en semaine. Je vois sur votre compte que vous avez demandé à être prévenu si…

— Underwood est là ?

— Non, monsieur. Mais une femme s'est présentée dans le hall. Wanda Abbott. Elle m'a demandé d'appeler Mme Xenakis, mais votre épouse est descendue avant que j'aie le temps de la joindre. Mme Abbott est allée à sa rencontre et elles sont remontées à l'appartement.

Wanda Abbott était visiblement aussi nerveuse qu'elle, nota Calli, l'estomac noué. Vêtue d'une jupe crayon et d'un cardigan de laine très classique, elle avait tout d'une Underwood. Même si en réalité elle n'était qu'une cousine éloignée d'une femme ayant épousé un Underwood. Elle avait au moins quinze ans de plus que Calli et faisait son âge malgré son maquillage raffiné. Par ailleurs, en plus d'une grande lassitude ses yeux exprimaient une profonde détresse.

— J'ignorais que la procédure était entachée d'irrégularité, précisa-t-elle après avoir annoncé que son fils, James, avait été adopté six ans plus tôt, peu de temps après sa naissance. Je savais que Brandon était le père, mais on nous avait dit que sa mère avait choisi de renoncer à tous ses droits parce qu'elle était trop jeune.

— Ma signature a été contrefaite.

— C'est ce que m'a appris la lettre que j'ai reçue. Je n'avais jamais soupçonné que ce genre de chose pouvait arriver. J'étais tellement heureuse d'avoir un bébé... Nous étions sur des listes d'attente dans plusieurs agences depuis des années. Je ne l'ai pas adopté parce que les Underwood avaient institué un legs à son nom, mais parce que je le voulais, *lui*.

Calli scruta le visage de Wanda. On y lisait la vulnérabilité d'une mère craignant d'être séparée de son enfant. « Ne me le prenez pas. » Sans doute pouvait-on lire la même prière sur son propre visage.

— Brandon avait toute sa vie devant lui, disaient ses parents. Une carrière politique en perspective. C'est la raison qu'ils invoquaient pour nous demander de garder secrète l'identité du père de James. La mère de Brandon vient le voir deux ou trois fois par an, mais même ma sœur n'est pas au courant. Quand la lettre de vos avocats est arrivée, j'ai été anéantie.

— J'en avais déjà envoyé une il y a quelques années...

— Mon mari me l'a avoué quand je lui ai montré celle-ci. Il m'a dit que les Underwood allaient régler le problème, comme ils l'avaient déjà fait une fois. Il était furieux que j'aie ouvert la lettre. Je croyais qu'elle concernait le legs de James. Nous avons sollicité l'autorisation d'y accéder avant sa majorité pour payer les frais d'hospitalisation de notre fille. Je ne suis plus moi-même depuis que sa maladie a été diagnostiquée.

— Je... De quoi parlez-vous ?

— Notre cadette est atteinte de leucémie. Nous... C'est très difficile. Alors quand nous avons reçu cette lettre... L'idée que nous allons peut-être être obligés de nous battre aussi pour garder James...

Elle étouffa un sanglot.

— Mon mari va être furieux quand il saura que je suis venue ici. Mais je ne pouvais pas faire autrement. Il fallait que je vous dise que je ne savais pas. Je n'aurais jamais fait une chose pareille. Et je suis venue vous supplier, Calli. Vous supplier. Votre désir de voir James est légitime, bien sûr. Mais c'est un moment très délicat. Je fais tout mon possible pour qu'il continue à vivre normalement. D'habitude c'est un garçon épanoui, mais depuis quelque temps il devient agité. Et il ne dort plus… Il est inquiet pour sa sœur.

» Il sait qu'il a été adopté. J'avais prévu d'accueillir sa mère biologique dans notre vie… Mais en ce moment, c'est trop délicat. Et si vous décidiez de dénoncer l'adoption, de l'arracher au seul foyer qu'il connaît… Je vous supplie de ne pas lui faire ça, Calli. »

Que répondre à ça ? Au moins elle avait désormais la certitude que son fils était aimé. Qu'il avait une mère prête à tout pour le protéger. Calli s'éclaircit la voix.

— Est-ce que… Est-ce que je pourrais au moins voir une photo de lui ?

Dès que la porte de l'ascenseur s'ouvrit, Stavros se précipita dans le salon. Il se figea devant Calli, pelotonnée dans un fauteuil, les yeux fixés sur l'écran de son téléphone.

— Où est-elle ?

— Qui donc ?

— L'envoyée des Underwood.

Calli était d'une pâleur inhabituelle. Elle avait les yeux rouges, mais elle semblait étrangement apaisée. Presque sereine. L'air grave mais résolu.

— Dorian est dans une famille aimante.

Elle tendit son téléphone.

— Wanda Abbott m'a donné des photos. Il semble réellement heureux.

Stavros prit l'appareil et vit un garçon au sourire effronté, avec des yeux aux reflets d'or familiers. Il afficha la photo suivante. Le garçon tenait par le cou une petite fille à la peau mate et aux cheveux crépus.

— C'est sa sœur. Elle est malade. Gravement malade.

Calli reprit son téléphone, regarda une autre photo et ajouta :

— J'espère qu'il ne va pas la perdre. Ils semblent très proches.

— Elle ment peut-être.

— Non.

Calli faisait défiler les photos, avide d'images de son fils.

— Elle m'a dit qu'elle m'en enverrait d'autres. Qu'elle essaierait d'organiser une rencontre, mais sans doute pas avant qu'ils soient fixés sur la santé de leur fille.

— Et tu vas accepter ça ?

— Elle m'a suppliée, Stavros. Elle est prête à sacrifier son amour-propre pour le protéger. C'est ce que font les mères. Elles se sacrifient pour leurs enfants. Et moi, qui suis aussi sa mère, la meilleure preuve d'amour que je puisse lui donner, c'est de faire passer son intérêt avant le mien. Au moins maintenant je sais qu'il est entouré d'affection.

Stavros s'assit sur le canapé en face de Calli. Elle éteignit son téléphone.

— Je ne suis pas enceinte.

Il fut submergé par un sentiment bien plus intense que la déception. L'effroi.

Il resta silencieux.

— C'est mieux comme ça, reprit-elle d'un ton neutre. Et je pense…

Elle s'éclaircit la voix.

— Je pense qu'il vaut mieux également que nous arrêtions. Maintenant.

— Tu as accepté de rester six mois.

— Je me moque de l'argent. Je n'en veux pas. Nous avons obtenu l'un et l'autre ce que nous attendions de ce mariage.

— Calli…

— Il faut que je parte avant de commencer à souffrir, Stavros. Parce que je commence à m'imaginer que ma place est ici et qu'entre nous il y a plus que du désir. Il faut que je parte avant de tomber amoureuse de toi.

Tombe amoureuse. Les mots restèrent coincés dans la gorge de Stavros. Non, il ne pouvait pas lui demander ça.

— Comme tu veux, dit-il simplement.

Une heure plus tard, il était seul. L'appartement était vide. Elle était partie.

10

— Comment ça, elle est partie ? s'exclama Edward une semaine plus tard quand Stavros alla le voir chez lui, comme il le lui avait demandé.

Apparemment il avait l'intention de céder son hôtel particulier à son petit-fils comme cadeau de mariage.

— Elle est retournée en Grèce.

— Qu'est-ce que tu as fait ?

— Rien.

Stavros baissa les yeux sur les motifs rouges et or du tapis, si familiers, puis il les plongea dans ceux de son grand-père.

— Je l'ai épousée uniquement pour prendre la tête de Dýnami.

— Je sais. Mais pourquoi l'as-tu laissée partir ?

Son grand-père savait. Bien sûr. Il n'avait pas été dupe.

— Je te rappelle que la séquestration est punie par la loi. Même moi j'ai des limites, ironisa Stavros.

— Steve…

— Ne m'appelle pas comme ça.

— Qu'est-ce que ça peut te faire, bon sang, la façon dont je t'appelle ?

Edward frappa du plat de la main sur le bureau.

— Imbécile ! La seule chose que je souhaitais pour toi, c'était que tu arrêtes de gâcher ta vie. Pourquoi ne l'as-tu pas retenue ?

— Parce qu'elle mérite mieux que moi !

— Tu vas continuer encore longtemps à t'autoflageller ? Je trouvais déjà pathétique que tu cherches par tous les moyens à te tuer pour te punir. Et maintenant tu as décidé de t'arracher le cœur ? Ton père voudrait…

— Ne me dis pas ce qu'il voudrait. Je le sais.

« Nage. Je serai juste derrière toi. »

— Il voudrait que tu vives, Stavros. Pleinement. Pas en flirtant avec la mort. Il voudrait que tu aimes, que tu fondes une famille. C'est ce que je voulais pour lui. C'est ce que je veux pour toi.

— Tu voulais qu'il reste ici pour t'aider à développer l'entreprise. Tu ne supportais pas qu'il passe du temps en Grèce.

— Je voulais mon fils auprès de moi. J'étais en train de bâtir son héritage et je voulais le faire avec lui. Mais surtout… Surtout j'étais jaloux ! Des liens qui l'attachaient à ta mère. J'ai grandi comme un fils d'immigrants. Nous n'avions rien au départ. L'argent et la réussite ont toujours été plus importants pour moi que l'amour. J'aurais voulu que ce soit la même chose pour lui.

» Je lui en voulais d'avoir acheté une maison en Grèce et d'y passer autant de temps avec vous. Je regrette de lui avoir reproché de faire passer sa femme et ses enfants avant moi. Je le regrette d'autant plus que lorsque vous êtes venus vivre ici après sa mort, j'ai découvert ta mère. C'est une femme incroyablement généreuse. Ils avaient trouvé l'amour et ils en étaient dignes. Ils auraient mérité de passer beaucoup plus de temps ensemble. »

Stavros tressaillit.

— Ce n'est pas à toi que j'en veux ! s'exclama son grand-père. Je suis en train de t'expliquer que c'est à moi ! Je n'aurais jamais dû l'obliger à choisir sans arrêt entre moi et vous.

— C'est moi qui ai insisté pour aller pêcher ce jour-là. C'est à cause de moi que nous avons été pris dans la tempête. C'est à cause de moi qu'il est mort.

— Il t'a emmené pêcher pour te faire plaisir. Parce qu'il

voulait avec son fils une relation plus riche que celle qu'il avait avec son père. Il m'a fallu du temps pour reconnaître les erreurs que j'ai commises avec lui et que j'ai renouvelées ensuite avec toi.

— Tu avais toutes les raisons d'être dur avec moi. J'étais ingérable.

— C'est vrai. Et quand tu es arrivé avec Calli, j'ai tout de suite compris ta manœuvre. Et je me suis reconnu dans ta duplicité. À cause de l'éducation que je t'avais donnée, tu étais devenu comme moi. Je n'étais pas fier de moi. Par la suite j'ai appris à connaître Calli et à l'apprécier elle aussi. Elle se moque éperdument de notre argent. Elle t'aime. Et toi, qui rêvais depuis toujours de diriger l'entreprise, tu as brusquement pris l'habitude de partir tous les jours à 17 heures. Pour la retrouver. J'ai cru que tu avais trouvé le bonheur dont j'avais privé ton père.

Stavros déglutit péniblement. Depuis le départ de Calli, il travaillait de nouveau comme une brute… « Tu m'aimes ? » Il n'avait jamais eu le sentiment d'être digne d'aimer et d'être aimé. Mais quand elle lui avait expliqué que la plus belle preuve d'amour qu'elle pouvait donner à son fils c'était de faire passer son intérêt avant le sien, il avait voulu lui faire le même cadeau. Il avait eu la conviction qu'il devait la laisser partir. Que c'était la meilleure chose qu'il pouvait faire pour elle. Parce qu'il l'aimait…

— Je suis un imbécile.

— Enfin un point sur lequel nous sommes d'accord.

Son grand-père lui donna une tape sur l'épaule.

— Va la chercher.

Lorsqu'on frappa à la porte, Ophelia se redressa d'un bond sur le canapé et mit le film sur pause.

— Pizza !

— Tu n'as pas commandé de pizza, objecta Calli.

— Je croyais que tu l'avais fait.

— Non. J'ai dit qu'il fallait arrêter les achats avec la carte de crédit de ton père.

— Il est d'accord…

Ophelia soupira. Puis elle fronça les sourcils.

— Si ce n'est pas le livreur de pizza, qui est-ce ?

Elle gagna la porte sur la pointe des pieds et regarda par le judas.

— Oh ! mon Dieu ! C'est ton *mari*.

— Quoi ?

— Que faites-vous ici ? demanda Ophelia en ouvrant la porte.

Le cœur battant à tout rompre, Calli resta muette, incapable de prononcer un mot. En la voyant, Stavros parut surpris.

— Et toi, que fais-tu ici ?

— Soirée entre filles, dit Ophelia en montrant le désordre. Pop-corn. Glaces. Film sans scènes de sexe parce qu'elle croit que j'ai toujours neuf ans…

Stavros entra dans l'appartement et ferma la porte.

— Je veux dire, pourquoi habites-tu ici ? rectifia-t-il, les yeux fixés sur Calli. Je t'ai donné le code de l'appartement.

— Takis est en déplacement et Ophelia n'avait pas envie de dormir chez ses grands-parents.

Et leur mariage n'était qu'une farce. Ils étaient sur le point de divorcer. Il l'avait oublié ? Pas elle.

— Alors il n'est pas là ?

— Takis ? Il est parti une semaine. Pourquoi ? Tu as besoin de lui parler ?

— Non. Tu ne retravailles pas pour lui, n'est-ce pas ?

— Non. J'avais surtout envie de passer du temps avec Ophelia avant son départ en pension.

Elle avait parlé de Dorian à Ophelia. Sans omettre de détails. L'adolescente arrivait à un âge où les garçons commençaient à prendre beaucoup d'importance et le moment semblait approprié. La réaction d'Ophelia avait été adorable. Les films et les sucreries faisaient partie de la stratégie qu'elle avait choisie pour tenter de la réconforter.

— Nous avons le mal du pays, annonça Ophelia en passant un bras autour des épaules de Calli. Je lui ai demandé de m'emmener dans l'île, puisque techniquement elle est toujours votre femme et donc propriétaire de la moitié de notre ancienne maison. Mais elle trouve que ça ne serait pas correct.

Ophelia regarda Stavros et haussa les sourcils.

— Une opinion divergente à exprimer ?

— Vous pouvez utiliser la maison quand vous voulez, répliqua-t-il aussitôt.

Ophelia adressa à Calli un sourire triomphant.

— Tu vois ?

— Si vous pouviez nous accorder quelques minutes en tête à tête, ajouta Stavros.

— Oh. D'accord. Je vais aller écouter de la musique dans ma chambre pour que vous puissiez discuter entre adultes.

Ne me laisse pas ! Calli déglutit péniblement tandis qu'Ophelia s'éloignait dans le couloir. Elle ne s'était pas préparée à ça. Elle s'était persuadée qu'elle ne reverrait plus jamais Stavros.

Et depuis elle avait l'impression de mourir à petit feu.

— Calli… Est-ce que tu m'aimes ?

— Pardon ?

— Est-ce que tu m'aimes ?

— Stavros…

— Tu m'aimes. Pourtant tu es partie. Ça n'a pas de sens, Calli.

— Toi tu ne m'aimes pas.

— Mais l'amour à sens unique ne te fait pas peur. Tu aimes ton fils, qui ne sait même pas que tu existes. Tu aimes Ophelia, qui te mène par le bout du nez. Je suis prêt à parier toute ma fortune que tout au fond de toi tu aimes toujours tes parents, qui ne le méritent pourtant pas. Tu es spécialiste de l'amour inconditionnel, Calli. Et tu m'aimes.

Je le sais. Mais ça ne t'a pas empêchée de me quitter et j'ai fini par comprendre pourquoi. Parce qu'il y a quelqu'un que tu n'aimes pas. Toi-même.

Calli tressaillit. Stavros referma les mains sur ses bras.

— Tu n'es pas coupable, Calli.

— Laisse-moi.

— Arrête de t'autoflageller. Tu n'es pas coupable. Tu n'es pas une mauvaise mère. Tu es une femme fantastique, aimante et généreuse. Tu crois que je ne sais pas de quoi je parle ? Je m'autoflagelle moi aussi depuis le jour où j'ai réussi à regagner le rivage sans mon père. Mon grand-père m'a ouvert les yeux. Il a tout compris depuis le début. Il savait que notre mariage était un arrangement. Puis il a vu qu'il n'en était plus un. Il veut que je te ramène chez nous. Et pour une fois je veux faire ce qu'il me demande.

Il prit son visage entre ses mains.

— Je t'aime, Calli. Je veux que tu reviennes. Je veux que notre mariage dure toujours. Je veux que nous passions notre vie ensemble, à nous aimer et à aimer tous les enfants que nous aurons.

— Stavros… Je t'aime.

La vue de Calli se brouilla. Elle cligna les paupières et ses larmes roulèrent sur ses joues.

— Je t'aime, Stavros.

Il déposa sur ses lèvres un baiser d'une tendresse infinie, qui s'ouvrit peu à peu à la passion. Il plongea la main dans ses cheveux. Elle s'alanguit contre lui. Leurs bouches se mêlèrent avec ferveur et ils s'abandonnèrent sans réserve au bonheur de s'être enfin trouvés.

Un peu plus tard, Stavros essuya les joues de Calli du bout des pouces.

— *S'agapó gynaíkamou*. Je t'aime, ma femme. Je refuse de divorcer.

— Moi aussi.

— Je t'ai dit un jour que je n'avais pas de raison de vivre. C'est faux. J'en ai une et c'est toi.

Il referma les bras sur elle et la serra contre lui à l'étouffer.

— Tu en as bien plus d'une, Stavros.

Calli fit une pause avant d'avouer :

— J'étais déçue de ne pas être enceinte.

— Moi aussi j'étais déçu. Quand tu seras prête, *agápimou,* nous ferons autant de bébés que tu voudras. Et il y aura toujours une place chez nous pour Dorian.

— Oh ! Stavros… Je t'aime.

Épilogue

Dans les airs, sur l'eau, sous terre, au-dessus du vide, Stavros avait eu cent fois l'occasion d'éprouver des sensations extrêmes. Cependant, jamais rien ne l'avait préparé à affronter le mélange détonant d'angoisse et d'exaltation qui avait failli le rendre fou quand il avait assisté à l'accouchement de Calli.

La mère et l'enfant se portaient à merveille, mais dix jours plus tard le père était toujours profondément ébranlé, et bien décidé à ne plus jamais revivre *ça*.

— Il est réveillé ? demanda Calli d'une voix ensommeillée en s'étirant sur leur lit après une sieste.

Stavros détourna son attention de son fils pour contempler sa femme. Le teint frais, les traits reposés, elle rayonnait de bonheur. Et elle était d'une beauté bouleversante…

— Oui, et depuis quelques minutes il essaie d'attraper mon doigt. J'ai pensé qu'il valait mieux l'amener à la source. De toute façon, nous allons bientôt avoir de la visite.

Il s'assit au bord du lit, et de sa main libre il aida Calli à se redresser. Il attendit qu'elle soit confortablement calée contre des oreillers, puis il lui tendit Lethe. Fasciné, il la regarda donner le sein à leur fils comme si elle avait fait ça toute sa vie.

— Le téléphone a sonné tout à l'heure, non ?

— Ophelia. Ses examens se sont bien passés. Elle prend l'avion pour Athènes demain, et Takis l'amènera ici la semaine prochaine. J'ai aussi eu Takis et je lui ai dit que nous serions ravis qu'elle passe l'été ici s'il est d'accord.

Stavros tendit l'oreille.

— Ah. On a sonné.

Simpson alla ouvrir. Ils avaient emménagé dans l'hôtel particulier de son grand-père l'année précédente, une fois la grossesse de Calli confirmée. Rapidement, ils avaient pris l'habitude comme Edward de partager leur temps entre New York et Galíni.

Stavros alla accueillir leurs invités pendant que Calli finissait de nourrir leur fils.

Lorsqu'elle descendit au rez-de-chaussée, James — qui dans son cœur s'appelait toujours Dorian — attendait au pied de l'escalier sans masquer son impatience. Son sourire joyeux dévoilait le trou béant laissé par quatre incisives. Il lui tendit un ours en peluche avec un ruban bleu autour du cou.

— C'est pour moi ? demanda-t-elle en se baissant pour l'embrasser.

— C'est pour mon frère.

Il regarda Lethe endormi dans ses bras.

— Il va adorer ton ours. Merci.

Elle cala l'ours sur le ventre de Lethe.

— Comment va ta sœur ? Comment s'est passé son rendez-vous, hier ?

— Elle est malade. Elle n'a pas pu venir.

— Juste un rhume, précisa très vite Wanda quand Calli lui lança un regard inquiet. Les résultats des analyses sont excellents.

Elle croisa les doigts.

— Mais nous ne voulions pas risquer que Lethe attrape son rhume, alors elle est restée à la maison avec son père.

Calli se redressa pour embrasser Wanda, qui admira Lethe.

— Comme il est beau… Cette bouche, c'est la tienne. Comme celle de James.

Les deux femmes avaient rapidement tissé des liens étroits.

Calli n'était revenue de Grèce que depuis quelques semaines quand Wanda l'avait invitée à rendre visite à James. Après leur première rencontre, elle avait eu des remords.

— Vous l'aimez, ça se voit, avait-elle dit. De quel droit priverais-je mon fils de votre amour ?

Calli avait souvent tenu compagnie à Wanda à l'hôpital lorsque celle-ci attendait que sa fille sorte de traitement. Elles partageaient un fils et beaucoup d'autres choses.

— James a été très excité toute la matinée, déclara Wanda, tandis que ce dernier se hissait sur la pointe des pieds pour regarder de nouveau Lethe.

— Lethe aussi, intervint Stavros.

Il se tourna vers James et ajouta avec le plus grand sérieux :

— Il t'a réclamé toute la matinée.

— C'est un bébé ! protesta James en jetant à Stavros un regard indiquant qu'il n'était pas dupe.

Très complices tous les deux, ils aimaient discuter de super héros ou jouer au ballon.

— Tu veux le prendre ?

Calli s'assit sur le canapé et tapota la place à côté d'elle. James la rejoignit aussitôt et se blottit contre elle. Comme à chaque fois qu'elle le voyait, elle avait le cœur gonflé d'une joie indicible. Elle déposa son dernier-né sur les genoux de son aîné en le retenant d'une main pour l'empêcher de glisser. Lethe bâilla et ouvrit les yeux.

— Il me regarde ! s'exclama James, ravi.

— Oui. Dis-lui bonjour.

— Bonjour, Lethe. Je suis James. Ton frère.

James se pencha sur le bébé et ajouta dans un murmure :

— Je t'aime.

Les yeux de Calli se noyèrent de larmes.

— C'est tellement mignon… Il n'y a pas de mots, commenta Wanda d'une voix vibrante d'émotion. Stavros, assieds-toi avec eux. Je vais prendre une photo.

Stavros s'assit à côté de James et tendit le bras pour poser la main sur l'épaule de Calli. Elle leva les yeux vers lui.

— Sais-tu à quel point je suis heureux de te voir aussi heureuse ? demanda-t-il.

— Très très heureux, je suppose, dit-elle d'une voix étranglée.

Il effleura sa joue du bout du doigt, essuyant une larme de joie.

— Oui, en effet.

Plus tard, alors qu'ils étaient au lit dans la maison silencieuse, Lethe endormi dans son berceau à côté d'eux, elle se blottit contre Stavros et murmura :

— Parfois je me demande où nous serions si Sebastien ne t'avait pas envoyé travailler sur l'île.

Sebastien organisait toujours des expéditions avec son club, mais Stavros avait ralenti le rythme de ses exploits. Il appréciait également de passer de temps en temps des vacances plus paisibles avec ses amis. Calli était devenue très amie avec les trois autres femmes. Ce qui ne serait pas arrivé non plus si Stavros n'avait pas relevé le défi lancé par Sebastien, songea-t-elle.

Avec la plus grande assurance, Stavros répondit :

— Tu serais venue à New York à la recherche de Dorian et nous nous serions rencontrés. Nous serions donc exactement au même endroit. Dans ce lit.

— Tu crois vraiment que nous nous serions rencontrés ? Dans une ville comme New York ?

— J'en suis convaincu. Nous étions faits pour nous rencontrer, Calli. Nous sommes faits l'un pour l'autre.

— Oh. Quand tu dis ça, je te crois…

— Bien sûr, puisque c'est la vérité.

Ils s'embrassèrent avec ferveur. Leur passion ne faiblissait pas, mais depuis l'accouchement ils étaient obligés de la modérer. Calli referma la main sur la virilité de Stavros, lui arrachant un grognement étranglé.

— Vivement que nous puissions refaire l'amour…

— D'ici là nous allons devoir trouver d'autres moyens de nous amuser. Tu as de la chance, je suis une femme pleine d'imagination…

— Je n'en manque pas non plus. Voyons ce que ça donne…

JENNIFER HAYWARD

Amoureuse d'Alejandro

INTÉGRALE
MILLIARDAIRES INCOGNITO

Traduction française de
ÉLISABETH MARZIN

SAGAS
HARLEQUIN

Titre original :
SALAZAR'S ONE-NIGHT HEIR

Ce roman a déjà été publié en 2018

Prologue

Saint-Moritz, février 2017

Un Macallan 1946, ses trois plus proches amis et un poker, le tout dans un des clubs les plus huppés de Saint-Moritz, c'était le bonheur parfait. Le couronnement idéal d'une journée de paraski dans les Alpes suisses. Alejandro Salazar but une gorgée de whisky et poussa un petit soupir d'aise.

Après des heures passées à alterner descentes vertigineuses et envols spectaculaires sur un parcours particulièrement traître, se détendre en bonne compagnie était indispensable. Comme souvent, ils étaient quatre pour la partie de poker rituelle. Sebastien Atkinson, qui avait fondé le club de sports extrêmes auquel ils étaient fidèles depuis leurs études à Oxford. Antonio di Marcello, dirigeant d'une entreprise de bâtiment d'envergure internationale. Et Stavros Xenakis, héritier de Dýnami, un des leaders de l'industrie pharmaceutique mondiale. Sans doute les seuls membres du club à pouvoir se permettre de miser aussi gros que lui.

Les trois superbes blondes qui tentaient par tous les moyens d'attirer leur attention n'avaient pas la moindre chance de les distraire de leur partie. Ce moment entre amis était trop précieux.

L'année précédente, lors d'un de leurs défis sportifs, Sebastien avait été enseveli sous une avalanche et ils l'avaient sauvé in extremis. Même si la sortie d'aujourd'hui relevait de l'exploit, les quelques frayeurs qu'ils avaient pu se faire n'étaient rien en comparaison de l'effroi éprouvé ce jour-là.

Envahi par un profond sentiment de bien-être, Alejandro se cala dans son siège, appuya son verre sur sa cuisse et promena son regard autour de la table. L'atmosphère était pourtant particulière, ce soir. Légèrement tendue…

Peut-être la tragédie évitée de justesse était-elle encore trop proche. Après tout, elle leur avait rappelé à tous à quel point le mantra de leur club — la vie est courte — était pertinent… À moins que cette tension soit due au fait que Sebastien avait commis depuis le sacrilège de se marier ?

— Que devient ta femme ? demanda Stavros comme s'il lisait dans les pensées d'Alejandro.

— Elle est de meilleure compagnie que toi, répliqua Sebastien d'un ton provocateur. Pourquoi fais-tu cette tête ?

— Je n'arrête pas de perdre. Et puis mon grand-père menace de me déshériter si je ne me marie pas bientôt. Je l'enverrais bien au diable, mais…

— Ta mère, commenta Alejandro.

— Tu as tout compris, acquiesça Stavros.

Le milliardaire grec se trouvait face à un dilemme. S'il ne se pliait pas aux exigences de son grand-père, celui-ci mettrait sa menace à exécution. Il le prendrait volontiers au mot, mais par égard pour sa mère et ses sœurs il ne pouvait pas se le permettre. Parce que s'il renonçait à son héritage, cela leur coûterait le leur.

— Tu as tout compris, répliqua Stavros d'un ton brusque.

— N'avez-vous jamais le sentiment que nous passons beaucoup trop de temps à compter notre argent et à courir après des plaisirs superficiels ? demanda Sebastien.

Se désintéressant visiblement de la partie de poker en cours, il regarda tour à tour les trois autres.

— Je suis, dit Antonio à Alejandro en jetant une poignée de jetons sur la table.

— Allons bon, ce n'est pas encore cette fois que je vais gagner, marmonna Stavros.

— Je suis sérieux, insista Sebastien. À notre niveau, l'argent ça se résume à des colonnes de chiffres sur un listing. À des taux sur un tableau d'affichage. Que nous apporte-t-il réellement ? L'argent n'achète pas le bonheur.

— L'argent permet d'acheter des tas de choses qui rendent la vie plus agréable, objecta Antonio.

Sebastien eut une moue dédaigneuse.

— Tes voitures ? Ton île privée, Alejandro ? Et toi Stavros, ce bateau dont tu es si fier mais que tu n'utilises jamais ? Nous nous offrons des jouets hors de prix, nous jouons à des jeux dangereux, mais en quoi cela enrichit-il nos vies ? En quoi cela nourrit-il nos âmes ?

Alejandro réprima une moue de dérision.

— Que suggères-tu ? Que nous allions vivre dans la montagne avec les bouddhistes ? Que nous cherchions à découvrir le sens de la vie ? Que nous renoncions aux biens matériels pour trouver la sagesse ?

— Aucun de vous trois ne tiendrait deux semaines sans sa fortune ni son nom, rétorqua Sebastien.

Offensé, Alejandro se raidit. Sebastien était peut-être le seul self-made-man des quatre, mais chacun d'entre eux sans exception devait sa réussite à ses compétences et à un travail acharné. D'accord, il avait hérité de l'entreprise familiale. Mais c'était sous sa direction que Salazar Coffee était devenu un des leaders mondiaux du petit électroménager. Il avait largement fait ses preuves.

— Et toi ? lança Stavros à l'adresse de Sebastien. Tu voudrais nous faire croire que tu es prêt à revenir à l'époque où tu n'avais pas un sou ? La faim n'a jamais rendu personne heureux. C'est pour ça que tu es aussi riche aujourd'hui.

— Il se trouve que je pense justement à faire don de la moitié de ma fortune pour la création d'une organisation caritative de recherche et de sauvetage. Toutes les victimes d'avalanche n'ont pas des amis capables de creuser la neige à mains nues pour les sauver.

Alejandro faillit s'étrangler avec son whisky.

— Tu es sérieux ? Ça représente combien ? Cinq milliards ?

— Je ne les emporterai pas dans ma tombe. Monika est d'accord, mais je n'ai pas encore pris ma décision. Vous savez quoi ? Si vous vous passez de vos cartes de crédit pendant deux semaines, je le ferai.

— À partir de quand ? Nous avons tous des responsabilités.

Alejandro regarda Stavros et Antonio, qui acquiescèrent d'un signe de tête.

— D'accord, dit Sebastien. Prenez le temps de préparer le terrain. Mais tenez-vous prêts à recevoir de mes nouvelles… et à passer deux semaines dans le monde réel.

— Tu as vraiment l'intention de jouer la moitié de ta fortune sur un pari de ce genre ? insista Alejandro.

— Si vous êtes prêts à renoncer à vos jouets favoris, oui. Je vous préciserai les détails le moment venu.

— Je suis partant, déclara Stavros.

Inutile d'exprimer le fond de sa pensée, décida Alejandro. Dès demain ce pari stupide serait oublié. Sebastien avait beau assumer le rôle de mentor du groupe, il avait parfois tendance à divaguer quand il avait un peu bu…

1

Cinq mois plus tard
Esmeralda, haras des Hargrove, Kentucky Premier jour d'Alejandro dans le monde réel

Lorsque Cecily vira pour aborder la dernière ligne du parcours, Bacchus eut un bref instant de flottement avant de s'élancer vers le premier obstacle. Trop lent ! Beaucoup trop lent ! Bon sang, quel était son problème ? Elle talonna son cheval pour qu'il accélère, mais il eut une nouvelle hésitation juste avant de sauter. Seule sa force physique leur permit de franchir l'obstacle de justesse. Au comble de la frustration, elle termina le parcours avant de faire demi-tour au trot, puis au pas pour s'arrêter devant son entraîneur. Dale fit la grimace.

— Je ne veux pas savoir, dit-elle, l'estomac noué.

— Soixante-huit secondes. Il faut trouver ce qui cloche chez ce cheval, Cecily.

Comme si elle ne le savait pas ! Sa seconde monture, Derringer, manquait d'expérience en compétition. Bacchus était sa seule chance d'être sélectionnée pour les Jeux équestres mondiaux cette année. Physiquement il s'était complètement remis de leur accident de l'année dernière. C'était son mental qui l'inquiétait. Jamais auparavant il n'avait marqué la moindre hésitation avant de sauter. Si elle ne parvenait pas à lui faire retrouver son assurance, son rêve ne se réaliserait jamais.

— Recommence, dit Dale.

Elle secoua la tête, la gorge nouée.

— J'en ai assez.

— Cec…

Refoulant ses larmes, elle lança Bacchus au petit galop en direction des écuries. Elle avait subi stoïquement tous les revers que lui avait infligés le sort, et il y en avait eu plus d'un. Mais ça, non. Renoncer aux Jeux, elle ne pouvait pas l'envisager. Pas après s'y être préparée chaque jour de sa vie depuis qu'elle avait cinq ans. Elle s'arrêta à la hauteur du lad adossé au mur et descendit de cheval. Après lui avoir lancé la bride d'un geste plus vif qu'elle n'en avait l'intention, elle pivota sur elle-même et s'éloigna, les poings crispés.

— Vous ne débridez pas votre cheval ?

La voix inconnue, teintée d'un léger accent, l'arrêta net. Elle se retourna et considéra l'homme à qui elle appartenait. Le nouveau lad qu'elle avait vu un peu plus tôt avec Cliff, sans doute. Elle était tellement préoccupée qu'elle ne lui avait pas prêté la moindre attention. Comment était-ce possible ? Plus d'un mètre quatre-vingts de muscles mis en valeur par un jean et un T-shirt moulants… Et le reste était tout aussi prodigieux. D'épais cheveux noirs qui bouclaient sur la nuque, des traits ciselés, une mâchoire carrée recouverte d'une barbe de plusieurs jours et les yeux les plus noirs qu'elle avait jamais vus. Des yeux dans lesquels brillait une lueur qui l'électrisa. Elle s'autorisa un instant à savourer la vive chaleur qui l'envahissait. C'était quelque chose qu'elle n'avait pas ressenti depuis très longtemps. Peut-être même jamais… Le regard étincelant fixé sur elle finit par la déstabiliser. Dans un réflexe de défense, elle releva le menton et déclara d'un ton glacial :

— Vous êtes nouveau. Comment vous appelez-vous ?

— Colt Banyon, madame. À votre service.

— Je suppose que Cliff vous a expliqué en quoi consistait votre travail ?

— Oui.

— Dans ce cas, comment pouvez-vous vous permettre de critiquer la façon dont je m'occupe de mon cheval ?

Colt Banyon haussa les épaules.

— Il m'a semblé que vous aviez des problèmes sur le parcours. D'après mon expérience, passer un moment de détente avec sa monture permet de renforcer la confiance mutuelle.

Elle serra les dents, hors d'elle. Personne ne se permettait de lui parler comme ça !

— Et de quelle chapelle psy provient ce précepte ?

— Je le tiens de ma grand-mère. C'est une magicienne avec les chevaux.

Sans la colère qui la faisait trembler, Cecily aurait sans doute été éblouie par le sourire qui étirait les lèvres sensuelles du lad.

— Je vais vous dire une chose, *Colt*. La prochaine fois que vous ou votre grand-mère serez classés parmi les cent meilleurs cavaliers du monde, vous pourrez me dire comment je dois m'occuper de mon cheval. D'ici là, contentez-vous de faire votre travail, d'accord ?

Les yeux noirs s'écarquillèrent. Elle se maudit aussitôt. Venait-elle vraiment de dire ça ? Les doigts crispés sur sa bombe, elle s'efforça de se ressaisir.

— Il se remet tout juste d'une tendinite à la jambe arrière droite, ajouta-t-elle en indiquant Bacchus d'un signe de tête. Surveillez ça.

Alejandro suivit des yeux Cecily Hargrove, tandis qu'elle s'éloignait d'un pas vif. Si ses nerfs risquaient d'être mis à rude épreuve au cours du défi que lui avait lancé Sebastien, c'était par cette blonde minuscule. Elle avait semé la panique dans les écuries pendant toute la matinée. Il n'était que le dernier d'une longue liste de victimes. S'échiner à curer les box et à s'occuper de trente chevaux douze heures par jour allait être un jeu d'enfants en comparaison des efforts qu'il devrait faire pour supporter cette furie. Il avait rarement vu une femme aussi odieuse. Par malchance, elle était également très belle… Comment ne pas être fasciné par ses fesses sublimes ? Son visage en forme de cœur, ses yeux pervenche, et ses cheveux couleur de miel qui lui donnaient un air angélique ? Enfin, presque angélique… Expirant profondément, Alejandro promena en main le beau hongre bai sur l'allée pavée pour le calmer. Et pour se calmer lui-même par la même occasion. Il avait dû faire appel à tout son sang-froid pour ravaler la réplique cinglante qui s'était imposée à lui quand Cecily Hargrove lui avait jeté son classement à la tête. Sa grand-mère avait été classée troisième aux Jeux équestres mondiaux ! Mais il ne pouvait pas se permettre de dévoiler son identité et de perdre son pari, alors qu'Antonio et Stavros avaient gagné le leur.

Une fois Bacchus apaisé, il le ramena à l'écurie. Tout en le bouchonnant, une tâche qu'il effectuait toujours avec plaisir, il se remémora les dernières vingt-quatre heures, pour le moins bizarres. La veille au soir, il avait atterri à l'aéroport de Louisville dans le jet de Sebastien, avec pour instruction de se présenter au légendaire haras des Hargrove, un domaine de plusieurs centaines d'hectares situé juste en dehors de la ville. Dans le bungalow qui lui avait été attribué il avait trouvé sans surprise deux jeans, quelques T-shirts et paires de bottes, ainsi qu'une petite liasse de billets et un mobile antédiluvien. C'était à peu de chose près ce qu'avaient découvert Antonio et Stavros en arrivant sur le lieu de leur pari. Comme eux, il avait eu droit à un mot, posé sur la pile de vêtements.

À partir de maintenant et pour deux semaines, Alejandro Salazar n'existe plus. Tu es Colt Banyon, un lad itinérant expérimenté. Demain matin à 6 heures, tu te présenteras à Cliff Taylor aux écuries, ton lieu de travail pour les quinze prochains jours. Tu ne dois révéler ta véritable identité sous aucun prétexte. Tes contacts avec le monde extérieur devront se limiter à des appels ou des messages destinés à Antonio, Stavros ou moi, via le téléphone fourni.

Pourquoi cette mission particulière pour toi ? Je sais que tu aimerais pouvoir fournir à ta grand-mère la preuve dont elle a besoin pour obtenir réparation d'un préjudice subit il y a longtemps. Ce travail de lad te donnera l'occasion et les moyens d'atteindre ton objectif.

Je te souhaite bonne chance. Si Antonio, Stavros et toi réussissez vos missions respectives, je ferai comme promis don de la moitié de ma fortune pour la création d'une organisation caritative de recherche et de sauvetage. De nombreuses vies supplémentaires seront sauvées.

Sebastien

Avec une moue de dérision, Alejandro entreprit de frictionner l'autre flanc de Bacchus. Nul doute que l'imaginer en train de ramasser du crottin de cheval pendant quinze jours, affublé d'un nom tout droit sorti d'un mauvais script hollywoodien, amusait beaucoup Sebastien. Cependant, il avait vu juste. Permettre à sa grand-mère d'obtenir réparation était son vœu le plus cher. La querelle entre les Salazar et les Hargrove durait depuis des décennies. Depuis que Quinton Hargrove avait fait saillir illégalement sa jument Demeter par l'étalon Diablo appartenant à sa grand-mère, Adriana Salazar, à une époque où ce dernier se trouvait chez un éleveur américain dans le cadre d'un contrat de prêt. Les Hargrove avaient créé grâce à Diablo toute une lignée de chevaux de saut d'obstacles contre laquelle l'écurie de sa grand-mère n'avait jamais fait le poids.

Le cœur brisé, Adriana Salazar avait vu son haras péricliter alors que celui des Hargrove prospérait. Sans jamais pouvoir prouver la fraude. En lui permettant de travailler chez les

Hargrove sous une fausse identité, Sebastien le mettait dans la position idéale pour obtenir la preuve recherchée. Non seulement il avait toutes les compétences nécessaires en raison des nombreuses vacances passées dans le haras belge de sa grand-mère, mais il avait hérité de son bon contact avec les chevaux.

Il frotta pensivement la croupe de Bacchus. À vrai dire ça paraissait presque trop simple, cette mission. Antonio et Stavros s'étaient retrouvés dans des situations autrement plus éprouvantes. Antonio avait travaillé comme mécanicien dans un garage de Milan. Pas de problème de ce côté, vu sa maîtrise de la clé à molette. En revanche, il avait reçu un choc en apprenant l'existence d'un fils né d'une liaison datant de plus de trois ans. Une découverte qui avait bouleversé sa vie. Quant à Stavros, il s'était retrouvé en Grèce pour rénover la piscine de son ancienne maison de famille, alors qu'il fuyait son île natale depuis des années. Bien qu'appartenant à un nouveau propriétaire, la maison était toujours hantée par les fantômes de l'enfance de Stavros. C'était là où il avait vécu jusqu'à l'accident qui avait coûté la vie à son père. Pas de doute, par rapport à ses deux amis il avait de la chance… Pour obtenir la preuve qu'il cherchait, il lui suffisait de récupérer quelques crins de Bacchus sur une brosse et de les envoyer à Stavros afin qu'il fasse effectuer un test ADN dans un de ses laboratoires. En fait, le plus dur pour lui allait être d'ignorer pendant deux semaines les remarques acerbes et les fesses sublimes de Mlle Cecily Hargrove.

Cecily fut poursuivie par le remords tout l'après-midi puis pendant le dîner. Celui-ci fut servi dans la grande salle à manger du manoir, un caprice ridicule de sa belle-mère étant donné que cette pièce au décor somptueux pouvait accueillir une trentaine de convives et qu'ils n'étaient que trois à table. Cecily passa la plus grande partie du repas à regarder par la fenêtre en ruminant ses regrets. Sa mère, Zara, lui avait inculqué les bonnes manières dès sa plus tendre enfance. Elle n'était *jamais* impolie. Mais cet après-midi Colt Banyon avait touché un point sensible. Tout au fond d'elle-même, elle savait que Bacchus ne méritait pas qu'elle lui en veuille pour son comportement. Comme elle, il était encore traumatisé par l'accident qu'ils avaient eu à Londres. Le dessert arriva enfin. Tandis qu'une domestique servait un sorbet au citron vert, la belle-mère de Cecily, Kay, surnommée la Wicked Witch of the South, demanda :

— Que comptes-tu mettre pour la soirée, la semaine prochaine ?

Une tenue que tu détesteras au premier coup d'œil…

— Je ne sais pas, éluda Cecily. Je verrai.

— Tu sais que Knox Henderson vient ici spécialement pour te faire la cour. Il occupe la quarante-deuxième place dans le dernier classement Forbes, Cecily. Un beau parti.

Cecily eut une moue dédaigneuse.

— Plus personne ne dit « faire la cour ». Et comme je te l'ai déjà expliqué vingt fois, Knox ne m'intéresse pas.

— Pourquoi ?

Parce que c'était un macho arrogant, fier de posséder la moitié du Texas avec ses ranchs et ses gisements pétroliers. Parce qu'il recherchait une épouse décorative à exhiber à son bras ou dans son salon sur les photos des magazines. Parce qu'il lui rappelait beaucoup trop son ex, Davis. Un autre macho aussi riche et aussi mufle.

— Je ne l'épouserai pas, éluda Cecily en dardant sur sa belle-mère un regard de défi. Fin de l'histoire. Arrête de jouer les marieuses. Si tu continues, ça ne servira qu'à créer une situation embarrassante pour tout le monde.

— Cecily a peut-être raison, intervint son père. Il vaudrait mieux qu'elle se concentre sur l'entraînement. Dale m'a dit qu'aujourd'hui tes performances étaient encore décevantes. Dois-je t'acheter un autre cheval pour que tu t'en sortes ?

L'estomac de Cecily se noua. Pas de « Je suis désolé que tu aies eu une mauvaise journée, ma chérie. » Pas de « Tu vas y arriver, il suffit de persévérer. » Jamais aucun mot d'encouragement ni de réconfort. Juste cette réprobation constante qui lui donnait le sentiment d'être nulle.

— Je n'ai pas le temps de dresser un nouveau cheval, papa. De toute façon, je suis inscrite avec Bacchus.

— Alors que faut-il faire ?

— Je trouverai une solution.

Ayant perdu toute envie de manger du dessert, elle posa sa cuillère.

— Si vous voulez bien m'excuser, j'ai la migraine. Je crois que je vais aller m'allonger.

— Cecily !

— Laisse-la. Tu sais comment elle est quand elle est mal lunée, dit sa belle-mère en posant la main sur le bras de son père.

Ignorant ce commentaire, Cecily se leva et quitta la pièce. Alors qu'elle s'apprêtait à monter dans sa chambre, elle changea d'avis et alla chercher dans la cuisine les céréales favorites de Bacchus avant de sortir. Si elle se rendait aux écuries c'était uniquement parce qu'elle devait des excuses à Bacchus et à Colt Banyon, se dit-elle. Pas à cause de deux yeux noirs étincelants qu'elle ne parvenait pas à oublier... Les lads avaient terminé leur journée de travail, constata-t-elle quelques minutes plus tard. Ignorant résolument sa déception, elle se dirigea vers le box de Bacchus. Et s'immobilisa à la vue d'un spectacle inattendu. Les yeux mi-clos, son cheval d'ordinaire difficile et nerveux avec les lads s'abandonnait avec un contentement manifeste au massage de la tête qu'était en train de lui prodiguer Colt. Elle ne l'avait plus vu aussi détendu depuis l'accident. Elle reporta son attention sur le masseur, fascinée par les muscles de ses bras et de ses cuisses, moulées par son jean. Le mélange de flegme et de virilité qui émanait de Colt Banyon était envoûtant. Les mains de ce dernier quittèrent la tête de Bacchus pour son encolure. Sous les mouvements souples et précis de ses doigts, le cheval frissonna. Envahie par une douce chaleur, elle fit de même. Caressait-il les femmes avec la même habileté ? Il y avait une telle sensualité dans les mouvements de ses mains… Bacchus leva la tête et la gratifia d'un hennissement de bienvenue. Aussitôt Colt se retourna. Elle se raidit sous son regard froid.

— Pourquoi n'êtes-vous pas en train de dîner avec les autres ? demanda-t-elle avec une brusquerie involontaire.

— Pas faim, répliqua-t-il d'un ton glacial.

Elle prit une profonde inspiration.

— Je vous dois des excuses pour mon attitude de tout à l'heure. J'étais contrariée et je m'en suis prise à vous. Je suis désolée.

Il cligna imperceptiblement les yeux.

— Excuses acceptées.

Puis il se retourna et reprit son massage. Elle sentit tout son visage s'enflammer. Son opinion sur elle était faite et il n'avait visiblement pas l'intention d'en changer. Ce qui devrait la laisser indifférente. Elle avait l'habitude que les gens se méprennent sur elle. Parfois même elle les y encourageait. C'était plus facile que d'essayer de nouer des relations, chose pour laquelle elle n'était pas douée. Mais curieusement, pour une fois elle avait envie de faire bonne impression. Peut-être parce que Colt Banyon avait déjà reçu l'approbation de Bacchus et que ce dernier ne se trompait jamais. Son cheval flaira sa poche. Elle en sortit une poignée de céréales et les lui donna à manger.

— Qu'est-ce que c'est ? demanda Colt.

— Ses flocons de céréales préférés. Il ferait n'importe quoi pour en avoir.

— Sauf effectuer le parcours comme vous le souhaitez.

Elle tressaillit.

— Êtes-vous toujours aussi…

— Impertinent ?

— Je n'ai pas dit ça.

— Mais vous l'avez pensé.

— Ce que je pense c'est que vous êtes très direct, rectifia-t-elle d'un ton crispé. Et que vous n'avez pas une bonne opinion de moi.

— Mon opinion n'a aucune importance. Comme vous l'avez si bien dit, je suis payé pour obéir aux ordres.

Elle se mordit les lèvres.

— Ce n'est pas ce que j'ai voulu dire.

— Oh ! si.

Waouh... Il n'avait pas l'intention de lui faciliter les choses. Elle le regarda malaxer les trapèzes cervicaux de Bacchus, des muscles clés pour l'équilibre.

— Que faites-vous ?

— Il semblait un peu raide quand vous le montiez tout à l'heure. Un massage peut l'aider à se décrisper.

— C'est aussi votre grand-mère qui vous a appris ça ?

— Oui. Si ses muscles sont contractés, il ne peut pas sauter correctement.

Elle savait tout ça, bien sûr. Mais elle pensait que seuls les ostéopathes équins effectuaient ce genre de massage.

— Votre grand-mère pratique l'ostéopathie équine ?

— Non. C'est juste une amoureuse des chevaux qui a un excellent contact avec eux.

— Elle vit au Nouveau-Mexique ?

— Vous avez consulté mon curriculum ?

Elle sentit ses joues s'enflammer.

— J'aime savoir exactement qui travaille dans mes écuries.

— Pour vérifier à quelle chapelle psy appartiennent vos lads ? rétorqua-t-il en poursuivant le massage par le dos de Bacchus.

Elle croisa les bras et s'appuya contre le box.

— Nous avons eu un accident. À Londres, l'année dernière. Un bruit dans la foule a effrayé Bacchus au moment où nous approchions d'un obstacle triple. Il a mal amorcé le saut… Nous avons enfoncé la barrière.

Elle ferma brièvement les yeux.

— J'ai eu de la chance qu'aucune vertèbre ne soit touchée. Je me suis quand même cassé la clavicule et le bras. Un tendon de Bacchus a été atteint. Physiquement il est guéri, mais psychiquement il garde encore des séquelles. C'est pour ça que j'étais aussi contrariée aujourd'hui.

Colt se retourna et s'adossa au mur.

— Vous êtes sans doute encore traumatisée vous aussi.

— Sans doute. Je croyais m'être complètement remise mais ce n'est peut-être pas le cas.

Il faudrait qu'il reste distant jusqu'à ce que Cecily Hargrove reparte, se dit Alejandro. Mais elle semblait si fragile ce soir… Il y avait dans ses yeux un désarroi impossible à ignorer. C'était peut-être une conséquence de l'accident. Mais il parierait que ses causes en étaient beaucoup plus lointaines. Il eut un pincement au cœur. Le visage dénué de tout maquillage et vêtue d'une robe du même bleu que ses yeux, elle paraissait très jeune et très vulnérable. Sa grand-mère lui avait toujours dit que le saut d'obstacles était un sport qui exigeait un bon mental. Or celui de Cecily semblait ébranlé.

— Vous avez peut-être besoin de faire une pause. De vous laisser le temps à vous et à Bacchus de vous remettre complètement d'aplomb. Mentalement et physiquement.

— C'est impossible. J'ai un concours important dans un mois. Si je ne termine pas dans les trois premiers, je n'aurai aucune chance d'être sélectionnée dans l'équipe qui participera aux Jeux équestres mondiaux. Bacchus est le seul de mes chevaux qui ait le niveau suffisant.

— Vous participerez aux prochains Jeux.

— Ce n'est pas une option.

— Pourquoi ? Vous avez quel âge… autour de vingt-cinq ans ? Vous avez tout le temps.

Cecily eut une moue de dérision.

— Non, justement. Je suis une Hargrove. À mon âge, ma grand-mère et ma mère faisaient partie de l'équipe. Je suis censée en faire autant. Si j'échoue je décevrai beaucoup de monde.

— Qui ?

— Mon père. Mon entraîneur. L'équipe. Tous ceux qui m'ont soutenue. Ils ont investi énormément de temps et d'argent pour m'amener à ce niveau.

Il la comprenait mieux. Depuis toujours il faisait tout son possible pour être à la hauteur de son propre héritage. Du destin qui lui avait été assigné dès son plus âge. À six ans il avait dû quitter son pays natal, le Brésil, parce qu'il avait été inscrit dans une pension élitiste aux États-Unis. Soumis à une pression implacable, il avait ensuite étudié à Harvard comme il se devait. Lorsqu'il avait déménagé à New York pour prendre la direction générale de Salazar Coffee, la pression avait encore monté de plusieurs crans, entre un marché ultra-concurrentiel et un père qui exigeait de ses fils qu'ils soient performants à cent dix pour cent au minimum. Il était bien placé pour savoir quels ravages pouvait causer ce genre de pression.

— Vous savez mieux que personne à quel point le mental est important dans le sport que vous pratiquez. Si vous poussez Bacchus avant que vous soyez prêts l'un et l'autre, vous prenez le risque d'un accident encore plus grave.

Se mordant la lèvre, Cecily scruta son visage.

— Votre grand-mère pratiquait le saut d'obstacles ?

Meu Deus. Que lui avait-il pris de parler de sa grand-mère ?

— Elle participait de temps en temps à des concours mais uniquement au niveau régional. Rien à voir avec vous. Elle a abandonné la compétition pour fonder une famille. Mais je n'ai jamais vu personne qui ait un tel feeling avec les chevaux.

Le regard de Cecily devint songeur.

— Ma mère était comme ça. Les chevaux étaient attirés

par elle. Comme si elle parlait leur langage. En compétition elle leur faisait faire tout ce qu'elle voulait.

Zara Hargrove. Il savait par sa grand-mère qu'elle était morte dans un accident de cheval à l'apogée de sa carrière. Cecily devait donc être adolescente à l'époque, calcula Alejandro. Dur pour elle… Mais il n'était pas là pour s'attendrir sur le sort de Cecily Hargrove.

— Bacchus va se remettre, dit-il d'un ton apaisant.

— J'espère, répliqua-t-elle d'un air préoccupé.

Il détourna les yeux tandis qu'elle donnait à Bacchus une autre poignée de céréales. *Dio.* Cette fille était l'ennemi. D'accord, sa culpabilité était indirecte. Elle n'avait pas choisi d'être une Hargrove. Mais elle en était une malgré tout. Il n'avait aucune raison de l'aider à résoudre ses problèmes. Il s'accroupit.

— Montrez-moi l'endroit exact de la lésion.

Elle s'accroupit à côté de lui.

— Ici.

— Point délicat.

Il referma les doigts sur la jambe de Bacchus et la massa délicatement.

— Je peux essayer ? demanda Cecily.

Il hocha la tête et lâcha la jambe de Bacchus. Elle la massa à son tour mais ses gestes n'étaient pas assez appuyés.

— Comme ça, dit-il en refermant sa main sur la sienne pour l'inciter à augmenter la pression.

Dès que ses doigts entrèrent en contact avec les siens il reçut une décharge électrique. La peau de Cecily devint brûlante et sa respiration hachée. Malgré lui, il huma avec délectation son parfum fleuri. Leur premier contact avait été houleux et elle appartenait au camp ennemi. Il en était parfaitement conscient. Malheureusement son corps refusait d'enregistrer ces faits. Il était beaucoup trop sensible à la proximité du sien…

— Vous n'avez jamais envisagé de devenir ostéopathe équin ? Vous êtes très doué.

— Si. Mais j'aime trop voyager. Peut-être qu'un jour je me fixerai quelque part et j'ouvrirai mon propre haras.

Au lieu d'avoir une moue dubitative indiquant qu'à son avis Colt Banyon n'avait aucune chance d'être un jour à la tête d'un haras, elle commenta avec une sincérité manifeste :

— Je suis sûre que vous feriez un travail fantastique.

La première impression n'était peut-être pas toujours la bonne, songea Alejandro. S'il tentait d'embrasser Cecily Hargrove maintenant, elle ne protesterait pas. La lueur qui dansait dans ses yeux pervenche était même une invitation. Pourquoi la tentation était-elle aussi forte alors que c'était la dernière chose à faire ? Il s'empressa de se remettre debout.

— Quelques minutes de massage par jour le soulageront et l'aideront à reprendre confiance.

Cecily se redressa à son tour.

— Merci, Colt, dit-elle d'une voix égale en lissant sa robe. Bacchus ne peut pas être entre de meilleures mains. Je vous souhaite une bonne nuit.

Oh ! mon Dieu… Les jambes tremblantes, Cecily quitta les écuries et prit une profonde inspiration. Que venait-il de se passer ? Pendant un instant elle avait cru que Colt Banyon allait l'embrasser… et elle avait eu terriblement envie qu'il le fasse ! L'y avait-elle inconsciemment invité ? En tout cas, au lieu de saisir l'occasion il avait soigneusement gardé ses distances. Comme s'il avait voulu la remettre à sa place comme elle l'avait fait avec lui dans l'après-midi. Ou bien avait-elle tout imaginé ? Elle pressa ses paumes sur ses joues en feu. Que lui prenait-il ? Ce n'était vraiment pas le moment de penser à embrasser un homme, quel qu'il soit. Le concours était censé être sa priorité, non ? D'autant plus qu'après le fiasco de ses fiançailles avec Davis, elle devrait avoir retenu la leçon. Les hommes séduisants n'attiraient que des ennuis.

Elle avait tout intérêt à s'en tenir aux mâles à quatre jambes. Les chevaux ne lui avaient jamais brisé le cœur.

2

Les jours suivant, Cecily évita Colt Banyon et se concentra sur l'entraînement. Mais plus elle s'escrimait, plus ses résultats étaient mauvais et plus son anxiété semblait rejaillir sur Bacchus. Quand le vendredi arriva, elle ne savait plus à quel saint se vouer. Soit elle poursuivait ses efforts acharnés qui ne la menaient nulle part, soit elle suivait le conseil de Colt et elle prenait un peu de recul. Elle ne pouvait pas se permettre de renoncer à la compétition cette saison, mais il était peut-être possible de changer de rythme. Bacchus avait peut-être juste besoin de souffler un peu pour échapper à la pression. Exactement comme elle…

Une balade leur ferait le plus grand bien à tous les deux, se dit-elle en buvant son thé, seule à la table du petit déjeuner à son grand soulagement. Sauf que son père exigerait qu'un autre cavalier les accompagne. Si bien que cette balade n'aurait plus rien d'un moment paisible. À moins qu'elle choisisse Colt Banyon ? Distant et peu bavard, il ne risquait pas d'être envahissant. De son côté, elle pourrait en profiter pour lui demander de nouveaux conseils. Tout en gardant la tête froide, bien entendu. De toute façon elle n'avait aucune crainte à avoir puisqu'il la repousserait si par hasard elle commettait l'imprudence de l'inciter à l'embrasser. Une erreur qu'elle n'avait pas l'intention de renouveler ! Satisfaite de son plan, elle termina son thé et quitta la pièce.

Alejandro posta l'enveloppe en ville pendant sa pause, en milieu de matinée. Ces quelques crins de Bacchus permettraient au laboratoire de Stavros d'effectuer les analyses nécessaires pour prouver la culpabilité des Hargrove. En remontant dans le camion, il envoya un texto à Stavros.

Paquet posté. *Obrigado amigo,* je te revaudrai ça.

La réponse arriva aussitôt.

Tu ne me dois rien. Je suis d'humeur généreuse. Après tout, je serai bientôt un homme marié.

Alejandro faillit lâcher son téléphone.

Pardon ?

Tu as bien compris. Détails à suivre. Il faut que je file.

Alejandro fixa son téléphone avec ahurissement avant de le lancer sur le siège passager. Antonio père de famille, Stavros marié… Bon sang, que se passait-il ? Le pire c'était que Stavros ne semblait pas affolé. Il donnait presque l'impression de se réjouir… Pas de doute, il était le plus chanceux des trois, se félicita Alejandro en reprenant le chemin du haras. Aucun risque pour lui que ses deux semaines dans le « monde réel » débouchent sur une situation du même genre. Rien ne l'obligeait à se marier comme Stavros, et il n'avait aucun enfant caché comme Antonio. Il avait toujours pris toutes les précautions nécessaires. Par ailleurs, Sebastien savait ce qu'il pensait du mariage. Lorsque le moment viendrait pour lui de se marier pour engendrer l'héritier Salazar — dans plusieurs années — ce serait avec une femme qu'il aurait soigneusement sélectionnée selon des critères bien précis, comme il le ferait pour une voiture de luxe. Parce qu'il avait l'intention de faire un mariage de raison. L'expérience lui avait appris que les couples fondés sur la passion étaient voués à l'échec. Ses parents en étaient le meilleur exemple. Il arriva aux écuries cinq minutes après la fin officielle de sa pause. Chassant les textos de Stavros de son esprit, il se rendit directement à la sellerie pour prendre le harnais dont il avait besoin pour exercer le cheval dont il avait la charge pour l'après-midi. Tout en passant en revue chaque pièce du harnais, il savoura l'atmosphère apaisante de l'écurie. Le claquement des sabots, les hennissements échangés d'un box à l'autre, le cliquetis du métal lors du ferrage d'un cheval, tous ces bruits lui procuraient un sentiment de paix qu'il n'avait pas éprouvé depuis très longtemps. S'il arrivait à ne pas penser aux centaines de mails qui s'accumulaient dans sa messagerie à New York ni aux deux gros contrats dont son frère Joaquim, directeur de la branche européenne de Salazar Coffee, s'occupait en son absence, ce serait presque le paradis.

— Hé, Hollywood.

Tommy, un des autres lads, passa la tête par l'embrasure de la porte de la sellerie.

— La fille du patron veut te voir.

Aïe. Il avait si bien réussi à éviter Cecily Hargrove après sa visite nocturne à l'écurie qu'il était persuadé qu'elle l'évitait aussi. Pourquoi voulait-elle le voir aujourd'hui ? Il rejoignit un groupe de lads rassemblés devant la porte de la minuscule cuisine autour de Cecily. Vêtue d'un jean et d'une chemise sans manches qui soulignaient ses courbes féminines, les cheveux attachés en queue-de-cheval, elle était délicieuse. Et de toute évidence, il n'était pas le seul de cet avis. Lorsqu'elle eut terminé sa conversation avec les autres, elle se tourna vers lui.

— Je vais faire une balade avec Bacchus jusqu'au lac. J'aimerais que vous m'accompagniez.

Oh ! non… Il ne pouvait pas y avoir de plus mauvaise idée.

— J'ai encore trois chevaux à faire travailler, objecta-t-il d'un ton neutre. Vous pouvez peut-être demander à quelqu'un d'autre.

Un lad resta bouche bée. Tommy arqua les sourcils. Et Cecily releva le menton, dardant sur lui le regard étincelant de ses yeux pervenche.

— Je veux que ce soit *vous* qui m'accompagniez.

Un ordre. De toute évidence, elle était de nouveau la patronne. Il inclina la tête.

— Laissez-moi juste prendre quelques affaires.

— Si vous pensez à des provisions et de l'eau, j'ai tout prévu.

Il sella Jiango, un grand étalon noir qu'il devait de toute façon faire travailler. Alors qu'il emmenait le cheval dehors, Tommy lui donna un coup de coude.

— On a fait impression, Hollywood ? Je parie cent dollars que tu n'arrives pas à dégeler le glaçon.

— Je n'ai pas l'intention d'essayer.

Lorsqu'il arriva dans la cour avec Jiango, Cecily déclara :

— Je vous ai demandé de m'accompagner parce que j'ai décidé de suivre votre conseil et de faire une pause dans l'entraînement avec Bacchus. J'aurais préféré partir seule en balade mais mon père n'est pas d'accord. Et vous êtes le moins bavard de tous les lads. Il était censé tenir compagnie en silence à Son Altesse ? Ça, ça ne devrait pas poser de problèmes.

— D'accord.

Il tenta en vain de détourner les yeux de ses délicieuses fesses tandis qu'elle se tournait pour monter sur Bacchus. D'ordinaire il aimait les femmes grandes, de préférence de sa taille. Mais Cecily avait tout de l'exception qui confirmait la règle…

— Il faut compter combien de temps jusqu'au lac ?

— Environ une heure. C'est une balade magnifique. Ça va vous plaire, vous verrez.

Elle avait raison. Jiango, un puissant étalon belge qui faisait partie des jeunes chevaux du haras, n'avait aucun mal à suivre Bacchus à travers des prés d'un vert si vif qu'il semblait irréel. Des arbres majestueux couverts de fleurs mauves et blanches bordaient la piste, procurant aux chevaux une ombre bienfaisante. Un peu avant midi ils quittèrent les prés pour entrer dans une forêt. Cecily se tourna vers lui et lança d'un air malicieux :

— Ça vous dit de me montrer de quoi vous êtes capable, *Hollywood* ?

— Si le prix c'est d'avoir le droit de ne pas être appelé comme ça, je suis partant.

— Marché conclu.

Un sourire éclatant illumina le visage de Cecily.

— On fait la course jusqu'au bout du chemin. Le premier qui franchit le ruisseau a gagné. Je vous préviens, il y a des obstacles sur le parcours. Vous avez intérêt à ouvrir l'œil.

Il réprima une moue de dérision. Il avait plongé du haut de la falaise à Acapulco. Il avait fait du saut à l'élastique en Thaïlande. Avec ses amis ils avaient même pratiqué la lutte japonaise contre des sumos. Cette course c'était du gâteau…

— OK. Vous voulez partir avec une longueur d'avance ?

Des étincelles jaillirent des yeux de Cecily. Elle partit comme une flèche avant qu'il ait le temps de comprendre ce qui se passait. Il lança Jiango au galop. Se ramassant sur le garrot, il fit de son mieux pour éviter les branches et autres obstacles qui surgissaient de nulle part à tout instant. Cecily était toujours en tête. C'était une excellente cavalière, mais Jiango avait une foulée plus longue que Bacchus, ce qui permit à Alejandro de regagner du terrain. Il la rejoignit au moment d'aborder la descente vers le ruisseau. La pente était si raide qu'il dut faire appel à toute son expérience pour maintenir Jiango bien en équilibre. L'étalon sauta le ruisseau d'un mouvement souple et puissant. Au même instant une exclamation retentit. Du coin de l'œil, Alejandro vit Bacchus piler, refusant l'obstacle. Cecily parvint à rester en selle et à reprendre le contrôle de sa monture, ce qui relevait du miracle. Alejandro fit faire demi-tour à Jiango pour franchir de nouveau le ruisseau et s'arrêter à côté de Bacchus. Les joues rouges, les traits crispés, Cecily était visiblement au comble de la frustration.

— C'est vous le gagnant, bravo.

— Il saute sans problème, habituellement ?

— Oui, et il aime ça.

— Lorsque vous avez eu l'accident, y avait-il une rivière parmi les obstacles ?

— Oui, mais il en a sauté plusieurs depuis. Son comportement est illogique.

— La peur est souvent illogique. Un cheval que j'ai monté autrefois a eu un accident à cause d'une barrière différente des autres, qui lui a fait peur. Il s'en est remis, mais il lui est arrivé la même chose qu'à Bacchus. Il ne refusait pas seulement les obstacles qu'il ne connaissait pas mais aussi ceux qui ne lui avaient jamais posé de problèmes auparavant. Comme s'il ne faisait plus confiance à son cavalier.

— Vous pensez que Bacchus n'a plus confiance en moi ?

— Je dis juste que c'est une possibilité.

Cecily se mordit la lèvre.

— Qu'avez-vous fait pour régler le problème ?

— J'ai regagné la confiance du cheval.

— Comment ?

Alejandro arqua un sourcil narquois.

— Vous êtes sûre de vouloir connaître la méthode préconisée par la chapelle psy à laquelle j'appartiens ?

— Oui, répliqua-t-elle avec un regard noir.

Il descendit de cheval et se dirigea vers Bacchus.

— Descendez et enlevez votre écharpe.

— Mon écharpe ?

— Oui. Enlevez-la.

Une fois à terre, Cecily dénoua son écharpe et la tendit à Alejandro. Il l'enroula autour de la tête de Bacchus, lui couvrant les yeux. Le cheval piaffa nerveusement mais resta sur place.

— Mettez-vous pieds nus et faites-lui traverser le ruisseau.

Elle enleva ses bottes et ses chaussettes. Il fit de même et se mit en mouvement le premier avec Jiango. Le ruisseau était peu profond mais le courant était assez rapide. Jiango hésita, mais un petit coup sur la bride suffit à le faire avancer.

Cecily et Bacchus suivirent. Dès que ses sabots entrèrent en contact avec l'eau, Bacchus s'arrêta net. Cecily lui flatta l'encolure en lui parlant doucement. Lorsque Alejandro et Jiango atteignirent l'autre rive, il avançait dans l'eau avec précaution.

— Enlevez-lui le bandeau, dit Alejandro lorsque la cavalière et sa monture arrivèrent sur la rive.

Cecily s'exécuta. Bacchus considéra le ruisseau, renifla l'eau, et balança doucement sa queue.

— Il sait qu'il peut compter sur vous pour le conduire en veillant sur sa sécurité, expliqua Alejandro. Maintenant faites-le retraverser sans le bandeau.

La cavalière et sa monture repartirent vers l'autre rive, puis revinrent, Bacchus prenant visiblement un peu plus d'assurance à chaque pas. Cecily l'arrêta à côté d'Alejandro.

— Et maintenant ?

— Nous allons lui laisser le temps de réfléchir et nous verrons s'il saute au retour.

— C'est vraiment curieux…

— Il a un blocage. Et puis il est sensible à votre nervosité. Je l'ai senti toute la semaine en vous regardant monter. Il faut que vous parveniez à vous détendre. À vous montrer plus souple avec lui. Pour retrouver sa confiance, vous devez reconstruire votre relation avec lui.

— Mon entraîneur ne croit pas à ce genre de théorie. Pour lui le cavalier doit faire faire ce qu'il veut au cheval.

— Et vous trouvez que pour vous ça marche ?

Elle le foudroya du regard. Puis elle releva le menton et indiqua un chemin à travers bois.

— Pour aller au lac, c'est par là

Tandis qu'ils conduisaient leurs chevaux vers son lieu de pique-nique favori sur la rive du lac, Cecily s'efforça en vain de retrouver sa bonne humeur. Jamais elle n'aurait pu imaginer que Bacchus refuserait un obstacle sur le parcours de sa promenade préférée. Comment pourrait-elle être prête dans trois semaines à participer à une compétition de niveau mondial ? Ça paraissait impossible… Colt avait raison. Elle le savait. Il fallait qu'elle reconstruise sa relation avec Bacchus. Mais comment ? Elle n'en avait aucune idée. Le soleil avait atteint son point culminant et il était brûlant comme le diable, comme disait autrefois sa grand-mère Harper. Ils attachèrent les chevaux à l'ombre d'un arbre. L'eau bleu-vert du lac et le vert bouteille tirant sur le noir de la forêt qui l'entourait contrastaient avec la luminosité du ciel. Il régnait un calme impressionnant, à peine troublé de temps à autre par le cri d'un oiseau ou le *floc* produit par un animal aquatique. Colt et elle étaient les deux seuls humains à des kilomètres à la ronde. Peut-être que cette balade n'était pas une si bonne idée, finalement… Cecily récupéra le panier de pique-nique qui les attendait, apporté un peu plus tôt par un domestique, tandis que Colt étalait la couverture sur l'herbe. Lorsqu'il s'affala dessus, elle ne put s'empêcher d'admirer la perfection de son corps d'athlète moulé dans un jean râpé et un T-shirt marine. Puis elle tenta de chasser de son esprit les images classées X qui l'assaillaient. En vain. Beaucoup plus troublée qu'elle ne l'aurait voulu, elle s'assit sur la couverture pour servir le poulet froid et la salade de pommes de terre préparés par le cuisinier du haras. Colt engloutit son repas en l'arrosant d'une bière fraîche. De son côté, elle n'avait pas d'appétit. À cause du comportement inquiétant de Bacchus ? Ou de la proximité de Colt Banyon ? Repoussant son assiette, elle but une gorgée de jus de fruits, les yeux fixés sur le lac. Colt prit une serviette dans le panier, la roula en boule et appuya sa tête dessus en s'étirant au soleil. Il maintenait cependant une distance prudente entre eux, constata-t-elle. Et lorsqu'il la regardait c'était toujours d'un air circonspect… Tout à coup, elle se sentit ridicule.

— Je suis désolée de vous avoir obligé à m'accompagner.

— Je ne le regrette pas. C'est un très bel endroit. Mais je suis surpris que vous n'ayez pas plutôt demandé à des amis.

— Je n'en ai pas.

Elle haussa les épaules, embarrassée.

— En tout cas, pas des vrais. Ma meilleure amie, Melly, ne m'a plus adressé la parole à partir du moment où j'ai gagné le championnat junior. Et de toute façon, je suis très souvent en déplacement depuis. Je n'ai pas eu l'occasion de rencontrer grand monde à part les autres participants aux compétitions. Ce sont des relations qui restent très superficielles.

— Vous devez vous sentir seule.

— Je préfère les compagnons à quatre jambes. Les chevaux sont d'une loyauté à toute épreuve et ils ne me répondent jamais avec insolence.

— Mais vous ne pouvez pas compter sur leur solidarité.

— Est-ce cela qui vous unit à vos amis ?

— En grande partie, oui. Nous nous connaissons depuis des années, mes meilleurs amis et moi. Nous avons vécu des moments exceptionnels ensemble. Certains bons, d'autres mauvais. Il y a entre nous un lien indestructible malgré la distance. Si l'un de nous a besoin de quelque chose, les autres accourent.

Cecily eut un pincement au cœur. Elle aimerait tant avoir de vrais amis… Qui la connaîtraient si bien qu'elle pourrait se contenter d'être elle-même au lieu d'essayer de devenir ce que les gens autour d'elle souhaitaient qu'elle soit.

— Ça doit être fantastique d'avoir des amis comme ça.

Colt Banyon la considéra longuement.

— Melly s'est révélée nulle, d'accord. Eh bien, trouvez quelqu'un qui mérite votre amitié. Vous ne pouvez pas passer tout votre temps à cheval.

— Selon mon entraîneur, c'est exactement ce que je devrais faire au contraire.

— Pas du tout. Pour réussir dans la vie il faut s'ouvrir à de nouveaux horizons. Et des petits amis ? Vous devez en avoir.

— Trop occupée.

— Il y a certainement des hommes qui vous draguent ?

Elle but une gorgée de jus de fruits.

— Mon père et ma belle-mère aimeraient que je me marie avec Knox Henderson. Il possède la moitié du Texas. Ils n'arrêtent pas de provoquer des rencontres entre nous, mais il ne m'intéresse pas.

— Pourquoi ? demanda Colt avec une lueur amusée dans les yeux. Il est laid ? Vieux ? Ennuyeux ?

— Il est jeune, séduisant et riche.

— Alors où est le problème ?

— Il ne me plaît pas.

— Lui avez-vous au moins laissé une chance ?

— Qu'entendez-vous par « lui laisser une chance » ?

— L'avez-vous embrassé ?

— Oui. Pas d'étincelle.

Se rappelant les propos de Tommy, qu'elle avait surpris, elle ajouta :

— Je suis au courant du pari lancé par les autres lads.

— Quel pari ?

— Inutile de faire l'innocent. Ils pensent que je suis un glaçon. Et ils n'ont peut-être pas tort.

Colt se frotta la mâchoire en la considérant d'un air songeur.

— Est-ce que ce Knox embrassait bien ?

— Je suis sûre que beaucoup de femmes répondraient oui. Pas moi. Il vient à la soirée vendredi. Vous aurez l'occasion de le voir.

— À ce propos, c'est très aimable de votre part d'inviter le personnel, mais je n'ai rien à me mettre. En fait, je suis un genre de Cendrillon.

— Vous êtes payé aujourd'hui. Achetez-vous quelque chose en ville.

Elle réprima un sourire. La perspective de voir Knox et Colt dans la même pièce était trop réjouissante…

— C'est de ma mère que vient l'idée d'inviter le personnel.

Elle aimait l'atmosphère familiale que ça crée. Kay, ma belle-mère, a voulu abandonner cette tradition quand elle est arrivée. Dépense inutile, disait-elle. Je m'y suis opposée. Ça a donné le ton de nos relations, pour le moins tendues aujourd'hui encore.

— C'est une belle tradition. Votre mère doit vous manquer. Vous l'avez perdue très jeune.

— Elle me manque tous les jours.

Cecily baissa les yeux sur la bouteille de jus de fruits qu'elle tenait à la main.

— Elle est morte ici. C'est pour ça que mon père ne veut pas que j'y vienne seule.

Colt se redressa sur les coudes.

— Je pensais qu'elle était morte pendant une compétition.

— Non. Mon père et elle s'étaient querellés. Je le sais parce que toute la maison les a entendus. C'était une violente dispute. Mon père est parti en voyage d'affaires à New York et elle a quitté la maison dans tous ses états. Elle est venue ici sans en parler à personne. Après avoir terminé mes cours avec mon précepteur, je suis partie à sa recherche. En commençant par ici, parce que c'était son endroit favori.

« J'ai trouvé son chapeau par terre et j'ai tout de suite compris qu'il s'était passé quelque chose. Nous l'avons cherchée en vain pendant des heures avec plusieurs domestiques. Nous revenions vers la maison quand nous sommes tombés sur Zeus, son cheval, qui la traînait derrière lui. Elle avait été désarçonnée et un de ses pieds était resté coincé dans l'étrier. »

Cecily déglutit péniblement.

— Il la ramenait à la maison.

— Je suis désolé. Ça a dû être terrible.

Le jour le plus horrible de ma vie. Le cœur de Cecily se serra. Elle donnerait n'importe quoi pour avoir sa mère auprès d'elle aujourd'hui. Dans sa grande sagesse et sa grande bonté, elle l'aiderait à résoudre ses problèmes…

— Je pense que mon père ne se l'est jamais pardonné.

Et je ne suis pas sûre de le lui avoir pardonné moi-même. Je suis consciente que ce n'était pas de sa faute, mais elle me manque tellement…

— Avez-vous su à quel sujet ils s'étaient querellés ?

— Non. Mon père refuse d'en parler. Une des domestiques m'a dit qu'elle avait entendu le nom de Zeus, mais c'est absurde. Mon père ne se mêlait jamais de ce qui concernait les chevaux de ma mère.

— Le bruit court que Zeus a été engendré par Diablo.

— Oh ! ça c'est une vieille rumeur mais c'est faux. Demeter, la mère de Zeus, a été saillie par un étalon français nommé Nuage, qui était triple champion d'Europe. C'est de lui que Bacchus tient son aptitude pour le saut.

Cecily suivit du regard un plongeon huard qui semblait glisser sur l'eau étale du lac comme sur une patinoire. Elle aimait cet endroit mais il ravivait sa souffrance.

— Ce n'était pas seulement ma mère, reprit-elle, la gorge nouée. C'était ma meilleure amie. Mon entraîneuse, ma confidente, mon héroïne. Elle m'a appris à monter avant même que je sache marcher. Elle m'emmenait à tous les événements équestres. Nous étions inséparables. Je voulais être comme elle plus tard.

Il y eut un silence.

— Et c'est pour elle que vous voulez gagner, finit par dire Colt.

Au bord des larmes, elle hocha la tête.

— Je veux faire tout ce qu'elle n'a pas eu le temps de faire.

Les pièces du puzzle Cecily Hargrove se mettaient en place… Alejandro sentit son cœur se serrer malgré ses efforts pour rester indifférent. Comment ne pas être touché ? Toute la semaine il l'avait regardée s'entraîner jusqu'à l'épuisement en se demandant quels fantômes la hantaient. Maintenant il savait.

Il posa sa bouteille.

— Vous voulez mon avis ? dit-il d'une voix douce. Je pense que vous ne savez plus qui vous êtes. Ni pour qui vous montez. Je pense que vous montez pour tout le monde *sauf* pour vous-même.

— L'accident…

— C'est juste la partie visible de l'iceberg.

Il se tapota le crâne.

— Quand tout est confus là-dedans, quand on ne sait plus ce qu'on veut, on n'arrive à rien.

— Le problème c'est Bacchus.

— Bacchus c'est un problème, d'accord. Mais le plus gros problème c'est vous. Tant que vous n'aurez pas fait le point, tant que vous n'aurez pas décidé pour qui vous courez, vous n'aurez aucune chance de vous qualifier.

Elle baissa la tête. Il se maudit aussitôt. Il était allé trop loin. Quel idiot ! L'objectif c'était de la stimuler, pas de l'enfoncer davantage.

— Je suis désolé. Je n'aurais pas dû…

— Non, coupa-t-elle en relevant la tête, les yeux humides. Vous avez raison. Je ne sais plus du tout qui je suis. Depuis toujours je fais ce que tout le monde attend de moi. Renoncer à mener une vie normale. Quitter l'école, voyager huit mois par an pour participer aux compétitions.

Elle se mordit la lèvre.

— Et si j'échoue ? C'est le but de toute mon existence.

— Vous avez le talent nécessaire pour réussir, Cecily. Il faut juste que vous trouviez votre motivation profonde.

Une larme roula sur la joue de Cecily. Une deuxième. Il jura à mi-voix et la prit dans ses bras.

— Il faut que vous preniez le contrôle de la situation. Que vous décidiez vous-même ce que vous voulez. Vous et personne d'autre, Cecily.

Tandis qu'elle pleurait contre son torse, il la berça doucement. Comment ne pas essayer de la réconforter alors qu'elle n'avait personne à qui se confier ? Il murmura des mots apaisants contre ses cheveux. Des cheveux soyeux qui sentaient le citron et le soleil… La tenir dans ses bras, blottie contre lui, était beaucoup plus troublant qu'il ne l'aurait cru… Ses larmes finirent par cesser de couler et elle se redressa.

— Merci. Personne n'est jamais honnête avec moi. Tout le monde me dit ce que j'ai envie d'entendre au lieu de ce que j'ai besoin d'entendre. Sauf mon père et ma belle-mère, qui me donnent des ordres.

Il cala une mèche derrière son oreille, puis il essuya ses larmes du bout des pouces.

— Essayez de ne plus écouter les autres. Vous êtes assez grande pour prendre vos propres décisions.

Elle hocha la tête. Puis sa respiration s'altéra et elle baissa les yeux. La température grimpait dangereusement. Il fallait réagir, se dit-il. *Maintenant.* Ils ne pouvaient pas rester dans les bras l'un de l'autre. C'était beaucoup trop…

— Colt ? L'autre soir, dans l'écurie. C'était un effet de mon imagination ou vous aviez envie de m'embrasser ?

Por amor a Deus. Qu'était-il censé répondre à cela ? S'il mentait il allait la blesser, ce qu'il ne voulait surtout pas. Mais lui dire la vérité n'était pas envisageable non plus.

— Je crois qu'il vaut mieux que je ne réponde pas à cette question.

— Pourquoi ?

— Parce que je travaille pour vous. Ce serait inopportun.

— Vous venez de répondre à ma question en n'y répondant pas, murmura-t-elle, les yeux fixés sur sa bouche.

— Dans ce cas, il vaut mieux considérer la discussion comme close.

Il tenta de se dégager de ses bras, qu'elle avait noués dans son dos. Elle résista.

— J'ai bien envie de vérifier ma théorie…

— Quelle théorie ?

— Je suis sûre que vous embrassez mieux que Knox.

Oh ! non ! Il secoua la tête.

— Il vaut mieux s'en tenir à la théorie.

— Je ne suis pas d'accord, objecta-t-elle en refermant la main sur sa nuque.

Il fallait l'arrêter… Il fallait se montrer sensé pour deux. Mais comment la rejeter ? À un moment où elle était si vulnérable, ce serait trop cruel. Et puis pourquoi se mentir ? Il avait envie de l'embrasser. Terriblement envie. Depuis sa visite à l'écurie l'autre soir… Lorsque la bouche timide de Cecily effleura la sienne, Alejandro fut électrisé. Pas de doute c'était une très mauvaise idée…

— Tu as une bouche fantastique, dit-elle dans un souffle. Mais tu ne me rends pas mon baiser.

— Instinct de conservation, marmonna-t-il avant de lécher et de mordiller ses lèvres, lui arrachant des petits gémissements surpris.

Enfin, n'y tenant plus, il enfonça la langue dans la moiteur de sa bouche et la mêla à la sienne. Elle lui répondit avec une ardeur qui menaça de lui faire perdre la tête. *Santo Deus*, il mourait d'envie d'explorer chaque parcelle de son corps… Dans son univers habituel il serait déjà en train de la déshabiller. Ici, ce scénario était inenvisageable. Recouvrant la raison, Alejandro s'arracha à la bouche de Cecily et s'écarta d'elle. Les joues en feu, elle passa la main dans ses cheveux.

— C'était…

— La preuve que tu n'es pas un glaçon, coupa-t-il en se levant. Et maintenant, on oublie ça.

— Colt…

— Il vaut mieux qu'il ne se passe rien entre nous, Cecily. Crois-moi.

3

Oublier ça ? Les jours suivants, Cecily fut incapable de penser à autre chose qu'à ce baiser. Ce souvenir la poursuivait jour et nuit. Y compris pendant l'entraînement, ce qui réduisait sa concentration à néant. Découvrir qu'on pouvait éprouver des sensations aussi intenses dans les bras d'un homme avait mis son univers sens dessus dessous. Même avec Davis, dont elle était pourtant follement amoureuse, elle n'avait jamais rien ressenti de tel. Cependant, Colt avait raison. Il valait mieux qu'il ne se passe rien entre eux, se répétait-elle. Elle devait focaliser toute son énergie sur la compétition, et de toute façon il partirait bientôt. Sa priorité absolue était de reconstruire sa relation avec Bacchus. Et de prendre en main sa vie et sa carrière. À vingt-cinq ans il était grand temps. L'entraînement avec Dale ne donnant aucun résultat, elle avait décidé de travailler avec Colt l'après-midi pour expérimenter certaines des techniques qu'il avait employées pour redonner confiance au cheval traumatisé dont il lui avait parlé le jour de leur promenade au lac. Au retour Bacchus avait sauté le ruisseau, ce qui semblait indiquer que sa méthode avait une certaine efficacité. Et de fait, même si Bacchus et elle progressaient lentement, ils progressaient.

Le vendredi en fin d'après-midi, alors qu'elle rentrait de sa séance pour se préparer pour la soirée, Kay l'arrêta dès qu'elle eut franchi la porte et insista pour qu'elle aille saluer les Henderson, qui passaient le week-end au manoir. Après s'être débarrassée de ses bottes couvertes de boue dans l'entrée, elle se rendit au salon. Knox se montra aussi empressé qu'à l'accoutumée et la laissa plus indifférente que jamais. Après un bref échange de politesse, elle s'excusa et quitta le salon pour monter dans sa chambre. Avant qu'elle ait pu atteindre l'escalier, son père l'arrêta et l'emmena dans son bureau.

— Dale m'a dit que tu travaillais avec Colt Banyon. Pourquoi ?

Elle releva le menton.

— Parce que je l'ai décidé. Ça fait du bien à Bacchus.

— Tu perds ton temps. Ses méthodes fantaisistes ne te conduiront à rien.

— À partir de maintenant, c'est moi qui décide ce qui est bon ou pas pour moi.

— Pardon ?

— J'ai vingt-cinq ans, papa. Je ne suis plus une enfant. Il est temps que je prenne en main ma vie et ma carrière.

— Colt Banyon est un instable. Il change sans arrêt d'écurie. Tu ne sais rien de lui ni de ses références.

— Je sais que j'ai confiance en lui. Et il a forcément d'excellentes références puisque Cliff l'a engagé.

— Je pourrais le renvoyer.

Cecily vit rouge.

— Si tu le renvoies, je déclare forfait pour Genève.

— Tu ne feras jamais ça.

— C'est ce qu'on verra.

Après une brève hésitation, elle demanda :

— À quel sujet vous disputiez-vous maman et toi le jour de sa mort ?

Le visage de son père se ferma.

— Quel rapport ?

— Aucun. Je veux juste savoir.

— Ça ne te regarde pas. C'était entre elle et moi.

— Pourquoi est-elle partie à cheval toute seule ? Elle était trop prudente pour prendre ce risque. Isabella a dit qu'elle semblait en état de choc après ton départ. Que s'est-il passé ?

— C'est de l'histoire ancienne. N'y pense plus.

— J'ai essayé. Je ne peux pas. Je ne cesserai jamais de me demander ce qui l'a poussée à faire une chose aussi stupide. Et elle me manquera toujours !

Sur ces mots, elle tourna les talons.

— Cecily !

Elle quitta la pièce et claqua la porte derrière elle.

— Tu es prêt ?

Alejandro ouvrit la porte de son bungalow.

— Je crois que je ne vais pas y aller, répondit-il à Tommy.

— Tu ne peux pas faire ça ! C'est la grande soirée de la saison. Bière à volonté et filles canon… Quelle raison valable pourrait-il y avoir de ne pas y aller ?

Le fait qu'une « fille canon » bien précise l'attirait un peu trop. Une fille qu'il ne pouvait pas se permettre de toucher. Et puis il ne restait plus qu'un jour à tenir pour gagner son pari. Il était hors de question de tout gâcher si près du but. Alejandro roula une épaule.

— Je me suis froissé un muscle en portant cette poutre, aujourd'hui. Je préfère rester ici et lire.

— Allons, Hollywood ! Tu n'es pas si fragile. Mets tes bottes et allons-y. On va te trouver une fille canon pour te masser l'épaule.

Alejandro réprima un soupir. Résister plus longtemps était inutile. Il mit le jean et la chemise bleue qu'il avait achetés en ville et enfila ses bottes.

À leur arrivée la fête battait son plein dans une des écuries désaffectée, décorée pour l'occasion de guirlandes lumineuses. Un bar avait été installé au fond de l'immense salle, tandis qu'à l'autre bout jouait un groupe de country réputé. Des tables de bar éparpillées dans tout l'espace permettaient aux centaines d'invités de se poser pour boire et manger tranquillement. Comme l'avait promis Tommy les jeunes femmes séduisantes ne manquaient pas. Mais une seule retint l'attention d'Alejandro. Cecily était vêtue d'une robe d'été rouge carmin moulante, courte et décolletée en V, qui dévoilait des jambes superbes et laissait deviner des seins ronds et fermes. Inutile d'avoir beaucoup d'imagination pour se la représenter entièrement nue… Une véritable splendeur. Il se força à lever les yeux vers son visage et fut de nouveau ébloui. Avec ses boucles blondes ruisselant sur ses épaules, ses paupières ombrées de gris pâle et ses lèvres vermillon, elle avait moins l'air d'un ange que d'une sirène. Irrésistible… Elle tourna la tête comme si elle se sentait observée. Lorsque leurs regards se croisèrent, une décharge électrique le traversa. *Il voulait cette femme.* Contre un mur, ses jambes sublimes nouées sur ses reins… Ou n'importe où, dans n'importe quelle position. Il avait juste envie d'elle comme il n'avait jamais eu envie d'aucune autre femme.

— Tiens, le play-boy est de retour, murmura Tommy. Je me demande quand il va finir par comprendre qu'elle n'est pas intéressée.

Alejandro resta silencieux. Il était trop occupé à jauger le grand blond athlétique qui parlait à Cecily. Visage agréable et air suffisant, Knox Henderson avait tout de l'homme qui savait ce qu'il voulait. La sirène en robe rouge qui l'écoutait à contrecœur à en juger par son sourire contraint. *Pas mon problème. Elle n'est pas pour moi.* Alejandro soupira. Il s'était répété ça toute la semaine, et ce soir il avait prévu de rester dans sa chambre. Il aurait dû écouter son instinct.

Cecily déglutit péniblement. Knox lui parlait mais elle n'entendait rien. Elle était parcourue de longs frissons à la vue de l'homme dont elle se répétait depuis le début de la soirée qu'elle ne l'attendait pas. Vêtu d'un jean foncé et d'une chemise bleu pâle aux manches roulées qui mettait en valeur son teint hâlé et ses cheveux noirs, Colt était tout simplement sublime. Mais le plus saisissant c'était le désir qui se lisait sur son visage. Un désir brûlant. Il avait oublié de mettre en place le masque qu'il portait d'ordinaire...

— Si on dansait, murmura Knox à son oreille. Je n'ai pas encore eu ce plaisir avec toi ce soir.

Parce qu'elle n'avait pas envie de lui donner de faux espoirs. Parce qu'il avait déjà bu deux bourbons et que l'alcool avait tendance à le rendre beaucoup trop insistant. Parce que le seul homme avec qui elle avait envie de danser c'était Colt... Knox posa son verre vide sur une table et l'entraîna sur la piste. Au même instant, les musiciens entamèrent un slow et il en profita pour l'attirer contre lui.

— Pourquoi tu te fais désirer ? Que faut-il que je fasse ?

Elle le regarda dans les yeux.

— Je t'ai déjà dit plus d'une fois que je ne nous vois pas ensemble, Knox. Je ne le sens pas.

— Pourquoi ?

— Ça ne s'explique pas.

— Tu ne fais aucun effort.

Il fit glisser sa main le long de son dos et l'immobilisa dangereusement près de ses fesses.

— Avec une robe aussi provocante, c'est un comble. Comment suis-je censé réagir ? Dis-moi ton prix, chérie. Tu veux les meilleurs chevaux du monde ? Ils sont à toi. Une maison dans le sud de la France ? Je te la donnerai. Une réserve pour tes frais d'entretien ? Je la verserai sur ton compte.

— Mes frais d'entretien ?

— Oui, la plupart des femmes que je connais aiment bien faire faire des retouches par-ci par-là. Pour masquer les signes de l'âge. C'est comme les voitures. Il faut les faire réviser de temps en temps. Je considère que ça fait partie des frais d'entretien.

Elle resta un instant sans voix.

— J'ai vingt-cinq ans, Knox. De quel genre de « retouches » ai-je besoin, à ton avis ?

— Je n'ai pas dit que tu en avais besoin. J'ai dit que si tu en avais envie, je t'en donnerais les moyens.

Mon Dieu ! Il valait mieux s'abstenir de tout commentaire, sinon ça allait mal tourner… Elle releva le menton.

— En fait… Je m'intéresse à quelqu'un d'autre.

— Qui ?

— Peu importe.

— Comment ça « Peu importe » ? Je suis curieux de savoir qui a réussi à percer ta carapace de glace. Je commençais à croire que c'était un exploit impossible.

Elle s'exhorta de nouveau au calme.

— Ne sois pas hargneux, Knox.

— J'ai fait des centaines de kilomètres pour venir te voir, Cecily. J'ai annulé un rendez-vous avec un client important pour être ici ce soir. Tu aurais pu au moins me prévenir !

Maudite Kay ! Si seulement elle s'abstenait de jouer les marieuses ! Cecily ne répondit pas et un silence tendu s'installa tandis que le morceau se prolongeait, interminable. Elle chercha Colt du regard. Il était avec d'autres lads et des filles de la ville. Soudain une ravissante brune le prit par la main et l'entraîna sur la piste de danse. Alors qu'ils commençaient à danser, la brune lui dit quelque chose qui le fit rire. D'un rire joyeux, sexy, qu'elle ne lui connaissait pas… Elle fut assaillie par une bouffée de jalousie qui lui coupa le souffle.

Après quelques danses, Alejandro manifesta le souhait de boire une bière et quitta la piste pour se diriger vers le bar. La brune resta collée à lui. Elle était splendide et tout à fait son genre. Mais elle le laissait complètement froid… Il promena son regard sur la salle. Cecily avait disparu depuis au moins une demi-heure. L'image de son sourire crispé, s'imposa à lui.

— Excusez-moi, dit-il à la brune en posant sa bière sur une table. Je vais faire un tour.

S'éloignant à travers la foule avant qu'elle ait le temps de s'inviter, il sortit de l'écurie. Personne aux alentours. La nuit était chaude et le silence à peine troublé par l'écho de la musique. Ce fut seulement après avoir de nouveau promené son regard autour de lui qu'il vit Cecily, accoudée à la clôture d'un pré, le visage levé vers le ciel étoilé. Il la rejoignit et eut droit à un regard noir.

— Tu as laissé ton fan-club à l'intérieur ?

— Qu'est-ce qui ne va pas ? demanda-t-il en ignorant la pique.

Elle soupira.

— Je me suis disputée avec mon père. Et à l'instant je viens d'avoir des mots avec Knox.

— À quel sujet ?

— Je lui ai dit que je n'étais pas intéressée. Il était furieux et il ne l'a pas caché.

— Ignore-le.

— C'est juste que nos deux familles sont très proches. Et…

Elle se mordit la lèvre.

— Quoi ?

— Il m'a reproché d'avoir une carapace de glace.

Alejandro crispa les doigts sur la clôture. Pauvre type !

— Il est frustré. Oublie-le. Et ton père, pourquoi t'es-tu disputée avec lui ?

— Il ne veut pas que je travaille avec toi et Bacchus. Je lui ai répondu qu'à partir de maintenant c'était moi qui prenais les décisions concernant ma vie et ma carrière.

Cristo. Attirer l'attention sur lui n'était pas le but recherché quand il avait accepté de l'aider avec son cheval…

L'orchestre venait d'entamer un nouveau morceau, dont les notes se mêlaient au bruissement des feuilles du magnolia tout proche, agitées par la brise. C'était l'air le plus connu de ce groupe local, une ballade dont la mélancolie était soulignée par la voix rauque du chanteur.

— J'aime cette chanson, dit Cecily. Elle parle d'une fille à qui il n'arrive que des choses qu'elle n'a pas voulues. Elle est condamnée à traverser la vie toute seule.

Elle pressa un poing contre sa poitrine.

— Ça m'atteint là.

Alejandro eut un pincement au cœur. Elle n'avait pas besoin d'expliquer pourquoi. Cette chanson c'était elle. Il lui tendit la main.

— Dansons, alors.

Elle prit sa main et il l'attira vers lui, conscient de commettre une erreur. Tant pis, c'était plus fort que lui. Il était incapable de rester indifférent quand elle dévoilait sa vulnérabilité. Ils dansèrent en silence dans le clair de lune. Peu à peu elle se rapprocha de lui, franchissant la distance prudente qu'il avait pris soin de respecter. Son corps frôla le sien, ses boucles soyeuses effleurèrent sa mâchoire et son souffle chaud caressa la peau de son cou.

— Cecily…

— Ça ne sert à rien.

— Quoi donc ?

— D'ignorer ce… cette chose entre nous.

Il crispa la mâchoire.

— C'est la seule chose à faire.

— Pourquoi ? lança-t-elle d'un ton provocateur.

— Je te l'ai déjà expliqué.

— Tu me désires. Je l'ai vu sur ton visage tout à l'heure quand tu es arrivé. Et ce baiser l'autre jour…

Elle se rapprocha encore et lui murmura à l'oreille :

— Je suis devenue incapable de me concentrer. Je pense sans arrêt à ce baiser. À toi. Quand je dansais avec Knox je pensais à toi.

Alejandro avait de plus en plus de mal à ignorer l'éveil de

sa virilité. Avant qu'il ait le temps de répliquer qu'il n'y aurait pas d'autre baiser, une voix grasse troubla le calme de la nuit.

— Alors c'est ça qui t'excite.

Knox Henderson sortit de l'ombre et un rond de fumée s'éleva de son cigare. Il lança un regard méprisant à Cecily.

— Si j'avais su que tu aimais t'envoyer en l'air avec les garçons d'écurie…

Une rage froide s'empara d'Alejandro. Il éloigna Cecily de lui et s'avança vers Henderson. À en juger par son regard vitreux, il avait bu quelques verres de trop.

— Je vous conseille de retirer ce que vous venez de dire et de retourner dans la salle.

— Oh non, pas question. Elle m'allume, elle me fait venir jusqu'ici, et je découvre qu'elle couche avec un autre. J'ai envie de voir à quoi ressemble la concurrence, c'est normal.

Les poings crispés, Alejandro fit un nouveau pas en avant.

— Eh bien, ça y est, vous avez vu. Acceptez le fait que vous ne l'intéressez pas et rentrez à l'intérieur.

— Accepter qu'elle couche avec un garçon d'écurie ? Désolé, mais ça ne passe pas.

Alejandro agrippa Henderson par le col de sa chemise.

— Je vous laisse encore une chance. Présentez-lui des excuses.

Henderson eut un sourire mauvais.

— Certainement pas.

Alejandro ressentit une vive douleur à la mâchoire avant d'avoir eu le temps de voir le coup partir. Instinctivement il ferma le poing pour riposter par un crochet du droit, mais au même instant Cecily s'interposa entre lui et Henderson.

— Arrêtez ! Retourne là-bas, intima-t-elle à Henderson en montrant le bâtiment. Immédiatement.

Il la toisa, un sourire moqueur aux lèvres.

— Tu sais quoi ? C'est ce que je vais faire. Tu ne vaux pas la peine qu'on s'intéresse à toi.

Méfiante, elle le raccompagna jusqu'à la salle. Après

l'avoir laissé en compagnie d'un groupe d'amis, elle prit des glaçons au bar et ressortit par la porte de derrière. Faisant un grand détour pour éviter d'être vue, elle se rendit sur le site des logements du personnel et frappa à la porte de Colt. Il ouvrit au bout de quelques minutes. Sa mâchoire était rouge et commençait à enfler.

— Oh ! Colt. Je suis vraiment désolée.

— Ça va. Ce n'est rien.

Elle montra le sac de glaçons.

— On va mettre ça dessus.

— Je te remercie mais je vais le faire moi-même, répliqua-t-il en tendant la main.

Elle cacha le sac derrière son dos.

— Laisse-moi entrer. Je me sens tellement coupable... Je n'arrive pas à croire que Knox a été aussi nul.

— Donne-moi ça, Cecily. Je ne peux pas te laisser entrer.

— Juste un instant pour m'assurer que tu vas bien. Ensuite je m'en irai.

Il la considéra un instant en silence puis il s'écarta.

— Juste un instant.

Elle entra et enleva ses chaussures. Le bungalow, qui comportait un minuscule coin-cuisine et une salle de bains tout aussi minuscule, était meublé d'un lit double, d'une commode et d'un fauteuil. Colt n'y avait apporté aucune touche personnelle, ce qui cadrait avec sa vie nomade. À cette pensée, elle eut un pincement au cœur qu'elle s'empressa d'ignorer. Elle gagna le coin-cuisine pour envelopper le sac en plastique dans un torchon.

— Assieds-toi.

Il s'installa dans le fauteuil et elle se percha sur le bras de celui-ci pour appliquer la glace sur sa mâchoire. Il grimaça.

— Il t'a fait mal.

Il lui lança un regard noir.

— Tu aurais pu me laisser riposter.

— Ça t'aurait coûté ta place, objecta-t-elle.

Knox aurait exigé son renvoi. Il n'y avait aucun doute là-dessus. Le silence s'installa. Au bout d'un moment elle finit par le rompre.

— J'ai demandé à mon père pour quelle raison ma mère et lui s'étaient disputés le jour où elle est morte.

— Comment a-t-il réagi ?

— Il a refusé de répondre. Il m'a dit que c'était entre elle et lui. Que ça ne me regardait pas et qu'il fallait que j'oublie.

— Ce serait peut-être mieux, en effet.

Elle rectifia la position de la glace sur la mâchoire de Colt.

— Je sais que je devrais arrêter de me poser des questions sur ce qui s'est passé ce jour-là. Mais ma mère s'est conduite de manière si inhabituelle… Je ne peux pas m'empêcher de penser qu'il y a quelque chose qui cloche. Peut-être que ce serait plus facile de tourner la page si je comprenais ce qui s'est passé.

— Ou peut-être que ce serait encore plus perturbant.

— Peut-être, acquiesça-t-elle, distraite par le parfum épicé de Colt.

Un parfum enivrant et tout nouveau pour elle. Sans doute n'en mettait-il pas pour travailler. Mais de toute façon, avec ou sans parfum, il était irrésistible… Et pourquoi résisterait-elle à son attirance pour lui ? se demanda-t-elle tout à coup. Pourquoi se forcerait-elle à être raisonnable ? Pourquoi se sentirait-elle obligée de ne penser qu'à sa carrière ? Étaient-ce les paroles méprisantes de Knox ? Ou bien l'humiliation que lui avait fait subir Davis ? Elle avait besoin de vérifier que les sensations déclenchées par le baiser de Colt n'étaient pas une anomalie passagère. Qu'elle n'était pas de glace. Que Knox avait tort.

— Colt ?

— Mm ?

Elle fut électrisée par l'éclat des yeux noirs. Son désir pour elle ne faisait aucun doute.

— Laisse-moi rester.

— Non.

Catégorique. Implacable. Elle se mordit la lèvre. C'était le moment où jamais de ravaler sa fierté. Cette fierté derrière laquelle elle se cachait parce qu'elle ne supportait pas de se montrer vulnérable.

— Je ne suis pas très douée pour… les relations intimes. Mais avec toi l'étincelle est là. Ça ne s'explique pas. C'est comme ça. Et ce soir j'ai besoin de rester avec toi.

— Cecily…

Elle posa un doigt sur ses lèvres.

— Je veux juste cette nuit avec toi. Rien d'autre. Je sais que tu vas t'en aller, et ça tombe bien parce que pour moi en ce moment ma carrière passe avant tout le reste. Mais ce… Cette chose entre nous, je veux la vivre une fois.

4

Le cœur d'Alejandro se mit à tambouriner dans sa poitrine. Si elle lui avait dit n'importe quoi d'autre, il aurait trouvé les arguments pour la dissuader. Mais ça… Il ne pouvait pourtant pas dire oui… Mais lui dire non ? Faire taire sa fierté avait dû lui coûter. Pouvait-il lui refuser cette nuit ? Refuser de lui prouver qu'elle était spéciale et qu'elle valait beaucoup mieux que ce minable de Knox Henderson ? Il passa nerveusement la main dans ses cheveux.

— Je ne suis pas certain que tu sois vraiment lucide ce soir. Je crains que tu te réveilles demain avec des regrets cuisants.

Elle secoua la tête avec vigueur.

— Je sais ce que je fais.

Elle se leva et ouvrit la fermeture Éclair de sa robe. Les yeux fixés sur lui, elle fit glisser les fines bretelles sur ses épaules et la robe tomba en flaque à ses pieds. Il déglutit péniblement. Ses dessous de dentelle grenat offraient un contraste délicieux avec sa peau dorée. Quant à son corps… Sa perfection dépassait de loin tout ce qu'il avait imaginé.

— Tu ferais mieux de verrouiller la porte, dit-il d'une voix rauque.

Les yeux brillants, elle s'empressa d'aller tourner la clé dans la serrure. Puis elle revint vers lui d'une démarche souple et assurée, parfaitement à l'aise dans sa nudité. Fasciné, il referma les mains sur ses hanches pour la faire asseoir à califourchon sur ses genoux et captura sa bouche. Elle lui rendit son baiser avec une ferveur qui le bouleversa. Savourant la douceur de sa peau veloutée, il couvrit son dos de caresses. Le petit soupir d'aise qui lui échappa le fit sourire.

— Tu aimes mes mains calleuses ?

— J'ai un fantasme…

Il sentit sa température grimper.

— Lequel ?

Elle baissa brièvement les yeux dans un accès de timidité.

— Le soir où nous étions dans l'écurie… quand tu massais Bacchus. J'imaginais que tu me massais moi aussi…

Au comble de l'excitation, il arqua un sourcil.

— Tu veux que je te masse, *querida* ? Avec grand plaisir. À condition que tu me promettes de te prêter à ton tour à un de mes fantasmes.

— Lequel ?

— Tu le découvriras dans quelques minutes, répliqua-t-il en la soulevant par la taille et en se levant.

— Tu es espagnol ? demanda-t-elle quand il la déposa sur le lit.

Allons bon ! Il n'avait même pas eu conscience que sa langue avait fourché. Heureusement que le mot était le même en portugais et en espagnol… Il devait à tout prix rester incognito.

— Oui, mentit-il en enlevant sa chemise.

Les prunelles de Cecily virèrent au bleu marine.

— Tu as un corps fantastique, commenta-t-elle.

Il commença à déboutonner son jean.

— Le strip-tease masculin compte parmi tes fantasmes ?

— Si c'est toi qui le fais, oui.

La flèche de désir qui le transperça lui coupa le souffle. Il se débarrassa de son jean avec des gestes vifs. Le regard de Cecily se fixa sur son slip blanc, qui ne cachait rien de l'intensité de son désir.

— Je crois que je vais changer de fantasme, murmura-t-elle.

— Oh ! mais c'est contraire aux règles du jeu. Allonge-toi sur le ventre.

Elle rougit. Puis elle s'exécuta. Il promena sur elle un regard avide. Elle avait la paire de fesses la plus sublime qu'il avait jamais vue… Il s'agenouilla à côté du lit et posa la main au creux de ses reins. Un long frisson la parcourut. Il fit glisser sa main jusqu'à sa nuque puis la fit redescendre lentement, s'attardant avec délectation sur chaque courbe de son corps. Faisant appel à toute sa volonté pour garder le contrôle de lui-même, il s'installa à califourchon au-dessus d'elle et appliqua un long baiser ventouse sur sa nuque. Elle se cambra en gémissant.

— Ce ne sont pas tes mains.

Il lécha la courbe de son épaule du bout de la langue.

— Je n'ai pas promis de me servir exclusivement de mes mains.

Silence. Il lui massa longuement le dos, pétrissant avec délectation sa peau veloutée. Ses petits gémissements et les frissons qui la parcouraient attisaient son désir, qu'il avait de plus en plus de mal à contenir. Il referma les mains sur ses fesses recouvertes en partie de soie grenat, les enveloppa de caresses, les malaxa, savourant les gémissements plus sonores qui montaient de sa gorge. Puis il lui écarta doucement les cuisses.

— Colt…

— Chut.

Déposant un baiser au creux de ses reins, il glissa les doigts sous l'élastique de sa culotte et la lui enleva. Le souffle court, elle se raidit.

— Zen, murmura-t-il en caressant l'intérieur de ses cuisses du bout des doigts.

Quand elle se détendit, il glissa un oreiller sous son ventre pour surélever son bassin. Écartant encore ses cuisses, il effleura son sexe. Elle tressaillit.

— Zen, lui souffla-t-il à l'oreille tout en approfondissant son exploration.

Elle frémissait sous ses doigts. Il en enfonça deux dans le cœur de sa féminité, lui arrachant un long gémissement qui faillit avoir raison de son sang-froid. Pas question de flancher, se dit-il en faisant un effort surhumain pour continuer à refréner son désir. Tout en traçant un sillon de baisers le long de son épine dorsale, il accentua ses caresses.

— Oh ! Colt…

Il s'installa entre ses cuisses pour l'honorer à pleine bouche.

— Colt…

— Tu es divine, murmura-t-il. Si délicieuse, si chaude…

Elle creusa les reins tandis qu'il accélérait le mouvement de ses doigts au plus profond d'elle tout en insistant du bout de la langue sur son bouton durci. Elle poussa un cri rauque, puis elle enfouit son visage dans l'oreiller pour étouffer les suivants tandis que le plaisir déferlait en elle.

Encore parcourue d'ondes de volupté, Cecily rencontra le regard étincelant de Colt lorsqu'il la fit rouler sur le dos. S'appuyant sur un coude, il se pencha sur elle et lui caressa la joue.

— Tes espérances ne sont pas trop déçues ?

À court de mots, elle resta silencieuse. Comment faire de l'humour ? Elle était trop chamboulée pour plaisanter. Ce qu'elle venait de vivre était trop… phénoménal. Il caressa sa lèvre inférieure du bout du pouce.

— Tu veux toujours savoir quel est mon fantasme ?

Avait-elle encore assez d'énergie ? Elle en doutait mais elle hocha la tête.

— J'ai envie que tu me chevauches.

Elle sentit son cœur s'affoler dans sa poitrine, tandis qu'il se levait et enlevait son slip. Fascinée par sa virilité triomphante, elle frissonna d'impatience. Il prit son portefeuille dans la poche de son jean et en sortit un préservatif qu'il lança sur le lit avant de la rejoindre pour s'emparer de sa bouche dans un vorace baiser. Lorsqu'ils reprirent leur souffle, il lui tendit le préservatif.

— Tu peux me le mettre ?

— Oh. Je ne sais pas si… Mon ex-fiancé et moi, nous… Je prenais la pilule.

À son grand soulagement il ne se moqua pas d'elle. Il ne la considéra pas d'un air méprisant à cause de son inexpérience, comme l'avait fait Davis à plusieurs reprises.

— Je vais te montrer.

Il ouvrit l'étui, commença à dérouler le préservatif autour de sa virilité, puis il s'interrompit.

— À toi.

Elle finit de dérouler le préservatif, électrisée par les frémissements qui le parcouraient sous ses doigts.

— Tu es beau, murmura-t-elle d'une voix étranglée.

— Pas autant que toi.

Il plongea dans le sien un regard plein de promesses.

— Maintenant, à cheval.

Envahie par une chaleur intense, elle se mit à califourchon au-dessus de lui, prit sa virilité dans sa main pour la guider, puis abaissa le bassin avec une lenteur infinie. Lorsqu'elle l'eut accueilli tout entier elle s'immobilisa, émerveillée.

— Cecily, *querida*, murmura-t-il d'une voix suppliante. Si tu restes immobile je vais devenir fou…

À en juger par ses traits crispés, il avait du mal à se contrôler. Elle fut galvanisée. Inspirer un tel désir à un homme aussi séduisant et aussi viril, quelle joie ! C'était si rassurant après les humiliations que les hommes lui avaient fait subir jusque-là !

— Cecily…

Aiguillonnée par la voix rauque de Colt, elle se mit en mouvement. Des étincelles de désir et de plaisir mêlés jaillissaient des yeux noirs plongés dans les siens. C'était si intime, si intense… C'était presque embarrassant. Mais pas question de détourner le regard. Puisque cette nuit serait unique, elle voulait en vivre pleinement chaque seconde. Colt lui saisit le poignet pour l'inciter à se pencher en avant. Posant une main au creux de ses reins, il referma la bouche sur la pointe d'un sein et l'aspira à travers la dentelle de son soutien-gorge. Transpercée par mille petites flèches de plaisir, elle accéléra le rythme de ses va-et-vient. Il changea de sein, suçant et mordillant le bourgeon hérissé tout en creusant les reins pour s'enfoncer au plus profond d'elle avec vigueur. L'explosion de plaisir qui la secoua fut si violente qu'elle crut défaillir. Il enfonça la main dans ses cheveux, attira sa bouche vers la sienne.

— Je veux tes lèvres sur les miennes au moment où je basculerai, mon ange. Tu es si exquise… Tu me rends fou.

La saisissant par les hanches il redoubla d'ardeur, et ses coups de reins multiplièrent les ondes voluptueuses qui la parcouraient. Lorsqu'il s'abîma dans le gouffre de la jouissance, il poussa un cri rauque qui résonna au plus profond d'elle. Balayée par une nouvelle vague de plaisir, elle s'affaissa sur son torse.

Puis ce fut le néant bienfaisant.

Il la réveilla avant l'aube en s'enfonçant doucement en elle, une main refermée sur un sein.

— Tu voulais une nuit. Voici un peu plus, murmura-t-il dans son dos en effleurant la fleur de sa féminité du bout des doigts.

Ses caresses devinrent plus précises et elle creusa les reins en gémissant. Il commença à aller et venir en elle avec une nonchalance exquise, prolongeant encore et encore la montée du plaisir. Une fois comblée, elle se rendormit dans ses bras. Lorsqu'elle se réveilla de nouveau, blottie tout contre lui, le jour se levait. La mort dans l'âme, elle se dégagea avec précaution de ses bras et de ses jambes, puis elle se leva. Même s'il était très tentant de s'attarder, il fallait qu'elle regagne sa chambre avant que son absence soit remarquée et que des rumeurs se répandent comme des traînées de poudre. Elle s'habilla à la hâte et sortit sans bruit. Comme elle se sentait différente de la femme qui avait franchi cette porte dans l'autre sens hier soir ! Ses chaussures à la main, les pieds trempés par la rosée, elle prit en courant le chemin qui conduisait à la maison. Cette nuit qu'elle avait voulue et réclamée l'avait comblée au-delà de tout ce qu'elle aurait pu imaginer. Elle resterait à jamais gravée dans sa mémoire. Mais ce matin ça semblait si insuffisant une seule nuit…

Alejandro se réveilla avec la migraine et une douleur lancinante dans la mâchoire. Il arrêta le réveil du plat de la main et ouvrit les yeux. Cecily était partie. Seul le parfum fleuri qui imprégnait les draps témoignait de sa présence récente.

— Mieux comme ça, marmonna-t-il en se traînant jusqu'à la salle de bains.

Lorsqu'il en ressortit, revigoré par une douche chaude, un texto de Sebastien l'attendait.

Plus que quelques heures et tu auras réussi ton pari. Le jet t'attendra sur le tarmac à 20 heures. Tu pars en raison d'une affaire personnelle qui exige ta présence immédiate. J'ai hâte d'entendre ton compte rendu.

Santo Deus. Il mit le téléphone dans sa poche et sortit. Il fallait qu'il quitte cet endroit au plus vite. Avant de commettre une autre erreur. Parce que ce qui s'était passé avec Cecily cette nuit en était une… Il accomplit ses tâches quotidiennes, soulagé d'avoir appris qu'après le départ subit de Knox Henderson en début de matinée, Cecily et Dale avaient pris la route pour le Maryland pour aller voir un cheval. Mieux valait partir sans adieux ni explications, se répétait-il. Parce que de toute façon, il n'avait rien à dire à Cecily. Même si cette nuit lui laissait un goût d'inachevé, il n'y avait pas d'avenir pour eux, même à court terme. Il n'avait rien à lui offrir d'autre que cette nuit unique. Ne serait-ce que parce qu'il s'apprêtait à détruire la réputation de sa famille. Il avait acquis la certitude qu'elle ignorait tout des origines de son cheval et des procédés douteux employés par les Hargrove. Cependant, le crime devait être puni. Dès que Stavros lui fournirait la preuve nécessaire, il ferait en sorte que sa grand-mère obtienne réparation, comme il le lui avait promis.

Seul Bacchus ne serait pas concerné par la vengeance des Salazar. Il était hors de question d'enlever son cheval à Cecily, même si légitimement il appartenait aux Salazar.

5

En entrant sur la piste à Genève, pour la dernière épreuve dont dépendaient ses chances d'être sélectionnée pour les Jeux équestres mondiaux, Cecily sentit son estomac se nouer. Elle s'efforça de se ressaisir. En vain. Son sang-froid habituel l'avait désertée. Elle était si nerveuse qu'elle en avait même la nausée… Inspirant profondément, elle salua le jury. Lorsque la sonnerie retentit, elle puisa dans les vibrations émises par le public l'énergie nécessaire pour s'élancer. Elle effectua le parcours sans faute et franchit la ligne d'arrivée dans un état second. Elle arrêta Bacchus puis elle leva les yeux vers l'horloge, le cœur battant à tout rompre. Les acclamations de la foule concordaient avec les chiffres affichés.

Elle avait terminé troisième.

Ce fut seulement dans le paddock, quand Dale la souleva de la selle et la serra dans ses bras qu'elle prit réellement conscience de ce qu'elle avait accompli. Elle avait réussi ! Son rêve était toujours réalisable. Bien sûr, cette bonne performance n'effaçait pas une année entière de résultats moyens, mais ce serait un argument de poids pour convaincre le comité qu'elle méritait une place dans l'équipe qui participerait aux Jeux équestres mondiaux. Cette réussite elle la devait à Colt, qui l'avait aidée à reconstruire sa relation avec Bacchus. Elle enleva sa bombe pour saluer la presse, le cœur serré. Colt qui était déjà parti quand elle était rentrée du Maryland… En raison d'une « affaire personnelle » qui exigeait sa présence immédiate. Au début elle s'était inquiétée. Elle avait demandé son numéro de téléphone à Cliff dans l'intention de s'assurer qu'il allait bien. Mais il n'avait laissé aucun moyen de le joindre. Comme si ce qu'ils avaient partagé ne représentait rien pour lui… Elle accrocha un sourire éclatant à ses lèvres et le garda vaillamment pendant une demi-douzaine d'interviews. Elle aurait aimé que Colt soit là aujourd'hui… Ce qui était ridicule. Elle savait depuis le début qu'il partirait. Elle s'y était préparée. Mais qu'il ne lui ait même pas dit au revoir, elle avait du mal à le comprendre… Au moment où la dernière interview se terminait, elle fut prise d'une nausée si soudaine qu'elle eut à peine le temps de se précipiter aux toilettes. Ce fut seulement dans le jet qui la ramenait aux États-Unis qu'une évidence s'imposa à elle. Entre l'entraînement et les préparatifs du voyage, les semaines précédant le concours avaient été particulièrement agitées. Si bien qu'elle ne s'était pas inquiétée de ne pas avoir ses règles. Elle avait mis ça sur le compte du stress. Mais si c'était… ? Oh ! non ! Une vive angoisse l'étreignit. Non… C'était impossible… Colt avait mis un préservatif à chaque fois qu'ils avaient fait l'amour. Dès son arrivée au Kentucky, elle se rendit chez son médecin. Qui lui confirma l'impossible. Elle était enceinte de Colt. Le chaos était de retour dans sa vie. Et dans sa carrière.

Très peu de championnes enceintes participaient à des compétitions. Le risque était trop grand. Par conséquent, pas de Jeux équestres mondiaux pour elle et Bacchus cette année. Accablée, elle passa plusieurs jours dans l'indécision la plus totale. Que faire ? Une seule pensée cohérente émergeait du magma qui engorgeait son esprit. Il fallait mettre Colt au courant. Il ne voulait peut-être pas d'elle, mais il avait le droit de savoir qu'ils avaient conçu un enfant. Oui, c'était la première chose à faire. Parce que de toute façon, elle n'était pas pressée d'annoncer la nouvelle à son père… Elle engagea une détective privée qui avait retrouvé la mère biologique d'un cavalier de sa connaissance. Quarante-huit heures plus tard, Victoria Brown arriva à la cafétéria où elles avaient rendez-vous avec une enveloppe en papier kraft à la main. L'estomac noué, Cecily leva vers elle un regard anxieux.

— Vous l'avez trouvé ?

La jeune femme hocha la tête.

— Toutefois, il y a un léger problème. Colt Banyon n'existe pas.

— Mais… Vous venez de dire que vous l'avez trouvé.

— J'ai trouvé l'homme qui se faisait appeler Colt Banyon.

Victoria fit une pause avant d'ajouter :

— Cet homme s'est fabriqué une fausse identité. Très élaborée, je dois dire.

Abasourdie, Cecily resta sans voix. Pour quelle raison Colt aurait-il fait ça ? Que pouvait-il avoir à cacher ?

— J'ai lancé une recherche dans ma base de données à partir de la photo prise à la soirée, que vous m'avez confiée. En supprimant la barbe. Colt s'appelle en réalité Alejandro Salazar. Il…

Un fracas de porcelaine brisée attira l'attention de tous les autres clients. Cecily baissa les yeux sur sa tasse réduite en miettes sur le sol, puis elle les releva vers Victoria, hébétée. Il y avait sûrement une erreur. Colt ne pouvait pas être le milliardaire Alejandro Salazar, héritier de la famille rivale de la sienne. Pourquoi serait-il venu travailler à Esmeralda ?

Il n'y avait pas d'erreur, lui assura Victoria tandis que la gérante arrivait avec un balai et une pelle. Elle avait suivi la trace d'Alejandro Salazar pendant cette période. Il se trouvait au Kentucky. Colt était bien Alejandro.

Cecily resta dans la cafétéria longtemps après le départ de Victoria. Le chaos dans lequel avait sombré sa vie était encore plus terrible qu'elle ne le pensait. Elle était enceinte d'Alejandro Salazar. C'était inconcevable. Elle avait déjà vu des photos de lui, bien sûr. Mais ça remontait à des années. Elles avaient été prises lors d'une soirée mondaine et il était rasé de près. Rien à voir avec l'homme qui avait travaillé aux écuries. Tenant fermement la nouvelle tasse de thé que la gérante avait tenu à lui apporter, elle secoua la tête. Tout ça n'avait aucun sens. Qu'était venu faire Alejandro Salazar à Esmeralda ? Pourquoi s'était-il fait passer pour un lad ? Elle n'avait jamais compris la querelle ridicule qui opposait leurs deux familles. Elle avait souvent demandé à ses parents de lui en expliquer la raison mais à chaque fois elle s'était entendu répondre que la rumeur stupide selon laquelle Zeus et sa descendance avaient été en quelque sorte volés aux Salazar n'existait que dans le cerveau dérangé d'Adriana Salazar. La présence d'Alejandro à Esmeralda avait-elle un rapport avec cette querelle ? Cherchait-il à nuire à sa famille ? S'était-il servi d'elle ? Le cœur de Cecily se serra. Dire qu'elle croyait le connaître… Elle s'était imaginé qu'elle lui plaisait pour elle-même. Quand apprendrait-elle de ses erreurs ?

Avec Davis aussi elle s'était fait des illusions. Elle était si convaincue qu'il l'aimait qu'elle s'était lancée dans les préparatifs du mariage avec enthousiasme. Elle avait couru les magasins pour choisir la vaisselle en porcelaine, elle avait envoyé des invitations sur papier gaufré… Tout ça pour apprendre trois semaines avant le jour J que son fiancé avait une maîtresse et qu'il comptait la garder. C'était le témoin de Davis qui lui avait ouvert les yeux sans le vouloir, un soir où l'alcool lui avait délié la langue. Elle avait découvert avec horreur que Davis ne l'avait pas choisie parce qu'elle était la femme de sa vie mais parce qu'il voulait une épouse dont le nom et la fortune pourraient servir ses ambitions politiques.

« Ne me dis pas que tu es naïve à ce point ! avait-il fulminé quand elle avait tout annulé. Le mariage n'a rien à voir avec l'amour ! » Pourtant si, elle était bel et bien naïve à ce point. Dans la foulée elle avait découvert également qu'elle était la seule à tout ignorer de la double vie de son fiancé.

Furieuse contre elle-même, Cecily se mordit la lèvre jusqu'au sang. Elle s'était promis de ne plus jamais laisser un homme la faire souffrir en se servant d'elle. Si elle avait baissé sa garde avec Colt — Alejandro — c'était précisément parce qu'elle le croyait différent. Une fois encore elle avait été stupide. Elle jeta un regard morne à l'enveloppe posée sur la table. En principe elle devrait aller immédiatement prévenir son père. Dieu seul savait quelles étaient les intentions d'Alejandro. Sauf qu'elle ne pouvait pas faire ça. Pas avec le secret qu'elle portait. Il fallait d'abord qu'elle en ait le cœur net. Qu'elle sache la vérité.

Pour cela, une seule solution. Aller à New York.

6

— J'ai ta preuve.

Portable vissé à l'oreille, Alejandro se leva de son fauteuil et se dirigea vers la baie vitrée de son bureau de Manhattan, qui donnait sur l'Hudson.

— Dans quelle proportion les résultats sont-ils fiables ? demanda-t-il à Sebastien.

— Aucune contestation possible.

Une immense satisfaction envahit Alejandro.

— Tu me les envoies ?

— Ils sont en route. Peut-on espérer que tu auras plus de temps à consacrer à tes amis, maintenant ? À ce train-là je risque de ne pas te voir avant l'anniversaire de mariage de Sebastien.

— C'est sa faute si je suis aussi débordé. Si ce n'était pas son anniversaire de mariage, je n'irais même pas à ce week-end.

— Tu n'es même pas un tout petit peu curieux de faire la connaissance de ma femme ?

Extrêmement curieux… Alejandro réprima un sourire. Oui, il avait hâte de rencontrer la femme qui avait réussi à convaincre Stavros de renoncer au célibat. Malheureusement, il avait trop de retard à rattraper dans son travail pour se libérer dans l'immédiat.

— Ma curiosité devra attendre encore quelques semaines.

— *Kala*. J'ai un renseignement à te demander. Je voudrais savoir si tu as entendu parler d'un certain Brandon Underwood.

Une ancienne connaissance de ma femme. Il fréquente le milieu des courses hippiques.

— Oui. Vieille fortune. Brandon est un gosse de riche qui aspire à marcher sur les pas de son sénateur de père. Une famille trop respectable pour que cette respectabilité soit autre chose qu'une façade.

— Bon à savoir.

— Tu es jaloux du fils Underwood ?

— Pas précisément, éluda Stavros comme à chaque fois qu'on lui posait une question personnelle. Tu comptes venir accompagné, à l'anniversaire de mariage ?

Il ne savait pas encore… Étant donné qu'il était le seul à ne pas être en couple, il avait envisagé de téléphoner à la brune qu'il avait rencontrée au club de sport quelques semaines plus tôt. Mais il ne parvenait pas à se décider. Elle était pourtant superbe, cette brune. Et tout à fait son type. Malheureusement, son corps et son esprit semblaient obsédés par le souvenir d'une blonde minuscule au caractère bien trempé.

— Je ne sais pas, répliqua-t-il tandis que Deseree, son assistante, passait la tête par la porte pour lui faire signe qu'il ne lui restait que cinq minutes.

— Je te laisse. J'ai une réunion du conseil d'administration. À plus tard.

Après avoir raccroché, Alejandro fouilla parmi les papiers éparpillés sur son bureau et plissa le front.

— Des ! appela-t-il en se dirigeant vers la porte. Je ne trouve pas le compte rendu sur le marché européen. Pouvez-vous…

Il se figea. Debout devant le bureau de son assistante, vêtue d'une robe crème qui épousait les formes inoubliables de son corps, perchée sur des escarpins à talons, les cheveux lissés, Cecily était l'incarnation du chic new-yorkais. Splendide ! Mais pourquoi ce regard glacial ? *Por amor a Deus*. Elle savait.

Mais au fait… Que faisait-elle ici ?

Deseree les observait tous les deux avec une curiosité

non dissimulée. Alejandro s'efforça de se ressaisir. Il fallait désamorcer la crise… Et vite.

— Dites à mon père de commencer la réunion sans moi.

Deseree le regarda d'un air effaré. Les réunions du conseil d'administration étaient sacrées. Son père, Estevao Salazar, le président, entrait dans des colères légendaires quand il arrivait à certains membres d'arriver en retard. Mais avec son professionnalisme habituel, Deseree se reprit aussitôt et se contenta de décrocher son téléphone pour transmettre le message. Alejandro se tourna vers Cecily et l'invita d'un geste à entrer dans son bureau.

— Après toi.

Elle passa devant lui d'une démarche raide qui n'enlevait rien à la somptuosité de ses fesses moulées de beige. À son grand agacement, il fut transpercé par une flèche de désir. Ce n'était vraiment pas le moment ! Il ferma la porte, puis il se retourna vers elle. Les poings crispés, les joues en feu, elle était visiblement furieuse. Le mieux serait peut-être de commencer par des excuses…

— *Eu sinto muito*, Cecily. Je suis désolé. Je n'ai jamais eu l'intention de te blesser. J'ai tenté de faire marche arrière, tu le sais.

Les yeux étincelants, elle le gifla. Avec vigueur.

— Je l'ai mérité, commenta-t-il d'une voix égale en réprimant l'envie de se frotter la joue. Je mérite ta colère. À présent asseyons-nous et tâchons de considérer la situation de façon rationnelle. Laisse-moi t'expliquer.

— Rationnelle ? s'exclama-t-elle, les poings sur les hanches. Tu voudrais que je sois rationnelle ? Alors que tu es venu travailler pour ma famille sous une fausse identité ! Que tu m'as menti ainsi qu'à tous les gens qui t'ont fait confiance. ! Tu as de la chance que je ne t'aie pas dénoncé à la police.

Il réprima une moue de dérision. Ça ne risquerait pas d'arranger les choses pour sa famille…

— Je n'ai enfreint aucune loi. J'ai posé ma candidature à un poste, j'ai été accepté et j'ai rempli mes fonctions.

— Pourquoi ? Que faisais-tu là-bas ?

Il s'appuya contre son bureau.

— Ta famille a volé quelque chose à la mienne. Je suis allé chercher une preuve.

— Tu parles de Zeus ? Est-ce que ça a quelque chose à voir avec cette rumeur stupide à laquelle tu as fait allusion le jour du pique-nique ?

— Ce n'est pas une rumeur. Ton grand-père a fait saillir illégalement sa jument Demeter par Diablo quand celui-ci se trouvait chez un éleveur américain à qui il avait été prêté. Ce qui signifie que toute la lignée de chevaux de saut d'obstacles de ton écurie provient d'une fraude. J'en ai la preuve.

Le sang se retira du visage de Cecily.

— Quel genre de preuve ?

— J'ai fait faire un test ADN à partir de crins de Bacchus. Il descend de Diablo et non de Nuage. Il n'y a pas de contestation possible.

— Je n'y crois pas, murmura-t-elle, blanche comme un linge. Mes parents m'ont dit que cette rumeur était fausse.

— Le test a été effectué par un laboratoire de réputation internationale. Il n'y a aucun doute quant à sa fiabilité.

Cecily se détourna et se dirigea vers la baie vitrée. Elle posa les mains sur la vitre, le dos courbé, visiblement très perturbée. Il réprima l'envie de la rejoindre pour la réconforter. C'était quelque chose qu'il ne pouvait plus se permettre. Il était l'ennemi désormais. Elle se retourna et il sentit son cœur se serrer à la vue de son regard éteint.

— Même si c'est vrai, ça date de plusieurs dizaines d'années. C'est de l'histoire ancienne. Pourquoi ne peux-tu pas laisser tomber ?

— Parce que ta famille a volé à la mienne quelque chose dont elle a tiré un profit considérable tant sur le plan financier que sur celui de la réputation. Tout en narguant ma famille. C'est un délit. Il doit être puni.

— Adriana est motivée par l'amertume. Ma grand-mère et elle ont été les deux plus grandes rivales de l'histoire du saut d'obstacles. Adriana n'a jamais pu accepter que ma grand-mère finisse par la supplanter. Mais aujourd'hui ma grand-mère est morte, Alejandro. Il n'y a plus de rivalité.

— Aujourd'hui, ta famille tire toujours profit de ce qu'elle a volé. Cette gloire revenait à ma grand-mère. Elle ne trouvera jamais la paix tant qu'elle n'aura pas obtenu justice.

— Pourquoi n'a-t-elle pas tout simplement tourné la page ? Elle a eu les mêmes possibilités que nous de faire reproduire Diablo. Nous nous y sommes peut-être mieux pris.

Il tressaillit. Arrogance typique des Hargrove…

— Diablo est tombé malade à son retour en Belgique, répliqua-t-il sèchement. Il n'a plus jamais été capable d'engendrer. Zeus a été son dernier poulain.

De toute évidence, Cecily n'avait pas été informée de tous les détails, songea-t-il en la voyant ciller. Elle ignorait la gravité du préjudice subit par les Salazar.

— Que comptes-tu faire ?

— Porter l'affaire devant les tribunaux. Établir la réalité des faits. Faire savoir que l'écurie des Hargrove est bâtie sur une fraude.

— Mon père ne te laissera pas faire. Ça ne servira qu'à déclencher une tempête médiatique et nos deux familles seront traînées dans la boue. Tout ça pour prouver une vérité qui n'a plus aucun sens.

Il crispa la mâchoire.

— C'est une question d'honneur. Une notion qui semble étrangère à ta famille.

— L'honneur à quel prix ? insista-t-elle d'une voix mal assurée.

Il sentit son cœur se serrer. Elle semblait si bouleversée, si vulnérable…

— J'ai fait en sorte que Bacchus soit laissé en dehors de tout ça. Je ne veux pas que vous soyez séparés. C'est le mieux que je puisse faire.

— Quelle générosité !

Il l'étudia attentivement. Ces cernes sous ses yeux étaient nouveaux… Elle semblait abattue. Pourtant elle avait terminé troisième à Genève, il avait vérifié le classement. Elle devrait être heureuse. Alors pourquoi cet air désabusé ?

— Pourquoi es-tu ici ? demanda-t-il d'une voix douce. Comment as-tu su ?

— J'ai engagé un détective privé.

Elle le regarda pendant un long moment, comme si elle était en proie à un dilemme. Puis elle soupira.

— Est-ce que tu jouais la comédie quand nous étions ensemble ? Ou bien y avait-il une part de sincérité ?

C'était l'occasion ou jamais d'écouter la voix de la raison, se dit-il. De mettre un point final à cette histoire. De lui faire croire qu'elle ne comptait pas du tout pour lui. Ce serait plus facile pour eux à long terme. Mais comment se résoudre à la blesser délibérément ? Depuis le début il en était incapable.

— Oui, j'étais sincère, Cecily. Mais c'était une erreur de ma part. Il n'aurait jamais rien dû se passer entre nous.

— C'est exact. Je t'ai supplié de coucher avec moi, et tu es si généreux que tu as accepté de me rendre ce service.

Il fit un pas vers elle.

— Ce n'est pas du tout ce qui s'est passé.

Elle l'arrêta d'un geste.

— Juste pour éviter tout malentendu… Au cas où tu t'imaginerais que je t'ai cherché parce que je ne pouvais plus me passer de toi après la nuit mémorable que tu m'as accordée… Il faut que je te dise pourquoi j'ai engagé un détective pour te retrouver. Je suis enceinte. Que dis-tu de ça ? Comment est-ce que ça s'intègre dans ton plan de vengeance ?

Il eut l'impression de recevoir un coup de poing dans l'estomac.

— C'est impossible. Nous avons utilisé des préservatifs.

— Les préservatifs ne sont pas fiables à cent pour cent. Un fait confirmé par deux tests et un médecin.

Il fut pris de vertige. Inutile de demander si c'était bien de lui. Il n'avait aucun doute. Il la connaissait.

— C'est une nouvelle dont nous devons discuter.

— Tu trouves vraiment ? Tu as l'intention de détruire ma famille, Alejandro. Et tu n'as pas cessé de me mentir. J'estime au contraire que cette discussion est close.

— Cecily…

Elle recula.

— Je ne sais même pas qui tu es. Comment pourrais-je te faire confiance ?

Le visage décomposé, elle pivota sur elle-même et quitta le bureau.

Réprimant une furieuse envie de whisky, Alejandro gagna la salle de conférences. Non sans avoir pris d'abord la précaution d'appeler son chauffeur pour lui demander de suivre Cecily. Son père, qui en était aux remarques préliminaires, s'interrompit à son arrivée et darda sur lui un regard perçant. Il se contenta de lui faire signe de poursuivre et prit place dans son fauteuil. La tête lui tournait trop pour qu'il se charge de donner l'ordre du jour.

— Tu cherches bêtement les ennuis ? murmura Joaquim, assis à côté de lui.

Il foudroya son frère du regard, incapable de trouver amusante l'ironie de la remarque. Comment avait-il pu être assez stupide pour prendre ce genre de risque avec Cecily ? Il s'était dit et répété qu'avoir une aventure avec elle ne serait pas une bonne idée. Il était parfaitement conscient de jouer avec le feu. Et malgré ça il avait été incapable de résister à la tentation. Quel crétin ! Tandis que son père abordait le premier point de l'ordre du jour, il se cala dans son siège.

C'était un véritable désastre. Il ne pouvait pas laisser tomber sa grand-mère. À présent que Stavros lui avait fourni la preuve qu'elle attendait depuis des années, il se devait de faire condamner les Hargrove. Comment allait réagir sa famille quand il annoncerait en passant qu'il allait justement avoir un enfant avec une Hargrove ? Et qu'allait dire Clayton Hargrove quand sa fille lui apprendrait qu'elle était enceinte de lui ? Si pour lui la situation était délicate, pour Cecily elle l'était bien plus encore. Elle était obligée de renoncer aux Jeux. En tout cas, ce serait plus raisonnable. Un coup dur alors qu'elle avait enfin retrouvé toutes ses chances d'être sélectionnée. Comment supportait-elle la pression ? Mal, à en juger par les cernes qui creusaient ses yeux. Alejandro changea de position sur son siège. Il faisait une chaleur épouvantable dans cette pièce… Il desserra sa cravate. Ce bébé ils allaient l'avoir, bien sûr. Il était peut-être l'être le plus allergique à l'engagement que la terre ait jamais porté, mais la paternité était une responsabilité à laquelle il ne songerait jamais à se dérober. Il était bien déterminé à ne pas suivre l'exemple de son père. Estevao Salazar n'avait jamais voulu un fils. La seule chose qui l'intéressait c'était d'avoir un successeur. Sa soif insatiable de pouvoir avait déchiré sa famille. Pendant que leur mère, frustrée par les multiples aventures de son mari, poursuivait sa carrière de cavalière de l'autre côté de l'Atlantique, Joaquim et lui s'étaient retrouvés en pension. Il avait bien l'intention d'offrir à son enfant l'amour et la stabilité dont son frère et lui avaient été privés avant que leur grand-mère les recueille. Par conséquent, la solution qui s'imposait c'était d'épouser Cecily. Bien sûr, ça ne manquerait pas de provoquer des remous. Sa grand-mère risquait de ne pas s'en remettre. Mais quel autre choix avait-il ? Il appréciait Cecily. Il admirait son courage et son énergie. Leur entente sexuelle était indéniable. Et puisqu'il n'avait jamais eu l'intention de se marier par amour, puisqu'il avait toujours eu en tête de faire un mariage de convenance le moment venu… Eh bien, le moment était venu. Alejandro fut pris de vertige. Il n'avait pas prévu de sauter le pas avant au moins cinq ans…

Pendant la pause, son père le prit à part. Grand, toujours séduisant à soixante ans, Estevao Salazar déclara d'un ton cinglant :

— Merci de nous avoir fait l'honneur de te joindre à nous.

— Désolé. Un problème urgent à régler.

— Eh bien, ce soir arrange-toi pour ne pas être en retard. Nous dînons avec les Scandinaves.

— Je ne peux pas venir.

— *Com licença* ? Pardon ?

— Demande à Joaquim de t'accompagner. C'est son contrat. Il peut s'en occuper.

— Bon sang, qu'est-ce qui te prend, Alejandro ? Où sont tes priorités ? D'abord deux semaines de congé impromptu en plein boum, et maintenant ça ? Qu'est-ce qui peut être plus important que ce dîner ?

Éviter un scandale. Retrouver Cecily avant qu'elle reprenne l'avion.

— Affaire personnelle.

Alejandro soutint le regard outré de son père.

— Étant donné que tu es un spécialiste du genre, je suis sûr que tu comprendras.

Cecily arpentait nerveusement sa chambre d'hôtel. Que faire ? La suite Champagne du Lotte New York Palace, sur Madison Avenue, était censée donner à ses occupants un sentiment d'invincibilité. C'était raté. Elle était complètement déstabilisée par sa discussion avec Alejandro. C'était de sa faute. Elle aurait dû venir à New York avec un plan. Or elle n'en avait pas. Ce qui était un gros handicap face à Alejandro Salazar. Un des hommes les plus puissants du monde, capable de tout pour atteindre son objectif. Qui était de détruire sa famille. Sans appétit pour le dîner qu'elle avait commandé, elle se dirigea vers la baie vitrée. D'ordinaire les lumières de Manhattan, spectacle très différent des pâturages du Kentucky, l'enchantaient. Pas ce soir. Ce soir elle était dans un état second dont rien ne semblait pouvoir la sortir. Tout son héritage reposait sur une tromperie. Ses parents lui avaient menti toute sa vie. Perdre tous ses chevaux à part Bacchus, voir le nom des Hargrove déshonoré, c'était une perspective effrayante. Mais la peur n'était pas la seule émotion qui la minait. Il y en avait une autre, plus insidieuse mais tout aussi insurmontable. La déception. À quoi s'attendait-elle ? En venant ici elle savait qu'Alejandro n'était pas Colt. Ce n'était pas la première fois qu'elle éprouvait une cruelle désillusion parce qu'elle s'était trompée sur quelqu'un. Alors quel était le problème ?

Les paroles d'Alejandro résonnèrent dans son esprit. « J'ai tenté de faire marche arrière, tu le sais. » Il avait raison. Il avait fait tout ce qu'il pouvait pour garder ses distances. Pour la convaincre que céder à leur attirance mutuelle n'était pas une bonne idée. Il avait essayé à plusieurs reprises de couper court. C'était elle qui s'était obstinée. Elle qui n'avait pas voulu renoncer. Elle encore qui l'avait séduit. Il lui avait peut-être menti, mais elle avait sa part de responsabilité dans ce gâchis. La sonnette l'arracha à ses pensées. Son dîner… Elle alla ouvrir. À la vue d'Alejandro, qui avait troqué son costume contre un jean noir et un polo rouge, son cœur se mit à battre à grands coups.

— Comment m'as-tu trouvée ? demanda-t-elle d'une voix mal assurée.

— Je t'ai fait suivre par mon chauffeur.

Bien sûr…

— Je te répète que je n'ai plus rien à te dire.

— Si c'était vrai tu aurais repris l'avion cet après-midi. Nous allons avoir un enfant, *querida*. Nous devons discuter de ce que nous allons faire. À moins que tu aies l'intention de rentrer chez toi et d'annoncer incidemment à ton père que tu es enceinte de moi et que tu n'as pas de projet précis ?

— Je te hais.

— C'est ton droit. Mais il faut quand même que nous discutions.

Elle s'écarta en soupirant. Comment nier qu'il avait raison ? Il passa devant elle, enleva ses chaussures italiennes et promena son regard autour de lui.

— Belle suite.

— Il n'y avait pas d'autre choix.

Il se dirigea vers le bar.

— Je t'en prie, fais comme chez toi, ironisa-t-elle alors qu'il se servait un whisky.

— Ça fait six heures que j'en ai besoin, murmura-t-il avant de boire une longue gorgée. Tu as mangé ?

— J'ai commandé un dîner.

— Bien. Tu es pâle. Il faut que tu te nourrisses.

— Parce que je dois manger pour deux ? lança-t-elle d'un ton caustique. Inutile de faire semblant de t'intéresser à moi, Alejandro. Je suis parfaitement lucide, à présent.

— Je ne fais pas semblant, Cecily. En fait, tout ce que je t'ai dit au Kentucky était vrai. Toutes les émotions que j'ai exprimées étaient réelles. La seule chose sur laquelle j'ai menti c'est mon identité, et je ne pouvais pas faire autrement.

Le cœur de Cecily se serra. Elle aimerait tellement pouvoir le croire… Croire que tout n'avait pas été une comédie, que ce qu'ils avaient partagé avait été bien réel. Mais elle serait vraiment stupide de le croire sur parole.

Il indiqua le canapé crème qui faisait face à la vue spectaculaire.

— Si on s'asseyait ?

— Je préfère rester debout.

— Comme tu veux.

Il s'assit dans un fauteuil.

— Nous gardons cet enfant, Cecily.

— Bien sûr. Enfin, *je* le garde.

— Pour mettre les choses au clair, quand j'ai dit « nous », je voulais bien dire « nous ». Puisque nous allons être les parents de cet enfant, nous devrons être ensemble.

— Qu'entends-tu par « ensemble » ?

— Que nous allons nous marier.

Elle vacilla sur ses jambes.

— Tu n'es pas sérieux, murmura-t-elle en se laissant glisser sur le canapé.

— Oh ! si. Très sérieux.

Il eut un sourire amusé.

— C'est pour cette raison que je t'ai suggéré de t'asseoir.

— Tu penses qu'on peut fonder un mariage sur un leurre ?

— La nuit que nous avons passée ensemble n'était pas un leurre. Il y avait entre nous une entente impossible à simuler.

— Une entente que tu as brisée avec tes mensonges.

— Que j'ai *compromise* avec mes mensonges. Je pense que nous pouvons la retrouver.

— Comment ? J'ai donné à Colt..., l'homme que je croyais connaître, ma confiance, et il l'a trahie.

— Je la regagnerai. Le fait que tu portes mon enfant change tout, Cecily. Je n'ai pas l'intention de renoncer à mes droits sur lui et toi non plus. Par conséquent, il faut que nous trouvions un arrangement. Et pour commencer il faut calmer le jeu du côté de nos familles. Trouver un moyen de désamorcer le conflit. Je suis prêt à faire le premier pas.

— Tu m'as dit que ta grand-mère ne trouvera jamais la paix tant qu'elle n'aura pas obtenu justice.

— Lorsqu'elle saura que nous allons avoir un enfant, elle n'aura pas d'autre choix que d'accepter la situation. Et elle se contentera peut-être d'excuses de la part de ta famille. Une déclaration publique par laquelle le préjudice causé serait reconnu officiellement.

— Mon père ne se résoudra jamais à ça. Il est du genre

à se défendre en justice jusqu'à la fin de ses jours plutôt que de ternir le nom des Hargrove.

— Ce serait stupide de sa part. Les Salazar sont dix fois plus riches que ta famille. Il ne réussirait qu'à se ruiner sans avoir aucune chance de blanchir les Hargrove.

Elle pinça les lèvres.

— Quoi qu'il en soit, je ne vois pas pourquoi nous serions obligés de nous marier pour tenter d'apaiser la querelle entre nos familles. Ni pour assumer tous les deux notre rôle de parents, d'ailleurs.

— Ce bébé est un Salazar, Cecily. Mon héritier. Il est hors de question qu'il ou elle soit un enfant illégitime.

— Nous nous connaissons à peine. Comment savoir si notre mariage aurait des chances de durer ?

— Une bonne entente est l'ingrédient le plus important pour la réussite d'une relation, affirma Alejandro en plongeant son regard dans celui de Cecily. Et nous avons justement prouvé que nous nous entendions remarquablement bien, au lit et en dehors. Que demander de plus ?

L'amour ? songea-t-elle avec un pincement au cœur. Cette chose mystérieuse dont elle rêvait sans être sûre qu'elle existait ?

— La base la plus solide pour un mariage c'est la capacité à vivre en harmonie, insista-t-il, visiblement conscient de ses hésitations. Pas l'espoir de vivre un conte de fées.

— Mes parents étaient amoureux, déclara-t-elle d'une voix calme. C'est ce qui explique l'attitude de mon père. Il ne s'est jamais remis de la disparition de ma mère.

— Justement, n'est-il pas préférable de construire une relation sur des intérêts communs et une certaine affection ? Je ne vais pas te mentir ni te promettre des choses auxquelles je ne crois pas, Cecily. Mais je suis convaincu que nous avons tous les atouts pour réussir notre mariage. Souviens-toi comme nous étions bien ensemble au Kentucky.

Elle déglutit péniblement. Ces souvenirs, elle préférerait les oublier. Elle ne pouvait pas s'empêcher de se demander s'ils n'avaient pas été de pures illusions. Et si en ce moment même il n'était pas en train de la manipuler pour obtenir ce qu'il voulait. Et malgré tout… Comment oublier la patience avec laquelle il l'avait aidée à reconstruire sa relation avec Bacchus ? Elle scruta son visage. Aurait-il vraiment pu feindre l'affection et l'intérêt qu'il lui avait témoignés ? Et pourquoi aurait-il joué la comédie ? Il n'avait aucune raison de le faire. Aucune raison de l'aider. Il aurait eu au contraire tout intérêt à garder ses distances avec elle et à la laisser se débrouiller seule.

— Pourquoi m'as-tu aidée avec Bacchus ?

— Je ne supportais pas de te voir souffrir. J'avais beau me répéter que c'était une mauvaise idée, j'avais beau m'efforcer de rester insensible, tu m'attirais irrésistiblement.

Toutes ces émotions, ces vibrations qu'elle avait ressenties n'étaient donc pas le fruit de son imagination comme elle avait fini par s'en convaincre. Cela devrait la réjouir. Mais curieusement, elle se sentait encore plus perdue au contraire. Elle se leva et s'approcha de la baie vitrée, derrière laquelle les gratte-ciel scintillaient.

— C'est de la folie.

— Tu n'es pas seule, Cecily. Je suis là.

Elle se retourna.

— Et toutes les femmes qui défilent à ton bras ? Une différente chaque soir, apparemment. Je suis censée croire que tu vas renoncer au célibat pour m'épouser parce que je suis enceinte ?

Il sourit, avec dans les yeux cette lueur malicieuse qui avait le don de la bouleverser.

— L'idée de t'avoir comme épouse me plaît bien, je dois dire. Nous ne serions jamais à court de fusées de feu d'artifice. Je suis certain que ça suffirait largement à m'enlever l'envie de papillonner.

Outrée par son arrogance, elle rétorqua d'une voix glaciale :

— Si je suis assez inconsciente pour t'épouser, ce qui

n'est pas du tout assuré pour l'instant, je ne tolérerai aucune infidélité.

Plissant les yeux, il se leva et la rejoignit.

— Je plaisantais, murmura-t-il. Mon père trompait sans arrêt ma mère. Je ne suivrai jamais son exemple.

Il plongea son regard dans le sien.

— Et maintenant, tu veux bien me dire pourquoi tu fais une mine de dix pieds de long ?

Elle secoua la tête.

— Je vois. Tu finiras par me le dire, Cecily. Parce que nous allons restaurer la confiance entre nous.

— Si j'avais une once de bon sens, je sauterais dans un avion sur-le-champ pour rentrer chez moi. Parce que te faire confiance ce serait de la folie pure.

— Et pourtant tu as confiance en moi. Depuis le début. Tu me connais, Cecily. Accepte ma proposition.

Au comble de la confusion, elle soupira.

— J'ai besoin de temps. Pour réfléchir.

— Tu as une semaine.

— Une semaine ?

— C'est une situation trop explosive pour attendre plus longtemps. Ma grand-mère veut que je passe à l'action. Par ailleurs, je suis invité à un anniversaire en Angleterre à la fin du mois. Si nous prévoyons de nous marier, c'est toi qui devras m'y accompagner.

— Tu veux dire que tu n'as pas encore fait ton choix ? Je suis sûre qu'il y a une file interminable de candidates.

— Eh bien, figure-toi que j'ai du mal à oublier une blonde sexy avec qui j'ai passé une nuit torride, murmura-t-il, la voix rauque et les yeux étincelants. Je suis hanté par l'image de son corps splendide quand elle me chevauchait, par la chaleur de son sexe ruisselant autour du mien, par ses gémissements de plaisir… Et j'ai d'envie de recommencer.

Submergée par une vague de désir, elle sentit tout son visage s'enflammer. Un sourire satisfait étira les lèvres d'Alejandro.

— Nous sommes faits l'un pour l'autre, *querida*. Tu le sais. Il ne te reste plus qu'à l'admettre.

Elle pressa ses paumes sur ses joues brûlantes.

— Je ne peux pas prendre une décision motivée par notre… compatibilité sexuelle. Ce serait stupide.

— Alors fais appel à ta raison. Nous devons offrir un foyer à cet enfant. C'est la seule solution.

Elle voulut protester, mais il ne lui en laissa pas le temps. Il vida son verre d'un trait et se dirigea à grands pas vers la porte.

— Prends une décision, dit-il en se retournant vers elle avant de sortir. Et tiens-moi au courant.

7

Perchée sur la clôture du pré, Cecily donna à Bacchus une poignée de ses céréales favorites. Le soleil brillait sur Esmeralda et le cheval semblait apprécier ces vacances après la période d'entraînement intensif des mois précédents.

Cecily avait au contraire beaucoup de mal à surmonter sa déception. Voir son rêve s'évanouir était extrêmement frustrant. Dans la matinée, elle avait appelé le directeur du comité de sélection pour lui expliquer qu'elle était enceinte et qu'elle devait renoncer à faire partie de l'équipe qui participerait aux Jeux équestres mondiaux. Une démarche qui avait achevé de la démoraliser. Et elle n'avait encore rien dit à son père… Son estomac se noua. Il fallait le faire aujourd'hui. C'était le dernier jour du délai que lui avait accordé Alejandro pour prendre sa décision.

En réalité, elle l'avait prise très vite… mais elle n'avait pas encore osé la formuler. Elle ne pouvait pas se résoudre à élever son bébé toute seule. La mort de sa mère avait laissé dans son existence un vide qui ne serait jamais comblé. Comment pourrait-elle priver son enfant de la possibilité de grandir entre ses deux parents ? Elle n'avait pas d'autre choix que d'épouser Alejandro. Il était déjà allé en Belgique pour convaincre sa grand-mère d'accepter des excuses publiques de la part des Hargrove en réparation du préjudice causé. Il lui avait téléphoné pour le lui annoncer, et il avait ajouté que si elle l'épousait il achèterait une propriété dans le nord de l'État de New York, où elle pourrait créer les écuries de ses rêves sans subir les diktats de son père. Une proposition généreuse et très tentante, il fallait le reconnaître. Cependant, il ne pourrait jamais acheter sa confiance. Il devrait la gagner. Elle se mordit la lèvre. Sa décision était prise et elle ne reviendrait pas dessus, mais la perspective de quitter Esmeralda était déchirante… Elle flatta une dernière fois l'encolure de Bacchus, puis elle se dirigea vers la maison. La porte du bureau de son père était fermée. Alors qu'elle s'apprêtait à s'en aller, des éclats de voix la clouèrent sur place. Alejandro ? Il n'avait tout de même pas… Violant la règle sacrée qui lui avait été inculquée depuis son plus jeune âge, elle entra sans frapper. Son père et Alejandro étaient debout face à face.

— Dis-moi que ce n'est pas vrai, intima son père en dardant sur elle un regard furieux.

Elle déglutit péniblement.

— Quoi donc ?

— Que tu es enceinte de lui.

— Si, répliqua-t-elle en soutenant son regard. J'avais prévu de te le dire aujourd'hui. De toute évidence, il m'a devancée.

— Aujourd'hui ? Tu savais qu'il avait travaillé ici sous une fausse identité. Tu savais ce qu'il manigançait et tu ne m'as rien dit ? Mais qu'est-ce qui t'a pris ?

Elle vit rouge.

— Et toi tu ne m'as rien dit pour Zeus ! Pour Bacchus ! Tu m'as menti !

— Je te protégeais de *leurs* mensonges ! Comment as-tu pu être assez stupide pour te mettre dans cette situation ?

Alejandro la prit par la taille.

— Je vous conseille de parler autrement à votre fille.

— Ne vous mêlez pas de ça, répliqua son père en gardant les yeux fixés sur elle. Les Salazar ont juré de ruiner notre réputation, et toi tu ne trouves rien de mieux à faire que d'entrer dans leur jeu.

— Ruiner notre réputation, grand-père s'en est déjà chargé. Il a enfreint la loi. Il les a volés.

— C'est faux. Adriana n'a jamais digéré le succès de Harper, *notre* succès. Alors elle a décidé de salir notre réputation en racontant n'importe quoi.

— Alejandro a la preuve du vol. La vérité doit sortir, papa.

— Sortez de chez moi ! lança son père à Alejandro. Immédiatement. Nous réglerons ça au tribunal.

— Vous avez tort de réagir comme ça. Prenez ce que vous offre ma grand-mère. C'est la meilleure solution pour vous. Faites des excuses publiques et tout sera oublié.

— Vous croyez vraiment que je vais présenter des excuses aux Salazar pour quelque chose qui n'est jamais arrivé ? Les moyens de retarder une procédure sont nombreux et je les utiliserai. Le procès n'aura jamais lieu.

Le cœur de Cecily se serra. Si son grand-père n'avait commis aucun délit, son père n'aurait aucune raison de retarder la procédure. Était-ce la seule chose à propos de laquelle ce dernier lui avait menti ?

Le bras d'Alejandro se resserra autour de sa taille.

— Vous êtes prêt à sacrifier le bonheur de votre fille pour perpétuer un mensonge ? Si vous persistez dans cette voie, ce sera toujours la guerre entre nos deux familles et votre petit-fils ou petite-fille en subira les conséquences.

— Pas du tout. Cecily obtiendra facilement la garde. Les tribunaux tranchent toujours en faveur de la mère.

— C'est possible, mais le problème ne se pose pas. Cecily et moi nous allons nous marier.

Son père devint gris.

— Ça ne peut pas être vrai…

Furieuse contre les deux hommes, elle s'exhorta au calme. Elle aurait adoré les envoyer tous les deux au diable, mais elle avait pris sa décision. Son bébé allait grandir avec ses deux parents.

— Si, c'est vrai. Je vais épouser Alejandro. De ton côté, tu dois faire le nécessaire pour mettre un terme à cette querelle.

— Il est hors de question que ma fille épouse un Salazar. Si tu franchis cette porte avec lui, tu coupes les ponts avec cette famille.

Elle eut l'impression de recevoir un coup de poing dans l'estomac.

— Tu n'es pas sérieux.

Son père croisa les bras.

— Reste et nous assumerons la situation. Pars et tu ne pourras plus compter que sur toi.

Alejandro se pencha vers elle.

— Va faire un sac. Tu pourras envoyer quelqu'un chercher le reste de tes affaires plus tard.

— Tu veux que je parte avec toi maintenant ?

— Tu as envie de rester ?

Non. Elle avait pris sa décision. Il fallait qu'elle s'en aille.

Alejandro passa le vol pour New York à travailler sur les dossiers restés en suspens pendant son voyage éclair en Belgique. Heureusement que le personnel navigant était là pour servir de tampon entre Cecily et lui. Elle ne cachait pas sa colère, et de son côté il n'était pas d'humeur à supporter ses récriminations. S'il était allé voir son père c'était pour la soutenir, parce qu'elle semblait appréhender de l'affronter. Il s'en serait pourtant bien passé, surtout après l'accueil qu'il avait reçu de la part de sa grand-mère. Quand il lui avait parlé de sa relation avec Cecily, celle-ci l'avait accusé de manquer de jugement et de loyauté. Il ferma son ordinateur portable d'un coup sec. Venant de la femme qui lui avait inculqué le sens de l'honneur, ces paroles l'avaient mortifié. Et pour couronner le tout, afin de donner un semblant de vraisemblance à la situation, il s'était senti obligé de prétendre qu'il était amoureux de Cecily. Sa grand-mère avait fini par consentir au compromis qu'il lui avait soumis. Et que dans sa stupidité Clayton Hargrove avait refusé. Il fallait espérer que le père de Cecily reviendrait sur sa décision. Lorsqu'ils arrivèrent chez lui à New York, sa fiancée était toujours aussi à cran, malheureusement. Elle l'attaqua dès qu'ils eurent franchi le seuil de son hôtel particulier de l'Upper East Side.

— Pourquoi es-tu allé voir mon père ? Tu as encore aggravé la situation !

— Ça va aller. Ton père va se calmer. Je vais faire venir tes chevaux à New York, nous trouverons un endroit pour eux et nous mènerons une vie très agréable tous les deux avec notre enfant.

— Je ne comprends pas ! poursuivit-elle comme si elle ne l'avait pas entendu. Il ne t'est pas venu à l'esprit que j'étais la mieux placée pour savoir comment lui parler ?

— Alors qu'attendais-tu ? L'inspiration divine ? Si ton père avait eu le temps de se faire à l'idée que tu étais enceinte, il ne se serait peut-être pas braqué quand je lui ai fait ma proposition.

— J'étais sur le point de lui parler ! Je lui aurais appris la nouvelle avec diplomatie. Mais non, il a fallu que tu sautes dans ton jet d'homme puissant et que tu débarques sans prévenir pour tout régenter !

Inspirant profondément, Alejandro s'exhorta au calme.

— Je voulais juste t'aider. Excuse-moi si je n'ai pas agi avec la subtilité que tu aurais souhaitée.

— M'aider ? Qu'est-ce qui te faisait croire que tu pouvais m'aider ?

— Tu semblais avoir du mal à te décider à parler à ton père. J'ai pensé que ce serait mieux si nous le faisions ensemble.

— Tu es allé le voir directement, sans même me prévenir ! Typiquement masculin.

Por amor a Deus. Il passa la main dans ses cheveux. C'était à ça qu'allait ressembler leur mariage ? Des disputes permanentes ? Ce qu'il s'était justement juré de ne jamais vivre ?

Elle était perturbée, il comprenait, sa vie était chamboulée. Mais il était dans le même cas. Il allait l'épouser, bon sang ! Il allait devenir père ! Si son travail ne constituait pas un dérivatif salutaire, il souffrirait peut-être d'un syndrome de sevrage dû à l'interruption brutale du célibat…

— Et en plus, tu as eu l'audace de considérer comme acquis que j'étais d'accord pour t'épouser, alors que je ne t'avais même pas donné ma réponse !

— Mais tu es d'accord, rétorqua-t-il d'une voix égale. Par curiosité, qu'est-ce qui t'a décidée ?

Elle soupira.

— Ma mère est morte quand j'avais quatorze ans. Elle m'a terriblement manqué et elle me manquera toujours. Je ne peux pas me résoudre à priver mon enfant de son père.

— Dans ce cas, nous sommes d'accord sur l'essentiel. Notre enfant passe avant tout le reste.

Elle hocha la tête avec une mauvaise grâce manifeste.

— Pour l'instant, laisse-moi te faire visiter ta nouvelle maison. Je pense qu'elle devrait te plaire.

— Je n'aimerai jamais New York, objecta-t-elle d'un ton catégorique. Pas autant que le Kentucky. C'est vivant, excitant, et tout, d'accord, mais j'ai l'impression de manquer d'air.

— Ne t'inquiète pas, tu arriveras à respirer quand même.

Il lui fit faire le tour complet du luxueux hôtel particulier qui lui avait coûté une fortune. Elle ne sembla impressionnée ni par l'immense salon, avec sa hauteur de plafond vertigineuse et sa cheminée de brique, ni par la salle à manger aussi vaste et somptueuse qu'une salle de réception. Les appartements des domestiques, la salle de yoga, et le jardin en terrasse sur le toit la laissèrent de marbre également. Lorsqu'ils atteignirent le dernier étage, il renonça à vanter le cachet que les bow-windows et la grande cheminée donnaient à la suite principale, et se contenta de lui proposer de se rafraîchir avant le dîner. Comment lui était venue l'idée de ce mariage ? se demanda-t-il en quittant la pièce. Il avait dû avoir un accès de folie. Non seulement sa future femme était *persona non grata* dans sa famille, mais elle n'avait rien à voir avec l'image qu'il s'était toujours faite de l'épouse idéale pour un mariage de convenance. Raisonnable, posée, douce, sociable, conciliante… Pas de doute, elle était tout le contraire.

Cecily était consciente d'avoir été odieuse, mais elle en voulait tellement à Alejandro qu'elle avait préféré rester muette pendant toute la visite plutôt que de risquer de faire des commentaires qu'elle regretterait par la suite. Heureusement, elle avait eu le temps de recouvrer tout son sang-froid, songea-t-elle lorsqu'ils s'installèrent à table sur la terrasse pour le dîner. La vue sur le jardin, une oasis de verdure en plein cœur de New York, contribua à l'apaiser. En face d'elle, vêtu d'un jean et d'un vieux T-shirt Harvard, pieds nus et les cheveux en bataille, Alejandro ressemblait dangereusement à l'homme dont elle était tombée amoureuse au Kentucky.

— Pourquoi cette maison ? demanda-t-elle tandis que Faith, la gouvernante, apportait les hors-d'œuvre. Pourquoi pas plutôt un penthouse d'homme puissant, du haut duquel tu pourrais gouverner le monde ?

Les yeux noirs lancèrent des étincelles.

— Ça suffit avec ce genre de commentaire, *meu carinho.* Tu n'as pas cinq ans mais vingt-cinq, il me semble.

Elle sentit ses joues s'enflammer. Peut-être n'avait-elle pas tout à fait recouvré son sang-froid, finalement…

— La maison, ce n'était pas prévu, poursuivit-il. Je cherchais quelque chose de plus facile à entretenir. Mais quand l'agent immobilier me l'a montrée, j'ai eu le coup de foudre.

Il haussa les épaules.

— Peut-être à cause de toutes ces années de pension et d'allers-retours entre le Brésil et la Belgique après la séparation de mes parents. L'idée d'avoir une vraie maison m'a séduit.

— Où es-tu allé en pension ? demanda-t-elle en prenant conscience qu'elle ne savait rien de lui.

— Dans le New Hampshire. Mes parents m'ont envoyé dans une pension prestigieuse à l'âge de six ans. Implanter Salazar Coffee aux États-Unis faisait partie des objectifs de mon père depuis toujours. D'où le choix de nous y envoyer, mon frère et moi. De toute façon, mes parents voyageaient sans arrêt, mon père pour ses affaires, ma mère pour sa carrière de cavalière.

Six ans… Cecily eut un élan de compassion. Elle avait toujours considéré qu'envoyer ses enfants en pension était inhumain. Alors à six ans…

— Ça devait être dur de vivre loin de ta famille.

— La vie à la maison était infernale, si bien que Joaquim et moi nous préférions la pension. Nous étions ensemble. Et nous passions toutes les vacances scolaires à la ferme en Belgique, chez ma grand-mère.

— Que s'est-il passé entre tes parents ? Étaient-ils amoureux au début ?

— Follement, d'après ma grand-mère. Un véritable tourbillon de passion, jusqu'à ce que mon père commence à s'intéresser aux autres femmes, quelques années après la naissance de Joaquim. Une chose fréquente dans la société dans laquelle nous vivions. Mais ma mère n'était pas du genre à fermer les yeux.

« Elle lui faisait des scènes, menaçait de divorcer. Comme ça ne donnait aucun résultat, elle a eu des aventures à son tour dans l'espoir de le reconquérir. Ça ne marchait pas non plus. Finalement elle a renoncé et elle s'est installée en Belgique, où elle passait déjà beaucoup de temps pour l'entraînement et les compétitions. Sans jamais divorcer. »

Et en laissant ses enfants… Cecily s'efforça de masquer son émotion.

— Quelles relations as-tu avec tes parents, aujourd'hui ?

— Mon père et moi nous n'avons jamais été proches. Il

ne s'intéresse qu'à ses affaires. Quant à ma mère, après la séparation elle s'est repliée sur elle-même. Elle s'est concentrée sur les compétitions et les cours d'équitation. Il n'est pas exagéré de dire qu'elle connaît mieux certains de ses élèves que Joaquim et moi.

La gorge de Cecily se noua. Son père lui aussi s'était replié sur lui-même après la mort de sa mère.

— Ça n'a pas dû être une enfance facile.

— D'où ma vision pessimiste et faussée de l'amour ?

Alejandro eut une moue de dérision.

— En fait, quand mes parents ont fini par se séparer pour de bon, ça a été un soulagement. Ma mère était apaisée. La tension avait disparu. Je me suis rendu compte des avantages que présentait un mariage de convenance comme celui que nous allons contracter. Tout le monde est content… Personne ne souffre.

Elle resta songeuse. Un mariage de convenance était-il réellement préférable à un mariage d'amour ? Après ce qu'elle avait enduré avec Davis, elle ne pouvait pas l'exclure.

— Cependant, il n'était pas question de parler d'un mariage de convenance à ma grand-mère. La seule chance que j'avais de lui arracher le compromis que j'ai obtenu, c'était de lui faire croire que nous étions follement amoureux. Elle a hâte de faire ta connaissance et de connaître nos projets pour le mariage. Je lui ai dit que nous passerions la voir en rentrant d'Angleterre.

Rencontrer Adriana ? Leurs projets pour le mariage ? L'estomac de Cecily se noua.

— Je suis incapable de penser au mariage tant que mon père ne l'aura pas accepté. J'ai toujours imaginé que je me marierais à Esmeralda.

— Le choix du début octobre pour la date l'incitera à entendre raison rapidement.

Elle ouvrit de grands yeux.

— Je me moque que les gens sachent que notre enfant a

été conçu en dehors du mariage, mais je tiens à ce que nous soyons mariés le jour où il naîtra, précisa-t-il.

— Mais c'est dans deux mois ! protesta-t-elle quand elle eut retrouvé sa voix. On ne peut pas organiser un mariage en si peu de temps !

— Des professionnels s'en chargeront pour toi.

— Et quand allons-nous annoncer aux gens que nous allons avoir un bébé ? À cet anniversaire, je trouve qu'il serait préférable de ne rien dire.

— Je suis d'accord. D'autant plus que si nous n'en parlons pas tout de suite il sera plus facile de faire croire à un mariage d'amour. Ce qui sera notre objectif en Angleterre. Il y aura des tas de gens importants et par conséquent des tas de paparazzi. Notre première apparition en public sera donc l'occasion idéale de donner à tout le monde, y compris nos familles respectives, l'image d'un couple amoureux. Ils n'auront pas d'autre choix que de l'accepter. Elle fut prise de vertige. Le mariage dans deux mois… Le bébé pour lequel elle ne se sentait pas prête… La colère de son père… Le départ abrupt d'Esmeralda… Et en plus elle allait devoir jouer la comédie ? Alors que quelques semaines plus tôt elle était réellement amoureuse de l'homme pour qui elle le prenait ? Tout ça c'était un peu trop…

— À propos de bébé, mon assistante t'a pris un rendez-vous avec le meilleur gynécologue obstétricien de Manhattan.

Bien sûr. Il tenait à ce que l'héritier Salazar soit entre de bonnes mains… La nuit tombait sur la ville, et le ciel new-yorkais n'avait rien à voir avec le ciel noir parsemé d'étoiles du Kentucky. Cecily fut soudain étreinte par une profonde nostalgie.

C'était la fin du repas et Alejandro posa sa tasse de café sur la table.

— Il est tard. Tu as l'air épuisé. Tu devrais aller te coucher. Je te rejoins dans quelques minutes après avoir envoyé deux ou trois mails.

Elle se raidit. Encore un ordre… Mais elle était épuisée, en effet. Alors à quoi bon protester ? Elle monta péniblement au dernier étage. Avait-il prévu qu'elle partage son lit ? Apparemment oui, constata-t-elle en arrivant dans la suite. Faith avait rangé ses affaires dans l'armoire pendant qu'ils dînaient, et ses affaires de toilette l'attendaient dans la salle de bains. Elle les fixa un instant en silence. Était-elle prête pour cette nouvelle vie ? Non. Bien sûr que non. Elle prit une douche fraîche dans l'espoir de retrouver un semblant d'assurance. Mais plus les minutes passaient plus elle était nerveuse. Oui, elle allait devoir partager le lit d'Alejandro. Apprendre à connaître cet inconnu qu'elle avait accepté d'épouser. Mais pour cela, elle avait besoin d'avoir confiance en lui. Leurs conversations l'avaient aidée à comprendre que c'était avant tout sa loyauté envers sa grand-mère qui l'avait poussé à aller à Esmeralda sous une fausse identité en quête de preuves. Malgré tout, elle allait avoir du mal à lui pardonner de lui avoir menti. Après avoir enfilé sa chemise de nuit préférée elle se brossa les cheveux devant le miroir de la coiffeuse, le cœur battant. Elle n'avait pas terminé quand Alejandro arriva, les traits creusés par la fatigue. Devant son épuisement manifeste, elle fut prise de remords.

— Excuse-moi pour la façon dont je me suis conduite aujourd'hui. Je suis un peu perdue.

Le visage d'Alejandro s'adoucit. Après avoir déposé ses boutons de manchette sur la coiffeuse, il se mit derrière elle et posa les mains sur ses hanches. Elle tressaillit.

— Essaie de te détendre, murmura-t-il en accentuant la pression de ses doigts. Je ne renie jamais mes promesses, Cecily. Je vais faire en sorte que tout se passe bien.

— Et s'il ne donne plus jamais de nouvelles… mon père ? S'il ne change pas d'avis ?

— Il va changer d'avis. Il t'aime. Et puis maintenant tu m'as, moi, et la vie que nous allons construire ensemble. Pense à ça comme à une chance d'être autre chose qu'une Hargrove.

D'être qui tu as vraiment envie d'être. Je t'ai promis d'être toujours là pour te soutenir et je tiendrai parole.

Elle se rasséréna. Pour la première fois aujourd'hui, elle était prête à croire que tout allait bien se passer. Parce que cet homme le voulait et qu'il ferait tout pour.

Alejandro lui prit la brosse des mains et la posa sur la coiffeuse.

— Tu avais raison. Je n'ai pas attendu ta réponse pour considérer comme acquis que tu étais d'accord pour m'épouser. J'espère que ceci compensera le manque de romantisme de ma demande en mariage.

Il lui prit la main gauche et glissa une bague à son doigt. Un magnifique diamant rond monté sur platine et entouré d'un halo de petits diamants.

— Je trouve qu'elle correspond bien à ta personnalité, murmura-t-il. Mais si elle ne te plaît pas, je peux demander à Jovan d'en faire une autre selon tes goûts.

Il l'avait fait faire spécialement pour elle ?

— Elle est parfaite, répondit-elle d'une voix émue. Exactement ce que j'aurais choisi moi-même. Merci.

Il garda sa main dans la sienne et effleura sa paume avec son pouce.

— Il faut que tu arrives à l'anniversaire avec un diam digne de ce nom.

La douce euphorie dans laquelle elle flottait s'évanouit. *Allons, Cecily, ressaisis-toi. Redescends sur terre.*

— Elle est parfaite, répéta-t-elle d'un ton neutre en retirant sa main. Tu as raison, j'ai besoin de dormir. Je suis sûre que je me sentirai mieux demain.

Il se pencha vers elle et lui murmura à l'oreille :

— Nous sommes fiancés maintenant, *querida*. Il n'y a pas de raison de se refréner.

À son grand dépit, elle fut submergée par une vague de désir en même temps que des souvenirs torrides s'imposaient à son esprit. Elle les chassa résolument. Elle n'était qu'une épouse de convenance. La femme qui portait son enfant. Rien de plus. Comme pour Davis.

— Si, objecta-t-elle. J'ai besoin de temps pour apprendre à te faire de nouveau confiance. Pour découvrir qui tu es vraiment.

Il plissa le front.

— Tu sais qui je suis. Nous avons parlé de choses personnelles… intimes.

— Je *croyais* savoir qui tu étais. Maintenant je ne sais plus quoi penser.

Il crispa la mâchoire.

— Très bien. Prends tout le temps dont tu as besoin. Mais l'image que nous devons donner en public n'est pas négociable. À cet anniversaire, nous aurons l'air follement amoureux, même si tu dois faire des efforts surhumains pour jouer la comédie. C'est clair ?

— Limpide.

8

Alejandro passa les quinze jours suivants à travailler jour et nuit pour se libérer pour le week-end en Angleterre. Conscient que Cecily était déstabilisée, il rapportait du travail chez lui le soir pour pouvoir dîner avec elle au lieu de la laisser vagabonder dans Manhattan. C'était également un moyen de lui prouver qu'elle pouvait lui faire confiance. Qu'il était bien le même homme que celui qu'elle avait connu au Kentucky. Il profitait des dîners pour se livrer comme il ne l'avait jamais fait auparavant et l'inciter à faire de même. Les progrès étaient lents, mais peu à peu elle commençait à baisser sa garde et il retrouvait la Cecily qu'il avait connue à Esmeralda. Franche et vulnérable. Dire que son père ne l'avait pas encore appelée pour faire la paix ! Comme si l'honneur des Hargrove était plus important pour lui que le bonheur de sa fille… Ce silence la déchirait. Ça se voyait dans ses yeux bleus.

Dans l'intention de la distraire de ses pensées, il chargea son agent immobilier de chercher une propriété dans le nord de l'État de New York. Pendant ce temps, elle travaillait avec un architecte à la conception de ses écuries idéales. Non seulement ça l'occupait, mais son regard avait retrouvé un peu de son éclat. Par ailleurs c'était un projet commun dont ils pouvaient discuter ensemble. Cependant, elle le tenait toujours à distance…

Alors que le jet, qui les emmenait en Angleterre, atteignait son altitude de croisière, il la contempla et fut transpercé par une flèche de désir familière. Vêtue de leggings et d'un pull qui soulignaient ses courbes délicates, elle était pelotonnée dans un fauteuil voisin du sien, concentrée sur la dernière version des plans de l'architecte. À quoi ressemblerait-elle quand sa grossesse commencerait à se voir ? Il l'imagina avec le ventre plus rond et les seins plus lourds au fur et à mesure que son fils ou sa fille grandirait en elle. Un sentiment inconnu l'envahit. Pour la première fois de sa vie il se sentait possessif. Férocement possessif. Quand sa grossesse se verrait, elle serait encore plus désirable. Si c'était possible… Il réprima un soupir. La frustration sexuelle était un état très désagréable.

— Tu es satisfaite ? demanda-t-il en indiquant les plans.

Elle hocha la tête.

— Montre-les moi.

Elle se leva de son fauteuil et se percha sur l'accoudoir du sien. Les plans étaient impressionnants. Elle avait pensé à tout. Il fit quand même quelques suggestions qu'elle approuva. Lorsqu'ils eurent terminé, elle resta près de lui.

— Parle-moi de tes amis pour que je ne débarque pas là-bas sans rien savoir.

Il aurait déjà dû le faire, reconnut-il intérieurement. Mais il avait eu trop de travail. Il lui prit la main et lui caressa la paume avec son pouce.

— J'ai trois amis proches. Sebastien Atkinson est le fondateur du club de sports extrêmes dont nous sommes devenus membres à l'université. Sa femme s'appelle Monika et c'est à leur anniversaire de mariage que nous sommes invités. Stavros est dans l'industrie pharmaceutique et il vit à New York.

Il sourit.

— C'est un numéro. Tu comprendras ce que je veux dire quand tu le verras. Il vient de se marier avec une Grecque nommée Calli, que je ne connais pas encore, si bien que tu ne seras pas le seul visage nouveau. Quant à Antonio, il dirige un des géants mondiaux du bâtiment. Italien, charmant, très attachant. Il vient d'épouser la mère de son fils. Un fils dont il a appris l'existence il y a seulement quelques semaines.

— Comment ça se fait ?

— Leo est né d'une brève aventure entre lui et Sadie. Pourquoi elle ne l'avait pas prévenu, je l'ignore. Je suppose qu'il m'en dira davantage ce week-end.

Cecily changea de position pour se lever, mais il accentua la pression de son pouce sur sa paume pour la retenir. Une lueur familière s'alluma dans ses yeux bleus. Elle avait beau le réprimer, son désir pour lui était intact. Mais dans ses yeux il y avait également de la méfiance. Cette situation était de plus en plus insupportable…

— Nous allons être obligés de nous embrasser, ce week-end, dit-il d'une voix rauque. Nous pourrions peut-être nous entraîner un peu ?

À sa grande frustration, elle se raidit. Tous les jours il lui prouvait par tous les moyens qu'elle pouvait lui faire confiance. Que pouvait-il faire de plus, bon sang ?

— Alejandro…

— Oublie ça.

Il lui tendit les plans.

— J'ai du travail.

Lorsqu'ils arrivèrent à Waldenbrook dans l'Oxfordshire, un majestueux manoir entouré d'un terrain boisé d'une centaine d'hectares, il avait les nerfs à vif. Au cours du week-end, Sebastien leur proposerait sans doute un de ces parcours infernaux dont il avait le secret, avec course d'obstacles et tir au pistolet. Ce serait un bon moyen de se défouler…

— Non, pas ce week-end.

Debout sur le perron de la majestueuse demeure de style géorgien, le bras autour de la taille de sa femme, Sebastien réduit ses espoirs à néant.

— Ma nièce, Natalia, est folle de saut d'obstacles. Ce week-end nous accueillons le Oxfordshire County Show.

Un concours de saut d'obstacles ? *Meu Deus*. Alejandro jeta un coup d'œil à Cecily. Elle avait pâli. Sebastien les regarda tour à tour et se frappa le front.

— Quel idiot ! J'aurais dû vous prévenir. Cecily, il faut que tu y participes, bien sûr. Emprunte un des chevaux de Natalia.

— Je fais une pause en ce moment, répliqua-t-elle avec un sourire contraint. Entre les fiançailles et mon déménagement à New York.

— En tout cas, il faudra que tu ailles encourager Natalia. Elle sera ravie.

Alejandro ne put s'empêcher d'admirer le sang-froid de Cecily. Elle n'avait pas bronché. Pourtant, elle avait plus d'une raison d'être déstabilisée. La composition de l'équipe de la Ligue d'Amérique du Nord devant participer aux Jeux équestres mondiaux avait été annoncée dans la journée. Et, bien sûr, la presse s'interrogeait sur les raisons de son absence, rappelant ses résultats médiocres de l'année au lieu de souligner sa performance remarquable à Genève. Il savait à quel point elle en était mortifiée.

— Bien sûr, avec plaisir, répliqua-t-elle.

Sebastien les invita à s'installer dans leur chambre avant le cocktail et ils suivirent le domestique qui portait leurs bagages.

— Je n'étais pas au courant, commenta Alejandro à voix basse.

Elle haussa les épaules.

— Ça va.

Non, ça n'allait pas ! Cecily s'efforça de retrouver un semblant de sérénité tandis qu'on les conduisait au deuxième étage jusqu'à une élégante suite bleu pâle et argent, dotée d'un balcon. Elle s'était justement promis de ne penser ni à sa carrière ni à sa famille ce week-end, parce que c'était trop douloureux et qu'elle avait besoin de tout son sang-froid pour jouer la comédie de la fiancée amoureuse et comblée. Et voilà qu'on l'obligeait à assister à un concours de saut d'obstacles ! Comment était-elle censée faire bonne figure dans ces conditions ?

Elle se dirigea vers la fenêtre. La campagne anglaise était splendide. Mais au loin on apercevait des gens qui s'affairaient à la mise en place du circuit du concours…

— Tiens, c'est pour toi.

Déglutissant péniblement, elle se retourna vers Alejandro et prit l'enveloppe qu'il lui tendait. Elle l'ouvrit et lut la carte qu'elle contenait.

Cecily,

J'espère que vous me ferez le plaisir de vous joindre à moi dans le salon rose pour le petit déjeuner, à 8 heures demain matin. J'ai également invité Sadie et Calli. Ce sera l'occasion de faire plus ample connaissance.

Monika

Alejandro jeta un coup d'œil par-dessus son épaule.

— C'est bien. Monika est adorable, tu verras.

Elle hocha la tête.

— Je ferais mieux de prendre un bain maintenant si nous ne voulons pas être en retard.

Allongée dans un bain moussant parfumé aux agrumes, elle s'efforça de se détendre. Depuis son arrivée à New York, Alejandro faisait tout son possible pour l'aider à trouver ses marques. Il lui avait donné carte blanche pour concevoir les écuries de ses rêves, tout en s'y intéressant et en prenant le temps de discuter des plans avec elle. Soir après soir elle avait appris à mieux le connaître au cours des dîners pendant lesquels ils bavardaient longuement. Souvent, elle avait retrouvé l'homme qu'elle avait connu à Esmeralda. Et elle commençait à croire qu'il était bien cet homme-là. Alors pourquoi ne parvenait-elle pas à lui accorder de nouveau sa confiance ? Parce qu'elle craignait de se tromper comme c'était arrivé avec Davis ? Ou bien parce qu'elle craignait de retomber follement amoureuse de lui ? Jamais elle n'avait été en proie à une telle confusion.

Cecily était trop calme. Il avait entendu assez de femmes dire « Ça va » quand ça n'allait pas, pour savoir que c'était son cas. Que faire ? La laisser un peu tranquille, peut-être. C'était ce dont il avait besoin quand il était déstabilisé. Peut-être était-ce la même chose pour elle. Après avoir pris une douche, Alejandro enfila un pantalon beige et une chemise bleu pâle, puis il gagna le salon. Il s'immobilisa à la vue de Cecily, vêtue d'une robe de soie saphir beaucoup trop courte à son goût, et chaussée d'escarpins à talons aiguilles vertigineux. Ce genre de robe donnait des envies qu'il était impossible de satisfaire en public… Elle murmura qu'ils allaient être en retard. Il détourna les yeux de ses jambes et mit ses chaussures.

— Tu es raide comme un piquet, dit-il en lui prenant la main dans l'escalier monumental.

— Ne t'inquiète pas, répondit-elle d'un ton crispé. Je suis prête pour jouer mon rôle de fiancée follement amoureuse.

Il s'immobilisa dans le couloir qui conduisait à la terrasse.

— Qu'est-ce qui ne va pas ?

Elle releva le menton.

— Rien.

Bon sang, comme il détestait ce ton neutre…

— C'est le concours de demain ? Les nouvelles d'aujourd'hui ?

— Ça va aller.

— Alors qu'est-ce c'est ?

— Rien. Et toi, qu'est-ce que tu as ? Tu as joué les ours tout l'après-midi. Tu m'as répété cent fois que ce week-end était très important, et au moment où j'essaie de me concentrer pour jouer mon rôle, tu sembles contrarié.

— Je *suis* contrarié.

Il fit un pas vers elle. C'était la première fois qu'il se permettait de l'approcher d'aussi près depuis des semaines. Elle écarquilla les yeux.

— Si tu es stressée, il faut m'en parler, murmura-t-il. Tu avais l'habitude de me parler. Pourquoi ne veux-tu rien me dire ?

— Je… Je ne sais pas.

— Il faut que tu me fasses confiance.

— Je… J'essaie. Alejandro, je…

N'y tenant plus, il referma la main sur sa mâchoire et se pencha vers elle. Elle ne se déroba pas. Encouragé, il captura ses lèvres dans un baiser nonchalant destiné à vaincre ses défenses. Elle resta un instant sans réaction, puis un petit soupir lui échappa et elle lui répondit avec le mélange d'innocence et de passion qui l'avait rendu fou dès la première fois. Elle se rapprocha de lui et ses seins effleurèrent son torse. Incapable de résister à la tentation, il referma la main sur la peau nue de sa cuisse et l'attira encore plus près de lui tout en lui mordillant la lèvre. *Santo Deus*, comme il avait envie d'elle depuis des semaines !

— J'ai envie de dire « Prenez une chambre », mais puisque vous en avez déjà une vous pourriez peut-être l'utiliser, commenta une voix narquoise derrière eux.

Cecily s'écarta d'Alejandro si brusquement qu'elle trébucha sur ses talons. Il la retint par la taille et adressa une grimace à Stavros. En pantalon gris et chemise blanche, une ravissante brune au bras, son ami avait les yeux pétillants de malice.

— Quel plaisir de te revoir, beau gosse, ironisa Alejandro en lui tapant sur l'épaule. *Ola.*

Beau gosse, Stavros l'était. Il était même « à se pâmer » comme disaient certaines femmes. Mais quel besoin avait-il d'adresser un sourire charmeur à Cecily ? Allons bon… Depuis quand considérait-il son ami comme une menace ? C'était d'autant plus stupide qu'il était accompagné de sa femme. Alejandro étudia Calli tandis que Stavros faisait les présentations. Elle semblait beaucoup moins exubérante et sûre d'elle que les maîtresses habituelles de Stavros. Jolie, oui. Silhouette d'enfer, absolument. Mais qu'avait-elle de spécial qui avait convaincu Stavros de plonger dans le mariage ? Cette question poursuivait Alejandro lorsqu'ils retrouvèrent Antonio et sa femme, Sadie, sur la terrasse en compagnie de leurs hôtes, Sebastien et Monika. Antonio, il pouvait comprendre. On apprend qu'on a un fils, on veut jouer son rôle de père. C'était un peu la même situation que pour lui, sauf que son enfant n'était pas encore né. Mais Stavros… Il avait *choisi* cette femme. Elle devait avoir quelque chose de spécial. Mais s'il se posait autant de questions c'était peut-être tout simplement parce qu'il essayait de comprendre sa propre obsession pour la femme qu'il allait épouser…

Les quatre couples s'installèrent à une table sur la terrasse éclairée par des torches. Entre la conversation agréable et les rires communicatifs, Cecily se détendit et redevint presque elle-même. Rassuré, Alejandro se détendit à son tour et en profita pour étudier attentivement Antonio et sa femme. Sadie était amoureuse, c'était évident. Et il n'était pas impossible qu'Antonio soit amoureux lui aussi… Il surprit les regards nostalgiques que Cecily lançait au couple et il fut pris de remords. Il tenait à elle, il le savait. Mais il ne pourrait jamais lui donner l'amour dont elle rêvait. Il but une gorgée du légendaire Cabernet sauvignon toscan de Sebastien. Son incapacité à nouer de véritables relations amoureuses, il en était conscient depuis longtemps. C'était l'instinct de conservation qui avait fermé son cœur à l'amour très tôt, et il n'y pouvait rien. Même s'il le voulait, il ne pourrait pas changer. Il devrait trouver d'autres moyens de combler Cecily. Ses remords surmontés, il savoura pleinement la conversation de ses amis et l'atmosphère détendue de la soirée. Malgré tout, la présence de Cecily à son côté continuait de distraire son attention. Une barrière invisible était tombée ce soir, depuis ce baiser dans le couloir. Cette attirance mutuelle serait le ciment de leur mariage. Un bras sur le dossier de la chaise de Cecily, il se mit à jouer nonchalamment avec ses boucles blondes.

Après le dîner, les femmes se retirèrent assez tôt, l'une après l'autre, en raison de leur rendez-vous à 8 heures le lendemain matin. Alejandro raccompagna Cecily jusqu'à leur suite en la tenant par la taille. Un courant d'air la fit frissonner et elle se blottit contre lui. Une flèche de désir le transperça. Pour une fois, il se passerait volontiers de la partie de billard rituelle…

Lorsqu'ils arrivèrent dans la suite, il ne résista pas à l'envie de déposer un baiser sur sa nuque.

— Alejandro…

Il la fit pivoter vers lui et plongea son regard dans le sien. Ses yeux bleus reflétaient une confusion extrême. Il se penchait vers elle pour l'embrasser quand Stavros tambourina à la porte.

— Waouh. Tu es d'une humeur massacrante, on dirait, commenta Stavros en jetant un regard en biais à Alejandro dans l'escalier qui conduisait à la salle de billard.

— Tu n'as pas l'impression de m'avoir dérangé ?

— Non, j'ai la certitude de t'avoir évité d'arriver très en retard à notre partie de billard rituelle.

— Si tu m'expliquais plutôt ce que c'est que cette histoire de mariage ?

Stavros prit un air innocent.

— Que veux-tu dire ?

— Comment se fait-il que tu reviennes de Grèce avec une épouse ?

Stavros haussa les épaules.

— Je l'ai épousée pour garder mon entreprise. C'est une raison comme une autre.

Alejandro réprima une moue dubitative. Le ton de Stavros

était un peu trop désinvolte… Il y avait visiblement anguille sous roche. Éprouverait-il des sentiments pour sa femme ?

— Et toi ? demanda Stavros. Moi, il fallait que je me marie et que j'aie un héritier si je voulais préserver mon héritage. Antonio s'est découvert un fils. Mais toi ? Quelle est ton excuse pour avoir enfreint le onzième commandement ?

— Tu l'as regardée ?

— Suis-je réellement autorisé à répondre à cette question ?

— Non.

— C'est bien ce que je pensais, murmura Stavros en ouvrant la porte de la salle de billard. Tu es dans le pétrin.

Un domestique apporta une bouteille de whisky de soixante-dix ans d'âge. Une fois tout le monde servi, Sebastien porta un toast à ses trois amis pour les féliciter d'avoir gagné leurs paris respectifs.

— À vos victoires et à ma défaite.

Puis il suggéra qu'en réalité c'était lui le véritable vainqueur, mais personne ne chercha réellement à approfondir le sujet. Qui se souciait de ce que Sebastien avait en tête ? Tout le monde ne pensait qu'à jouer au billard en dégustant ce whisky exceptionnel.

Lorsqu'il arriva dans leur suite au petit matin, Alejandro trouva Cecily profondément endormie, les cheveux étalés sur l'oreiller, le corps moulé dans une chemise de nuit de soie crème.

9

Alejandro dormait encore quand Cecily se réveilla le lendemain matin. Parcourue d'un long frisson à la vue de son corps musclé dénudé jusqu'aux hanches, elle s'empressa de détourner les yeux et se leva. Pour affronter cette journée, elle avait besoin plus que jamais de son sang-froid. Après avoir pris une douche, elle mit une robe rose destinée à lui donner de l'assurance, se coiffa, se maquilla légèrement, puis quitta la chambre pour se rendre au salon rose pour le petit déjeuner entre femmes. Avant même d'avoir atteint la dernière marche de l'escalier, elle eut un aperçu des préparatifs des festivités de la journée et son cœur se serra. Des vans portant le nom des cavaliers arrivaient dans la cour, et les employés du traiteur allaient et venaient dans le hall, s'affairant à la préparation du déjeuner que Monika et Sebastien organisaient pour les participants au concours et les officiels. Déjeuner auquel Alejandro et elle avaient été conviés… Elle aimerait tellement être en train de reconnaître le parcours, d'élaborer une stratégie, de discuter avec les autres cavaliers. Mais non, aujourd'hui elle serait simple spectatrice et cette perspective était profondément déprimante. Déterminée à faire bonne figure malgré tout, elle accrocha un sourire à ses lèvres et entra dans le salon rose. Elle arrivait la dernière, constata-t-elle, embarrassée. Elle mangea un toast dont elle n'avait pas envie et but son thé en écoutant Calli raconter que dans la nuit Stavros avait plongé tout habillé dans la piscine pour récupérer une bouteille de sauternes que Sebastien y avait lancée.

— C'est le genre de chose qui leur plaît, commenta Monika en riant. Et ils adorent se lancer des défis. Le dernier en date étant celui qui mérite la palme, bien sûr.

Cecily découvrit alors qu'Alejandro n'était pas le seul à avoir pris une fausse identité pendant deux semaines. Antonio avait travaillé comme mécanicien dans le garage où Sadie était employée, et Stavros comme agent d'entretien dans la maison où habitait Calli. Monika, apparemment certaine qu'elles étaient toutes au courant, suggéra que si au départ le défi consistait pour les trois hommes à se passer pendant quinze jours de leur fortune, il représentait pour chacun quelque chose de plus personnel.

Pour Alejandro, la ruine des Hargrove, bien sûr ! Les mains tremblantes, Cecily posa sa tasse. Au départ tout ça avait commencé comme un jeu ? Elle jeta un coup d'œil à Sadie et Calli. De toute évidence, elles étaient aussi abasourdies qu'elle.

— Quels étaient les enjeux du pari ? demanda-t-elle à Monika.

— Si Sebastien gagnait, les trois autres devaient renoncer aux biens auxquels ils tiennent le plus. Pour Alejandro son île privée, par exemple. Si Sebastien perdait, il s'engageait à investir la moitié de sa fortune dans une organisation caritative.

— Et ils ont réussi tous les trois leur pari ?

— Oui. Dans quelques semaines, Sebastien annoncera officiellement la création d'une organisation internationale de recherche et de sauvetage. Un projet qui lui est cher depuis l'accident qui a failli lui coûter la vie l'année dernière.

Sebastien avait été enseveli sous une avalanche, et si ses trois amis n'avaient pas creusé la neige à mains nues il ne s'en serait pas sorti. C'était une histoire effroyable et la démarche de Sebastien était noble et généreuse. Certes. Mais savoir que c'était à cause d'un pari stupide que sa vie était sens dessus dessous… Cecily avait l'impression que sa tête allait exploser.

Pendant le déjeuner sur la terrasse, Alejandro observait Cecily. Dans cette robe rose elle était à croquer, et c'était exactement ce qu'il avait envie de faire. Cependant, même si elle arborait un sourire aimable, il la connaissait assez bien pour deviner qu'elle vibrait de rage. Ce n'était donc pas le moment de lui suggérer d'aller dans leur chambre après le repas pour une sieste crapuleuse… Se penchant vers elle, il demanda à voix basse :

— Je connais ce regard. Pour quelle raison es-tu furieuse ?

— Ce matin au petit déjeuner votre pari est venu sur le tapis.

Ah. Il enleva ses lunettes de soleil.

— Je ne t'en ai pas parlé parce que la situation est déjà assez compliquée comme ça.

Les yeux bleus lancèrent des étincelles.

— Non, tu crois ?

— J'ai eu tort. J'aurais dû t'en parler. Mais ça ne change rien en ce qui nous concerne, Cecily. Tout ce que je t'ai dit était vrai.

— La vérité est très subjective pour toi, Alejandro.

— C'était une omission, pas un mensonge.

— Tu aurais dû m'en parler. Par ailleurs, Monika a suggéré que ce pari représentait pour chacun de vous trois quelque chose de plus personnel que l'enjeu de départ. Pour toi c'était la vengeance, je suppose ?

— Ou une délicieuse fiancée, peut-être ?

Elle le foudroya du regard.

— Dire que j'envisageais de t'accorder de nouveau ma confiance ! La vie n'est qu'une farce pour toi !

— Je t'assure que je prends tout ça très au sérieux. Et je l'ai largement prouvé. Cette situation m'oblige moi aussi à un changement de vie radical. Et ça ne fait que commencer.

Relevant le menton, elle se mit à discuter avec le juge qui était assis en face d'elle. Alejandro remit ses lunettes noires en marmonnant un juron. Pas question de la laisser détruire ce qu'ils avaient commencé à construire. Il fallait qu'elle change d'attitude. Après le déjeuner, alors qu'ils se dirigeaient vers la partie du parc aménagée pour le saut d'obstacles pour regarder Natalia concourir dans la catégorie junior, il lui prit la main.

— Nous ne sommes pas obligés d'être collés en permanence, lança-t-elle en tentant de la retirer.

— Si, répliqua-t-il en lui adressant un sourire étincelant. Il y a des photographes partout.

Au même instant, Natalia les rejoignit en culotte de cheval beige et veste rouge.

— Tu veux bien m'accompagner pour reconnaître le parcours ? demanda-t-elle à Cecily. Je suis toujours tellement nerveuse avant une course…

Alejandro lâcha aussitôt la main de Cecily et il eut droit à un regard triomphant.

— Bien sûr.

Cecily s'efforçait de se concentrer sur les problèmes techniques que risquait de rencontrer la jeune cavalière. Elle s'était dit que cette contribution l'aiderait peut-être à surmonter sa frustration. Erreur. À chaque pas elle se sentait de plus en plus mal… Heureusement, elle parvint à éviter les visages familiers, dont Virginia Nelissen, une de ses plus grandes rivales, néerlandaise, qui concourait plus tard dans une autre catégorie. Une fois la reconnaissance terminée, elle quitta le parcours pour rejoindre Alejandro sur les gradins. La stratégie que Natalia et elle avaient élaborée s'avéra payante et la jeune fille se classa deuxième. Rayonnant de fierté, Sebastien convia tout le monde à se joindre à lui et Monika pour lui porter un toast sous la tente dressée sur la pelouse. Quelques instants plus tard, celle-ci était bondée.

Entre la chaleur et la foule, Cecily se sentait de plus en plus oppressée. Une fois qu'elle aurait adressé ses félicitations à Natalia, elle s'en irait, décida-t-elle. Mais cette fois, elle ne parvint pas à éviter ses nombreuses connaissances.

Affichant une fois de plus un sourire factice, elle s'efforça de bavarder aimablement avec chacun. Elle discutait de la course avec Natalia, rayonnante de joie, quand Virginia Nelissen fondit sur elle.

— Cecily ! J'ignorais que tu serais là !

— Je ne concours pas.

— Pourquoi donc ?

— Je fais une pause. C'est tout.

— Ah, d'accord. J'avais peur que les rumeurs soient fondées, commenta Virginia d'un air faussement innocent.

Ne mords pas à l'hameçon. C'est une langue de vipère. Cecily ne put s'empêcher de demander :

— Quelles rumeurs ?

— J'ai entendu dire que les membres du comité de sélection craignaient que tu aies perdu ton assurance depuis l'accident. Et qu'ils considéraient que tu n'étais pas un bon choix pour l'équipe. Mais je suis sûre que c'est faux.

Et si c'était vrai ? Cecily fut étreinte par une vive anxiété. Lorsqu'elle avait téléphoné au directeur du comité pour lui annoncer qu'elle devait déclarer forfait, il était resté laconique. La considéraient-ils comme inapte à la compétition ? Sa carrière était-elle menacée ? Une fois qu'on avait la réputation d'être fragilisé, il était difficile de se défaire de cette image. Alejandro les rejoignit. Elle lui lança un regard glacial et se raidit quand il la prit par la taille. Complètement déstabilisée par sa conversation avec Virginia, elle avait de plus en plus de mal à supporter la chaleur. Elle parvint malgré tout à saluer encore deux ou trois personnes avant qu'Alejandro les excuse et la prenne à part.

— Pendant combien de temps vas-tu continuer à m'ignorer ? C'était juste un pari, Cecily. Il n'y a pas de quoi en faire un drame.

Elle sentit la sueur inonder son front et fut prise de nausée. Sadie et Antonio leur jetaient des regards curieux, constata-t-elle en déglutissant péniblement.

— On peut sortir d'ici ? Tes amis nous regardent.

— Quand j'aurai terminé. Tu ne peux pas continuer à te comporter comme si j'avais commis un crime abominable. Tu sais que tu peux avoir confiance en moi.

La sueur couvrait à présent tout son corps. Elle ouvrit la bouche pour inspirer profondément mais elle faillit s'étouffer.

— Cecily. Qu'est-ce qui ne va pas ?

Sa vue se brouilla et elle s'affaissa contre Alejandro.

— Je… Je n'arrive plus… à respirer.

Alejandro retint Cecily par la taille en étouffant un juron. La foule était si dense qu'on ne voyait plus la sortie. Et Cecily était blanche comme un linge… Luttant contre l'angoisse qui l'étreignait, il la souleva de terre et la jucha sur son épaule. Des exclamations surprises fusèrent. Antonio adressa un sourire entendu à Antonio.

— Querelle d'amoureux, lança-t-il à voix haute. Il n'y a qu'une façon de résoudre le problème.

La foule s'écarta sur son passage. Dès qu'il arriva dehors, une bouffée d'air frais lui fit prendre conscience de la chaleur étouffante qui régnait sous la tente. Et Cecily qui était enceinte ! Furieux contre lui-même, il se dirigea à grands pas vers la maison et ne s'arrêta qu'une fois arrivé dans leur suite. Il la déposa sur le lit et lui fit mettre la tête entre les genoux.

— Respire, dit-il en s'asseyant à côté d'elle.

Il lui fit prendre plusieurs inspirations jusqu'à ce qu'elle recommence à respirer normalement.

— Je n'arrive pas à croire que tu as fait ça, dit-elle quand elle se redressa, un peu moins pâle.

— Tu aurais préféré que je te laisse t'évanouir devant tout le monde ?

— Non. Mais que vont penser les gens ?

— Que nous sommes partis faire l'amour.

À la grande joie d'Alejandro, elle retrouva subitement toutes ses couleurs.

— Pourquoi ne m'as-tu pas dit que tu te sentais mal ?

— Je pensais que ça passerait. C'est généralement le cas. Mais il faisait tellement chaud sous cette tente… Et puis, j'étais furieuse contre toi, reconnut-elle.

Il se leva et se dirigea vers le buffet, sur lequel était posée une carafe d'eau. Il servit un verre, revint vers le lit et le lui tendit avant de se rasseoir à côté d'elle. Elle but une gorgée. Poussa un profond soupir.

— Je m'étais promis d'être forte aujourd'hui. De prouver que je pouvais tenir le coup.

— Tu as été forte. Tu as reconnu le parcours avec Natalia. Tu as fait face à une situation éprouvante.

— Je me suis laissé déstabiliser par Virginia. Elle m'a dit que des bruits courent. Le comité de sélection estimerait que je ne serais pas un bon choix pour l'équipe. Ça m'a secouée.

— Elle a dit ça pour te déstabiliser et elle a réussi. Mais il ne faut pas écouter ce genre de ragots, voyons.

— Et si c'était vrai ? Elle est bien renseignée.

— Si c'est vrai, tu ne peux rien y faire, à part leur prouver qu'ils ont tort.

— C'est bien ça le problème. En ce moment, je ne suis pas en état de prouver quoi que ce soit. J'ai peur des conséquences que peut avoir cette année — ce bébé — sur ma carrière.

— Ta mère t'a eue jeune et elle est restée une championne. Tu en feras autant parce que tu as le même talent et le même tempérament. Tu es une Hargrove. Profite de cette année pour mettre en route tes écuries. Trouve deux autres chevaux en soutien de Bacchus et de Derringer pour être encore plus forte qu'avant quand tu feras ton retour. C'est comme ça que font les champions. Ils tirent parti de leurs revers pour progresser.

— Pourquoi sais-tu toujours exactement ce qu'il faut dire ?

— Parce que je sais ce que c'est d'être au sommet. Entouré de gens qui ne pensent qu'à vous abattre. Protège-toi en ayant une foi inébranlable en toi. Ne laisse pas les Virginia du monde te saper le moral.

Cecily baissa les yeux sur son verre.

— À Esmeralda tu m'as demandé pourquoi je faisais de la compétition. J'y ai beaucoup réfléchi après ton départ. Je sais maintenant que c'est pour moi. Pour ma mère aussi, bien sûr. Mais ce rêve, le rêve de donner le meilleur de moi-même, il vient de moi. Pas de ce que les autres attendent de moi. L'équitation c'est ma vie, Alejandro. C'est ce que j'aime. Je n'imagine pas faire autre chose.

— Alors écoute ton cœur. Et oublie les mauvaises langues.

Elle hocha la tête. Puis après une hésitation, elle déclara :

— Si j'ai du mal à accorder ma confiance, c'est à cause d'un homme avec qui j'étais fiancée à vingt-trois ans. Davis Hampden Randolph. De la famille des banquiers. Mon père est en relation d'affaires avec lui.

— Un mariage arrangé ?

— Non. J'étais amoureuse de Davis. J'étais sur le point de me marier avec lui et de déménager à Savannah quand j'ai découvert qu'il avait une maîtresse… et qu'il n'avait pas l'intention de la quitter.

Même genre que son père, songea Alejandro.

— Je suis désolé. Ça a dû être dur.

— Ce qui lui plaisait chez moi c'était mon nom et ma fortune. Il avait des ambitions politiques et il estimait que je pouvais lui être utile. Quand je lui ai rendu sa bague, je me suis rendu compte que j'étais la seule à ne pas être au courant.

Le cœur d'Alejandro se serra. Sa mère avait subi plus d'une fois ce genre d'humiliation. Pas étonnant que Cecily ait mal supporté qu'il lui ait menti. Il lui prit la main.

— Je te promets de ne jamais te tromper.

— À chaque fois que je me suis investie dans une relation, j'ai souffert. Melly, Davis, mon père… Je sais que si nous nous marions c'est pour notre enfant. Mais si je t'accorde ma confiance, j'ai besoin d'être sûre qu'elle ne sera pas trahie. Que toi aussi tu es prêt à t'investir dans notre mariage.

— Je me suis investi dès le début. Si je t'ai proposé de m'épouser c'est parce que je suis persuadé que nous avons tous les atouts pour réussir ce mariage. Mais il faut que tu y croies toi aussi. Et que tu me fasses de nouveau confiance.

— J'apprends.

— J'ai rendez-vous avec Antonio dans vingt minutes pour aller chasser, dit-il en lui caressant la joue. Ce qui signifie que tu as le temps de te reposer avant notre rendez-vous de ce soir. Parce que nous allons reprendre les choses là où nous les avons laissées hier soir, *querida*.

Il se pencha vers elle et murmura contre ses lèvres :

— Et si Stavros cogne à la porte, je jure que je le tuerai.

10

Cecily n'avait jamais été aussi nerveuse de sa vie. Elle s'était changée trois fois pendant qu'Alejandro prenait une douche et se rasait après être allé à la chasse avec Antonio. Et elle n'était toujours pas sûre d'avoir fait le bon choix. Sa robe de lamé or était à la fois moulante et pourvue d'un décolleté plongeant. Très Marilyn Monroe, avait-elle pensé quand elle l'avait achetée quelques jours plus tôt sur Madison Avenue. Sexy, comme l'avait demandé Alejandro. Mais n'était-ce pas un peu trop ?

Un peu plus tard, sous la tente décorée de guirlandes lumineuses, les nombreux compliments qu'elle avait reçus pour sa tenue l'avaient un peu rassurée, mais sa nervosité n'avait pas diminué pour autant. Elle observait du coin de l'œil Alejandro, qui discutait avec Stavros. Vêtu d'un smoking, les cheveux impeccablement coiffés, il était superbe. Et aussi différent de l'homme qu'elle avait rencontré au Kentucky qu'il était possible de l'être. Pourtant, ce soir elle était sûre de le connaître. Elle avait même l'impression de le connaître depuis toujours. Ce qui était terrifiant. Elle s'était promis de garder la tête froide et de ne laisser aucune place aux sentiments qu'elle éprouvait toujours pour lui. Mais comment garder la tête froide face à un homme aussi séduisant et attentionné ? Lorsqu'il la rejoignit pour l'entraîner sur la piste de danse, son cœur se mit à battre à grands coups. Les jambes tremblantes, elle se laissa aller contre lui. Leur accord était si parfait qu'elle fut transportée plusieurs semaines en arrière, à la soirée où ils avaient dansé ensemble au clair de lune, à Esmeralda. La tête posée contre son torse, elle laissa échapper un petit soupir.

— Tout va bien, *querida* ?

— Très bien.

Il déposa un baiser derrière son oreille, faisant courir un frisson délicieux le long de son épine dorsale. Elle pencha légèrement la tête en arrière pour lui donner accès à son cou et se mit à ronronner lorsqu'il y promena les lèvres et la langue. Mais un mouvement sur sa droite attira son attention.

— Oh ! c'est bizarre.

— Quoi ?

— Sadie vient de quitter la piste de danse.

Elle suivit des yeux la jeune femme qui s'éloignait précipitamment vers la maison, s'arrêtait le temps d'enlever ses escarpins dont les talons s'enfonçaient dans la pelouse, puis repartait en courant, ses chaussures à la main. Comme si elle prenait la fuite…

— Tu crois que je devrais aller voir si elle a besoin de quelque chose ?

— Non. Antonio va s'en charger.

À la fin du morceau, il échangea quelques mots avec Sebastien et Monika, puis il la prit par la taille et l'entraîna vers la maison. Elle l'arrêta un instant pour enlever ses chaussures, dont les talons aiguilles s'enfonçaient dans l'herbe, comme ceux de Sadie. Lorsqu'ils atteignirent les pavés, il la souleva de terre et la porta dans la maison.

— On ne sait jamais, au cas où il y aurait des morceaux de verre par terre, commenta-t-il avec un sourire malicieux.

— Dis plutôt que tu aimes bien me porter.

— Oui, c'est vrai. Et puis comme ça, on arrive plus vite.

Il monta les marches de l'escalier quatre à quatre, puis enfila le couloir qui conduisait à leur suite. Il fit une pause pour ouvrir la porte. Elle en profita pour nouer les bras sur sa nuque et lui voler un baiser gourmand. Il l'interrompit sans tenir compte de ses protestations, franchit le seuil et la reposa sur ses pieds avant de refermer la porte derrière eux.

— Stavros pense que je suis incapable de me contrôler quand je suis avec toi.

Elle eut un sourire mutin.

— Et c'est vrai ?

— Pas tout à fait, répliqua-t-il en la faisant reculer contre le mur. Après tout, j'ai gardé mon sang-froid jusqu'ici.

Il enfonça les doigts dans ses cheveux et l'embrassa avec une ferveur qui l'étourdit. Elle s'affaissa contre le mur. Comment avait-elle réussi à résister à la tentation pendant si longtemps ? Il pressa son bassin contre le sien. Le contact de sa virilité dure comme la pierre attisa son désir.

— Alejandro…

Il plongea son regard dans le sien.

— Tu as envie de moi, mon ange ? Dis-le moi.

Le souffle court, elle ne parvint pas à articuler un son.

Il accentua la pression de son bassin.

— Tu me rends fou, *querida*. Alors dis-le moi, s'il te plaît.

Sans forces, elle ferma les yeux, appuya le front contre son torse et murmura :

— J'ai envie de toi, Alejandro. Fais-moi l'amour. S'il te plaît.

Il la prit de nouveau dans ses bras pour la porter jusqu'au lit et l'assit sur ses genoux. Faisant glisser les bretelles de sa robe sur ses épaules, il la dénuda jusqu'à la taille. Elle sentit les pointes de ses seins se durcir sous son regard étincelant. Il les aspira goulûment tour à tour, lui arrachant des gémissements. Il l'allongea sur le lit et remonta sa robe jusqu'à sa taille. Après l'avoir débarrassée de sa culotte, il s'agenouilla au pied du lit et glissa les mains sous ses fesses. Sa langue effleura sa féminité, légère comme un papillon. Creusant les reins, elle l'incita à approfondir son exploration. Il ne se fit pas prier. Bientôt il la dévorait à pleine bouche, lui arrachant des gémissements modulés tandis que le plaisir montait en elle, inexorable. Sa langue se fit de plus en plus insistante, jusqu'à ce qu'une ultime vague la précipite dans les abysses de la volupté.

Grisé par le plaisir de Cecily, Alejandro le savoura longuement, l'accompagnant de caresses et de baisers jusqu'à ce que son désir atteigne les limites du supportable. Il se leva, se déshabilla avec des gestes fébriles, puis il enfila un préservatif. Le regard de Cecily alanguie sur le lit ne le quittait pas, exacerbant son excitation. Elle était si belle avec sa robe chiffonnée sur les hanches, les cheveux éparpillés sur l'oreiller, le regard ébloui et le corps encore frémissant… Lui faire l'amour à demi dévêtue était tentant, mais non. Il la voulait entièrement nue. Il l'aida à se redresser pour lui enlever sa robe et murmura :

— J'aimerais que tu te mettes à genoux, tu veux bien ?

Les yeux brillants et les joues en feu, elle l'exauça. La saisissant par les hanches, il s'enfonça avec délectation au plus profond d'elle. Puis il posa une main à plat sur son ventre et se mit à aller et venir en elle avec nonchalance, galvanisé par les gémissements qui s'échappaient de sa gorge. Il accéléra peu à peu le rythme et elle l'accompagna avec une ardeur grisante. Jusqu'au moment où elle tendit la main en arrière comme pour le modérer.

— Alejandro…

Faisant appel à tout son sang-froid, il s'immobilisa.

— J'ai besoin de te voir. S'il te plaît…

Bouleversé par l'émotion qui perçait dans sa voix, il en oublia sa frustration et se retira aussitôt. Il la fit basculer sur le côté, s'allongea en face d'elle et plongea de nouveau en elle d'un seul mouvement puissant.

— C'est mieux ?

— Oui, répondit-elle dans un souffle en plongeant dans le sien un regard lumineux.

Était-il capable de lui refuser quelque chose ? se demanda-t-il confusément. Depuis le début, son envie de la protéger et d'éviter que des ombres ternissent son regard primait sur tout le reste. Il s'empressa de chasser cette pensée de son esprit et s'empara de sa bouche avec avidité en refermant les mains sur ses fesses. Les yeux dans les yeux, ils furent emportés dans un tourbillon de passion au sein duquel ils ne formaient plus qu'un seul être, le plaisir de l'un se confondant avec le plaisir de l'autre. Un plaisir si prodigieux qu'il leur fallut un long moment avant de reprendre leurs esprits.

Quand Alejandro rouvrit les yeux, son regard rencontra celui de Cecily. Ses yeux bleus étaient pleins de questions. D'espoir. D'attente. Ignorant le tout, il resserra les bras autour d'elle et murmura des mots indistincts contre ses cheveux. Une fois qu'elle fut endormie, il resta vingt minutes immobile à fixer le mur, puis il se leva. Après avoir enfilé un sweat, il sortit sur le balcon avec un verre d'eau. Le clair de lune baignait d'une lueur argentée la pelouse et la tente désertée. Leur entente sexuelle était exceptionnelle. Et puis elle allait devenir la mère de son enfant. Voilà pourquoi il éprouvait quelque chose de spécial pour elle. Rien de plus normal… Il secoua la tête. Allons, pourquoi se mentir ? Ce n'était pas aussi simple. Contrairement à son habitude, avec Cecily il était incapable de dissocier désir et sentiments. Mais ces sentiments, il ne pouvait pas se permettre de les laisser paraître. Car quels qu'ils soient, ils ne seraient jamais à la hauteur des attentes de Cecily. Or il voulait éviter à tout prix de la faire souffrir.

Il but une grande gorgée d'eau fraîche. Restait le problème Clayton Hargrove. Jusqu'à présent, silence radio. Et vu son caractère, le faire changer d'avis risquait de demander un certain temps.

11

— Détends-toi, murmura Alejandro lorsqu'ils descendirent du jet, à quelques kilomètres de Bruxelles, au cœur de La Reve, grande propriété des Salazar. Ma grand-mère m'a promis de se montrer sous son jour le plus aimable.

Cecily lui lança un regard incrédule. Se détendre ? Elle entrait en territoire ennemi. Elle était sur le point de rencontrer la femme qui refusait de rester dans la même pièce qu'un Hargrove. Comment était-elle censée se détendre ? Il glissa un bras autour de sa taille et la serra contre lui tandis qu'ils traversaient le tarmac en direction de la jeep à côté de laquelle se tenait une femme menue aux cheveux argentés. Cecily avait rencontré Adriana Salazar une fois, lors d'un concours en Allemagne à la fin duquel la vieille dame lui avait remis une récompense. Elle avait été frappée par l'énergie qui se dégageait de cette femme minuscule et lui avait trouvé un air impérial. Aujourd'hui, à quatre-vingt-trois ans, la vieille dame au regard d'aigle lui faisait toujours la même impression.

— Vous me rappelez votre mère, déclara la vieille dame en prenant ses mains dans les siennes. Vous pourriez être jumelles.

Cecily embrassa Adriana sur les deux joues, sans être certaine que ce soit un compliment.

— Enchantée de faire votre connaissance. Nous nous sommes déjà vues en Allemagne, bien sûr. Mais c'était très bref.

— Oui. Vous aviez eu une course difficile, ce jour-là. Mais vous avez du cran. Comme votre mère.

Elle décida de prendre ça comme un compliment.

— Merci.

Adriana embrassa chaleureusement Alejandro. L'affection qui l'unissait à son petit-fils était manifeste.

— Venez, le déjeuner nous attend.

Luisa, la mère d'Alejandro, étant partie à un concours, ils déjeunèrent tous les trois dans une atmosphère très civilisée, comme l'avait promis Alejandro. Ce fut après le repas, quand Adriana emmena Cecily visiter La Reve en jeep pendant qu'Alejandro en profitait pour travailler, que les questions devinrent plus inquisitrices. Cecily y répondit avec franchise, en même temps qu'elle tombait sous le charme de La Reve. La campagne verdoyante était splendide et les manèges couverts admirablement conçus, mais ce furent les écuries de bois sombre avec leur hauteur sous plafond impressionnante qui la conquirent. C'était là qu'Adriana avait installé son centre de thérapie équine. Or, depuis qu'Alejandro l'avait aidée à soigner Bacchus, Cecily espérait pouvoir un jour fournir le même service dans ses écuries. Elle fut captivée par les précisions que lui donna Adriana sur les soins, et elle lui posa de nombreuses questions.

— Vous semblez très intéressée par ce genre de soins, commenta la grand-mère d'Alejandro alors qu'elles buvaient une limonade sur la terrasse en fin d'après-midi après avoir terminé la visite.

— Oui. Bacchus et moi nous avons eu un accident à Londres. Alejandro nous a aidés à surmonter ce traumatisme. Je ne suis pas certaine que j'y serais parvenue sans son aide.

Le regard d'aigle d'Adriana scruta son visage.

— Vous tenez à lui.

— Oui. J'ignorais qui il était quand je l'ai rencontré. Je suis tombée amoureuse de l'homme sans être influencée par le contexte.

— Il m'a dit que vous ignoriez les origines de Bacchus.

— En effet. Je croyais qu'il descendait de Nuage. C'est ce qu'on m'a toujours dit.

Adriana appuya la tête contre le dossier de son siège en plissant le front.

— Je n'ai jamais compris pourquoi votre mère n'était pas au courant. Luisa et Zara ont eu une discussion très vive après les Jeux équestres mondiaux, l'année où votre mère a remporté la médaille d'argent. Luisa a traité Zara de lâche parce qu'elle refusait d'admettre que Zeus était le produit d'un vol. Zara a rétorqué que ce n'étaient que des mensonges.

— Ma mère ne savait rien.

— De mon côté, je n'avais pas de preuves. Les tests ADN n'existaient pas encore à l'époque. Mais il y avait un témoin. Un lad qui avait travaillé aux écuries où se trouvait Diablo. Nous l'avions convaincu de témoigner devant un tribunal… Jusqu'à ce que l'argent de votre père le fasse changer d'avis.

— Luisa a-t-elle parlé de ce lad à ma mère ?

— Oui. Et elle lui a reproché d'être trop naïve. D'après elle, Zara était très troublée. Elle serait partie tout de suite après la remise des prix et n'a pas assisté à la réception.

Cecily était au comble de la confusion. Ça s'était passé plusieurs semaines avant que sa mère meure. Avant cette terrible dispute avec son père. Pourtant, si elle avait appris quelque chose sa mère ne lui en aurait-elle pas parlé ? Elles n'avaient aucun secret l'une pour l'autre. Jamais. Mais si c'était vrai, à quel sujet ses parents s'étaient-ils disputés ce soir-là ?

— Je suis sûre qu'elle ne savait pas, assura-t-elle à Adriana.

— Même si elle savait, est-ce vraiment important aujourd'hui ? demanda Alejandro après le dîner, lorsqu'ils sortirent faire un tour dans les prés pour admirer le coucher du soleil. Peut-être qu'elle ne t'a rien dit pour te protéger.

— Non, elle n'aurait jamais fait ça. Nous nous disions absolument tout.

Découvrir un nouveau mensonge maintenant l'anéantirait, songea-t-il en lui prenant la main sur le chemin pavé bordé de marronniers qui longeait les prés.

— Que penses-tu de La Reve ? Impressionnant, non ?

À sa grande satisfaction, un sourire éclaira le visage de Cecily.

— Oui. Le centre de thérapie équine est fantastique. J'ai été bluffée par le travail qui y est accompli. J'ai posé tellement de questions à Adriana qu'elle devait avoir hâte de se débarrasser de moi.

— Je suis sûr que non.

Il avait bien observé sa grand-mère toute la journée. Elle était visiblement conquise par Cecily.

— Je me demandais si tu pourrais m'apprendre ce qu'elle t'a transmis, pour que je puisse offrir les mêmes services dans nos écuries. Ça a été tellement efficace pour Bacchus… Ça pourrait aider d'autres chevaux.

— Ça suppose d'investir beaucoup de temps. N'oublie pas que tu devras également penser à ton bébé et à ta carrière.

— Je ne reprendrai pas ma carrière avant un an. Ça nous laisserait le temps de former les lads. Ils pourraient prendre le relais quand je serai moins disponible.

À en juger par l'éclat de son regard, elle y avait vraiment réfléchi.

— C'est une bonne idée, approuva-t-il. Mais c'est à ma grand-mère qu'il faut demander de te former, pas à moi. Et il faudra attendre que le problème avec ton père soit réglé.

Une ombre passa sur le visage de Cecily. Il réprima une bouffée de colère. Dès leur retour à New York, il s'occuperait de Clayton Hargrove.

— Tu crois qu'elle accepterait ?

— J'en suis sûr. Transmettre son amour des chevaux c'est sa passion.

Ils s'arrêtèrent au bord d'un pré dans lequel paissaient une douzaine de chevaux. Ils les regardèrent s'ébattre et jouer avant de rentrer pour la nuit.

— C'est un endroit fantastique, murmura-t-elle les yeux brillants. Je comprends pourquoi vous étiez heureux ici quand vous étiez enfants. Il y a cette atmosphère, cet esprit que j'ai du mal à définir. Comme à Esmeralda quand ma mère était encore en vie.

— Oui, ça vient de ma grand-mère. Elle aime la compétition, mais rien n'est plus important pour elle que ses chevaux.

— Ça devait vous faire un bien fou, à ton frère et à toi, d'être ici, dans cette atmosphère. Je comprends pourquoi tu es aussi attaché à elle.

— Elle insistait pour que nous venions ici pour nous éviter de nous retrouver à la maison dans un environnement toxique. Elle savait à quel point la fréquentation des chevaux pouvait nous être bénéfique. Les premiers étés, Joaquim et moi nous étions brisés. Nous n'avions pas la moindre idée de ce qu'était l'amour. Ma grand-mère nous l'a fait découvrir en nous donnant le sien.

Les yeux de Cecily s'embuèrent de larmes.

— Parfois c'est tout ce dont nous avons besoin. Que quelqu'un croie en nous. Qu'il nous donne cet amour inconditionnel.

— Oui, c'est vrai, approuva-t-il en déposant un baiser sur le sommet de son crâne.

— Que ressens-tu à propos de notre bébé ?

Pris au dépourvu, Alejandro réfléchit un instant. À vrai dire, il ressentait quelque chose de plus profond qu'au début, mais qu'il serait incapable de définir.

— J'ai bon espoir de pouvoir lui donner tout ce que je n'ai jamais eu. Je pense que nous sommes à même tous les deux de lui offrir une enfance heureuse. Et je sais que nous allons le faire ensemble. Si l'un de nous deux vacille, l'autre prendra le relais. Ce sera un travail d'équipe.

— Oui, approuva-t-elle d'une voix rauque.

Posant une main au creux de ses reins, il l'entraîna plus près de la clôture.

— Tu veux voir ton cadeau de fiançailles ?

— Un cadeau de fiançailles ? Je ne savais pas que c'était prévu.

— Pas officiellement, mais…

Il sortit une pomme de sa poche et fit claquer sa langue pour attirer l'attention d'un belge sang chaud alezan qui paissait à quelques mètres. Le cheval leva la tête, vit la pomme et se dirigea vers eux, la queue en l'air. Ils grimpèrent sur l'échelon inférieur de la clôture.

— Je te présente Socrate, dit-il en tendant son poing fermé à l'étalon, qui lui donna des petits coups de tête pour indiquer qu'il voulait la pomme. Je sais que ce n'est pas Bacchus, que je te ramènerai de toute façon. Mais son pedigree est presque aussi impressionnant. Il est né ici, d'un cheval de ma grand-mère et d'une jument qui m'appartient. Nous pensons qu'il sera un excellent cheval de saut. Il est à toi.

Elle ouvrit de grands yeux.

— Tu ne peux pas me le donner…

— Bien sûr que si. Tu as besoin d'un cheval de secours. Je ne vois pas de meilleur moyen de cimenter l'union de nos deux familles.

— Ta grand-mère est d'accord ?

— Oui.

Il lui tendit la pomme et c'est à elle que Socrate se mit à donner des petits coups de tête. Elle ouvrit la main en riant. L'étalon croqua la pomme en deux bouchées.

— Pourquoi Socrate ?

— Je suis un fan de foot. Sócrates était un grand milieu de terrain brésilien.

Elle sourit. L'étalon resta encore un peu près d'eux, puis il s'éloigna. Elle descendit de la clôture, se percha sur la pointe des pieds et déposa sur les lèvres d'Alejandro un baiser d'une douceur et d'une simplicité qui le bouleversa.

Ils regagnèrent la maison et montèrent dans l'appartement donnant sur le lac qu'ils occupaient à l'étage. Alejandro s'installa devant son ordinateur dans le salon, en annonçant qu'il avait du travail. Cecily prit une douche et se prépara pour la nuit, en proie à un tourbillon d'émotions qu'elle ne parvenait pas à maîtriser. Comment garder la tête froide si Alejandro continuait à avoir pour elle des attentions aussi touchantes ? Comment ne pas penser qu'il éprouvait quelque chose pour elle ? Comment ne pas avoir l'espoir que l'amour puisse trouver une place dans leur mariage ? Non, elle se faisait sûrement des illusions et il n'y avait rien de plus dangereux. Elle chassa résolument ces questions de son esprit, mais celles qui les remplacèrent étaient encore plus déstabilisantes. Sa mère était-elle au courant pour Zeus ? Pour quelle raison son père et elle s'étaient-ils querellés le matin de sa mort ? En plein désarroi, elle ne put s'empêcher d'aller voir Alejandro au lieu d'écouter la petite voix qui lui conseillait de prendre un peu de distance avec lui et d'aller se coucher.

Elle se mit derrière le fauteuil dans lequel il travaillait, posa les mains sur ses épaules et les massa doucement à travers son T-shirt.

— Cecily…

— Tu es sûr que tu veux travailler ? murmura-t-elle à son oreille en promenant les mains sur son torse.

— Il faut que je termine ce rapport pour…

Elle posa la main sur sa braguette. La dureté de sa virilité l'électrisa. Avant d'avoir le temps de comprendre ce qui lui arrivait elle se retrouva la tête en bas, juchée sur son épaule, en chemin vers la chambre.

— Tu me rends fou, marmonna-t-il la déposant sur le lit.

Il le lui prouva avec une passion qui exalta ses sentiments pour lui.

12

Le lendemain de leur retour de Belgique, Alejandro arpentait nerveusement son bureau en se fustigeant pour son manque de sang-froid. Pourquoi était-il incapable de se contrôler face à Cecily ? Leur relation était de plus en plus chargée d'émotion et il était temps d'y remédier. Il fallait à tout prix éviter de donner de faux espoirs à Cecily. Les relations qui laissaient trop de place aux sentiments étaient vouées à l'échec. Il avait vu ses parents se déchirer et il ne voulait pas infliger la même expérience à son enfant. Pas plus qu'il ne voulait faire souffrir Cecily en lui donnant l'impression qu'il pourrait l'aimer.

Satisfait de cette mise au point avec lui-même, il s'assit à son bureau et téléphona à son conseiller juridique.

— La lettre est prête ?

— Je viens de la terminer. Vous voulez que je vous l'apporte ?

— S'il vous plaît.

Quelques instants plus tard, Sam Barton frappait à sa porte. Il l'invita à s'asseoir pendant qu'il prenait connaissance du courrier. Adressée à Clayton Hargrove, la lettre rappelait les termes des excuses publiques que la famille Salazar était prête à accepter en réparation du préjudice matériel et moral subi, suite à des manœuvres frauduleuses concernant un étalon dont elle était propriétaire. Si les Salazar n'avaient pas reçu de réponse à la date indiquée, ils porteraient l'affaire devant les tribunaux et réclameraient des dommages-intérêts.

Satisfait du contenu de la lettre, Alejandro y apporta des modifications destinées à lui donner un ton comminatoire puis la rendit à Sam. Ce dernier y jeta un coup d'œil.

— Voilà qui devrait le faire réagir.

— C'est le but recherché.

— Et s'il ne répond pas ?

— Nous verrons le moment venu.

Il fallait espérer que ce moment ne viendrait jamais et que Clayton finirait par céder. Alejandro réprima un soupir. Cecily était toujours sans nouvelles et ça la minait. Il était temps que ce problème soit réglé une fois pour toutes.

Cecily reprit sa vie à New York en se promettant de considérer l'avenir avec optimisme au lieu de ressasser le passé. Une semaine après leur retour, l'agent immobilier leur proposa une propriété qui correspondait parfaitement à leurs attentes. Située au cœur de la région vallonnée des Catskills, à deux heures de New York, Cherry Hill Farm était une propriété d'une centaine d'hectares avec une grande maison de style ranch datant du XVIIIe siècle. Cecily tomba aussitôt amoureuse des paysages pittoresques de la vallée de l'Hudson.

— Elle te plaît, commenta Alejandro dans la voiture sur le chemin du retour.

Elle hocha la tête, en proie à une douce euphorie. Plus chaleureuse que le majestueux haras d'Esmeralda, cette propriété avait toutes les qualités pour devenir à la fois une merveilleuse maison de famille et un très beau haras. Un endroit aussi spécial que La Reve… La voix d'Alejandro, qui discutait au téléphone avec l'agent immobilier, l'arracha à ses pensées.

— Tu viens de l'acheter ? s'exclama-t-elle lorsqu'il eut raccroché.

— *Sim.* Il devait la mettre sur le marché demain. Mieux vaut ne pas prendre de risques. Et en plus, nous savons désormais où organiser notre mariage. Nous pouvons envoyer les invitations.

Elle sentit son cœur se serrer. Bien sûr, c'était l'endroit idéal. Mais elle aurait tellement aimé se marier à Esmeralda… Avoir des nouvelles de son père…

— Ne t'inquiète pas, murmura Alejandro comme s'il lisait dans ses pensées. Je vais arranger ça, Cecily. Je te le promets.

Au cours des semaines suivantes, elle fut trop occupée par les travaux à effectuer à Cherry Hill Farm avant le mariage pour ruminer ses craintes. La cérémonie devait avoir lieu dans le jardin situé à l'arrière de la maison. Et pour la réception, quoi de plus approprié que l'écurie principale ? avait suggéré Alejandro. Sa priorité était donc de s'assurer que l'écurie principale serait prête à temps. Elle s'affairait avec excitation en fermant son esprit à toutes les questions importunes. Mais le temps passait et son père n'avait toujours pas accepté l'accord que lui avait proposé Alejandro, ni répondu à l'invitation au mariage. Aucune nouvelle non plus des autres membres du clan Hargrove. Comme si son père avait organisé le boycott de son mariage. Elle en était malade mais elle refusait de le montrer.

Deux semaines avant le mariage, elle arriva à New York longtemps après le dîner, épuisée mais enchantée par l'avancement des travaux. Pelotonnée dans un fauteuil à côté du bureau d'Alejandro, elle lui fit avec enthousiasme le compte rendu de la journée, puis elle ajouta d'une voix émue :

— Merci, Alejandro. Pour Cherry Hill Farm. Et pour tout le reste.

— Ce n'est rien. C'est ce que je t'avais promis.

Il but une gorgée de café et ajouta :

— Il faut que j'aille en Colombie. Je pars demain.

— En Colombie ? Mais… Le mariage est dans deux semaines ! Et demain nous avons l'échographie.

— C'est pour l'OPA sur laquelle je travaille depuis des semaines. Je ne peux pas faire autrement. J'assisterai à l'échographie, et de là j'irai directement à l'aéroport.

— Tu rentres quand ?

— Vendredi.

Une semaine…

— D'accord.

Ils discutèrent de détails à régler pour le mariage, mais elle perdit le fil de la conversation et ses yeux se fermèrent. Alejandro lui prit sa tasse des mains et la mit debout.

— Au lit.

— Si tu viens avec moi, murmura-t-elle contre sa bouche.

Il pressa brièvement ses lèvres contre les siennes, puis s'écarta d'elle.

— Il faut que je termine de préparer le dossier avant de partir. Et tu dors debout. Il faut que tu te reposes.

Elle éprouva une vive déception. Il l'avait à peine touchée depuis leur retour de Belgique. Elle avait mis ça sur le compte de son travail et elle avait décidé de ne pas s'y attarder. Mais cette fois il n'y avait plus de doute. Il avait vraiment décidé de prendre ses distances… Trop épuisée pour en discuter à cet instant, elle alla se coucher la mort dans l'âme. Une fois au lit, elle prit sa tablette pour consulter sa messagerie. Son cœur fit un bond dans sa poitrine et elle cliqua d'un doigt tremblant sur le message de son père. Ce n'était même pas lui qui l'avait écrit. Il était signé de son assistante, Claire.

> Votre père a le regret de vous informer qu'il ne pourra pas assister à votre mariage.

Une larme roula sur la joue de Cecily. Puis une autre. Puis son visage fut inondé. Il fallait qu'elle aille le voir. Il fallait qu'elle sache la vérité.

Laissant à l'organisatrice du mariage le soin de régler les ultimes détails, Cecily prit l'avion pour le Kentucky la veille du retour d'Alejandro. Cliff l'attendait à l'aéroport.

— Merci d'être venu.

— C'est une occasion de m'échapper.

— Comment va papa ?

— Tu lui manques, même s'il refuse de le reconnaître. Le haras n'est plus le même sans toi.

— Kay ? demanda-t-elle en fronçant le nez pour masquer son émotion. Livrée à elle-même elle est redoutable.

— Oui. *Kay.*

Déjà bouleversée de se retrouver à Esmeralda, elle eut la mauvaise idée d'aller voir ses chevaux dès son arrivée. Si bien qu'elle était encore plus anxieuse que prévu lorsqu'elle frappa à la porte du bureau de son père. Il était assis à son bureau, penché sur des documents dans une attitude familière. Lorsqu'il leva la tête, elle sentit sa gorge se nouer à la vue des nouvelles rides au coin de ses yeux et de ses lèvres.

— Papa.

Le regard fixé sur elle s'adoucit furtivement, mais très vite le visage de son père se ferma.

— Tu n'as pas prévenu de ta visite.

— J'ai reçu ton message. Je voulais te parler.

— Tu as fait ton choix, Cecily. Tu as décidé d'épouser un Salazar.

Elle déglutit péniblement.

— Ta fierté est plus importante que moi ?

— Je t'ai tout donné. Ta carrière sur un plateau d'argent, les meilleurs entraîneurs et chevaux du monde, tout ce dont tu pouvais rêver. Tu aurais pu épouser quelqu'un de bien comme Knox, et au lieu de ça tu t'es jetée dans le lit d'un homme qui veut notre perte. Que veux-tu que je te dise ?

Indignée, elle s'approcha du bureau les poings crispés.

— Ma carrière c'est à moi-même que je la dois. Et ce que je veux que tu me dises, c'est la vérité. Je veux savoir pourquoi tu ne peux pas présenter les excuses qu'on te réclame et tourner la page pour que je puisse être heureuse.

Son père se leva et fit le tour du bureau pour la rejoindre.

— Tu penses qu'Alejandro va te rendre heureuse ? S'il t'épouse c'est parce que tu portes son héritier, Cecily. Et parce qu'il est ravi de pouvoir se venger en me volant ce que j'ai de plus cher. Mais il ne t'aime pas. Ne sois pas aussi naïve.

— J'ai confiance en lui. C'est la seule personne en qui je peux avoir confiance aujourd'hui, parce que tu continues à me mentir.

Pivotant sur elle-même, elle se dirigea vers la fenêtre en s'efforçant de refouler ses larmes. Elle échoua.

— Cecily…

Son père posa la main sur son épaule.

— Dis-moi la vérité ! s'exclama-t-elle en se retournant vers lui. J'ai besoin de savoir.

Il passa la main dans ses cheveux.

— Mon père a commis la lourde erreur de conclure un accord avec Paul Macintosh pour faire saillir Demeter par Diablo à l'époque où l'étalon était chez Macintosh sous contrat de prêt. Comme tu le sais, ta grand-mère voulait battre Adriana. C'était une véritable obsession et elle était convaincue qu'elle y parviendrait si elle avait un cheval aussi bon que Diablo. Mon père a exaucé son souhait. Ça devait rester secret.

— Mais le lad a parlé.

— Comment es-tu au courant ?

— C'est Adriana qui me l'a dit. D'après elle nous l'avons acheté.

— Malheureusement, oui. L'idée de voir sa carrière ruinée terrifiait ma mère. Elle craignait d'être bannie de la compétition ou pire encore, déchue de ses titres. Alors mon père a acheté le silence du lad.

— Comment l'as-tu su ?

— Le lad est revenu des années plus tard. Il était à sec

et il menaçait de parler. Je lui ai encore donné de l'argent en espérant que ce serait la fin de l'histoire.

— Mais ça a continué… C'est à ce sujet que vous vous disputiez, le jour où maman est morte ?

— Oui. Je ne lui en avais jamais parlé. Je pensais qu'il valait mieux qu'elle ne soit pas au courant. Que vous ne sachiez rien ni l'une ni l'autre. Pour pouvoir vous concentrer sur la compétition.

Clayton Hargrove secoua la tête, le regard morne.

— Avec le recul, je suis conscient que c'était une mauvaise décision. Ta mère était si émotive… Elle avait construit sa carrière sur ces chevaux. C'est ma faute… Je voulais vous protéger toutes les deux. J'ai toujours essayé de te protéger, Cecily, de faire ce qui était le mieux pour toi, même si mes réactions pouvaient être interprétées autrement.

Cecily était à la fois bouleversée et furieuse. Elle croyait son père. Mais pourrait-elle un jour lui pardonner d'être parti pour New York en laissant sa mère seule en plein désarroi ?

— Tu crois que je ne regrette pas ce que j'ai fait ? demanda-t-il comme s'il devinait ses pensées. Elle me manque aussi, Cecily. Chaque jour. Mais je ne peux pas modifier le passé.

Elle serra les poings, enfonçant ses ongles dans sa paume.

— Tu pourrais présenter des excuses.

— Des excuses publiques terniraient la réputation de ta grand-mère et de ta mère. La tienne également. Ce serait l'anéantissement de tout ce que nous avons construit. Je ne romprais pas les promesses que j'ai faites autrefois.

Cecily pressa ses paumes sur ses tempes.

— Les Salazar vont te démolir. Alejandro est un homme puissant. Il ne va pas en rester là.

— Il ne le cache pas. Il est impitoyable, Cecily. Tu ferais bien de ne pas l'oublier. As-tu lu la lettre qu'il m'a envoyée ?

Cecily plissa le front. La lettre ? Son père alla chercher sur son bureau une feuille qu'il lui tendit. Elle la parcourut rapidement. À la lecture des dernières lignes, elle sentit le sang se retirer de son visage.

Sans réponse de votre part à la date indiquée, exprimant l'intention de présenter les excuses publiques demandées, la famille Salazar saisira la justice afin d'obtenir réparation du préjudice subi, et d'exposer au grand jour les mensonges et les agissements illégaux sur lesquels a été bâtie la dynastie Hargrove.

Elle était persuadée qu'ils n'en arriveraient jamais là. Que son père présenterait des excuses. Ou peut-être avait-elle pensé qu'Alejandro ferait marche arrière à cause de l'attachement qu'il semblait lui porter. Parce qu'elle n'avait pas voulu envisager qu'il puisse lui faire ça… ?

— Tu crois le connaître, Cecily ? Tu crois que tu peux lui faire confiance ? Qu'il tient à toi ? Alors dis-lui d'abandonner. D'oublier le passé.

13

Alejandro arriva chez lui tard dans la soirée du jeudi. Une fois le rachat signé en Colombie, il avait prévu de se rendre au Kentucky pour tenter de raisonner Clayton Hargrove. Malheureusement, une série d'orages l'avait obligé à atterrir à New York. Contretemps fâcheux à une semaine du mariage, mais il avait également hâte de revoir Cecily. Elle avait semblé tendue hier soir au téléphone. Comme toute la semaine, d'ailleurs. Il l'avait blessée avant son départ, il le savait. Mais céder systématiquement à la passion qu'elle lui inspirait serait trop dangereux pour l'équilibre de leur relation.

Il alluma la lumière et déposa son attaché-case dans le salon. Cecily devait encore être à Cherry Hill Farm. Il se servit un whisky et se dirigea vers la baie vitrée. Il avait laissé à Clayton Hargrove le temps nécessaire pour changer d'avis. Et lui éviter des démarches qu'il n'avait pas envie d'entreprendre. Être écartelé entre sa loyauté envers sa grand-mère et son refus de faire souffrir Cecily était particulièrement inconfortable… Au bout d'une demi-heure, il s'apprêtait à appeler Cecily pour savoir à quelle heure elle comptait rentrer lorsqu'il l'entendit arriver. Il alla à sa rencontre et la prit par la taille pour l'embrasser, mais elle tourna la tête pour lui dérober sa bouche.

— Que se passe-t-il ?

— Je suis allé voir mon père, hier.

Meu Deus.

— Pourquoi ne me l'as-tu pas dit ?

— Parce que je voulais régler le problème moi-même.

Elle darda sur lui un regard glacial.

— Parce que tu m'as dit un jour que j'étais assez grande pour prendre mes propres décisions. Je suis allée le voir pour obtenir les réponses que je cherchais.

— Que t'a-t-il dit ?

— La vérité. Que mon grand-père avait bien fait saillir Demeter par Diablo. Que c'était une erreur qu'il continuait à couvrir aujourd'hui pour préserver la réputation de trois générations de cavalières.

— C'est à ce sujet que tes parents se querellaient le jour où ta mère est morte ?

— Oui. Le lad était revenu la veille pour réclamer encore de l'argent. C'est comme ça que ma mère a appris ce qu'avait fait mon grand-père, et elle a été horrifiée par les conséquences que ça pouvait avoir sur sa carrière.

— Au moins, tu sais maintenant qu'elle ne t'a rien caché.

— Mais si mon père lui avait dit la vérité plus tôt, si elle n'avait pas été aussi perturbée ce jour-là, elle n'aurait pas eu cet accident.

— Ton père n'est pas responsable de la mort de ta mère. Personne n'est responsable. Je sais à quel point tu l'aimais, mais elle n'est plus là. Il faut que tu tournes la page.

— Toi aussi, rétorqua-t-elle, le regard étincelant. Toute cette histoire… Il faut que ça s'arrête.

— Dis à ton père de présenter des excuses et ce sera terminé.

— Il ne le fera pas. Il a promis à ma grand-mère et à ma mère qu'il ne compromettrait jamais leur réputation. Il préférera te laisser le dépouiller de tout son argent plutôt que de rompre sa promesse.

Alejandro crispa la mâchoire.

— Alors il a décidé de t'utiliser comme un pion ? Il sait exactement ce qu'il fait, Cecily. Il se sert de toi pour faire pression sur moi et m'obliger à renoncer à saisir la justice.

— Bizarre, il m'a tenu à peu près le même discours sur toi. Il m'a dit que tu te sers de moi. Que tu m'épouses uniquement parce que je porte ton héritier… et parce que tu es ravi de pouvoir te venger en lui volant ce qu'il a de plus cher.

— C'est ridicule. Tu sais que je tiens à toi.

— Je le croyais. À présent je ne suis plus certaine.

— Explique-toi.

— Il m'a montré la lettre que tu lui as envoyée. Tu étais censé le convaincre de revenir à la raison, Alejandro. Pas de le menacer de détruire les Hargrove.

Alejandro s'efforça d'ignorer les remords qui l'assaillaient.

— Je lui ai laissé tout le temps de revenir à la raison. Je lui ai proposé de vive voix un compromis très généreux. Aujourd'hui j'avais prévu d'aller le voir pour tenter encore une fois de le faire changer d'avis, mais mon vol a été détourné à cause des orages. De toute façon, avec un homme comme lui l'ultimatum est souvent l'argument le plus efficace.

— Très efficace, en effet ! On dirait deux cerfs engagés dans un combat sans merci. Il n'y aura pas de gagnant.

Il leva les mains dans un geste d'impuissance.

— Que veux-tu que je fasse ?

— Laisse tomber. Nous pouvons soigner cette blessure tous les deux si nous refusons de perpétuer la querelle. Tu me l'as dit toi-même quand tu m'as proposé de t'épouser.

— Parce que je pensais que ton père serait raisonnable.

— Son attitude est-elle si différente de la tienne ? Il défend l'honneur de ma famille, comme tu essaies de défendre celui de la tienne.

— Un crime a été commis. Voilà la différence.

Cecily se détourna et croisa étroitement les bras. Elle avait quitté le Kentucky meurtrie par le refus de son père de faire passer son bonheur avant une querelle vieille de plusieurs décennies. Mais en même temps, découvrir que son amour pour sa mère était toujours aussi fort et qu'il restait loyal envers elle l'avait fait réfléchir.

— Cecily ?

Alejandro la prit par le bras et la fit pivoter vers lui. Elle soutint son regard frustré.

— Je croyais que je pourrais me contenter d'un mariage de convenance pour le bien du bébé. Je croyais que ce qui nous rapprochait valait mieux que ce désir secret d'être aimée que j'ai depuis toujours. Et puis tu m'as donné des raisons de croire en toi. Tu étais la seule personne sur qui je pouvais m'appuyer alors que tout s'effondrait autour de moi.

— Je le suis toujours. Ça n'a pas changé.

— C'est moi qui ai changé. Je me suis autorisée à tomber amoureuse de toi. J'ai commencé à croire à ce rêve que nous construisions ensemble et je ne veux pas arrêter de rêver. Je veux tout, Alejandro. Je veux cet amour inconditionnel dont nous avons parlé à La Reve. Je veux que tu choisisses entre moi et cette querelle qui nous déchire tous. Que tu me choisisses, moi.

La consternation se peignit sur les traits d'Alejandro.

— Je t'ai déjà choisie. Je suis sur le point de t'épouser. Nous construisons une vie ensemble.

— Non. Tu m'épouses parce que je suis enceinte de toi. Et peut-être aussi parce que tu éprouves une certaine affection pour moi. Mais notre mariage ne sera jamais un véritable mariage. Tu as trop peur d'aimer à cause de ton passé.

Le visage d'Alejandro se ferma.

— Je n'ai pas peur d'aimer. Je refuse l'amour parce que je sais qu'il fragiliserait inévitablement notre relation.

— T'autoriser à aimer rendrait notre relation plus solide, au contraire.

— Le problème n'est pas là de toute façon. L'amour ne fait pas partie de mes capacités. J'ai été clair sur ce point dès le départ. C'est juste la vérité. Je n'y peux rien.

Le cœur de Cecily se serra. Elle le savait, bien sûr. Mais l'entendre le lui confirmer avec une telle fermeté remuait le couteau dans la plaie…

— Que comptes-tu faire ? demanda-t-elle calmement. Traîner mon père devant les tribunaux ? Exposer notre enfant aux répercussions de cette guerre entre deux familles ?

— Nous le protégerons. Ton père a le choix, Cecily. Laisse-le prendre sa décision.

— Toi aussi, tu as le choix. Tu as le pouvoir de mettre fin à cette querelle mais tu refuses. Alors que moi, je suis censée renoncer à tout pour me marier avec un homme qui ne m'aimera jamais.

— Cecily…

Elle prit son sac dans le fauteuil où elle l'avait posé.

— Je crois que nous avons tous les deux besoin de temps pour réfléchir.

— *À quoi* ? Nous nous marions dans une semaine.

— Je ne suis pas certaine de pouvoir. Parce que l'homme dont je suis tombée amoureuse ne me mettrait pas dans cette situation.

Elle se dirigea vers la sortie.

— Reste et nous allons en discuter. Tu ne peux t'en aller en pleine nuit comme ça. Tu sembles bouleversée.

— Je *suis* bouleversée. J'ai besoin qu'on me laisse tranquille.

— Où vas-tu ?

— Aucune idée. Après la cruelle déception que m'ont infligée les deux hommes de ma vie, j'ai besoin de prendre mes distances.

Alejandro se força à rester immobile. Mieux valait éviter de la suivre. Dans l'état où elle se trouvait ce serait le meilleur moyen de la pousser à bout. Mais la savoir seule en pleine nuit dans New York, même avec ses cartes de crédit, ça le rendait fou… Il se dirigea vers le bar et se servit un autre whisky, de plus en plus furieux de minute en minute. Comment osait-elle changer les règles du jeu au dernier moment ? Elle n'avait pas le droit de décider qu'elle l'aimait et de s'en aller sur un coup de tête ! Il se laissa tomber dans un fauteuil. Elle ne pouvait pas le mettre sur le même plan que son père ! Il avait été honnête avec elle dès le premier instant. C'était Clayton Hargrove qui faisait tout pour briser le cœur de sa fille.

Le lendemain il se réveilla avec la gueule de bois. Après avoir annulé toutes ses réunions, il partit en Belgique.

— Je suppose que ce n'est pas une visite de courtoisie, commenta sa grand-mère le lendemain matin, alors qu'ils prenaient un café sur la terrasse.

La mine sombre, il secoua la tête et lui raconta ce qui s'était passé.

— Quel gâchis, murmura-t-elle. Mais peux-tu lui en vouloir ? Elle a le sentiment d'avoir été trahie par les deux hommes qu'elle aime.

— Oui, rétorqua-t-il d'un ton vif. Je peux. On ne s'en va pas comme ça à cause d'un différend. On discute. On cherche une solution… Mais de quel côté es-tu, au fait ? Je te rappelle que c'est pour toi que je me bats.

— Oui. Mais Cecily a peut-être raison. Il est peut-être temps que ça s'arrête.

— C'est maintenant que tu me dis ça ?

Sa grand-mère se cala dans son fauteuil.

— Tu ne sais pas tout. Entre Harper et moi, il y avait une rivalité farouche. Nous nous aiguillonnions mutuellement et ça nous obligeait à donner le meilleur de nous-mêmes. Au début, il y avait même une certaine forme d'amitié entre nous. Mais ça a fini par dégénérer. Harper s'est mis dans la tête que Diablo était la clé de tout. Quand j'ai refusé qu'il saille Demeter, elle m'en a voulu à mort. Nous participions à un concours à Barcelone quand j'ai découvert qu'elle avait une aventure avec ton grand-père.

Alejandro resta bouche bée. Hugo ? L'homme le plus droit qu'il avait jamais connu ?

— Harper était belle, poursuivit sa grand-mère. Elle attirait irrésistiblement les hommes. Et c'était en partie ma faute. Ma passion pour l'équitation le blessait. Parfois il avait l'impression que j'aimais davantage mes chevaux que lui. Et c'était peut-être vrai.

Une ombre passa dans les yeux d'Adriana.

— Quand je lui ai dit que j'étais au courant, l'aventure était déjà terminée. Je pense qu'il savait qu'elle se servait de lui pour m'atteindre. Mais ça a failli nous coûter notre mariage.

Alejandro avait encore du mal à croire ce qu'il venait d'apprendre.

— Tu lui as pardonné.

— Je l'aimais. Alors oui, je lui ai pardonné. Le mariage ce n'est jamais parfait, Alejandro. C'est compliqué. Mais ton grand-père et moi nous avions construit une relation assez solide pour résister aux moments difficiles. C'était l'homme de ma vie.

Alejandro but une gorgée de café. Message reçu. Il pouvait avoir le même genre de relation avec Cecily. Tout au fond de lui, il le savait. Oui, il l'aimait. Alors pourquoi avait-il autant de mal à sauter le pas ?

— Va trouver Cecily. Dis-lui que c'est terminé. J'ai perdu beaucoup trop de temps et d'énergie à courir après cette vengeance, Alejandro. Ça suffit.

Il hocha la tête.

— Je vais parler à Clayton.

— Non. Va voir Cecily. Laisse-moi m'occuper de Clayton.

14

À son retour à New York, Alejandro appela Cecily sur son portable. Il était éteint. Malgré ses nombreux messages elle ne le rappela pas. D'après son père elle n'était pas au Kentucky, ce qui semblait confirmer sa volonté de prendre ses distances avec « les deux hommes de sa vie ». D'après le détective qui avait travaillé pour lui sur le dossier Hargrove quelques mois plus tôt, elle n'était pas non plus à New York. Aucune trace d'elle et le mariage était dans cinq jours.

Ce fut le début d'une série d'appels urgents. Entre l'organisatrice du mariage et l'entrepreneur il y avait une foule de problèmes de dernière minute à régler. Pour pouvoir donner son avis en sachant de quoi il parlait, il décida de s'installer à Cherry Hill Farm et de travailler de là-bas. Cecily viendrait sans aucun doute lui parler quand elle serait prête. Il fallait juste espérer que ce serait très bientôt… Il supervisa personnellement l'installation de ses chevaux à leur arrivée du Kentucky. Une surprise qu'il lui réservait. Il alla même acheter un paquet des céréales préférées de Bacchus, qui en plus de se languir de Cecily avait désormais le mal du pays.

Le lendemain matin au réveil, il trouva un texto de Cecily. Elle allait bien. Elle avait encore besoin de temps pour réfléchir. Combien de temps ? Où était-elle ? Rien qui permette de répondre à ces questions. Il lui laissa un nouveau message pour lui dire qu'il avait besoin de lui parler. Pas de réponse.

Cherchait-elle à le faire languir ? Ou bien envisageait-elle de ne pas l'épouser ?

La veille du mariage arriva. Les travaux étaient terminés, et l'écurie principale un véritable chef-d'œuvre tout en acajou et fer forgé. Il signa un énorme chèque à l'ordre de l'entrepreneur, qu'il remercia ainsi que toute son équipe pour les efforts accomplis. En les regardant partir il fut pris d'une angoisse insurmontable. Cecily ne reviendrait pas. Il l'avait tellement déçue qu'il avait tout gâché.

— Au cas où tu l'aurais oublié, un mariage requiert la présence d'une mariée, déclara Stavros ce soir-là dans le grand salon, une queue de billard à la main. Il faut régler le problème, Salazar.

Alejandro resta silencieux. Comme s'il ne le savait pas… Deux cents invités étaient attendus demain.

— J'ai une suggestion, reprit Stavros. Je réussis ce coup, tu annules tout. Je rate… On patiente encore jusqu'à demain en espérant qu'elle se pointe sur la *Marche nuptiale*.

Antonio eut une moue réprobatrice.

— Le moment est mal choisi pour ton humour tordu.

— Au contraire, objecta Stavros. Un peu d'humour est plus que nécessaire.

— Pas ce genre-là, intervint Sebastien. Nous devrions peut-être réfléchir à ce que nous allons dire aux invités s'il faut annuler.

— Un problème dû aux travaux, suggéra Antonio.

— Pas mal, commenta Sebastien.

— Le mieux serait d'annuler maintenant, dit Stavros. Avant que la moitié de New York ait pris la route.

C'était ce que la raison imposait, reconnut Alejandro intérieurement. Mais il avait promis à Cecily de ne jamais la laisser tomber.

— Je prendrai une décision demain.

Cecily arpentait la galerie de la petite maison qu'elle avait louée dans les Catskills. Le soleil se levait sur le jour de son mariage. Son estomac se noua. Il fallait qu'elle se décide. Elle était censée épouser Alejandro dans quelques heures. Mais le choix était impossible. Épouser Alejandro et finir par le haïr pour le mal qu'il allait faire à sa famille ? Ne pas l'épouser et priver son enfant d'un véritable foyer ? Alors qu'elle regardait le soleil s'élever au-dessus des arbres, des paroles de sa mère lui revinrent soudain en mémoire. « On ne choisit pas qui on aime, Cecily. Ni comment ni quand. On aime, c'est tout. » Le poids qui lui écrasait la poitrine depuis des jours disparut comme par miracle. Le choix était évident.

Les allées et venues étaient incessantes devant Cherry Hill Farm lorsque Cecily se gara sur le parking. Une vive anxiété la saisit. Et si Alejandro la haïssait pour lui avoir fait ça ? Et s'il ne voulait plus l'épouser ? Le cœur battant à grands coups, elle descendit de voiture. Le soleil éclairait la façade de l'écurie principale. Son rêve devenu réalité… Mais il y avait quelque chose de nouveau. Une plaque qui avait été fixée au-dessus des portes.

HARGROVE-SALAZAR

Sa gorge se noua. Sans qu'elle l'ait décidé, ses pas la portèrent jusqu'à l'entrée de l'écurie. Elle franchit les portes. Un hennissement l'accueillit, suivi d'un martèlement de sabots. Bacchus ! Elle courut sur le sol pavé, ouvrit la porte du box et se jeta au cou de son cheval. Son père avait-il cédé ? Bacchus donna des petits coups de naseau sur ses poches. Elle pouffa.

— Désolée, je n'ai rien sur moi.

— Il y a un paquet de ses céréales favorites dans la réserve.

Son cœur fit un bond dans sa poitrine et elle se retourna vers Alejandro, debout devant l'entrée du box. Superbe en jean noir et T-shirt blanc, les cheveux en bataille. Elle réprima l'envie de se jeter dans ses bras. Il était visiblement furieux.

— J'avais l'intention d'aller te voir.

— Et tu as attendu jusqu'à *aujourd'hui* ? Tu as laissé la balle dans mon camp, Cecily. Comment étais-je censé répondre si je ne pouvais pas te joindre ?

Elle déglutit péniblement.

— J'avais besoin de temps pour réfléchir. J'avais peur de me laisser influencer si je te parlais. De prendre une décision qui ne serait pas vraiment la mienne.

— Et tu en as pris une ?

Elle sortit du box et referma la porte.

— Oui. Je t'aime, Alejandro. Nous trouverons un moyen de réussir notre mariage.

Une lueur s'alluma dans les yeux noirs. Il lui prit la main et l'attira vers lui.

— Moi aussi j'ai deux ou trois choses à te dire. Premièrement, je t'ai laissée tomber et je le regrette. Ça ne se reproduira pas. Deuxièmement, Adriana est allée voir ton père. C'est terminé. Cette querelle entre les Salazar et les Hargrove est oubliée. Ton père et Kay sont ici pour le mariage.

Son père était là ? Adriana était allée au Kentucky ? Elle fut prise de vertige.

— Que se sont-ils dit ?

— Je n'en sais rien et je m'en moque. Troisièmement, je t'ai choisie la nuit où je t'ai fait l'amour à Esmeralda. Je t'ai choisie quand je t'ai demandé de m'épouser. Je t'ai choisie la nuit où tu m'as fait ce fichu discours sur l'amour inconditionnel.

Alejandro caressa la joue de Cecily du bout du pouce.

— Tu m'as volé mon cœur, *querida*.

— Que dis-tu ?

— Que je t'aime. Je suis tombé amoureux de toi cette nuit-là en Belgique. C'est pour ça que j'ai pris mes distances par la suite. Rien de ce qui m'est arrivé de bien dans la vie n'a jamais duré. Je ne supportais pas l'idée que notre histoire pourrait s'arrêter.

— Elle ne s'arrêtera pas, promit-elle en posant la main sur sa joue. Ce qui nous unit est spécial. Puissant. Regarde ce que nous avons accompli. Nous avons mis fin à la plus grande rivalité de l'histoire de l'équitation.

Il sourit et elle se hissa sur la pointe des pieds pour déposer sur ses lèvres un baiser fervent.

En début d'après-midi il faisait un temps exceptionnel pour une journée d'automne dans les Catskills. Comme si un pouvoir supérieur avait décidé de faire un clin d'œil bienveillant à Cecily et Alejandro. Une fois son chignon bien en place, la styliste mit à Cecily sa robe de soie blanche style danseuse. Avec son corsage festonné recouvert de dentelle brodée de fleurs, un seul bijou suffisait. Les pendants d'oreilles en saphir de sa mère, qu'elle mit avec émotion avant de quitter la pièce.

Son père l'attendait au pied de l'escalier.

— Tu es belle, dit-il d'une voix rauque quand elle lui prit le bras.

— Merci.

— Cecily…

Elle secoua la tête.

— C'est le début d'un nouveau chapitre, papa. La page est tournée.

Il hocha la tête et la conduisit dans le jardin, paré des plus belles couleurs de l'automne. Cecily ne savoura pas ce spectacle. Elle n'avait d'yeux que pour l'homme qui l'attendait au bout de l'allée en l'enveloppant d'un regard possessif. Lorsque son père la laissa à côté de lui, il effleura sa joue d'un baiser.

— Ça va ? Tu sembles très concentrée.

Elle sourit.

— Oui, c'est vrai.

— Alors épouse-moi.

Elle l'épousa.

— Voilà le dernier à avoir succombé, déclara Stavros en levant son verre de bière pour saluer Alejandro. Tu dois être content de toi, ajouta-t-il à l'adresse de Sebastien.

Ce dernier haussa les épaules.

— Ça me fait plaisir de vous voir tous heureux.

— Un toast, alors, dit Alejandro en indiquant Sadie, Calli, Monika et Cecily, qui discutaient avec des mines de conspiratrices, assises à l'une des tables installées dans l'écurie.

Quelques instants plus tard, il entraînait Cecily sur la piste pour la première danse. La ballade sur laquelle ils avaient dansé au Kentucky, jouée par le même groupe, venu spécialement du Kentucky.

— Alejandro.

— Mm ?

— Je suis comblée. J'ai tout ce que je désirais. Enfin, presque, ajouta-t-elle avec un sourire mutin.

Il l'embrassa.

— Un peu de patience. Tu vas bientôt l'avoir ta nuit de noces.

Épilogue

Jeux équestres mondiaux
Normandie, France

Virginia Nelissen quitta la piste à la fin d'un parcours émaillé de quatre fautes mais effectué en un temps record, qui confirma la première place de l'équipe néerlandaise. C'était maintenant au tour de la dernière concurrente, américaine.

— Hou ! dit Alejandro à Zara Rose, sa fille de dix-huit mois assise sur ses genoux au premier rang de la tribune VIP. On ne l'aime pas. Elle a été méchante avec maman.

— Hou ! répéta Zara en imitant sa moue dédaigneuse.

— *Excelente*, murmura-t-il en déposant un baiser sur le haut de son crâne. Maintenant, il faut encourager l'équipe Hargrove-Salazar. Parce que tu vas assister à un moment historique.

— Salazar-Hargrove, rectifia Adriana. Et je trouve Cecily un peu trop nerveuse.

Parce que c'était le rêve de sa vie. Parce que depuis que sa femme avait repris la compétition avec Socrate, elle faisait des étincelles. Si quelqu'un était soumis à la pression aujourd'hui c'était Cecily. Mais s'il y avait une chose qu'il savait à présent à propos de sa femme c'était qu'elle était une battante. Une survivante. Aujourd'hui elle allait tout donner.

Cecily arrêta Socrate devant les juges et enleva sa bombe pour saluer ces derniers. Les applaudissements s'éteignirent.

Un silence absolu s'installa sur le stade. Puis ce fut le martèlement sourd des sabots de Socrate sur le sable. Il toucha une barre du premier obstacle.

Alejandro eut un pincement au cœur. Pas un début très prometteur. Adriana avait raison. La cavalière et son cheval étaient nerveux. Socrate franchit le deuxième obstacle de justesse et renversa le troisième.

— Mon Dieu, je ne peux pas regarder, dit Adriana en mettant la main devant ses yeux.

Un long galop avant l'oxer suivant. Cecily avait repris de l'assurance. Elle rassemblait sa monture. Parfait. Elle franchit sans encombre le quatrième obstacle, puis le cinquième, un triple particulièrement redoutable qui avait poussé à la faute tous les concurrents, y compris Virginia. Mais elle risquait de dépasser le temps imparti… L'estomac d'Alejandro se noua. Elle prenait trop de risques… Elle poussait trop Socrate…

Adriana réprima un petit cri.

— Mon Dieu, c'est… c'est…

Socrate franchit sans faute le double suivant.

— … Excellent.

— Plus qu'un saut, murmura Alejandro. Un seul saut, mon ange. Tu vas réussir.

Elle réussit.

Cecily pénétra dans le paddock où les journalistes attendaient les concurrents pour les interviews. Elle n'avait plus aucune énergie pour eux. Au cours de cette course, l'épingle fétiche de sa mère sur la poitrine, elle était passée par tout le spectre des émotions possibles. Lorsqu'elle aperçut Alejandro qui l'attendait, Zara dans les bras, un sanglot se coinça dans sa gorge.

Alejandro posa Zara par terre. Cecily descendit de cheval et tomba dans les bras de l'homme qui depuis leur mariage n'avait jamais manqué à sa promesse de la soutenir pendant les moments délicats. Quand elle était devenue mère, quand elle avait repris sa carrière, quand elle avait appris à concilier les deux.

Il l'embrassa.

— Pas de larmes, *meu carinho.* Tu as été fantastique. Ta mère serait fière de toi.

Elle fondit en pleurs. Pour tout ce qu'elle avait perdu. Pour tout ce qu'elle avait gagné. Pour tout ce qui lui restait à vivre.

Un journaliste d'une chaîne sportive américaine reconnut Adriana et se précipita vers eux.

— Une interview de l'équipe Hargrove-Salazar au complet, c'est possible ?

— Salazar-Hargrove, rectifia Adriana. Oui, c'est possible.

Retrouvez prochainement,
dans votre collection

SAGAS

SECRETS ET PASSIONS, de Lynne Graham - N°186

L'héritière de Madrigal Court

Que s'est-il passé pour que la grand-mère d'Ophélia exige qu'elle épouse Lysander Metaxis, l'ennemi de la famille ? Ophélia comprend pourtant que si elle veut conserver Madrigal Court, la maison de son enfance, elle va devoir se marier à cet homme pour lequel elle ne ressent que du mépris... et une attirance irrésistible.

Passion pour un milliardaire

Accablée, Abby apprend que son frère a volé de l'argent pour assouvir sa passion du jeu. Comment, à présent, éviter la ruine de sa famille ? Une seule personne pourrait l'aider : Nikolaï Arlov, le richissime homme d'affaires russe qui la courtise depuis qu'elle a fait sa connaissance à un gala...

Sous l'emprise d'un séducteur

Engagée comme serveuse lors d'un mariage, Molly a la surprise d'être courtisée par Leandro Carrera Marquez, duc de Sandoval. Conquise par le charme de ce célèbre aristocrate, elle s'abandonne à l'attirance qu'elle éprouve pour lui. Pourtant, elle sait que Leandro n'éprouve rien pour elle et qu'il n'hésitera pas à la congédier lorsqu'il se sera lassé d'elle...

FLOCONS SUR ICICLE FALLS, de Sheila Roberts - N°187

Coup de foudre à Icicle Falls

Avec consternation, Samantha découvre que la chocolaterie familiale est au bord de la faillite. Pour l'aider, Samantha ne peut guère compter sur ses deux sœurs, incompétentes en la matière, ni sur sa mère, incapable d'accepter la réalité. Son seul espoir ? Le directeur de la banque, Blake Preston, un arrogant play-boy totalement insensible. Et bien trop arrogant pour se donner la peine d'aider une jeune femme comme elle...

Noël à Icicle Falls

Tandis que Cassie prépare le mariage de sa fille prévu pour les fêtes, son ex ne trouve rien de mieux à faire que de s'inviter chez elle avec sa nouvelle épouse et leur horrible chien. Pendant ce temps-là, Charlene voit resurgir à travers les flocons son ex infidèle qui lui promet qu'il a changé... De son côté, Ella fait tout pour vendre la maison qu'elle partage encore avec son ex. Et ce dernier déploie des trésors d'imagination et de doux souvenirs au goût de chocolat chaud pour donner une seconde chance à leur mariage...

UN CŒUR SOUS LE GUI, de Tracy Madison - N°188

Un délicieux Noël

Rachel est folle de joie : elle va passer Noël dans le village où elle a vécu tant de moments heureux. Mais ce Noël sera encore plus magique, car elle sera avec son fiancé Andrew. Hélas, c'est sans compter Cole, son ami d'enfance. Près de Cole, son cœur s'emballe, son corps frémit. Et si, finalement, Andrew n'était pas l'homme de sa vie, comme elle s'évertue à le croire ?

Un amant à conquérir

Partir. C'est ce qu'Haley devrait faire. Comment Gavin ose-t-il la chasser, alors qu'elle est venue lui proposer son soutien ? Bourru, sauvage... Et pourtant la force qui émane de lui la séduit. Que faire ? Peut-elle vraiment l'abandonner ? Impossible. Car son intuition lui dit que derrière sa méfiance et sa fierté cet homme solitaire cache un cœur tendre et brûlant. Un cœur qu'elle a très envie de découvrir...

LA SAGA DES GAMBRELLI, de Carole Mortimer - N°189

Magie sicilienne

Lors d'un gala de charité de Londres, Robin aperçoit le plus bel homme qu'elle ait jamais vu. Sous le regard de Cesare Gambrelli, Robin frissonne. Un frisson de désir, et de danger. Et cette intuition se confirme lorsque Cesare lui annonce qu'il exige qu'elle devienne sa femme...

Un troublant ange gardien

Angelica est paniquée. Son père va subir une opération à laquelle il pourrait ne pas survivre... Et il a choisi Carlo Gambrelli comme exécuteur testamentaire ! Une décision qui risque de la mettre dans une situation impossible. Car Angelica se sait beaucoup trop sensible au charme de ce don juan...

Amoureuse d'un célibataire

Pour venger sa meilleure amie abandonnée par Luc Gambrelli, producteur de cinéma, Darci décide de le séduire, et de le rejeter sans ménagement. Dès qu'elle croise son regard brûlant, Darci sent que son plan fonctionne. Mais Luc est un homme séduisant, plein d'humour et de charme, bien loin de l'image qu'elle se faisait de lui...